Abubakar Adam Ibrahim
Zeit der Glühwürmchen

Abubakar Adam Ibrahim

Zeit der Glühwürmchen

Roman

Aus dem Englischen übersetzt
von Susann Urban

Residenz Verlag

Die Originalausgabe dieses Werks erschien 2023 unter dem Titel
»When we were fireflies« im Verlag Masobe, Lagos, Nigeria.

Mühlstraße 7, 5023 Salzburg
info@residenzverlag.at

Bibliografische Information der Deutschen Nationalbibliothek
Die Deutsche Nationalbibliothek verzeichnet diese Publikation
in der Deutschen Nationalbibliografie; detaillierte bibliografische
Daten sind im Internet über http://dnb.dnb.de abrufbar.

www.residenzverlag.com

Umschlaggestaltung: Thomas Kussin/buero 8
Typografische Gestaltung, Satz: typic/Ekke Wolf
Lektorat: Jessica Beer
Gesamtherstellung: GGP Media GmbH, Pößneck

ISBN 978 3 7017 1800 9

FSC
www.fsc.org
MIX
Papier | Fördert
gute Waldnutzung
FSC® C014496

Für die Junikäfer

und
für all jene, die selbst angesichts des überwältigenden
Hasses lieben,
dort, wo die Flammen der Feindseligkeit züngeln,
am Leben, das sich nach Liebe sehnt.

1
Rot

Rot ist die erste Farbe des Frühlings.
Es ist die wahre Farbe der Wiedergeburt,
des Anfangs.

Ally Condie

Künstler trifft Zug

Als Yarima Lalo an einem heißen Junitag zum ersten Mal einen Zug in die Idu Station von Abuja einzuckeln sah, fiel ihm auch zum ersten Mal ein, dass er vor vielen Jahren in einer alten Eisenbahn mit abgenutzten, seegrasgrünen Sitzen ermordet worden war.

In dem Moment, als er in der Ferne den Signalpfiff der Lokomotive und das Rattern der Räder hörte, wusste er mit absoluter Sicherheit, dass ihm in einem anderen Leben, an das er bis zu diesem Augenblick keine Erinnerung gehabt hatte, ein wütender, untersetzter Mann mit einem Knüppel den Kopf eingeschlagen hatte. Erinnerungen an dieses Ereignis – der metallische Geschmack des eigenen Bluts im Mund, der feine, rote Tropfenregen auf den Sitzpolstern des Zugs – rollten so bedrohlich brüllend und mit überwältigender Gewissheit auf ihn zu wie der Dämon aus chinesischer Produktion, der soeben herankeuchte. Die Wucht der Erinnerung zog ihn dicht an die Bahnsteigkante, bis ein Angestellter der Eisenbahn an seinem Hemd zerrte, ihn anfunkelte und fragte, ob er verrückt sei oder bloß die neuen Schienen mit seinem Blut verdrecken wolle.

»*Kai!* Wer, glaubst du, muss die Sauerei dann wegputzen?« Der dicke Schnurrbart des Mannes sträubte sich aggressiv und seine buschigen Augenbrauen zogen sich finster zusammen. »Seit dreißig Jahren fährt zum ersten Mal in diesem Land ein Zug und schon will irgendein *soko* ihn besudeln.« Er spuckte auf die Gleise und wandte sich ab, genau in dem Moment, als der Luftzug des einfahrenden Zugs Lalo streifte, dem immer noch das Erinnerungskonfetti durch den Kopf wirbelte.

Vor diesem Freitag hatte Lalo, soweit er sich entsinnen konnte, noch nie einen fahrenden Zug gesehen. Entschlossen, dieses Manko zu beheben, war er zum Bahnhof gegangen, hatte in der Mitte der Halle gestanden und den immer noch berauschenden Geruch frischer Farbe eingeatmet. Er durchquerte die Halle, sein Spiegelbild auf den Fliesen wurde von den

LED-Lampen an der hohen Decke verzerrt. Lalo wollte unbedingt die traurige Erinnerung an die verfallenden Eisenbahnwagen vertreiben, die er vor Jahren im Bahnhof von Jos gesehen hatte. Damals hatte er, ein Rekrut, der noch grün hinter den Ohren war, den Bahnhof erkundet und stand plötzlich vor grauen Güterwaggons, die vor dreißig Jahren hereingeschlittert waren und nun verrotteten. Räder, die der Rost mit den Schienen hatte verschmelzen lassen, klaffende Öffnungen, in denen Türen und Fensterscheiben fehlten, elektrische Apparaturen, die an Kabeln und Drähten baumelten und im schwachen Luftzug gespenstisch gegen die Schalttafeln schlugen. Jedem Fitzelchen des abblätternden Lacks, das wie die Schuppen einer abgestreiften Schlangenhaut von der Harmattanbrise davongetragen wurde, war ein kleiner Teil Geschichte eingeschrieben.

Dieses Bild war in den Schatten seiner Erinnerung geglitten, tauchte jedoch von Zeit zu Zeit auf. Das letzte Mal zwei Tage vor seinem Geburtstag; er stellte in einer Ecke seines kleinen, chaotischen Ateliers in der Kolda Street die Staffelei auf, setzte, wie so oft bei der Arbeit, Kopfhörer auf und kleckste dieses graue, ihn verfolgende Bild auf die Leinwand, während er unaufhörlich rhythmisch den Kopf zur Musik bewegte. Er rieb gerade mit den Fingern einen grauen Himmel über die Güterwaggons, da klingelten die Silberglöckchen an der Tür und sein Sammler Ben Bangos kam herein, ein Mann, nicht größer als ein ausgewachsener Orang-Utan mit einem Afro wie ein umgedrehtes Adlernest. Ihm folgte sein Fahrer, dessen Schmerbauch und wallender Kaftan den falschen Eindruck erweckten, er wäre der Kunde, zumal Bangos Jeansshorts und ein schlichtes weißes T-Shirt trug.

Lalo stellte die beiden verpackten Gemälde, die Bangos abholen wollte, vor diesen hin und der Mann verschwand bis auf Kopf und Schultern hinter den Bildern. Seit der Eröffnung des Ateliers vor drei Jahren war Bangos sein größter Sammler geworden und hatte über ein Dutzend Gemälde erworben, die häufig größer waren als er selbst. Gemälde, nicht unähnlich jenen, die sein Fahrer nun zum Auto trug, wobei er mit dem

Bauch gegen die oberen Rahmenkanten stieß. Während Bangos Lalo die Hand schüttelte, schweifte sein Blick durch das Atelier.

»Die hast du alle bereits gesehen, Meister«, sagte Lalo.

»Das da nicht.« Bangos zeigte auf die Leinwand, an der Lalo bis eben gearbeitet hatte. Er bewegte seine 142 Zentimeter zur Staffelei und stellte sich breitbeinig hin, die Hände auf dem Rücken gefaltet, und betrachtete das Werk.

Lalo, der den Mann um gute dreißig Zentimeter überragte, erzählte von den aufgegebenen Waggons, die er in Jos gesehen hatte, und dem Vorhang aus Spinnweben, der vor einer der leeren Türöffnungen hing, die von zwei gigantischen Seidenspinnen bewacht wurde, den größten, die er je gesehen hatte.

»Das ist Vergangenheit«, sagte Bangos, wedelte Lalo mit der Hand vor dem Gesicht herum und seine mächtige Stimme erfüllte das Atelier. »Es gibt neue Züge. Du solltest am Freitag zum Bahnhof gehen und einen Blick drauf werfen. Wir machen gerade Probefahrten. Du musst kommen und dir ansehen, was mein Ausschuss erreicht hat.«

»Natürlich, Meister«, sagte Lalo.

Der Mann nickte, drehte sich um und ging.

Zwei Tage später stand Lalo auf dem Bahnsteig in Idu, einem Stadtteil von Abuja, von dem er noch nie gehört und den er nur mit Mühe gefunden hatte. Niemand, den er gefragt hatte, kannte den Weg zu diesem Viertel. Warum man beschlossen hatte, den Bahnhof in einer Gegend zu bauen, in die sich offenbar niemand verirrte, erschloss sich ihm nicht. Schließlich erreichte er sein Ziel und war erstaunt über die Menge, die sich dort versammelt hatte; alle warteten ganz begierig auf den Zug, auf die erste Bahnfahrt, von der sie Freunden und Geliebten erzählen würden.

Lalo mischte sich unter die Menschen und gemeinsam schlurften sie wie ein vielbeiniges Tier über die Fliesen der Bahnhofshalle, angetrieben und im Zaum gehalten von den Angestellten der Eisenbahn, bis sie den Bahnsteig erreichten und auf den ankommenden Zug warteten.

»Entschuldigung, wie viel Uhr ist es?«, fragte eine Frauenstimme.

Er drehte sich um und erblickte eine Frau mit glatter Haut und großen, erwartungsvollen Augen, die zu lächeln schienen. Mit einem Blick auf seinen klobigen Zeitmesser sagte er: »Zwei Uhr vierzehn.«

Das Lächeln erreichte ihre Mundwinkel, sie nickte und wedelte mit ihrem Handy. »Akku leer«, sagte sie geradezu entschuldigend.

Lalo schenkte ihr ein flüchtiges Lächeln und betrachtete sie näher. Sie konnte Anfang dreißig oder Ende zwanzig sein, er war sich nicht sicher. Sie kam ihm bekannt vor und er überlegte, wo er sie gesehen haben könnte.

»Die Uhr ist aber groß«, sagte sie.

Sie hatte eine angenehme Ausstrahlung, warm und freundlich – die Art, wie sie sprach, wie ihr die Worte aus dem Mund flossen, wie ihre Augen erwartungsvoll aufleuchteten und wie sich ihr Körper bewegte, als würde sie zu einem inneren Rhythmus tanzen.

»Ich weiß, aber ich mag sie groß.«

»Ich auch«, platzte sie heraus. »Uhren, meine ich.«

»Und trotzdem tragen Sie keine.« Er lächelte spitzbübisch.

»Ich mag groß. Uhren an Männern, meine ich. Große Uhren an Männern.« Peinlich berührt schlug sie die Hand vors Gesicht.

»Ich hab's kapiert.« Lalo lachte. Als es versiegte, suchte er nach den richtigen Worten, Worten, die nicht wie eine abgedroschene Anmache klangen, musste aber feststellen, dass sein Kopf einer Wüste ähnelte. Die junge Frau drückte auf den Einschaltknopf ihres Mobiltelefons, doch es blieb schwarz. Sie zuckte mit den Schultern. Ihr Blick wanderte zu seinen Sancho-Boots aus Pythonleder. »Ungewöhnliche Schuhe«, meinte sie, »solche habe ich noch nie gesehen.«

»Ich auch nicht. Bis meine Mutter mir diese hier gekauft hat«, erklärte er, »und jetzt trage ich die Stiefel für sie.« Er war dankbar, dass ihr Augenmerk auf seinen Stiefeln lag und sie den Schatten nicht sah, den die Trauer auf sein Gesicht warf.

»Das ist ja süß«, sagte sie, »ehrlich.«

Ihre Augen leuchteten geradezu kindlich begeistert, doch ihre Stimme war brüchig, als hätten seine Worte etwas in ihr angerührt, was seit langem zerbrochen war. Lalo räusperte sich und drehte sich erst wieder dem Gleis zu, nachdem die Frau einen iPod herausgeholt, ihre Kopfhörer eingestöpselt hatte und weggegangen war, die Treppe hoch und über die Brücke auf den gegenüberliegenden Bahnsteig. Da stand sie nun, allein, und wiegte sich leicht in den Schultern.

Sie grinste ihn über die Gleise hinweg an. Er grinste zurück. Unvermittelt fiel ihm ein, dass er sie etliche Male an seiner Galerie hatte vorbeigehen sehen. Einen Augenblick lang verglich er sie beide mit zwei Tieren, die sich links und rechts einer aus Holz und Eisen geflochtenen Cornrow befanden. Das könnte er irgendwann in einem Gemälde umsetzen. Ob er das ihr gegenüber erwähnen sollte, wenn sie herüberkam? Oder wenn er hinüberging?

In der Ferne tutete ein Signalhorn, gefolgt vom Rattern des herannahenden Zugs, und in die Menge kam Bewegung. Köpfe drehten sich hin und her, Gesichter strahlten, Hände wurden gerungen oder flogen in die Höhe. Lalo fühlte sich wie ein Kind und sein Herz flatterte, als der Zug um die Kurve bog. Doch gleich darauf legte sich eine Schwere auf ihn. Wie konnte es sein, dass er und die meisten Menschen hier zum ersten Mal in ihrem Leben einen fahrenden Zug sahen?

Als der Zug näherkam, wurde Lalo pechschwarz vor Augen und er sah einzig Dunkelheit. Dann blitzte, geweckt vom Brüllen der Lokomotive, vor seinem inneren Auge die erste Erinnerung auf. Dann noch eine. Und noch eine und ein Durcheinander von verwirrenden Bildern, bis ihn der wütende Schnauzbärtige zurückzerrte.

Bis zu diesem Augenblick hatte Lalo sich stets für einen kleinen Künstler mit einem chaotischen Atelier und bescheidenen Ambitionen gehalten, der Rennpferde malte, die ihm in seinen Träumen erschienen, und Seerosen, die in verzauberten Sümpfen wuchsen. Dann war der Zug eingefahren und hatte unbekannte Erinnerungen mit sich gebracht.

Laubsturm

Yarima Lalo stand am Fenster und sah auf die Straße hinaus, wo ein Wirbelwind eine Spirale aus toten Blättern über den Asphalt tanzen ließ. Der ersterbende Tornado klatschte eine Handvoll Blätter gegen die Fassade seines Ateliers und drückte das Blatt eines Eukalyptusbaums, der ganz in der Nähe stand, gegen die Scheibe. Er betrachtete die Aderung, als wäre das Blatt eine Kreatur, die aus den Tiefen seiner Phantasie oder seiner Albträume hervorgekrochen war, um ihn zu quälen. Längst tot, längst vertrocknet, blieb das Blatt hängen, ehe es sich wieder dem Sturm überließ, der es davontrug.

Kopfschüttelnd ging Lalo zur Glastür und schloss sie, doch der Staub hatte sich bereits hereingestohlen und den erdigen Geruch nach Regen und ein Gefühl der Vorahnung mitgebracht. Er spürte, noch etwas anderes würde kommen, etwas, was er nicht benennen konnte.

Draußen verursachte der Sturm Chaos – Ladenbesitzer schlossen ihre Türen, Markisen blähten sich, auf der anderen Straßenseite fiel an dem Stand mit den Prepaid-Handy-Karten der rote Sonnenschirm um und flog durch die Luft. Die Verkäuferin jagte ihm hinterher. Ein Radfahrer, der wie eine Schildkröte aussah, sauste vorbei, die Vorderseite seines grünen Kaftans presste sich an seine Brust, die luftgefüllte Rückseite wölbte sich wie eine Muschel. Eine Frau kämpfte um ihren Wickelrock, ein gelb-blaues Flattern, und um ihre Würde – offenbar hatte es der Sturm auf beides abgesehen. Ein Mann mit windgebauschter Dschellaba rannte seinem bestickten Käppchen nach. Lalo erinnerte sich, wie er als Kind in den Stürmen gespielt hatte, die der Regenzeit vorausgingen. Wie er mit einer Schüssel den Sandteufeln hinterherjagte und versuchte, die winzigen Dschinns, die in ihnen herumwirbelten, einzufangen. Wie sie die schrillen Stimmen ihrer Mütter ignorierten, die ihnen verboten, sich mit Dämonen und anderen boshaften übernatürlichen Wesen anzulegen. Sie trällerten *Allah kawo ruwa da kifi soyayye*, ihre Stimmen klar und euphorisch, sie sangen mit Begeisterung und im festen Glauben, dass tatsächlich gebratener Fisch vom Himmel fallen würde. Er erinnerte sich weder an die Gesichter noch an die Namen seiner damaligen Spielgefährten. Auch nicht daran, aus welchem seiner Leben diese Erinnerungen kamen. In den Wochen seit seiner Begegnung mit dem Zug hatten die Erinnerungen, die aus seinen früheren Leben auftauchten, und die Sorgen, die diese ihm bereiteten, Lalo einen bescheidenen Bart wachsen lassen und einen Schatten auf sein Herz geworfen.

Riesige Regentropfen trafen die Fensterscheiben, Lalo wich zurück und beobachtete, wie sie sich in Spritzer verwandelten, die kurz verweilten, ehe sie das Glas hinabrannen. Erstaunt stellte er fest, dass er zitterte. Aus einer Kommode beim Fenster holte er einen Staubwedel und machte sich über den Staub her, der seine Gemälde überzog, sich wie ein Schleier aus Spitze auf die Leinwand gelegt und in den Ecken der Rahmen festgesetzt hatte. Er arbeitete mit Feuereifer, drehte den Staubwedel, rollte den Griff zwischen Daumen und Zeigefinger und fuhr über die Rahmenecken. Als könnte er durch das Entfernen des Staubs das Bild einer Leiche, die im Regen in einem Maisfeld lag, aus seinem Kopf wischen. Je mehr er sich anstrengte, desto mächtiger wurde das Bild, bis er schließlich aufhörte und die Augen schloss. Seufzend fuhr er sich mit der Hand über den Bart und öffnete die Augen. Hungergefühl knabberte an ihm. Wäre er doch nur vor dem Regen mittagessen gegangen. Schwer zu sagen, wie lange er nun warten musste.

Beim Blick zur Uhr hoch machte sein Herz einen Satz. Zwei Uhr vierzehn. Um diese Zeit war er in den vergangenen Wochen aus den Albträumen aufgewacht, die seinen Schlaf mit spritzendem Blut und auferstandenen Erinnerungen an Liebe und Verlust färbten. Die gleiche Zeit, zu der sich im Wachzustand sein Herz, seitdem er den Zug gesehen hatte, jeden Tag dreimal zusammenzog.

Ein Rütteln an der Tür ließ ihn zusammenfahren. Hinter der Glasscheibe hob eine Frau die Hände zum Himmel und legte sie dann bittend aneinander. Ihre Schultern waren ungleichmäßig nass; die Bluse lag eng um ihre Brüste. Sie war jung. Ihre Gesichtszüge – große Augen, seidige Brauen, die sich an die feuchte Haut schmiegten, und eine fein geformte Nase, die ein Piercing zierte – empfand er als verführerisch. Und das Kleid, das korallenrot und schwarz an ihrer schlanken Figur klebte, erinnerte ihn an seine liebste Jahreszeit – mit blühenden Bäumen und blumenübersäten Straßen. Wenn sie sich, durchnässt, wie sie war, bloß nicht erkältete. Gleichzeitig zog sich sein Herz zusammen. Von einer Frau wie ihr hielt er sich besser fern. Lalo wandte sich wieder seinen Gemälden zu. Hoffentlich war sie weg, wenn er wieder zur Tür sehen würde. Aber sie stand immer noch da, die Handtasche über den Kopf haltend, mit fragendem Gesichtsausdruck, warum er nicht helfen wollte, geradezu schockiert, dass er sich weigerte. Als er im Begriff war, sich erneut dem Gemälde zuzuwenden, kam ihm die Erleuchtung, dass er diese Augen schon einmal gesehen hatte, groß, strahlend, von kindlichem Glanz erfüllt – an jenem Tag am Bahnhof. Das Nasenpiercing hatte ihn verwirrt, das hatte sie damals nicht getragen, zudem veränderte das Make-up ihr Aussehen. Blitzschnell wandte er sich um, doch sie war fort.

Pechschwarz explodierte Schuldgefühl in seinem Herzen, nahm es in Besitz wie ein arglos dargebotenes Land, zog seine Brust zusammen. Er eilte zur Tür, riss sie auf und sah erleichtert, dass sich die junge Frau in eine Nische des Nebengebäudes geflüchtet hatte, den Rücken gegen die Mauer gepresst. Ihr Kopf war vor dem Regen geschützt, aber ihre strassbesetzten, silbernen Schuhe wurden ganz nass. Wenn der Wind seine Richtung änderte, würde sie eine Dusche abbekommen. Er winkte sie herein.

»Danke.« Sie klang ein wenig irritiert, als sie an ihm, der ihr die Tür aufhielt, vorbeiging. »Tut mir leid. Ich dachte, ich schaffe es noch zum Supermarkt, bevor der Regen kommt. Dass es so bald schütten würde, damit hatte ich nicht gerechnet.«

Lächelnd und mit einer gewissen Zärtlichkeit erinnerte er sich, dass sich ihre Worte oft überstürzten. Er hatte gehofft, sie wiederzusehen, aber in den letzten Wochen waren seine Gedanken mit anderem beschäftigt gewesen. Auch bei ihrer Begegnung war er mit seinen Gedanken woanders gewesen. Er hielt den Blick auf ihre über die Fliesen klackenden Absätze gerichtet, mit denen sie beinahe so groß war wie er, größer, als er sie in Erinnerung hatte. Die junge Frau blieb am Fenster an der Stelle stehen, wo er wenige Minuten zuvor gestanden hatte, und sah auf die Straße hinaus. Sie ging auf und ab, als müsste sie nur die Hand ausstrecken, um den Regen wegzuwedeln.

»Der Supermarkt ist nicht weit weg. Aber vom Regen durchnässt werden, ist nicht gut. Wenn Sie es eilig haben, könnte ich wahrscheinlich einen Schirm auftreiben.« Am besten machte er sich gleich auf die Suche nach dem Schirm, den vor Wochen ein Kunde vergessen hatte und der sich irgendwo im Durcheinander der winzigen Abstellkammer befand, in der er seine Leinwandrollen, Rahmen, Pinsel und farbbekleckseten Lappen aufbewahrte.

»Ich habe gerade eine Erkältung hinter mir«, sagte sie und holte ihr Mobiltelefon aus der Handtasche. »Mein Kopf sollte nicht nass werden.«

»Bleiben Sie gern so lange wie nötig.« Sie hatte etwas Beunruhigendes an sich; sie war gleichzeitig anziehend und unheimlich, ja gefährlich. Im tiefsten Inneren wusste er jedoch, dass es seine Unsicherheit, seine Bedenken waren, die ihn in Alarmbereitschaft versetzten.

»Ich sollte besser gehen«, sagte sie und blickte von ihrem Handy auf. »Verzeihung, dass ich Sie behelligt habe.«

»Aber es regnet doch noch.« Er sah durch die Glasscheibe der Tür. Aus der grauen Wolkendecke fiel ein steter Schauer. Auf der Straße bildeten sich Rinnsale, die im Abflusskanal verschwanden. Ein wütender, weißer Lichtstrahl gabelte sich in Form eines gemarterten Y am düsteren Himmel. Lalo zählte leise vor sich hin und bei zehn grollte der Donner. »Ich habe Sie zuerst gar nicht erkannt«, sagte er. »Sie sind die Frau vom Bahnhof.«

Mit fragendem Blick sah sie ihn an.

»Der Tag der Probefahrt«, erläuterte er. »Sie haben mich nach der Uhrzeit gefragt.«

Sie runzelte kurz die Stirn und sah ihn an, betrachtete ihn vielleicht zum ersten Mal richtig. Ihr Blick wanderte zu seinen Schuhen und ein Lächeln breitete sich auf ihrem Gesicht aus. »Ah, jetzt erinnere ich mich. Sie sind der Schlangenleder-Sancho-Typ!« Sie schlug die Hände vor den Mund. »So sind Sie mir in Erinnerung geblieben. Ich habe Sie tatsächlich nach der Uhrzeit gefragt.«

Er sah auf das Schlangenledermuster seiner Boots hinunter, deren Braun fast mit dem der Fliesen übereinstimmte. Nicht immer hatte er diese Stiefel geliebt. Er wollte nicht wie ein verirrter Cowboy aussehen, aber jetzt liebte er sie, liebte das Gefühl, das sie ihm gaben: geliebt zu werden. Liebte, wie er sich auf den Absätzen drehen konnte.

»Zwei Uhr vierzehn. Genau um diese Zeit haben Sie heute an meine Tür geklopft.«

»Es hat also jetzt keinen Sinn, Sie zu fragen, wie spät es ist.« Hell erklang ihr Lachen. »Wie seltsam aber auch! Was für ein Zufall!«

»Glauben Sie?« Er lächelte. Ihm gefiel, dass sie lachte. Ihm gefiel, wie sie lachte – ein schrilles, helles Lachen, rückhaltlos und ungekünstelt. Weder war es angenehm noch passte es zu ihrem reizvollen Aussehen, es war einfach nur laut und ungezügelt, wie wild davonflatternde Vögel. Wenn er doch auch nur so ungehemmt lachen könnte.

Dann lächelte auch sie. »Sie sehen anders aus, melancholischer. Und Sie haben sich einen Bart wachsen lassen.«

Lalo strich über seinen Bart, wie um sich zu vergewissern, dass er da war. Ihre Direktheit brachte ihn erneut zum Lächeln.

»Verzeihung, manchmal bin ich zu forsch«, sie legte den Kopf schief und fügte fast im selben Atemzug hinzu: »Und Sie tragen wieder diese Schuhe. Ein Geschenk Ihrer Mutter, haben Sie gesagt.«

»Daran erinnern Sie sich?«

»Natürlich. Ich fand es süß. Ein Mann, der solche Schuhe

trägt, um das Andenken seiner Mutter zu feiern, muss einfach reizend sein. Das hat mir gefallen«, sie räusperte sich neckisch. »Solche Schuhe sieht man nicht jeden Tag. Ihre Mutter hat … einen besonderen Geschmack.«

Er hätte nie das Wort *süß* verwendet, um sich zu beschreiben. Er fand es lustig, dass sie es benutzte. Süß war ein Begriff, den er mit Stofftieren und Kleinkindern in Verbindung brachte. Nicht mit einem erwachsenen, bärtigen Mann, der fast sein ganzes Leben lang gearbeitet, Körper und Geist gestählt hatte, um jeglicher Art von Schwäche keine Angriffsfläche zu bieten. »Ich weiß. Anfangs mochte ich sie auch nicht. Selbst hätte ich sie mir nie ausgesucht. Aber jetzt bedeuten sie mir alles.«

»Ihre Mutter ist aber nicht …« Sie brachte die Worte nicht über die Lippen.

»Nein, nein«, sagte er. »Sie ist quicklebendig. Schläft lediglich. Sie ist krank und schläft manchmal wochenlang.«

Als sie merkte, dass er es ernst meinte, hörte sie auf zu lachen. »Oh, Verzeihung. Ich habe das für einen Scherz gehalten.«

»Schon gut. Die meisten verstehen es nicht. Sie fühlte sich gut, dann ging sie eines Abends ins Bett und wachte tagelang nicht mehr auf. Mittlerweile ist das schon mehrmals vorgekommen. Wenn sie schläft, fühlen sich diese Stiefel wie die einzige Verbindung zu ihr an, wie ein Teil von ihr, den ich überallhin mitnehmen kann.«

Ihre Augen verschleierten sich, sie blickte auf die Boots hinunter und legte die Hand aufs Herz. Als sie sprach, zitterte ihre Stimme leicht. »Das tut mir leid. Hoffentlich wird sie wieder gesund.«

Er murmelte ein Amen.

Unbeholfenes Schweigen breitete sich wie Unkraut zwischen ihnen aus. In der Zeit, die das Schweigen benötigte, um Wurzeln zu schlagen und durch die Oberfläche zu brechen, beschäftigte sie sich wieder mit ihrem Handy. Ihr Blick wich seinem aus und Lalo ahnte, dass die leise Traurigkeit, die in ihrer Stimme lag, auch in ihren Augen schimmerte.

»Wohnen Sie in der Nähe?«, fragte er. »Ich meine, ich hätte Sie einige Mal vorbeischlendern gesehen.«

»Eigentlich nicht. Ich habe einen Hennasalon die Straße runter, im Ademola Adetokunbo Crescent. Und ich gehe sehr gern zu Fuß. Aber diese blöde Stadt ist nicht für Fußgänger geeignet«, sagte sie.

»Wem sagen Sie das. Das fehlt mir hier. In Jos, wo ich eine Zeitlang gelebt habe, ist das anders. Wenn ich mich dort mit Freunden verabredet habe, bin ich immer zu Fuß gegangen«, sagte er. Mit zwei Fingern ahmte er auf der Glasscheibe eine Gehbewegung nach. »Manchmal überlege ich mir, die Gehwege in Abuja zu bemalen. Jeden Stein in einer anderen Farbe. Lange würde ich dazu nicht brauchen.«

»Was für eine verrückte Idee. Würde diesem Ort hier etwas Charakter verleihen und Sie wahrscheinlich ins Gefängnis bringen.«

Lalo lachte.

»Also«, sie sah sich im Atelier um, »nachdem ich keine Fremde mehr bin, wollen Sie mir nicht einen Stuhl anbieten?«

Er deutete auf den Tisch, der im hinteren Teil des Raums stand, ein Stück entfernt von den gerahmten Bildern an der Wand. Wie klein doch sein Atelier oder vielmehr wie vollgestellt es mittlerweile war. Die lebhaften Farben seiner Werke hoben sich von den weißen Wänden ab. Unter manchen Bildern lehnten einige seiner älteren Werke an der Wand. In den letzten Wochen, seit dem Zug, hatte er mehr gemalt als verkauft. Was in seiner neuen, aus einem Fiebernebel geborenen Phase entstand, war für ihn selbst. Diese Gemälde waren Verkörperungen, Erinnerungsfragmente, die er für sich selbst festgehalten hatte, und es war ihm egal, ob sie verkäuflich waren.

Sie ging durchs Atelier und setzte sich auf einen hohen Holzschemel am Fenster. Aus ihrer Handtasche holte sie ein Taschentuch, tupfte sich mit einer Ecke die Augen und wischte dann über ihre Schuhe. Anschließend beschäftigte sie sich wieder mit ihrem Mobiltelefon.

Lalo trat von der Fensterscheibe, vom Regen zurück in seinen Arbeitsbereich. Seine Hände zitterten, als er eine Leinwand auf die Staffelei stellen wollte. Nach dem zweiten, geglückten Versuch setzte er sich auf die Tischkante und betrachtete die leere Fläche, wollte die Inspiration herbeizwingen, damit Bilder aus dem Gewebe wuchsen und flüsternd zu ihm sprachen, doch er sah einzig einen Körper, der in einem Maisfeld lag und vom Regen durchnässt wurde.

Sein Mobiltelefon, das auf dem Tisch lag, klingelte, ein schriller, mehrstimmiger Ton, der die junge Frau aufrechter sitzen ließ. Lalo durchquerte das Atelier und hielt sich das Handy ans Ohr. Es war Chioma, die Galeristin. Er unterhielt sich geraume Zeit mit ihr über die Details einer geplanten Einzelausstellung. Nach dem Gespräch legte er das Gerät zurück auf den Tisch.

Er bemerkte, dass die Frau das kleine, schwarze Handy anstarrte. Lächelnd zuckte er die Achseln. »Ich weiß, man benutzt heutzutage keine solchen Mobiltelefone mehr.«

»So eines habe ich tatsächlich schon lange nicht mehr gesehen.«

»Schon klar«, lachte er. »Früher hatte ich ein Smartphone. Aber dann ging mir eines Tages auf, dass wir zu viel Zeit damit verbringen, durch dieses kleine Gerät in unseren Händen auf die Welt zu sehen, und daher die Welt um uns herum gar nicht mehr richtig wahrnehmen.«

»Hmm«, sagte sie. »Wie bleiben Sie dann mit der Welt in Verbindung?«

»Ich lebe nicht hinterm Mond«, entgegnete er. »Natürlich habe ich einen Laptop und eine E-Mail-Adresse. Ich möchte einfach nicht mehr alle fünf Minuten auf das Mobiltelefon in meiner Hand glotzen. Es gibt so viel mehr zu sehen, so viel Schönes und auch so viel Hässliches. Die Kleinigkeiten, die man sonst verpasst.«

Sie nickte seufzend. »Ich fürchte, ich bin süchtig nach Instagram und TikTok. Klar, fürs Geschäft ist Social Media gut. Und nur zum Spaß auch. Es ist sehr schwer, nicht ständig am Mobiltelefon zu hängen«, sagte sie und steckte ihres in die Handtasche. Sie sah sich im Atelier um. Die Gemälde weckten ihre Neugier; sie stellte ihre Tasche ab und stand auf, um sie genauer zu betrachten. Das Porträt eines kleinen Mädchens mit Pferdeschwanz, ein Rennpferd, das durch einen Staubnebel galoppierte, eine Frau, deren Gesicht eine Collage aus bunten Würfeln war, leuchtend und zurückhaltend zugleich.

Aus dem Augenwinkel beobachtete Lalo, wie sie strahlend und nickend vor den Gemälden stand. Sie berührte eines, fuhr zart über die Farben, die Struktur.

Er schüttelte den Kopf. Welcher Mensch weiß denn nicht, dass man Kunst nicht anfassen darf?

Als die junge Frau vor seinem neuesten Werk stand, registrierte er mit einer gewissen Genugtuung, dass sie zurückzuckte, den Kopf abwandte. Im nächsten Augenblick beugte sie sich vor und studierte das Gemälde abermals, dann wandte sie sich ihm zu.

»Sind Sie das?«, wollte sie wissen.

»Ja.«

Sie schüttelte den Kopf. »Das ist … interessant.«

Er verschränkte die Arme, ließ sie gleich wieder sinken und griff sich an den Bart. Ihre Wortwahl ließ ihn stolpern und er schmunzelte darüber, wie getroffen er sich fühlte. *Interessant.* Ein Wort, das zwischen gut und katastrophal schwankte. In welche Richtung das Wort kippte, hatte mit dem Werk selbst oftmals nichts zu tun. Seit er vor Wochen angefangen hatte, diese Gemälde zu erschaffen, war dies das erste Mal, dass er innehalten und versuchen würde, Worte dafür zu finden, Worte, die sie als Kunstwerke beschrieben, und nicht nur wie bisher als Bruchstücke seines Lebens oder vielmehr als die Enden seiner früheren Leben.

»Ich bin nicht der erste Künstler, der in seinem eigenen Werk auftaucht«, sagte er. Auch war er nicht der erste, der sein eigenes Ende malte. Ob sie wohl Caravaggio kannte, je seine Werke gesehen und, wenn ja, seine morbide Obsession mit Enthauptungen wahrgenommen hatte? Sicher nicht.

»Die … sind sehr fesselnd, auf eine verstörende Art und Weise«, meinte sie.

Lalo runzelte die Stirn. Eher melancholisch und düster. Verstörend, ja. Aber fesselnd? Zumindest hatte er das während des Malens so nicht wahrgenommen. Er hatte sich ausschließlich auf die Bilder in seinem Kopf konzentriert und auf die damit verbundenen Gefühle. *Kinder des Nebels* nannte er die Werke aus dieser Phase gelegentlich. Geboren aus dem Fieberdunst, in dem sie zu ihm gekommen waren, aus dem er, seit er den Zug gesehen hatte, jede Nacht genau um zwei Uhr vierzehn aufwachte, seine zitternden Hände beruhigte, indem er mit farbverschmierten Fingern über die Leinwand fuhr. Jedem Punkt, jeder Linie, jedem Pinselstrich waren Erinnerungen ans Sterben eingeschrieben, als erlebte er diesen Augenblick immer wieder. Im Delirium beendete er das Gemälde, ließ sich aufs Sofa fallen und durchlitt nochmals die Ereignisse, die zu dem auf Leinwand festgehaltenen Moment geführt hatten. Soweit er sich an sie erinnern konnte.

In jener ersten Nacht nach dem Fieber war Lalo zu sich gekommen, weil er ein ihm zunächst fremdes Geräusch gehört hatte. Zwei gelbe Knopfaugen in einem kreideweißen Gesicht starrten ihn an. Er hatte schreien wollen, in der nächsten Sekunde jedoch begriffen, dass es nur Diallo, sein Papagei, war. Dessen schrilles Kreischen hatte ihn geweckt und er stellte fest, dass er auf dem Sofa in seinem eigenen Wohnzimmer eingeschlafen oder womöglich ohnmächtig geworden war. Lalo hatte sich mühsam vom Sofa aufgerappelt und die Fenster geöffnet, worauf Luft ins Zimmer flutete und die Schwaden seines plötzlichen Unwohlseins vertrieb. Als er sich wieder umdrehte, da sprach ihn ein Gemälde an, an dessen Entstehung er sich zuerst nicht erinnern konnte. Er machte einen Satz rückwärts und stieß ein auf dem Boden stehendes Glas um, Wasser ergoss sich über den Teppich und löste einen Schnappschuss, eine Erinnerung aus: Blut hatte sich um seinen Kopf ausgebreitet und versickerte in der schwarzen Erde, auf der er lag. Er sprang über Wasser und Glas und setzte sich aufs Sofa, betrachtete das Werk, als hätte sich jemand anders in der Nacht hereingeschlichen und es geschaffen, obwohl seine Hände noch mit der Pastellkreide beschmiert waren, die er mit den Händen als Bildhintergrund aufgetragen hatte.

Die Leinwand vor ihm zeigte den Augenblick, bevor er niedergeschlagen wurde, er saß in den Eisenbahnsitz gepresst da, die Arme erhoben, als wollte er seinen Kopf vor dem Knüppel schützen, der auf ihn zurauschte, seine Bewegung war in schwarzer Farbe festgehalten. Was ihn verwunderte, waren nicht nur der Stil und die Erdtöne – beispielsweise der Sand, in dem er begraben gewesen war –, so anders als die grellen Farben seiner früheren Werke, sondern auch, wie lebensecht die Angst und der Schock in seinen Augen wirkten, in seinen Gesichtszügen, als habe er sich selbst für das Gemälde Modell gestanden.

»Dieser Gesichtsausdruck, ich weiß nicht, wie Sie den eingefangen haben«, sagte sie. »Haben Sie davon ein Foto gemacht oder ihn vorm Spiegel geübt …«

Lalo senkte den Kopf. »Das ist keine Übung.«

Er ging zu dem Gemälde, bewegte es ein wenig nach links, dann nach rechts. Er stellte fest, dass sie ihn musterte, als könnte sie dort, wo ihn der Knüppel getroffen hatte, eine Narbe entdecken. Lalo richtete sich auf, fuhr sich über die Schläfe und zog sein Hemd nach unten.

»Sie haben schlechte Laune.« Die junge Frau entfernte sich von ihm und den Gemälden, stellte sich ans Fenster und sah seufzend hinaus ins Grau. Ein Regenvorhang fiel, sein Saum tänzelte neckisch an die Scheiben.

Wieder zauberte ihm ihre Unverblümtheit ein Lächeln aufs Gesicht. »Entschuldigung«, sagte er, »diese Serie bedrückt mich irgendwie.« Er verstummte, wägte seine Worte ab. »Ich mache nämlich gerade eine Phase durch … etwas geht in mir vor. Mein Bruder hält mich für verrückt.« Er tippte sich gegen die Schläfe, riss die Augen auf, streckte die Zunge heraus und wackelte mit dem Kopf. Sie musste lachen. »Aber ich bin nicht verrückt.« Lächelnd sah er sich um. Ihm gefiel, wie ihr Lächeln langsam schwand, wie verglühende Asche. »Wenn Sie mögen, kann ich Ihnen auch die anderen zeigen.« Er kam sich albern vor, wie er dastand, die Hände gefaltet, eine Grimasse auf dem Gesicht. Da er bisher niemandem die Serie gezeigt hatte, hatte er keine Ahnung, wie ihre Reaktion ausfallen würde. Lächelnd zuckte sie die Achseln. »Es regnet ja sowieso.«

»*Yi hakuri,* Verzeihung, ich hatte mich noch nicht vorgestellt. Meistens nennt man mich Lalo. Yarima Lalo«, sagte er in einem entschuldigenden Tonfall, in den sich ein Hauch Mutwillen mischte. »Wie Sie sich denken können, bin ich der Maler. Bestimmt haben Sie auch einen Namen, außer es stört Sie nicht, wenn ich Sie die Zwei-Uhr-vierzehn-Frau nenne.«

Sie lachte. »Aziza.«

»Aziza«, wiederholte er und verbeugte sich leicht spöttisch. »Ich entschuldige mich nochmals für mein... Verhalten. Ich bin mir nämlich nicht sicher, was genau in mir vorgeht.«

»Schon in Ordnung.«

Fünf, sechs Gemälde zeigten Lalos Antlitz, erfüllt von Schock, Angst, der Gewissheit zu sterben, und im Augenblick danach.

»Diese drei«, mit ausladender Bewegung zeigte sie darauf, »wirken, als wären sie miteinander verbunden. Durch den Zug.« Im Ersten, das sie gesehen hatte, hielt er schützend die Arme über dem Kopf. Dahinter ein anderes, auf dem sein Kopf eingeschlagen war, Blut spritzte, sein Körper war gegen die Rückenlehne des Sitzes gesunken, sein Gesicht nur zum Teil sichtbar.

»Das ist richtig.«

Es gab ein weiteres Bild von ihm, auf dem er sich, in Erwartung eines Schlages, in einem Maisfeld zusammenkauerte. Auf dem nächsten nur ein blutiger Stein zwischen den Stängeln. Schwarze Erde. Grüner Mais. Tiefrotes Blut. Im letzten Gemälde drohte ein weiterer Schlag, die Ränder seiner Augen verschwommen, die Schläge kraftlos, des Lebens müde, des Sterbens, der Unausweichlichkeit von allem. Kleiner wirkte er darauf, geradezu geschrumpft.

»Was stellen die Bilder dar?«

»Natürlich einen Mann, der umgebracht wird.«

»Und der Mann sind Sie?«

Er nickte.

»Auf allen Bildern?«

»Das letzte zeigt einen Mann, der wahrscheinlich gleich umgebracht wird.«

Sie drehte sich dem Bild zu, auf dem besagter Mann vor einem düsteren Hintergrund kauerte. »Moment, *ban gane ba,* ich verstehe nicht. Wollen Sie sagen, das ist wirklich passiert?«

Er wandte sich ab, murmelte etwas über andere Gemälde, die nichts mit dem Zyklus zu tun hatten; draußen ließ der Regen nach, die Straße war übersät vom Müll, den die Sturzbäche herausgeschwemmt hatten.

»Wollen Sie damit sagen, dass das tatsächlich passiert ist?«

Er seufzte. »Schwer zu erklären.« Er kratzte sich den Bart und verzog das Gesicht. »Es ergibt überhaupt keinen Sinn, ich weiß.«

»Erklären Sie mir die Bilder doch bitte, *dan* Allah.«

Während des darauffolgenden Schweigens überlegte er, ob er erwähnen sollte, wie irrational alle seine Gedanken waren, seit der Zug in ihm Erinnerungen an ein früheres Leben wachgerufen hatte. Fragte sich, ob diese Fremde wohl über ihn lachen würde. Sie wirkte wie eine Romantikerin auf ihn – mit dem Nasenpiercing, ihrer Gier auf das Leben und auf Freundschaften, ihrer Affinität zu Instagram und TikTok. Vermutlich hatte sie eine Vorliebe für das Schöne und Unerreichbare, für Bilder von Blumen, von Liebespaaren, hingegossen im Mondlicht, und Ähnliches, nicht für den harschen Realismus dieser Bilder. Zuneigung für diese ihre Haltung erfasste ihn. Für sie. Für die Art, wie sie sich zu den Gemälden beugte, konzentriert die Stirn runzelte, vor sich hin murmelte.

Draußen grollte der Donner erneut wie ein hungriges Tier. Lalo schlenderte zum Fenster und betrachtete die Wasserströme, die das Fenster hinabglitten. Die Straße war dem Regen überlassen worden, ein paar geparkte Autos und der umgestürzte Plastiktisch der Handykartenverkäuferin waren die einzigen menschlichen Spuren. Kurz ging ihm die Frage durch den Kopf, warum der Tisch wohl nicht vom Wind weggefegt worden war.

»Diese Tode, die Sie malen, haben Sie die miterlebt?« Zwischen ihnen befand sich der Tisch, um den sie herumgegangen war, und die kleine offene Fläche des Ateliers. Sie spielte mit ihren Fingern.

»Ja, so könnte man womöglich sagen. Ich habe sie … erfahren.« Er drehte sich um und ertappte Aziza dabei, wie ihr der Mund offen stand. Dabei sah sie weder so jung noch so gutgläubig aus, wie er anfänglich angenommen hatte. An ihren angespannten Kiefermuskeln, ihren sich verengenden Augen ließ sich ablesen, dass sie seinem Geisteszustand misstraute. Sie umklammerte die Ecke des Tischs, als könnte sie ihn als Schild benutzen, um sich vor ihm zu schützen, vor seinen Trugbildern und eventuell seinem Wahnsinn, sollte dieser ausbrechen.

Einen Augenblick lang musterten sie einander. Sie, eine skeptische Inquisitorin, er, ein Kind, das beim Lügen erwischt wird.

Doch es war keine Lüge.

»*Toh fa! Babban magana,* große Worte«, entfuhr es ihr schließlich, ihr Blick huschte durchs Atelier, blieb kurz an schweren Objekten innerhalb ihrer Reichweite hängen, wie der dreißig Zentimeter großen Bronzestatue eines Fulani-Milchmädchens, das auf einem Sockel zu ihrer Linken stand, einer gesichtslosen Figurine aus verkohltem Holz zu ihrer Rechten, eine Hälfte dunkler als die andere. »Und Sie sind bei diesen … Vorfällen gestorben?«

»Hören Sie, es tut mir leid.« Rasch ging er zu den Gemälden, stapelte sie aufeinander und lehnte sie gegen die Wand. »Wie gesagt, es lässt sich nur schlecht erklären. Bestimmt sind Sie der Meinung, dass ich Sie verarsche.«

Aziza nickte, ihr Blick huschte immer noch hin und her. »Sie sind wunderschön. Wunderschön gemacht, will ich damit sagen. Bestimmt gibt es dafür ziemlich viel Geld.«

»Sie stehen nicht zum Verkauf.«

»Oh!«

»Das ist keine Kunst«, sagte er und machte eine Geste der Hilflosigkeit. »Soll heißen, das ist das Leben, verstehen Sie? Leben. Und Tod.« Das letzte Wort stieg auf wie das Rauchfädchen einer ausgeblasenen Kerze.

»Oh.«

Sie nickte und trat, Interesse heuchelnd, nach einer angemessenen Pause vor die anderen Gemälde. Er hatte recht gehabt, sie hielt sich länger vor einem kubistischen Bild auf, das einen lesenden weiblichen Akt darstellte.

Lalo zögerte, sollte er etwas sagen oder die Unterstellung, er habe gelogen, einfach vom Regen davonspülen lassen? Er wollte sich nicht mehr entschuldigen, aber aus irgendeinem Grund wollte er auch nicht, dass sie mit dem Eindruck ging, er wäre geistig nicht gesund.

»Diese Gemälde werden wahrscheinlich bei einer Ausstellung gezeigt.« Diese Idee war ihm gerade eben erst gekommen. »Aber sie stehen nicht zum Verkauf. Zumindest nicht diese.«

»Verstehe.« Sie verzog das Gesicht. »Jedenfalls danke, dass Sie mir Ihre Arbeiten gezeigt haben. Es hat anscheinend aufgehört zu regnen. Ich muss heim zu meiner Tochter.«

»Eine Tochter? Wie alt?«

»Fünf.«

Er nickte.

»Allah *ya raya,* möge Gott ihr ein langes Leben schenken.« Er wollte hinzufügen, dass sie bestimmt so schön war wie ihre Mutter, doch ließ die Worte stattdessen in seinem Kopf herumwirbeln.

»Amen. Danke. Und danke, dass ich bleiben durfte. Ich hätte eine Massenmörderin sein können oder eine Diebin.« Sie gluckste.

Er lächelte. »Oder einfach nur eine Muse.«

Sie lächelte gleichfalls und ordnete den Schleier über ihrer Brust. An der Tür drehte sie sich mit erhobenem Zeigefinger um, als wäre sie eine Schülerin, die im Unterricht aufzeigt. »Entschuldigen Sie meine Frage, wer war der Mörder in Ihren Gemälden?«

»Ein verschmähter Rivale. Oder in einem Fall ein Ehemann.«

Aziza nickte, ihre Augen wanderten von seinem Kopf über das schwarze T-Shirt und die rote Hose bis hinunter zu den Schuhen und hinterließen bei dieser Reise die Spuren ihres Zweifels – an seiner Erzählung, seiner geistigen Gesundheit. »Also, *nagode*, danke. *Sai anjima*, auf Wiedersehen.«

»Gern geschehen«, sagte er. »*Sai anjima.*«

»Übrigens eine hübsche Idee, das Kind reinzumalen.«

»Welches Kind?«

»Das mit dem Karren. In allen Gemälden. Rechts oben. Ist mir gleich aufgefallen«, sagte sie.

Lalo wandte sich seinen Gemälden zu und richtig, oben rechts fand sich in allen die Gestalt eines Kindes mit einem Karren. Manchmal ein Schatten oder eine Wolke, eine Silhouette, manchmal eine Lücke im Laub, aber alle zeigten die gleiche Form, ein geheimes Motiv, das er in seine Kunst eingebaut hatte. Bis auf die Tatsache, dass er die Gestalt zum ersten Mal wahrnahm. Er trat näher und sah genauer hin.

Da hörte er die Silberglöckchen an seiner Tür klingeln, die verkündeten, dass die Frau ging, die um zwei Uhr vierzehn nachmittags, eingehüllt in einen Laubsturm, gekommen war.

Das Kind

An diesem Abend, lange nach den Regenfällen, als die umgekippten Sonnenschirme wieder an ihren Platz gestellt worden waren und die Menschen die Straßen nach dem Sturm der Elemente zurückerobert hatten, als die Tagesgeschäfte erledigt waren und die Ladenbesitzer über Nacht schlossen, sah Lalo aus dem Fenster und erblickte das Kind, dessen Gestalt und Gesicht in seinen Gemälden aufgetaucht war, auf der anderen Straßenseite bei ihrem Karren stehen. Das Mädchen schien ganz versunken in die Beschilderung eines Kinderbekleidungsgeschäfts, als wäre sie eine Kartografin, die sämtliche Buchstaben nachzeichnen musste.

Erstaunt riss Lalo die Augen auf. Verblüfft blickte er mehrmals von dem Kind zu den Gemälden und jedes Mal drang die Erkenntnis tiefer, dass sie ein und dasselbe waren. Sogar sein skeptischer Geist musste akzeptieren, dass die Gestalt, die er unbewusst in seine Bilder eingearbeitet hatte, auf der anderen Straßenseite stand und die Leuchtreklame eines Ladens betrachtete.

Lalo, der gerade Feierabend machen und die Jalousie seines Schaufensters herunterlassen wollte, spürte, wie sich sein Herz in etwas Wildes verwandelte, das verzweifelt der Enge seines Brustkorbs zu entkommen suchte. Die Malerschürze, die er ausgezogen hatte, entglitt seinen Fingern und fiel auf den Boden. Er bemerkte es so wenig wie den vorbeiströmenden Verkehr. Alles bis auf das Kind auf der anderen Straßenseite verschwamm. Das Kind schien ungerührt von der Hektik ringsum, der Welt, die heimwärts oder in einen der vielen Gastgärten der Stadt hastete, vom Verkehr, der sich hinaus in die Vorstädte schlängelte. Ein Kind, das anscheinend alle Zeit der Welt hatte.

Endlich, und dazu schien die gesamte Ewigkeit nötig, hatte das Mädchen offenbar die Buchstabenkontinente kartiert und nickte, als wäre sie von der eigenen Leistung beeindruckt. Sie drehte sich vom Laden weg und Lalo erhaschte einen Blick auf ihr Profil. Selbst aus dieser Entfernung konnte er sehen, wie glatt ihre Haut war. Ihr Gesicht war ein kleiner, geradezu leuchtender, von einem Kopftuch eingerahmter Mond. Sie hüpfte und sprang die Straße hinab, schob dabei ihren Karren elegant um die Passanten herum. Bis sie Libyas Stand mit den golden frittierten Köstlichkeiten erreichte, dort blieb sie stehen und betrachtete die glänzenden Hügel aus knusprigen Yams-, Kartoffel- und Hühnerstücken, die in Ei und Öl herausgebacken waren. Libya, der Riese, hob mit einem gigantischen Sieb eine frische Ladung frittierter Yams aus seinem Wok und kippte sie auf den Hügel, der sich bereits auf dem Tisch erhob.

Lalo selbst hatte nie etwas bei Libya gekauft, der unvermittelt eines Morgens an der Straßenecke erschienen war, samt Tisch, Dreifuß und einem schwarzen, fast badewannengroßen Stahlwok, und wie ein Strommast zur festen Institution geworden war. Lalo hatte nie erlebt, dass er seinen Stand verließ, nicht einmal, um auf dem Markt Nachschub einzukaufen, und doch holte er unter seinem Tisch immer wieder etwas hervor – eine Yamsknolle, eine Handvoll Kartoffeln oder Hähnchenflügel. Manchmal betete er in der wenige Meter entfernten Musallah. Abends hockten die Leute auf den Bänken rund um seinen Verkaufstisch und redeten über Politik und Fußball, die Proteste der Schiiten, Boko Haram und andere Banditen, die im Norden wüteten.

An diesem Abend saßen nur einige Männer da. Das Kind blieb stehen und starrte sehnsüchtig Libyas frittiertes Gold an. So klein und so einsam. Lalo, den plötzlich der Wunsch packte, dass sie so viel Gebackenes bekommen sollte, wie sie essen konnte, griff nach dem Türknauf. Als er die Straße überqueren wollte, fiel ihm ein, dass er seinen Geldbeutel auf dem Tisch vergessen hatte. Rasch ging er ins Atelier zurück, nahm ihn an sich, hastete nach draußen und überquerte die Straße im Laufschritt. Doch das Kind war fort. Stirnrunzelnd sah er auf die Straße, ehe er sich an Libya wandte.

»*Sannu, malam,* hallo, Meister«, grüßte er. »Gerade eben war hier noch ein Mädchen mit einem Karren. Ich bin nur schnell zurück und habe meinen Geldbeutel geholt, doch jetzt ist sie weg. Wissen Sie, wohin sie gegangen ist?«

Libya schüttelte den Kopf. »Tut mir leid, mir ist sie nicht aufgefallen. Hat sie Ihren Geldbeutel geklaut?«

»O nein«, Lalo hielt den Geldbeutel hoch, »sie hat Ihr Frittiertes betrachtet und ich habe mir überlegt, ob sie wohl was will und ich ihr eine Portion kaufen soll.«

Libya schob die Lippen vor und schüttelte den Kopf.

Lalo ließ den Blick links und rechts die Straße entlangschweifen. Auch er schüttelte den Kopf und holte einen Schein aus dem Geldbeutel, den er Libya hinhielt. »Ich möchte ihr im Voraus eine Portion kaufen, für den Fall, dass sie zurückkommt und gern eine hätte. Sie ist ungefähr so groß«, Lalo hielt die Hand in Höhe seines Oberschenkels, »und auf dem Kopf trägt sie ein Tuch.«

»Und hat einen Karren?«

»Ja.«

Libya sah Lalo in die Augen, nickte und griff nach dem Geld.

Flügelsturm

Fliegende Termiten drehten im Verandalicht ihre Pirouetten und stießen gegen die Glühbirne; ihre durchsichtigen Flügel brachten den Lichtstrahl zum Zwinkern und kitzelten Lalos Gesicht. Der Regen hatte sie aus ihrer Bewusstlosigkeit geweckt und das Licht auf der Veranda seiner Mutter zog sie an. Lächelnd erinnerte sich Lalo, wie er und sein Bruder Nura sie als Kinder in Schüsseln gesammelt hatten, die halb mit Wasser gefüllt waren, und ihre Schwester Habiba, die Jüngste von ihnen, sie anschließend salzte und röstete. Dann stellten sie stets einen großen Teller mit knusprigen Chinge vor ihre Mutter Kande, die auf dem Gebetsteppich saß und mit klickender *tasbaha* ihre Gebete zählte. Sie standen nebeneinander an der Wand und warteten, während durch Kandes erhobene, zur Schale gewölbte Hände leise die Gebete flossen. Manchmal zogen sich die Gebete hin und Lalo stellte sie sich als Spulen mit seidigen, blaugrünen Bändern vor, die sich von ihrem ernsten Herzen den ganzen Weg bis zum Rand der Welt entrollten und von dort in Gottes großen Schoß fielen. Nachdem Kande sich auf Gesicht und Herz geklopft hatte und die drei Kinder ihr Ameen wiederholt hatten, lächelte die Mutter sie an und führte eine Handvoll Chinge zum Mund.

Tage der Unschuld.

Vorbei, vorbei.

Habiba, die verheiratet und Mutter war und in Port Harcourt lebte, hatte er seit drei Jahren nicht gesehen. Nuras Gesicht war mittlerweile zur Hälfte von wildem Bartwuchs überwuchert, der dichter war als seiner, die andere Hälfte war faltenzerfurcht, weil er sich um alle Sorgen machte, um ihre Mutter, seine Frau, seine Kinder und um Lalo, dem er ein Vater sein wollte. Seine Hauptsorge galt Kande, die leidend war.

Lalo beobachtete die Hunderten von Insekten, die sich im Licht tummelten, ihre Flügel abwarfen und ins Dunkel krochen, ins Ungewisse. Mit einem Seufzer betrat er die Veranda und dann das Zimmer seiner Mutter. Sie lag auf dem Bett und schlief tief und fest; vom Fenster wehte ein Luftzug herein. Lalo schloss das Fenster und die Gardinenringe pfiffen über die Schiene, als er die Vorhänge zuzog. Kande schlief fast immer, so auch während der vergangenen drei Tage. Er setzte sich neben sie und zog die Decke bis zu ihrer Brust hoch. Ihre Hände fühlten sich warm, schwach und klein in seinen an. Er küsste ihre Fingerknöchel und schob ihre Hand unter die Decke.

Vor fünf Jahren hatte sich seine Mutter schlafen gelegt und war siebzehn Tage lang nicht aufgewacht. Nach dem ersten Tag, als sie weder auf direkte Ansprache noch auf Schütteln und Wassergüsse reagiert hatte, waren sie alarmiert gewesen und hatten Kande in ein Krankenhaus gebracht. Abgesehen von ihrem Tiefschlaf war laut den Ärzten alles in Ordnung. Während der Woche im Krankenhaus zeigten die Krankenschwestern der Familie, wie sie Kande mittels einer Spritze flüssige Nahrung einflößen konnten und wie sie gewaschen werden musste. Den Söhnen war es allerdings unangenehm, sie zu windeln. Als Habiba von Kandes Krankheit erfuhr, reiste sie durchs halbe Land ans Bett der Mutter. Sie blieb zwei Jahre.

Als Kande damals an einem wolkenverhangenen Tag das erste Mal aufwachte, betrachtete sie stirnrunzelnd die Windel und ihre Arme, die so schwach waren, dass sie sich nicht vom Bett abstoßen konnte, sowie ihre Beine, die unter ihr wegzuknicken drohten, nachdem sie endlich stand. Sie begriff nicht, dass sie siebzehn Tage, neunzehn Stunden und vierzehn Minuten lang geschlafen hatte, konnte sich an diese Zeit überhaupt nicht erinnern. Sie konnte sich auch kaum daran erinnern, dass die ängstlichen Gesichter um sie herum ihren Kindern gehörten.

»Kein Wunder, dass ich so müde bin«, hatte sie schließlich gegähnt.

Fast einen Monat später war sie erneut in einen Schlummer gefallen, der diesmal drei Tage dauerte. Die Hoffnung, die ihnen die kürzere Dauer dieses Anfalls gab, schwand rasch wieder. Der nächste Anfall zog sich einundzwanzig Tage hin, und als sie endlich aufwachte, waren ihre Kinder völlig außer sich. Im Laufe der Jahre verschlief sie wichtige Ereignisse in deren Leben. Nuras Hochzeit wurde zweimal verschoben. Beim dritten Mal fand sie trotzdem statt. Einmal wachte sie nach vierzehntägigem Schlaf auf und entdeckte, dass Habiba ihr ein weiteres Enkelkind geschenkt hatte.

Lalo saß an Kandes Bett und zerbrach sich den Kopf über ihr verblühtes Gesicht. In den gesamten neunundzwanzig Jahren seines Lebens war seine Mutter nie mollig gewesen, doch noch nie hatte sich ihre Haut so straff über den Wangenknochen gespannt, nicht einmal, nachdem die ewig hungrige Schnellstraße, die Abuja mit Lokoja verband, ihren Mann verschlungen hatte. Das Auto, in dem er saß, war von einem Lastwagen zerquetscht worden, der Zement transportierte.

Damals war Lalo siebzehn gewesen, hatte sich einen Afro wachsen lassen und trug stets einen Kamm in der Gesäßtasche seiner Jeans. Nachdem sie seinen Vater begraben hatten, ging er zum Friseur, warf sich auf den Stuhl und sagte zu dem verblüfften Mann: »Scheren Sie mir eine Glatze.« Während der Haarschneider seinen Afro hinwegfegte, konnte er immer noch nicht fassen, wie viel Zement sie aus dem Haar seines Vaters gespült hatten, ehe sie ihn in das Leichentuch hüllten. An diesem Tag zerbrach er seinen Kamm und hatte sich seitdem keinen anderen gekauft. Als er ein knappes Jahr später zum Militär ging, war er, angesichts der Rücksichtslosigkeit, mit welcher der Ausbildungsoffizier mit der Schere durchs Haar seiner Mitrekruten fuhr, dankbar für seinen Bürstenschnitt.

Kande war die ganze Zeit über stoisch gewesen. Sie zog den Schleier über die Schultern und kauerte sich zusammen, während das Kondolenzkonfetti um sie herum niederging. Angesichts der Tatsache, wie sehr sie seinen Vater geliebt und wie stark er ihr im Gegenzug seine Liebe gezeigt hatte, war Lalo überzeugt gewesen, dass man Kandes Einzelteile zusammensammeln und mit Liebe und Geduld wieder zusammenfügen müsste. Doch ihre Augen hatten sich lediglich tiefer in ihr Gesicht zurückgezogen, während sich die Jahre in ihre Stirn gruben. Wenn sie sich zum Abendessen hinsetzte, das sie bislang immer mit seinem Vater zu sich genommen hatte, wobei sich ihre Finger stets berührten, wenn sie nach dem Essen griffen, das sich auf einem gemeinsamen Teller befand, starrte sie nur vor sich hin, das Gesicht lang wie ein Stadttor, und seufzte ihren Hunger fort. Ansonsten war sie bei guter Gesundheit gewesen, bis zum Tag, an dem sie über Fieber und Kopfschmerzen geklagt, sich ins Bett gelegt und siebzehn Tage lang geschlafen hatte.

»Ich habe dich gar nicht kommen hören«, drang Ummitas unverwechselbare, piepsige Stimme in seine Gedanken. Mit der Windel in der Hand stand die Frau seines Bruders an der Tür. Seit seine Schwester zu ihrer Familie zurückgekehrt war, war es Ummita, die Kande pflegte und windelte. Bei seinen Besuchen bekam er gelegentlich mit, dass Nura sie feucht abrieb oder ihr Zimmer putzte. Lalo bestand darauf, seinem Bruder das Handtuch oder den Mopp abzunehmen, was dieser einigermaßen widerwillig zuließ. Für ihn war das Wischen der Teil, den er beitragen musste, etwas, was er tun musste, nicht nur für seine Mutter, sondern auch für das Haus. Zumindest für dessen Erscheinungsbild.

Es hatte ihrem Vater gehört. Nachdem er gestorben war und Nura heiraten wollte, bestand Kande darauf, ihre Zimmer aufzugeben und in den Gästebereich zu ziehen, als wäre sie nur ein Untermieter im Leben ihrer Kinder. Nura hatte diese Geste abgelehnt, bis seine Mutter die Ältesten beauftragt hatte, ihm Gehorsam beizubringen.

Jetzt sah Lalo die Frau an, die im ehemaligen Trakt seiner Mutter lebte. »Tante Ummita, ich bin gerade eben gekommen. Ich dachte, du bist beschäftigt, und wollte dich nicht stören.«

»Ich habe dich erwartet. Und dir etwas vom Abendessen beiseitegestellt.«

»Hast du? Vielen Dank.«

»Natürlich.« Sie lächelte. »Wenn sie schläft, kommst du doch jeden Abend zu Besuch.« Sie hielt die Windel hinter ihrem Rücken versteckt und betrat das Zimmer.

Lalo stand auf und wich zur Wand zurück, vergrößerte den Abstand zwischen ihnen. Von seinem kurzen Ausflug in die Armee hatte er nur weniges mitgenommen. Jeden Tag wachte er im Morgengrauen auf, sprach seine Gebete, schnürte seine Laufschuhe und jagte hinter der aufgehenden Sonne her. Und ja, Ummita hatte recht. Wenn seine Mutter schlief, lenkten ihn seine Sancho-Boots allabendlich an ihr Bett. Er mochte einen geregelten Tagesablauf. Aber vorhersehbar mochte er nicht sein. Ein Widerspruch, das gab er zu.

»Manchmal habe ich den Verdacht, du bist der Meinung, dass wir nicht gut für sie sorgen«, sagte Ummita, verstummte aber, als sie bemerkte, dass er zurückwich. »Geht es dir gut?«

Er bejahte, sah auf seine Füße hinunter und deutete dann zu den Gardinen. »Als ich reinkam, zog es, daher habe ich das Fenster geschlossen.«

»Ja, ich habe es offen gelassen. Seltsam, obwohl es regnet, schmilzt die Hitze die Schneemoskitos weg.«

»Schneemoskitos?«

Sie lächelte. »Die haben deine Neffen und ich uns ausgedacht. Sie haben eine lebhafte Phantasie. Wir wissen, woher das kommt.«

»Ich bekenne mich schuldig, *gaskiya.*« Er hob die Hände.

»Ich wollte das Fenster schließen und ihre Windel wechseln.«

Auf dem Bett drehte Kande sich um, steckte den Daumen in den Mund und machte saugende Geräusche.

»Dann ziehe ich mich wohl lieber zurück«, sagte er.

»Nein, keine Sorge, das kann ich später erledigen. Soll ich dir dein Abendessen hierherbringen, weil du bei ihr bleiben willst? Oder möchtest du zum Essen rüber ins Haus kommen? Die Kinder würden sich freuen.«

»Ich mich auch. Ich komme gleich.«

Ummita legte die Windel in die Nachttischschublade. An der Tür blieb sie stehen und nickte ihm zu. Grinsend nickte Lalo zurück und seufzte, als der Vorhang hinter ihr herflatterte. Einmal hatte er ihr einen Armreifen aus Elfenbein gekauft, als

Dankeschön für die Freundlichkeit, die sie seiner Mutter und ihm entgegenbrachte. Er beneidete seinen Bruder um sein Glück, und wenn er an Ehe dachte, hatte er das Bild von Nura und Ummita vor Augen. Nicht, dass Heirat eine realistische Option für ihn war. Seit er den Zug gesehen hatte, war er ohnehin sicher, dass er vor jeder möglichen Eheschließung sterben würde, ganz zu schweigen von seinem Zustand, von dem nicht einmal sein Bruder wusste.

Er ging durchs Zimmer, setzte sich auf die Bettkante und zog seiner Mutter den Daumen aus dem Mund. Er legte seine Hand auf ihre. In ihrem Schlaf war sie wie ein Kind, unberührt von der Trauer und dem Herzeleid, die sie seit Jahren mit stiller Würde erduldete.

Ein leises Klopfen kündigte Nura an, der in der Tür stand und seinen Bruder anlächelte.

»*Yaya, in wuni,* wie war dein Tag?«, begrüßte Lalo ihn.

»*Lafiya,* gut«, antwortete Nura und seine sonore Stimme füllte das Zimmer. Er blieb an der Tür stehen, eine Faust in die Hüfte gestemmt, sein bescheidener Bauch wölbte sich unter dem Kaftan. Mit einem sorglosen Gesicht wäre sein weicher, knuddeliger Bruder in die Kategorie »süß« gefallen. Der Begriff, den Aziza benutzt hatte. »Ummita hat mir gesagt, dass du da bist. Ich bin davon ausgegangen, du schaust zuerst im Haus vorbei.«

Unbewusst zog Lalo seinen flachen Bauch ein. Das morgendliche Joggen war eher eine Flucht vor den wiederkehrenden Erinnerungen, ansonsten tat er wenig für seine Fitness. Schließlich atmete er aus. Sein Bauch war noch weit davon entfernt, mit dem des Bruders gleichzuziehen. Er sah ihre Mutter an. »Ich dachte, ich sollte zuerst zu ihr gehen.«

»Ja, unser Dornröschen. Angesichts der Umstände geht es ihr gut. Wie steht's bei dir? Erzähl, was treibt unser Künstler so?«

Lalo bemerkte, dass die Augen seines Bruders ihn musterten, sah die Sorge und Müdigkeit in ihnen.

»Mir geht's gut.«

»Wirklich?«

»Ja.«

»Keine weiteren Vorfälle? Visionen? Erinnerungen?«

Lalo schüttelte den Kopf.

Seit er seinem Bruder von den Erinnerungen erzählt hatte, die ihn seit kurzem heimsuchten, merkte Lalo, wie sehr Nura diese als Stress oder mögliche Auswirkungen von Lalos kurzer Armeezeit abtun wollte, wie die von Schüssen untermalten Albträume, die seinen Schlaf geplagt hatten, bevor der Zug kam, vor diesen neuen Bildern.

Nura wackelte mit dem Kopf, trat ans Bett seiner Mutter und setzte sich auf die Kante, dabei stieß sein Knie gegen das seines Bruders. »Ummita sagt, du hast offenbar Angst vor ihr. *Nervös* war wohl das Wort, das sie benutzt hat.«

Seit kurzem macht Lalo vieles nervös. Der fette Gecko, der auf Fliegenjagd über seine Veranda huschte, die Blauschwanzechse, die sich vom Mangobaum in seinem Innenhof ernährte, das Prasseln des Regens, das Krächzen seines Papageis Diallo. Und Menschen. Seit ihn die Erinnerungen heimsuchten, war es schlimmer geworden.

»Nein. Bin ich nicht. Das muss sie sich eingebildet haben.«

Nura nickte. »Ihr beiden habt euch immer gut verstanden. Hoffentlich gibt es keine Probleme.«

»Definitiv nicht.«

»Ich mache mir übrigens Sorgen um dich.«

»Du machst dir um alle und alles Sorgen, Bruder.«

Nura stieß ein Lachen aus, das in einem Jammern endete. »Das gehört dazu, wenn man der große Bruder ist, weißt du.« Wieder sah er Lalo tief in die Augen. »Musst du immer noch an diese … Sachen denken?«

»Erinnerungen, meinst du.«

»Ja, Erinnerungen.«

Lalo bejahte und schwieg eine Weile. »Manchmal habe ich nur einen einzigen Gedanken, wie ich die Menschen ausfindig machen kann, die mich in meinen früheren Leben ermordet haben und …« Er betrachtete seine verkrampften Finger, als wären sie ihm fremd.

Nura packte Lalos Hand. »Hör zu, kleiner Bruder.« Er betrachtete ihre Mutter und sprach leiser. »Ich kann diese Last nicht allein tragen. Du darfst mir jetzt nicht zusammenbrechen. Das alles wird mir zu viel.«

»Musst du nicht. Ich bin da. Mir geht's gut.« Er drückte Nuras Hand und ließ sie los. Als er in der Tür stand und sich umdrehte, wirkte das Gesicht seines Bruders bedrückter denn je.

»Und versetz meine Frau nicht in Panik. Ihr fehlt dein früheres, heiteres Ich. Genau wie mir.«

»Ich weiß. Mir fehlt mein früheres Ich auch.«

»Ich würde mir übrigens weniger Sorgen machen, wenn ich wüsste, dass stets jemand an deiner Seite ist.«

»Ach, Bruder. Müssen wir wieder über dieses Heiratsthema reden? Ich bin schon ganz begierig auf Ummitas tolles Essen.« Lalo lachte.

»Mir ist es ernst.«

»Weiß ich. Aber kann ich nicht einfach meine Nichte und meinen Neffen in Ruhe besuchen und mich an den grandiosen Kochkünsten deiner Frau erfreuen? Du weißt doch, dass ich vor allem deswegen komme.«

Lachend stand Nura auf. »Demnächst werde ich dir Tischverbot erteilen. Dich zwingen, dir eine eigene Frau zu suchen.«

Er legte seinem Bruder den Arm um die Schultern. Gemeinsam ließen sie das leise Schnarchen ihrer Mutter hinter sich und gingen hinaus ins nächtliche Summen der fliegenden Termiten.

Der Geschmack der Farbe Gelb

Das leere Oval auf der Leinwand neckte ihn, forderte ihn heraus. Er sah das Gesicht seiner Mutter vor sich, den Ausdruck, den er hoffentlich einfangen konnte, aber seine Finger, aufmüpfige Anhängsel, wollten seiner Phantasie nicht gehorchen. Jedes Mal, wenn er den Pinsel ablegte und seine Finger mit dem Mallappen reinigte, klebte ihm der Geschmack der Niederlage auf der Zunge. Er schmeckte wie die Farbe Gelb – unangenehm süßes Saccharin in Kombination mit saurer Milch.

Im Lauf der vergangenen Woche hatte er den Bleistiftentwurf ihrer schlafenden Gestalt vom Skizzenblock auf die Leinwand übertragen. Er hatte viel Zeit damit verbracht, das Licht in ihrem Zimmer einzufangen, die Falten im Laken, die kleinen roten Glyzinien auf ihrem weißen Pullover, jeweils drei Blütentrauben zusammen, die graue Bordüre ihres kleinen, weißen Blusenkragens und die wilde Flora und Fauna auf dem Bezug ihrer mintgrünen Bettwäsche. Aber ihr Gesicht blieb leer, bis auf die Augenbrauen, die er ins Oval gemalt hatte. So leer, wie sein Kopf wurde, sobald er den Pinsel in die Hand nahm und an ihrem Gesicht arbeiten wollte. Aus ein, zwei Metern Entfernung sah sie wie eine Außerirdische aus. Selbst die Köpfe der tänzelnden Miniaturantilopen auf ihrer Bettdecke waren detaillierter ausgeführt als ihr Gesicht.

Er legte den Pinsel beiseite, riss sich die Schürze herunter, ballte sie zusammen und warf sie gegen die Wand. Mit in die Hüften gestemmten Armen starrte er das Bild an, bis der Hunger an seinen Eingeweiden nagte. Vielleicht würde er beim Mittagessen die Inspiration finden, die ihn bisher geflohen hatte. Er drehte sich auf dem Absatz um und sah erstaunt vor seinem Atelier eine Frau stehen, die durch das Fenster spähte. Sie winkte ihm lächelnd zu. Er kniff die Augen zusammen und kratzte sich den Bart. Aziza.

Sie kam herein, die Silberglöckchen an seiner Tür klingelten dazu, und blieb mitten im Atelier stehen, als wäre sie unsicher geworden. Sie sah schlanker aus, weniger imposant als beim letzten Mal. Vielleicht lag es an ihrem Kleid. An diesem Tag hatte sie sich einen schwarzen Schleier als Kopfputz um den Kopf geschlungen, und als sie sich bewegte, glitzerte ihr Nasenpiercing.

»*Ina yini,* guten Tag, wie geht's«, grüßte sie.

»*Lafiya lau,* bestens. *Kwana biyu,* lange nicht mehr gesehen.« Er lächelte.

»Stimmt. Ich bin länger nicht in der Nähe gewesen. Ich dachte, ich sollte mal vorbeikommen und mich für unlängst bedanken.«

Lalo griff nach dem Tuch, das hinten an der Staffelei hing, und wischte sich die Hände ab. Murmelnd drückte er seine Freude über das Wiedersehen aus und war selbst erstaunt, wie ernst er es meinte.

»Ah, wie ich sehe, arbeiten Sie an einem anderen Gemälde«, sie sah ihm über die Schulter.

Er bejahte und bereute, dass er kein Tuch darüber geworfen hatte.

»Keine weitere Totschlagszene?«

»Oh, nein. Nein. Das ist meine Mutter.«

»Oh. Ich habe übrigens eine Zeitlang am Fenster gestanden und darauf gewartet, dass Sie mit dem Gesicht anfangen.«

»Oh, das habe ich gar nicht bemerkt. Gesichter … sind kompliziert, komplex. Der Ausdruck muss völlig stimmig sein.« Er drehte sich um, nahm eine weiße Leinwand vom Tisch und hielt sie hoch. »Das ist alles komplex.« Eine Weile fehlten ihm die Worte. Dann warf er die Leinwand über das Gemälde.

Sie schmunzelte. Als er sich mit fragendem Blick umdrehte, meinte sie: »Mir ist gerade aufgefallen, dass unsere letzten paar Sätze mit Oh angefangen haben.«

»Oh!«, sagte er wieder. Nach einer Sekunde lachten beide los.

»Sie haben die Totschlagszenen zugedeckt«, sagte sie schließlich.

»Ja.« Er wandte sich halb zu den Gemälden, die an der Wand lehnten und über die er eine Plane geworfen hatte. Er hatte sie in sein Lager bringen wollen, die Arbeit am Bild seiner Mutter hatte ihn jedoch dabei gestört. »Sie … stören mich bei der Arbeit.« Eigentlich hatte er das Wort *verstören* benutzen wollen.

»Mich haben sie ebenfalls ziemlich verstört.«

»Wie das?«

»Kürzlich bin ich mit meiner Tochter mit dem Zug nach Kaduna gefahren. Und ich musste die ganze Zeit an das Gemälde mit dem Mann denken, der im Zug ermordet wird.«

Unvermittelt fühlte er den Drang, die Staffelei von der Tür wegzustellen. Das Holzgestell protestierte, quietschte beim Verschieben über die Fliesen. »Aha.«

»Ich wurde neugierig, was dahintersteckt.«

»Es ist bloß ein Bild.« Er verschränkte die Arme vor der Brust und hoffte, sie würde begreifen, dass es dazu nichts mehr zu sagen gab. »Mir gefällt übrigens Ihr Nasenpiercing«, er deutete auf ihre Nase. »Wollte ich schon beim letzten Mal sagen. Als wir uns am Bahnhof kennengelernt haben, hatten Sie das nicht.«

»Danke. Ich fand, ich sollte das mal ausprobieren«, sie berührte ihre Nase, als wollte sie sich überzeugen, dass der Schmuck noch vorhanden war. »Freut mich, dass es Ihnen gefällt.«

»Tut es.«

Sie wurden vom Klingeln der Glöckchen an der Tür unterbrochen. Ein Mann mittleren Alters kam herein. Er schlug in Lalos Hand ein und sie stießen ihre Schultern aneinander wie alte Freunde. Lalo ging ins Lager und holte ein verpacktes Gemälde. Als der Mann es in Empfang nahm, betrat ein weiterer Kunde das Atelier. Er war libanesischer Herkunft. Das Selbstvertrauen, mit dem er federnden Schritts hereinspaziert kam, und die Art, wie er Lalo mit einem »Was macht die Kunst?« begrüßte, waren typisch, ebenso die entsprechende Lautstärke. Unter dem kirschroten Hemd, auf dem grüne Palmwedel prangten – und das man eher am Strand von Lagos vermutet hätte –, trug er ein weißes Unterhemd, auf dem eine dünne Goldkette baumelte. Doch Abuja war weit entfernt von Lagos, weit entfernt vom Atlantik. Er sah sich im Atelier um und betrachtete die Gemälde an den Wänden, bis der erste Kunde sein Gespräch mit Lalo beendet hatte und das erstandene Gemälde davontrug.

Während er sich mit dem Libanesen unterhielt, beobachtete Lalo aus dem Augenwinkel Aziza, die durch ihre Social-Media-Kanäle scrollte. Sie reagierte auf eingehende WhatsApp-Nachrichten und sah sich Videoclips an, die sie zum Kichern brachten. Irgendwann stellte sie sich vor dem Fenster auf, hielt das Handy hoch und zog eine Schnute für die Kamera, bewegte dabei den Kopf von links nach rechts. Mit hochgezogenen Augenbrauen verfolgte sie, wie der Libanese mit Zahlen um sich warf, während er mit weitausgreifender Geste auf die Gemälde unter der Plane zeigte. Sie ließ das Handy sinken, als Lalo ruhig, aber bestimmt darauf beharrte, diese stünden nicht zum Verkauf.

Der Mann wirkte eingeschnappt und ging zur Tür, wo er stehenblieb und in fehlerfreiem, aber akzentschwerem Hausa sagte: »Lalo, *kai fa baka da mutunci wallahi,* bei Gott, du hast echt keine Würde.« Dann verließ er das Atelier.

Lalo blickte Aziza achselzuckend an und seufzte in Richtung der abgedeckten Gemälde.

»Dieser Kunde war wohl nicht richtig zufrieden«, sagte sie, während sie den Upload ihres Videos auf Instagram beendete.

»Er wollte etwas, was nicht zum Verkauf steht.«

»Diese Bilder? Lassen Sie mich raten, wie viel er dafür geboten hat. Fünfhundert.«

Lalo bemühte sich, ein Lächeln zu unterdrücken.

»Ist das Ihr Ernst? Und Sie haben trotzdem nicht verkauft?«

»Sie stehen nicht zum Verkauf.«

»Erzählen Sie mir was über die Bilder. Wenn Sie für diesen Betrag nicht verkaufen wollen, dann warten Sie entweder, dass mehr geboten wird, oder es steckt mehr dahinter, als Sie zugeben.«

»Sie stehen einfach nicht zum Verkauf.« Ihre Augen verengten sich, sie presste ihre vollen Lippen zusammen und legte den Kopf schief. Lalo zog einen Stuhl heran und setzte sich. Er tat, als bemerkte er ihren durchdringenden Blick nicht, der unverwandt auf ihn gerichtet war. »Werden Sie gehen, wenn ich Ihnen die Wahrheit sage?« Doch er wollte, dass sie blieb, ihn mit ihren überschwänglichen Worten und ihrem unbändigen Lachen beglückte.

Lächelnd zog auch sie einen Stuhl heran, klopfte das Kissen flach und setzte sich ihm gegenüber.

Während sie schwiegen, reisten seine Gedanken in seine Kindheit zurück, zu Sakaci, dem hinkenden Verrückten, der am Ende der Straße wohnte. Er erinnerte sich, wie die Kinder aus der Nachbarschaft ihn voller Neugier, Verachtung und Mitleid angesehen hatten. Manchmal warfen die Jungen Sachen nach ihm, damit er in Weißglut geriet und sie über ihn lachen konnten. Auch Lalo hatte ein paarmal mitgemacht. Doch als er älter wurde, verschwand die Verachtung und Mitleid trat an ihre Stelle. Wenn er an dem Baum vorbeiging, den Sakaci zu seinem Zuhause gemacht hatte, legte er gelegentlich sein Taschengeld zwischen die freiliegenden Wurzeln neben den Verrückten. Bis er eines Morgens vorbeikam und Sakaci nirgendwo sah. Auch am nächsten Tag und an vielen weiteren Tagen war er nicht da.

Was wohl mit dem Mann passiert war? Wohin konnte er verschwunden sein? Er fragte sich, ob Aziza ihn am Ende seiner Geschichte genauso ansehen würde, wie er und die anderen Jungen vor vielen Jahren den Verrückten angesehen hatten.

Aziza räusperte sich.

»Oh. Ach ja. Die Sache ist folgende: Ich war schon mal tot«, sagte er zu seinen Fingern. Wenn er den Blick gehoben hätte, hätte er Aziza eifrig nicken sehen, wie es jemand tat, der einen Wahnsinnigen ermutigt, die spektakulär verdrehte Welt in seinem Kopf zu schildern, genauso wie sie es bei Sakaci getan hatten. »Ich weiß, es hört sich albern an, aber es ist so.«

»Wie sind Sie gestorben?«

Da sah er kurz auf und bemerkte überrascht, dass in ihren

Augen weder ein Lächeln noch Spott funkelte. »Die Einzelheiten sind mir noch nicht alle klar. Seit kurzem überfluten mich … Erinnerungen aus früheren Leben.«

»Mehrere Leben?«

»Ja.«

»Wie viele?«

»Ich wurde zweimal ermordet. Mindestens. Soweit ich das beurteilen kann.«

»Oh. In unterschiedlichen Zeiten?«

Er warf ihr einen Blick zu und sie senkte den Kopf.

»Entschuldigung, das klang dumm. Natürlich muss es sich in unterschiedlichen Zeiten abgespielt haben. Entschuldigung. Erzählen Sie mir doch bitte, was passiert ist.«

Lalo strich sich über den Bart und atmete tief durch.

»Das erste Mal wurde ich in einem Zug umgebracht. Meine Erinnerung an diesen Vorfall ist lückenhaft. Bruchstücke hier und da. Der Mann, der mich umbrachte, hieß Basiru. Ich weiß, warum er es getan hat. Es war irgendwann in den 1970ern. Eine Frau war dabei.«

Aziza verdrehte die Augen.

»Ich meine es ernst, *wallahi.* Sie war mit mir im Zug. Wir waren durchgebrannt. Ich erinnere mich, dass ich ein rotes Hemd trug. Wir stiegen in den Zug nach Lagos. In Lagos wären wir frei gewesen, frei zu leben und zu lieben«, sagte er verschmitzt. »Lagos.« Er streckte die Hand aus, als griffe er nach Lagos, als hinge es vor ihm in der Luft. Dann verlor sich sein Blick in der Ferne.

»Warum musstet ihr durchbrennen?«

»Das weiß ich nicht mehr genau. Aber Alhaji Basiru wollte sie ebenfalls heiraten, daher konnten wir nicht einfach so heiraten und beschlossen, durchzubrennen.«

»Wie alt waren Sie?«

»Vielleicht einundzwanzig. Definitiv Anfang zwanzig.«

»Wie haben Sie das herausgefunden?«

»Keine Ahnung. Ich meine, ich wurde ein Jahr nach Hitlers Krieg geboren.«

»1946?«

»Ungefähr. Mein Vater war im Krieg. Ich wurde im Jahr nach seiner Heimkehr geboren.«

Es gefiel ihm, dass er in Azizas Augen ablesen konnte, wie sie innerlich mit den Zahlen jonglierte. »Wenn das der Fall war und Sie bei Ihrem Tod zweiundzwanzig gewesen sind, wären wir im Jahr 1967.«

»Sicher?«

»Ganz sicher.«

Er dachte eine Weile nach. »Mir kam es wie die Siebziger vor.«

Aziza vergrößerte den Abstand zwischen ihnen, ohne sich vom Stuhl zu rühren, indem sie den Kopf so weit in den Nacken legte, wie es ihr möglich war, als fürchtete sie, der Wahnsinn könnte ansteckend sein, den Raum zwischen ihnen überwinden und ihr ins Gesicht springen.

Er stand auf, ging zu den Gemälden und deckte sie ab. Dann kniete er sich davor und musterte sie eindringlich.

»War 1967 nicht bereits Krieg? Bürgerkrieg?«, fragte sie.

Stirnrunzelnd betrachtete Lalo eines der Bilder und strich sich übers Kinn. »Nein, ich glaube nicht.«

»Aber er brach 1967 aus.«

»Ich kann mich nicht an Soldaten im Zug erinnern, auch nicht an Flüchtlinge.«

»Sind Sie sicher? 1967 war das gesamte Land im Umbruch. Man hätte etwas davon mitbekommen müssen.«

»Ich erinnere mich an nichts«, sagte er und seine Stimme schien aus den Tiefen seines Kopfes zu kommen. Seine penible Betrachtung des Gemäldes hatte nichts Neues ergeben: lediglich sein Abbild, der grüne Zugsitz und das Fenster, das die blutige Szene beleuchtete und einrahmte. Der Rest war schwarzer, handgemalter Hintergrund. Eine tiefe Dunkelheit, ähnlich jener, in die er sich in jenem ersten Moment auf dem Bahnsteig aufgelöst hatte. Sein Blick blieb auf dem hereinströmenden Licht hängen, aus dem sich die Gestalt des Kindes mit dem Karren formte. Er ertappte sich, dass er diese Form eine Weile intensiv betrachtete, wie damals, als Aziza ihn darauf aufmerksam gemacht hatte.

»Nana«, sagte er. »So hieß sie. Sie war die schönste Tänzerin der Welt. Wenn sie tanzte, klirrten ihre Armreifen. Ich erinnere mich, wie sie durch den Zug wirbelte. Als sie mich umbrachten, kurz bevor ich starb, schrie sie, daran erinnere ich mich. Ich weiß nicht, was sie sagte, aber ich erinnere mich an ihre Schreie. Ich erinnere mich, wie ihre Armreifen klimperten, als sie mich schüttelte, nachdem … nachdem … bevor ich schließlich starb.«

Ihm fiel auf, dass er die Arme ausgestreckt hatte, als wollte er das Bild berühren, das vor seinem geistigen Auge stand. Verlegen ließ er Hände und Kopf sinken, setzte sich auf den Stuhl und verbarg das Gesicht in den Händen.

»Geht es Ihnen gut?« Ihre Augen waren voller Sorge.

»Es tut mir leid«, sagte er, »es tut mir leid. Ich kann mich einfach nicht mehr an alles erinnern, und das, woran ich mich erinnere, schmerzt. Ich erinnere mich an die Innigkeit unserer Liebe, aber ich erinnere mich nicht einmal an ihr Gesicht, das Gesicht der Frau, für die ich starb, und Gott weiß, sterben tut weh.«

Sein Unterkiefer bewegte sich, weil er mit den Zähnen knirschte, und seine Augen wurden dunkel.

»Eines Tages finde ich die Männer, die mich umgebracht haben«, sagte er. »Wenn sie noch am Leben sind, werde ich sie finden, das schwöre ich.«

Duftendes Henna

Als Aziza klein war, war in ihrer Straße in Kaduna ein Wanderzirkus eingefallen, darunter Affen in Paillettenwesten und Hyänen mit Maulkorb – auf eine davon hatte man ihren heulenden Bruder gesetzt. Ihre Großmutter glaubte, das würde ihn von seinem Bettnässen kurieren, ganz wie es diese Scharlatane versprochen hatten. Sein Geschrei brachte etliche in der Menschenmenge zum Lachen. Aziza hatte höhnisch gelacht, und zwar absichtlich laut, damit er mitbekam, dass sie sich über ihn lustig machte. Sie mochte es nicht, wie er seine Autorität als älterer Bruder ausspielte, sobald ihre Großmutter ihnen den Rücken zukehrte. Der Zirkus war aufregend, doch es gab einen Darsteller, der sie besonders beeindruckte, einen Zauberer mit schwarzem Umhang, der aus seiner Tasche einen weißen Stein geholt und damit eine Kokosnuss geknackt hatte. Dann hielt er ihn hoch, so weit von seinem Körper entfernt, wie sein linker Arm es ihm erlaubte, und beschwor den Stein mit seiner Rechten, bis er ihm Wasser entlockte, das er in einer Tasse sammelte. Die Menge hatte gejubelt, ein spontaner Applaus rauschte auf und hallte von den Mauern der Häuser wider. Die siebenjährige Aziza war sprachlos vor Bewunderung, als der Mann aus dem Stein so viel Wasser hervorlockte, dass er sich Gesicht und Füße waschen konnte, ehe er die Tasse einem der Zuschauer reichte. Misstrauisch tunkte der Mann seine Zunge in die Flüssigkeit, ehe er trank. »*Wallahi,* das ist richtiges Wasser. Und es ist kalt.«

An diesem Nachmittag mit Lalo fiel ihr der Zauberer ein, nur dass diesmal ihr Herz der weiße Stein war, aus dem er Wasser hervorlockte, bis es brach. Sie wusste nicht, wie man einen Menschen tröstete, der überzeugt war, dass er schon mehrere Tode gestorben war, und mit einem weiteren, offenbar unvermeidbaren rechnete. Doch sie wusste, dass sie in die großartige Leinwand hineingezogen wurde, die sich in seinem verrückten, wunderbaren Denken entrollte. Tief im Innersten wusste sie, auch wenn ihr das Wie nicht klar war, sie würde zum Pigment werden, das die Fäden der Leinwand umfing und sie in die Farbtöne hüllte, die er daraufkleckste.

Könnte sie eine Farbe sein, wäre sie gern Zinnoberrot. Die Farbe des Sonnenuntergangs. Die Farbe des Feuers. Sie wäre gern eine Farbe, die warm war, eine Farbe, die verbrennen konnte. Als sie Lalo an diesem Nachmittag verzweifelt und zornig erlebte, lagen ihr flammende oder hitzige Gedanken völlig fern. Sie wollte nichts anderes, als ihm seinen Schmerz nehmen, und überlegte, ob sie ihm eine Hand auf die Schulter legen sollte. Schließlich tat sie es, schüttelte ihn leicht und versicherte, alles sei in Ordnung, alles werde in Ordnung kommen. Doch als er ihr erzählte, er sei überzeugt, ein weiterer Nebenbuhler werde ihn erneut umbringen, war sie sicher, dass mehr hinter seiner Geschichte steckte, als er verriet. Mehr, als er erzählen konnte. Sie schwirrte um ihn herum, bis er aufgestanden war. Die Rückseite seiner roten Hose war staubig. Am liebsten hätte sie ihm gesagt, er solle sich abklopfen, doch stattdessen fragte sie, ob sie ihn allein lassen könne.

Diese Erinnerungen jagten durch die verschlungenen Gassen ihres Geistes, während ihre Füße sie ganz automatisch zur Schule ihrer Tochter trugen. Am Tor stand bereits Mina mit einer pferdegesichtigen Lehrerin, die ganz offensichtlich wenig erfreut war, dass man sie hatte warten lassen.

»Es tut mir sehr leid«, sagte Aziza zur Lehrerin, die schnaubte und ins Schulhaus zurückging.

»Mummy, du kommst immer zu spät«, sagte Mina, schwang sich die Schultasche über die Schulter und hielt ihrer Mutter die Hand hin.

»Es tut mir leid, mein Schatz. Ich habe einen Besuch gemacht.«

»Warst du bei Tante Maimuna?«

»Nein.«

»Bei wem dann?«

»Bei einem neuen Freund«, sagte sie und war überrascht, wie schnell sie Lalo in eine Kategorie gesteckt hatte, als wäre er eine Figur im Lesebuch ihrer Tochter mit einer leeren Sprechblase über dem Kopf, die nach Beschriftung schrie. War er das? Ein neuer Freund?

Als sie Lalo im Bahnhof zum ersten Mal sah, hatte seine Armbanduhr ihre Aufmerksamkeit erregt, sie war ähnlich klobig wie die, die ihr verstorbener Mann Bilya getragen hatte. Ihr fiel auf, wie gut die Uhr zu Lalos kräftigem Unterarm passte. Als sie den Rest sah – eine schlanke, durchtrainierte Gestalt in einem engen schwarzen T-Shirt, die ihr den Rücken zuwandte –, wanderte ihr Blick über seine definierten Schultern. Er war anders als Bilya, der kräftiger und robuster gewesen war. Lalos karamellfarbener Teint war makellos, was seine Augenbrauen und den Kinnbart noch mehr hervorstechen ließ. Eigentlich war er zu schön für einen Mann, fand sie. Obwohl sie damals nicht an der Uhrzeit interessiert gewesen war, hatte sie ihn gefragt, nur um seine Stimme zu hören. Und dann hatten seine durchdringenden Augen sie aus dem Gleichgewicht gebracht.

Sie wusste, wie sich so etwas in den Liebesromanen weiterentwickelte, die sie als Teenager gelesen hatte, als sie solche Bücher noch mochte, ehe sie sich philosophischeren Werken und Selbsthilferatgebern zuwandte und dann Social-Media-süchtig wurde. In diesen Büchern lief das folgendermaßen ab: Sie würde ihn mögen, seine entspannte Aura, die Ruhe, die er ausstrahlte, faszinierend finden, und er würde sie ebenfalls auf den ersten Blick mögen. Eine romantische Begegnung am Bahnhof in der brütenden Hitze Abujas. Aber ihre Realität sah so aus: eine Tochter, Mina, eine gescheiterte Ehe und das Stigma der alleinerziehenden Mutter. Daher entfernte sie sich und brachte das Bahngleis zwischen sich und ihn, damit sie nicht vergaß, wie unterschiedlich ihre gesellschaftlichen Stellungen waren. Und um ihn aus sicherer Entfernung zu beobachten – sein Gesicht mit den kräftigen Augenbrauen und dem bescheidenen Kinnbart, seinen Körper, seine gelassene Ausstrahlung. Sie hatte ihn aus ihrem Gedächtnis verdrängt gehabt, als der Regen sie zufällig in sein Atelier trieb. Sogar als er ihr eine völlig irre Geschichte erzählte, war es sein sicheres

Auftreten, das sie letzten Endes von der Flucht abhielt. Einer der Gründe, weshalb Aziza, als sie neben ihrer Tochter herging, mit einer gewissen Zärtlichkeit an ihn dachte.

»Es ist bestimmt ein Mann«, beharrte Mina, die neben ihrer Mutter herhüpfte und ihren Frust bereits unter ihren Schuhsohlen zertrampelt hatte.

»Wie kommst du darauf, Liebes?«

»Weil, wenn es eine Frau wäre, wäre sie schon mal im Salon gewesen.«

Aziza lächelte verstohlen. Minas witzige Bemerkungen überraschten sie immer wieder. Nicht zum ersten Mal fragte sie sich, ob der Vater ihrer Tochter diese Aussprüche ebenso amüsant gefunden hätte. Mina vermisste ihren Vater, auch wenn sie ihn eigentlich nicht kannte. Sie vereinnahmte ihn auch nicht, wie dies vielleicht bei anderen Kindern ihres Alters der Fall gewesen wäre; sie war nie stellvertretend eifersüchtig, wenn sich ihre Mutter mit einem anderen Mann unterhielt, wie Aziza das bei anderen Kindern erlebt hatte.

Sie streckte die Hand aus und kniff Mina in die Wange.

Seit fünf Jahren sah sie ihr beim Heranwachsen zu, liebte sie; seit drei Jahren hatte sie ihre Tochter ganz für sich. Aziza war eifersüchtig, dass Mina ihrem Vater ähnelte, denn in ihrem Herzen wirbelten Liebe und Abscheu für ihn durcheinander. Sie wünschte, dass er anders gewesen wäre. Aber Bilya war schon immer ein Schwachkopf gewesen. Bilya, der von einem sechsmonatigen Armeeeinsatz zurückkam und es für eine gute Idee hielt, seine zwei Wochen Urlaub mit einer Motorradtour durchs Land zu verbringen. Vor ihrer Heirat hatte sie seine Exzentrizität und Spontaneität bewundernswert gefunden, passend für einen Helden aus ihren Liebesromanen. Allein zu Hause sitzend mit einem Kind, verheiratet mit einem Mann, den sie seit Monaten nicht gesehen hatte, fand sie sein Verhalten unbesonnen. Sie war sich nicht immer sicher, was seiner Persönlichkeit zuzuschreiben war und was seiner Liebe zum Soldatenberuf, vor dem er gleichzeitig davonlaufen wollte. Aber sie wusste, wie er gewesen war, als sie sich damals mit neunzehn in ihn verliebt hatte. Mit einundzwanzig hatte sie ihn geheiratet, und als sie vierundzwanzig war, war ihre Ehe am Ende. Doch wie ein von Insekten ausgehöhlter Papayabaum hatte diese Ehe, lange bevor sie ihren Glanz ganz verlor, in jenem Augenblick zu sterben begonnen, als er in den Nordosten versetzt wurde, um gegen Boko Haram zu kämpfen. In den Monaten seiner Abwesenheit hallte die Distanz, die sich zwischen ihnen breitgemacht hatte, in ihren Telefonaten wider. Der Nordosten war weit weg, aber bei jedem Anruf hörte es sich an, als wäre er geistig noch weiter weg.

»Seit zwei Wochen hast du dich nicht nach unserer Tochter erkundigt«, hatte sie bei einem ihrer Telefonate gesagt.

»Tut mir leid. Es ist hart hier draußen. Tut mir leid. Wie geht's ihr?« Seine Stimme war nur mehr ein schwaches Echo des Mannes, in den sie sich verliebt hatte.

Als er vom Rand der Sahara zurückkehrte, war seine Seele ein von Kindern weggeworfenes Spielzeug aus Ton geworden – bis zur Unkenntlichkeit zerstört. Gleich am ersten Tag schlug er sie; was den Gewaltausbruch ausgelöst hatte, wusste sie nicht mehr. Er hatte sie fassungslos zurückgelassen und war abends mit Blumen vom Bauernmarkt in Maitama und einem Päckchen aus Alufolie nach Hause gekommen, das scharf gewürztes Hühnchen enthielt. Er fiel auf die Knie und bot ihr die Geschenke samt seinen Entschuldigungen dar. Sowie sein Versprechen, so etwas werde nie wieder vorkommen. Sie liebte die Blumen oder vielmehr die Vorstellung, welche zu bekommen, und auch das Hühnergericht. Aber ihn liebte sie am meisten.

Doch Schnittblumen verwelken schnell. Und seine Versprechen verkümmerten. Aber die Romantikerin in ihr hielt diese Versprechen am Leben, suchte nach Entschuldigungen für ihn – der Krieg hatte ihn verändert, das Trauma. Wenn sie ihn doch nur mit ihrer Liebe in jenen Mann zurückverwandeln könnte, in den sie sich verliebt hatte, ihn mit ihrer Liebe heilen könnte. Das dachte sie auch noch, als es wieder passierte. Und wieder. Jedes Mal gefolgt von Blumen, Geschenken, Pralinen und einem Hühnergericht. Stets war es Chicken Suya.

An dem Tag, als er ihr eine Ohrfeige verpasste, hatte sie gerade Mina auf dem Arm; Mutter und Tochter knallten gegen die Wand. Es war der Tag, an dem ihre Ehe endgültig starb, doch sie wusste schon lange, dass der Leichnam ihrer Liebe in den sandigen Ebenen des Nordostens lag, von den Kugeln des Kriegs durchlöchert. Er flehte, suchte Ausreden, machte erneut Versprechen, sie ließ ihn auf Knien zurück und ging. Aziza fragte sich häufig, was passiert wäre, wenn sie geblieben wäre. Selbst als sie die Scheidungspapiere abholte, hatte sie um ihre Liebe geweint. So wie damals, als er an die Front zurückkehrte und im Staubwirbel des Kampfes verschwand. Es war beinahe zwei Jahre her, seit seine Einheit in einen Hinterhalt der Aufständischen geraten war. Jeden Abend, wenn ihre Tochter fragte, wann ihr Vater zurückkäme, weinte sie. Aziza wusste nicht, wie sie ihr beibringen sollte, dass sie nicht einmal eine Leiche gefunden hatten, die sie begraben konnten. Sie befürchtete, die einzige Erinnerung Minas an ihren Vater könnte sein Gewaltausbruch sein. Das verdiente er nicht. Er war nicht immer so gewesen. Wenn doch nur seine Tochter die Möglichkeit gehabt hätte, eine andere Version ihres Vaters zu erleben. Oder sein Grab zu sehen.

Die Spaziergänge mit ihrer Tochter waren kostbare Momente, in denen sie sich nahekamen, und die Bewegung tat gut. Da die Schule nicht weit entfernt von ihrem Schönheitssalon lag, war das Abholen von Mina für Aziza eine wunderbare Pause zur Mittagszeit. Sie schlenderte liebend gern mit ihrer Tochter über die von Bäumen gesäumten Gehwege, mochte es, wie ihre Füße fast im Marschtempo über das Pflaster eilten, wie Mina ihren Schritt manchmal dem der Mutter anpasste und beide lachen mussten, wenn es ihr gelang. Die Spaziergänge waren häufig von Minas Neugier erfüllt. Warum war Laub grün? Warum der Himmel blau? Wodurch war das Fell ihrer Katze Sajam so dicht und rostrot? Welche Farbe hatte die Seele? Über ihren Vater wollte sie nichts wissen. Manchmal stellte Aziza sich während dieser Spaziergänge vor, dass Mina, während sie schweigend neben ihr herstapfte, im Stillen Fragen über ihn formulierte und überlegte, ob sie diese stellen sollte. Aziza rechnete ständig damit: daheim angelangt, wenn sie Mina ihr Essen vorsetzte, während sie duschte oder bei der gemeinsamen Siesta, bis sie nebeneinanderliegend, vom Schweigen, vom Ungesagten eingelullt, einschliefen.

Manchmal gingen sie zum Hennasalon, in dem eine Ecke für Mina eingerichtet war, wo sie sich beschäftigen konnte, während Aziza arbeitete. Die Eröffnung ihres eigenen Ladens gehörte zu den besten Entscheidungen, die sie je getroffen hatte. Als sie bei der Bank arbeitete, hatte sie Mina in eine Krippe bringen müssen. Je länger ihre Arbeitszeiten wurden – eine Krankheit, die die Zeit auffraß, die für ihre Tochter gedacht war –, desto dringender wollte sie aus diesem Job heraus.

Ein Frisier- und Hennasalon schien eine gute Geschäftsidee zu sein, denn sie hatte eine Leidenschaft für beides und noch hatte niemand so viel gesunden Menschenverstand besessen, einen aufzumachen.

»Aziza, die Träumerin«, hatte ihr Bruder Danladi neckend gesagt, als sie ihm von der Idee erzählte.

Jedes Mal, wenn sie um die Ecke bog und das leuchtende Neonschild »Aziza's Palace« sah, züngelte Stolz in ihrem Herzen empor. Selbst nach zwei Jahren hatte sich dieses Gefühl kaum verändert, doch an diesem Tag zündete der Funke mehr schlecht als recht, denn ihr gingen trübe Gedanken durch den Kopf.

Im Wartebereich saß eine vornehm aussehende Frau, sie hatte den Blick auf den Fernseher an der Wand gerichtet, die Beine übereinandergeschlagen, die Hände – an einer schimmerte ein riesiger Goldring – auf die Knie gelegt, ihr Brokatgewand glänzte. In der Frisierabteilung flochten ihre beiden Angestellten einer offenbar dösenden Kundin das Haar. Normalerweise war montags nicht viel los. Doch wenn die Woche ihrem Ende, auf Feste, Hochzeite und pompöse Events zu galoppierte, strömten die Kundinnen in Scharen. Nachdem sie die wartende Frau begrüßt hatte, wandte sich Aziza an ihre Angestellten.

»Warum arbeitet ihr beide an einer Kundin, wenn doch hier eine andere wartet?« Sie scheuchte Mina in ihre Kinderecke, damit sie sich die Schuluniform auszog.

»Überhaupt kein Problem«, sagte die Frau. »Ich warte auf Sie. Sie sind doch Aziza?«

»Ja. Tut mir leid, ich habe meine Tochter von der Schule abgeholt.«

»Das hat man mir gesagt. Sie ist reizend. Ich bin Hajiya Batulu.« Sie sprach ihren Namen aus, als müsste er Aziza etwas sagen. »Ich habe gehört, Sie machen die schönsten Hennamuster. Man hat Sie mir wärmstens empfohlen.«

»Vielen Dank. Wer denn?«

»Jemand aus meinem Freundeskreis«, sagte die Frau mit einem geheimnisvollen Lächeln.

»Das ist schön. Hoffentlich enttäuschen wir Ihre Erwartungen nicht.«

»Verzieren Sie mir die Hand, dann wird sich herausstellen, ob das Lob gerechtfertigt war.«

Lächelnd fragte Aziza die Frau, was sie genau wollte. Rotes oder schwarzes Henna? Ein florales oder ein geometrisches Muster? Kompliziert oder schlicht? Während die Klientin in aller Ruhe den Katalog durchblätterte, bot ihr Aziza etwas zu trinken an, goss Malz-Limonade in ein Glas und gab Eiswürfel dazu, die klirrend nach oben stiegen. Während ihre Assistentin die Hennafarbe anrührte, führte Aziza die Frau in ihr Designstudio, teilte den Vorhang aus Weihrauchduft und geleitete sie zu dem mit Teppichen bedeckten Podest in der Mitte. Die Assistentin stellte einen handgenähten Puff darauf, damit sich die Kundin bequem anlehnen konnte.

Beeindruckt betrachtete Hajiya Batulu die Plakate an den Wänden, die unterschiedliche Hennatattoos zeigten. »Ich mag Ihren Weihrauch. So ein intensiver Duft.«

»Danke. Wir bekommen ihn aus Maiduguri, ebenso das Öl.«

»Sie haben Weihrauchöl? Ich bin auf der Suche nach einem guten Laden in Abuja, wo ich welches kaufen kann.«

»Sie haben den besten gefunden«, Aziza lächelte. »Ich bitte

meine Assistentin, Ihnen einige Proben zu bringen.« Sie griff nach dem hennagefüllten Spritzbeutel und zog sich einen Plastikhandschuh über, während ihre Assistentin Batulus Hand wusch und trocknete. Sie nahm die Hand der Frau, legte sie sich in den Schoß und fing an zu malen. Während die Paste Linien und Punkte auf der Haut formte, wanderten Azizas Gedanken zu der Landschaft von Lalos Gesicht, über die Ebene seiner Stirn und die durstigen Oasen seiner scheuen, aber durchdringenden Augen, die alles in sich aufnahmen, was später den Weg auf die Leinwand fand. Zu den Sancho-Boots aus Schlangenhaut, die er bei jeder ihrer Begegnungen getragen hatte.

»Haben Sie gehört, was ich gesagt habe?«

Aziza sah auf, blickte zuerst Hajiya Batulu und dann ihre Assistentin an, die eine Grimasse zog.

»War das genau das Muster, das ich ausgesucht habe?«, fragte Hajiya Batulu.

Statt inversen Bögen hatte Aziza spitze Kuppeln gemalt. »Ich wollte es für Sie nur abwandeln«, sagte sie findig. »Keine Sorge, es wird Ihnen gefallen.« Sie nahm einen Zahnstocher, dessen eines Ende zu einem Pinsel abgeflacht war, und schattierte die winzigen Kuppeln.

Hajiya Batulu lächelte. »Es muss ein Mann sein, an den Sie denken. Diesen Blick würde ich überall erkennen. Ach! Was waren das für Zeiten, als man noch jung war.«

Aziza lächelte nur.

»Haben Sie an Ihren Mann gedacht? An etwas, was er getan hat? Vielleicht etwas Romantisches?«

»Ich habe keinen Ehemann, zumindest nicht momentan«, lächelte Aziza.

»Also ein neuer Mann. *Iye*, ja!«

»Eigentlich nicht. Nur jemand, den ich zufällig getroffen habe.«

»Begegnet man diesen Männern nicht stets zufällig? Da geht man die Straße entlang, kümmert sich um seinen eigenen Kram, und ehe man sich's versieht, kommt zufällig ein Prachtbursche daher und wird dein Seelenverwandter. Man heiratet, liebt, streitet und liebt. Und dann passiert, was mit der Ehe und der Liebe eben passiert.«

»So ist es ganz und gar nicht.« Aziza schattierte weiter. »Es ist nur eine Zufallsbekanntschaft, ein Künstler …«

»*Lallai fa,* was Sie nicht sagen!«

Aziza lachte. »Im Ernst, Hajiya. Ich mache mir etwas Sorgen um ihn. Ich glaube, er verliert den Verstand …«

»Offenbar wirkt Ihr Zauber sehr schnell.«

»Das hat nichts mit mir zu tun. Er glaubt etwas, was unmöglich, geradezu irrational ist. Doch er glaubt ganz fest daran.«

»Liebe ist irrational, meine Liebe.«

»Es geht nicht um Liebe. Er glaubt, dass er schon einmal gestorben ist.«

»Ha! Das ist mal was Neues. Keine schlechte Idee, um Ihr Interesse zu wecken.«

»Eigentlich nicht. Er erzählt davon und ich frage mich, ob seine Familie weiß, dass er durchdreht. Er macht einen netten Eindruck auf mich, aber er braucht offenbar Hilfe.«

»Wie alle Männer, meine Liebe, wie alle Männer. Hoffnungslose Fälle. Manche können sich nicht mal ohne Hilfe die Schnürsenkel binden.«

Aziza lachte.

»Das ist entzückend«, sagte Hajiya Batulu und betrachtete das Muster. »Ihre Arbeit ist tadellos. Gefällt mir.«

»Danke.«

»Meine Bekanntschaft hatte recht. Sie sind gut.«

»Danke, Hajiya.«

»Meine Tochter heiratet übrigens in ein paar Wochen. Vielleicht möchten Sie die Hennabemalung für sie und ihre Freundinnen übernehmen. Sie machen doch Hausbesuche?«

»Aber selbstverständlich, Hajiya.«

»Gut. Dann ist ja alles geklärt. Warum bemalen Sie mir nicht die andere Hand, während wir uns über das Finanzielle einigen? Und anschließend können Sie mir vielleicht von Ihrem verrückten Künstler erzählen.« Sie lehnte sich gegen den Lederpuff und hielt Aziza die andere Hand hin.

Geflüster

An diesem Abend, nachdem Aziza gegangen war, schob das Kind seinen Karren über die Gehwege der Kolda Street, vorbei an mehreren Mülltonnen, und stellte ihn direkt vor Lalos Atelier ab. Mit dem Rücken zum Straßengeschehen beobachtete sie durch das Fenster, wie er auf einem Hocker vor dem gesichtslosen Porträt der Frau kauerte, an dem er bereits gearbeitet hatte, als sie das letzte Mal hier gewesen war. Doch an diesem Abend waren seine Schultern vom Gewicht der Melancholie niedergedrückt, eine so durchdringende Empfindung, dass sie diese in seinen langsamen Handbewegungen, in der Neigung seines Kopfes wahrnahm, wenn er auf das Gemälde starrte, gelegentlich auf eine Stelle zwischen seinen Füßen und dem düsteren, schattenhaften Heiligenschein, den sie sich über seinem Kopf vorstellte. Doch seine Stimmung hatte nichts mit dem Gemälde zu tun, das erkannte sie an der Art, wie er den Kopf in die Hände stützte. Sie streckte den Arm nach ihm aus, als könnte sie den Abstand und die Glasscheibe zwischen ihnen überwinden, ihn berühren. Sie schloss die Augen und versuchte sich zu erinnern, wie sich Kummer anfühlte.

»Was machst du da?«, flüsterte eine Stimme.

Sie öffnete die Augen und sah neben sich ein Mädchen, eine von den Neuen. Ihre Karren standen so nahe nebeneinander, dass sich die Quasten der Abdeckungen berührten.

»Nichts«, sagte sie, auch ihre Stimme war ein rauchiges Flüstern.

Das neue Mädchen folgte ihrem Blick. »Deiner?«

»Ein Entfleuchter«, sagte sie und sah, wie sich die Augen des neuen Mädchens ein klein wenig weiteten. »Er war einmal ein Glühwürmchen.«

»Echt? Bist du dir sicher?«

Sie starrte das neue Mädchen an, ihren Karren, und überlegte, wie viele Glühwürmchen sie unter der Abdeckung hatte, wie viele sie hatte fliegen lassen, wenn überhaupt. Sie überlegte, ob das neue Mädchen schon oft an den Glühwürmchennächten beim Kreisverkehr teilgenommen hatte, überlegte, was sie jetzt, in diesem Moment, hier tat. *Du bist neu, was weißt du schon,* erwiderten ihre Augen. Dann wurde ihr bewusst, dass noch nicht viele von ihnen einen Entfleuchten gesehen hatten, nicht mal jene, die schon lange dabei waren. Vor dem Künstler hatte auch sie noch nie einen gesehen.

Das neue Mädchen wandte den Blick ab. »Sieht er uns?«

Sie stellte fest, dass der Künstler sie durchs Fenster anstarrte, sein Gesichtsausdruck war traurig und freundlich zugleich. Als er ihnen zuwinkte, sah sie sich um, ob er vielleicht jemand anders meinte.

»Er winkt doch uns zu?«, fragte das neue Mädchen, nur ihre Augen bewegten sich, ansonsten stand sie stocksteif da, als könnte jede ihrer Bewegungen bestätigen, dass er tatsächlich sie ansah, tatsächlich ihnen winkte.

Zögernd hob sie die Hände und krallte langsam die Finger in die Luft.

Ein Lächeln brach Lalos Gesicht auf, wie trockene, verbrannte Erde aufbricht.

»Schnell, wir müssen weg«, sagte sie und packte den Griff ihres Karrens, ehe er die Ateliertür aufmachen konnte.

Eine Art Heimsuchung

In dem Augenblick, als ihr Schwager Yahya durch den Streifenvorhang den Salon betrat, überkam Aziza ein ungutes Gefühl. Sie beendete gerade das Hennatattoo auf Hajiya Batulus anderer Hand, da kam er herein, duckte sich unter dem Türrahmen, obwohl er nicht einmal groß genug war, um ihn zu berühren. Aus einer der beiden Einkaufstaschen, die er trug, lugte der Kopf eines Teddybärs heraus, als spielte dieser Verstecken. Ihre Assistentin eilte herbei und bot ihm etwas zu trinken an, während eine schüchterne Mina aus ihrer Spielecke schlenderte und ihn begrüßte. Er zog sie an sich, küsste sie auf die Stirn und kniff sie in die Wange.

»Sie hat mich vergessen, stimmt's?«, fragte er niemand Bestimmten.

Mina schüttelte den Kopf.

»Es ist lange her«, sagte Aziza. »Natürlich erinnert sie sich an dich. Sie ist bloß schüchtern.«

»Mein Gott. Sie sieht aus wie ihr Vater.« Er hielt sie eine Armlänge entfernt und betrachtete sie.

»Sie sieht aus wie du.« Aziza spürte, wie ihr Tränen in die Augen traten. Jedes Mal, wenn sie seit Bilyas Tod dessen Bruder sah, wurde der Schmerz zu einem Stein, der auf ihrer Brust saß und sie zu Boden drückte. Manchmal wusste sie nicht, wohin mit dieser Trauer. Obwohl sie sich noch vor seinem Tod hatten scheiden lassen, bedeutete ihr die Freundschaft, die sie vor ihrer Ehe verbunden hatte, immer noch sehr viel. Hätte es diese Freundschaft nicht gegeben, wären der Zusammenbruch seines Verstandes und der Verrat durch seine Schläge vielleicht nicht so schmerzhaft gewesen.

Sie kratzte Batulu die getrocknete Hennapaste ab und wischte mit einer Reinigungsmilch über das Muster, ehe sie der Kundin die Hände mit einer duftenden Creme massierte.

»Es ist wunderschön.« Batulu bewunderte das Muster. Aus ihrer Handtasche holte sie eine Visitenkarte und reichte sie

Aziza. »Sie haben Besuch, wie ich sehe. Rufen Sie mich an und wir unterhalten uns über die Hochzeit meiner Tochter.«

»Das mache ich, Hajiya. Vielen Dank.«

Nachdem sie Batulu nachgewinkt hatte, blieb sie am Eingang stehen und seufzte. In den vergangenen zwei Jahren hatte sie den Bruder ihres Mannes nur einige wenige Male gesehen, hauptsächlich als sie nach Bilyas Verschwinden die Kommandantur um Informationen bestürmt hatten. Doch dieser Besuch, sein verkniffenes Gesicht, sein Bemühen, sowohl undurchschaubar als auch freundlich zu wirken, und die Geschenktüten ließen auf nichts Gutes schließen. Gerechterweise musste man sagen, dass Yahya zu Beginn jedes Trimesters eine Summe für Minas Schulgeld auf Azizas Konto überwies sowie zwei Mal Tüten mit Kleidung und Schuhen für seine Nichte geschickt hatte.

Aziza drehte sich um und führte ihn in die Ecke, wo ihr Schreibtisch stand. Ihr Eckbüro, nannte sie es. Lächelnd setzte sie sich und begrüßte ihn. Ihr Unbehagen zeigte sich im Austausch von Formalitäten, als sie nach Minas Großmutter, seiner Frau und den Kindern fragte, Minas Cousins und Cousinen. Dann schwieg sie und wartete, dass er etwas sagte.

Er sah sich um und nickte. »Dein Laden sieht phantastisch aus«, begann er. »Als du deine Arbeit bei der Bank aufgegeben und das hier angefangen hast, *gaskiya,* hielt ich das für unvernünftig. Wie falsch ich doch lag.«

Sie lächelte.

Yahya, Bilyas älterer Bruder, trug die ihm entgegengebrachte Ehrfurcht wie das Gewand eines Kaisers. Das war ihr bereits aufgefallen, als sie ihn kennenlernte. Ein einziges Mal hatte er sich in die Ehezwistigkeiten eingemischt und sich dabei auf ihre Seite gestellt. Es hatte sie beeindruckt, wie handzahm Bilya, der starrköpfige Soldat, wurde, als sein Bruder ihn tadelte. In ihren Augen verdiente Yahya jeden Faden der Verehrung, den sie zu seinem Gewand beisteuern konnte.

Er strich sich den Kaftan über den Knien glatt und nickte erneut. »Ich bin wirklich beeindruckt, Aziza. Du schlägst dich wacker, *gaskiya.*«

»Danke. Ich wusste gar nicht, dass du in der Stadt bist.«

»Genaugenommen bin ich seit zwei Tagen hier. Wegen eines Workshops. Sehr aufreibend. Ich wollte mich eigentlich bereits gestern verdrücken und dich und deine Tochter besuchen, aber es war unmöglich.«

Seit sie ihn kannte, arbeitete Yahya für die Wahlkommission. »Der Workshop lief hoffentlich gut«, meinte sie.

Er bejahte. »*Alhamdulillah.* Aber ich bin nicht hier, weil ich über dieses langweilige Seminar reden möchte.« Sein Lachen erschreckte Mina, die mit einer der Assistentinnen in einer Ecke saß. »Wie ist es euch ergangen?«

»Gut.«

»Es gibt hoffentlich keine Probleme? Mit Mina und ihrer Schule?«

Eine Zeitlang schabten sie an den Rändern entlang, wie zwei Menschen, die sich eine Schüssel mit heißem Essen teilen, sie spießten Bröckchen auf, wie es bei Mina in der Schule lief, wie sie neulich hingefallen war und sich den Daumennagel tief eingerissen hatte, wie super sie in Mathe war und wie miserabel in Rechtschreibung. Er zeigte ihr ein Foto seiner Kinder, wie sehr sie seit dem letzten Mal, als Aziza sie gesehen hatte, gewachsen waren. Als diese Gesprächsthemen erledigt waren, lachte er unbehaglich, ein Lachen, das ihm an den Lippen kleben blieb.

»Meine Mutter hat übrigens nach Mina gefragt«, sagte er.

»Ich überlege, ob wir sie nach Ende des Trimesters besuchen.«

Er rutschte auf dem Stuhl hin und her. »Ach, weißt du, Mama wird alt. Und das, was Bilya zugestoßen ist, hat ihr wirklich sehr zugesetzt. Wir haben dir nichts gesagt, weil wir dich nicht beunruhigen wollten, aber sie nimmt seit einer Weile Medikamente gegen Bluthochdruck.«

»Das tut mir sehr leid, ich hatte keine Ahnung. *Allah ya ba ta lafiya,* möge Allah ihr Gesundheit schenken.«

»Amen. Vielen Dank.« Er räusperte sich. »Du weißt, wie sehr sie Bilya geliebt hat.«

Bilya war der Liebling seiner Mutter gewesen. Wenn Mama gewusst hätte, dass es einen Krieg geben würde und er dann an die Front müsste, hätte sie ihm verboten, in die Armee einzutreten. Doch seine Mutter hatte, wie Bilya Aziza erzählte, naiv angenommen, dass Bilya befördert, vielleicht sogar einen Staatsstreich anzetteln und Staatsoberhaupt werden würde. Sie hatte nicht geahnt, dass ihn der Terror aus dem Nordosten verschlingen würde.

»Sie verflucht diese Scheißkerle jeden einzelnen Tag«, sagte Yahya. »Sie verflucht sie, weil sie ihr den Sohn genommen haben.«

»Ich auch«, sagte sie leise. »Und seine Tochter ebenfalls.«

»Mama steigert sich so hinein, dass ich mich frage, ob sie darüber ihre anderen Kinder vergisst, als wäre Bilya ihr einziges gewesen. Oder vielleicht ist es nur das Alter.« Er sah auf seine Hände hinab, die Eifersucht auf die mütterliche Zuneigung, die er nicht laut aussprechen konnte, hatte sich wie ein Schatten auf sein Gesicht gelegt. »Jedenfalls meint Mama, wenn Mina in der Nähe wäre, könnte das ihren Schmerz über Bilyas Verlust lindern, dann würde es ihr vielleicht besser gehen.«

»Mina wird sie besuchen –«

»Ich spreche nicht von einem Besuch, Aziza.«

Ihr Herz setzte mehrere Schläge aus. Sie zog sich den Kopfputz ein klein wenig tiefer in die Stirn. »Ich kann dir nicht recht folgen.«

»Mama möchte, dass Mina bei ihr lebt. Das halten wir alle für das Beste.«

»Aber sie lebt bei mir. Ich bin ihre Mutter.«

»Ich weiß und ich wäre nicht gekommen, wenn es die Situation nicht erfordern würde. Dieser Kummer, diese Trauer über Bilya, könnte Mama umbringen, aber wenn sie Mina täglich sehen könnte, würde ihr das helfen.«

»Wenn ihr mir meine Tochter wegnehmt, bringt mich das um.«

»Nein, nein. So habe ich das nicht gemeint. Du weißt, dass die Familie seit einiger Zeit darüber diskutiert. Sie wollten Mina immer zu sich nehmen. Aber ich weiß, wie schwierig das für dich wäre. Bisher habe ich sie immer in Schach halten können. Ich habe mir die Situation durch den Kopf gehen lassen und bin zu dem Schluss gekommen, dass dies die einzige Möglichkeit ist, sonst würde ich dich nicht darum bitten. Das Leben meiner Mutter steht auf dem Spiel. Du weißt, dass ich mich gut um Mina kümmern werde. Ich verspreche es hoch und heilig.«

»Das weiß ich, aber sie ist meine Tochter.«

»Das ist sie, Aziza, und das wird sie auch immer sein. Sie ist aber auch die Tochter meines Bruders.« Er stand auf. »Ich weiß, das ist schwer für dich, daher gebe ich dir Bedenkzeit. Wir nehmen sie nicht gleich zu uns. Das wäre dir gegenüber nicht fair. Aber so gegen Trimesterende. Das gibt dir die Möglichkeit, dich darauf einzustellen.«

Aziza fingerte an ihren Armreifen herum, ihr Blick huschte hin und her, als wäre sie auf der Suche nach Hilfe, nach Inspiration. Sie sah zu Mina hinüber, der die Verstörung der Mutter nicht entging. Schließlich schüttelte Aziza den Kopf. »Ich kann meine Tochter nicht gehen lassen.«

Er lachte leise. »Du weißt, dass selbst ihr Vater, wenn er noch am Leben wäre, sich mir nicht in den Weg stellen würde, wenn ich beschließe, sie mitzunehmen.«

»Aber er ist tot. Ich nicht.« Sie bemühte sich um eine ruhige Stimme.

»Ich verstehe, dass du dich instinktiv dagegen sträubst. Alles andere würde mich enttäuschen. Doch die Familie hat eine Entscheidung getroffen, zum Wohle von Mina und für das Wohlergehen unserer Mutter. Wenn wir das nächste Mal darüber reden, hast du die Sache bestimmt verdaut.«

Er ließ sie benommen zurück, in ihrem leeren Kopf ertönte ein bösartiges Pfeifen.

Rätselhafte Kinder

Die Morgendämmerung war Lalo die liebste Zeit des Tages. In der kühlen Morgenbrise, ehe die Stille der Nacht ganz verschwand und das Chaos des Tages ganz erwachte, öffnete sich ein Fenster, durch das er dem Durcheinander in seinem Kopf entkommen konnte. Wenn er lief, wenn seine Füße vom Boden abfederten, sein Körper sich anstrengte und sein Herz wild pumpte, dann dachte er an nichts. Weder an den Albtraum der vergangenen Nacht noch an die Erinnerungen, die ihn bedrängten. Bis er eines Tages beim Laufen meinte, das Kind erspäht zu haben, das an seinem Karren lehnte und ihm nachsah. Er drehte sich um, doch da war nichts.

Manchmal stellte er sich vor, war sich sogar ganz sicher, dass ihn das Mädchen beobachtete, wenn er sich zu den eingetopften Azaleen, die zu beiden Seiten seiner Tür standen, hinunterbeugte und ihre Blätter berührte, wenn er sie goss oder die Tür absperrte. Er fühlte ihren Blick, wenn er in seinem Zimmer saß und mit seinem Graupapagei Diallo sprach, dessen Lieblingswort, das er immer wieder kreischte, seltsamerweise *nama!*, Fleisch!, war. Oft hatte sich Lalo gefragt, was ein Papagei mit Fleisch zu tun hatte; womöglich hatte der Vogel, den Lalo bei einem der Händler vor der Hauptmoschee gekauft hatte, zuvor einem Metzger gehört.

Eines Abends, er fütterte gerade den Papagei, erhaschte er einen Blick auf die Silhouette des Kindes, das vor seinem Fenster stand. Er ging nach draußen und sah sich um, fand jedoch niemanden, nur die Nacht atmete wie ein sattes Tier. Diese Stille der Nachtstunden marterte ihn. Die abscheuliche Stille war da, wenn er arbeitete, wenn er schlief. Also schlief er mit den Stimmen von Stan Smith oder Rihanna, Manshawi oder Al Ghamidi.

Doch eines Nachts, als er aus seinem Zwei-Uhr-vierzehn-Albtraum erwachte, sah er die Gestalt des Kindes von seiner

Decke hängen und auf ihn hinunterblicken. Als er blinzelte, gab es nur den weißen Verputz, eine leere Leinwand für eine wuchernde Gedankenwelt.

An einem besonders frustrierenden Abend, nach einem unproduktiven Tag vor dem unfertigen Porträt seiner Mutter, ging Lalo in den City Park, setzte sich und bestellte Fisch in Pfefferpaprikasauce und Malz-Limonade. Während er wartete, betrachtete er die Abendschwärmer, von denen immer mehr eintrudelten, je später es wurde. Einige sprangen über Tische, unterhielten sich lautstark, während Wizkid aus riesigen Lautsprechern dröhnte, die an Ästen befestigt waren; das Laub filterte die Lieder, ehe sie herabstürzten. Ganz in seiner Nähe prallte ein Paar im Tanzbereich immer wieder gegeneinander. Die Frau war leichtfüßig, doch der ausladende Bauch des Mannes war ständig im Weg; er schlurfte tapsig dahin, sein Lächeln war breit wie ein See. Am feurigen Himmel schwebte die Silhouette eines Vogels mit weit ausgespannten Schwingen, womöglich eine frühe Eule.

Als Lalo den Blick abwandte, stand das Kind auf einer Lichtung, sah ihn direkt an.

Er lächelte. Was für Streiche ihm sein Verstand spielte.

Eine Kellnerin brachte ihm seine Bestellung, setzte sie strahlend auf dem Tisch ab und antwortete mit einem Nicken auf seinen Dank.

Lalo betrachtete den Fisch, der würzige Duft stieg ihm in die Nase, lud ihn zum Fest. Er wusch sich die Hände und zog an einem Streifen, das zarte Stück Fleisch löste sich sofort. Allerdings hatte er weiterhin das Gefühl, beobachtet zu werden. Das Kind stand immer noch am selben Fleck. Er schloss die Augen und öffnete sie wieder. Das Kind war immer noch da. Dies war kein Ort für Kinder. Seufzend nahm er die Alufolie mit dem Fisch und durchquerte den Park.

*

Das Mädchen beobachtete ihn, während er über das Gras auf sie zuging, die Augen unverwandt auf das Kind gerichtet, als hätte er Angst, sie könnte verschwinden, wenn er blinzelte. Sie klammerte sich an ihren Karren und hielt seinem Blick stand.

»*Yar yarinya*«, sagte er lächelnd.

Sie lächelte. Noch nie hatte jemand sie Mädchen genannt, aber andererseits sprachen nur die anderen mit ihr. Das konnte Lalo natürlich nicht wissen. Sie erwiderte sein Lächeln, als er ihr den silbern eingewickelten Fisch hinhielt, doch sie schüttelte den Kopf.

»Meine Güte. Bist du echt?«, murmelte er. »Allmählich dachte ich, du existierst nur in meiner Einbildung.«

Als er sie fragte, ob sie Hunger habe, erkannte sie den Tonfall, er benutzte ihn, wenn er mit seinem Papagei sprach, sanft und fürsorglich. Sie schüttelte erneut den Kopf. Sie forschte in seinen Augen, in der Hoffnung, in ihnen Antworten auf die Fragen zu finden, die sich ihr zu diesem Mann stellten, dieser entlaufenen Seele, die sie faszinierte. Der erste Mensch, mit dem sie je gesprochen hatte. Gelegentlich tuschelten die Kinder über die Entfleuchten und mutmaßten, wie ihnen die Flucht gelungen war und warum sie zurückgekehrt waren. Aber dieser bärtige Künstler mit seinen Schlangenlederschuhen war nicht nur zurückgekehrt: Jemand hatte ihm die Augen geöffnet.

»Bist du allein?«, fragte er, sah sich um und ging vor ihr in die Hocke. »Was ist mit deinen Eltern?«

»Wo sind deine?«, flüsterte sie.

Er schmunzelte. »Meine Mutter ist daheim. Es geht ihr nicht gut.«

Sie betrachtete seine Schuhe.

»Was ist mit deinen?«, fragte er abermals.

Sie blinzelte ihn an. Sie blinzelte wieder, als er sie fragte, wie sie heiße, wo sie wohne.

»Du kannst das gern haben«, bot er ihr erneut den Fisch an. »Neulich habe ich mitbekommen, wie du gegenüber von meinem Atelier Libyas frittierte Yams angeschaut hast«, sagte er.

»Du kannst dir jederzeit welche holen. Ich habe bereits dafür bezahlt.«

»Danke.«

Er sah sich um. »Warum flüsterst du, *yarinya?*«

Sie zuckte die Schultern. »Ich flüstere nicht«, flüsterte sie. So sprachen sie untereinander, aber das wusste er wohl nicht. Er wackelte zweimal mit dem Kopf, wie um ihr zu versichern, es sei in Ordnung, wenn sie nicht wisse, dass sie flüstere. Sie hatte sich gefragt, wie es wohl wäre, wenn jemand mit ihr sprechen, sie sehen, sie sogar hören konnte. Jetzt, da es passiert war, fühlte sie gar nichts. Wieder hielt er ihr den Fisch hin. Sie würde ihn gern nehmen, aber war das nicht sinnlos?

»Hast du dich verlaufen?«, fragte er.

»Du etwa?«

Wolken der Verwirrung blühten in seinem Blick auf. Er blinzelte, während sie über das Firmament seiner Augen zogen. Dann versuchte er entweder ein Lächeln oder ein Lachen, es war nicht klar, welches von beiden. Es sah seltsam, sogar qualvoll aus.

»Nein.«

»Warum bist du denn zurückgekommen?«

Er schmunzelte und sah sich um. »In den Park? Ich komme manchmal her. Der Fisch hier schmeckt toll. Du solltest ihn probieren.«

Seufzend verdrehte sie die Augen, richtete sich zu voller Größe auf und flüsterte: »Nach dem Maisfeld und dem Zug, warum bist du zurückgekommen, Yarima Lalo?«

Chicken Shawarma

In dieser Nacht, wie in allen anderen Nächten, waren seine Träume ein Wirrwarr aus unzusammenhängenden Bildern, Erinnerungen und Gefühlen. Ein Sammelsurium aus seinen vergangenen und seinem jetzigen Leben. Er sah sich selbst in Tarnkleidung in dem Moment, als er den Abzug drückte. Und der Abzug wurde zum Knüppel, der auf seinen Kopf zusauste, nicht im Zug, sondern im Maisfeld.

Als er sich keuchend im Bett aufsetzte, sein Körper schweißgebadet, wusste er, es war zwei Uhr vierzehn. Die restliche Nacht saß er nachdenklich auf seinem Sofa und beobachtete den schlafenden Diallo, der den Kopf auf die Schulter gekuschelt und sich fest an die Sitzstange seines Käfigs gekrallt hatte. Und nicht zum ersten Mal beneidete er den Vogel um seine innere Ruhe.

Am Morgen hallte Leere in seinem Kopf. Die Schmerzen waren lebende Wesen, die in seinem Schädel summten und ihn nach unten drückten, wann immer er sich vorlehnte und die Staffelei verschob, an seinem Schreibtisch skizzierte oder Erdtöne auf triste Leinwände kleckste. Sie zwangen ihn, die Ateliertür zu schließen und, die Hände in den Hosentaschen, langsam über die von Bäumen gesäumten Gehwege der Kolda Street zu wandern, wobei er sorgsam darauf achtete, auf welche Pflastersteine er auf dem Weg zur Apotheke trat. Von Libyas Stand wehte das Aroma von gebratenen Yams und Ei zu ihm herüber und er lächelte über das verschnörkelte, handgeschriebene Schild – *Libya's Golden Fries.* Auf Libyas Tisch häuften sich Hügel aus frittierten Yams, Kartoffeln und Hühnchen wie Edelsteine in der Vormittagssonne. Libya präsidierte hinter seinem Tisch wie immer, tagein, nachtaus.

»Künstler, ein bisschen Yams gefällig? Oder Kartoffeln oder leckeres Hühnchen?«, lächelte er.

Lalo lächelte zurück. »Vielleicht auf dem Rückweg.« Aber eigentlich wollte er fragen, warum ein so beeindruckender Mann den Namen eines von den Hunden des Krieges zerfetzten Landes tragen wollte. Doch stattdessen sagte er: »Es riecht echt köstlich.«

»Es riecht immer gut«, entgegnete Libya. »Doch es schmeckt noch besser. Und wartet immer genau hier auf Sie.«

An einem trüben, verregneten Morgen hatte Lalo dem Grau getrotzt und war um halb sieben in Laufklamotten ins Atelier gegangen, um sein Handy zu holen, das er vergessen hatte, da hatte er Libya in einem gelben Poncho wie einen Wachtposten vor seinem Tisch stehen gesehen, das Gesicht von der Kapuze verschattet, neben ihm hatte bereits das Feuer für den Wok gelodert, als wollte es dem Regen die Stirn bieten. Er hatte grüßend den Kopf gesenkt und Lalo hatte zurückgenickt. Libya war allgegenwärtig wie eine Gottheit.

Das letzte Mal hatte Lalo Golden Fries auf dem Mummy Market in Maiduguri gegessen, kurz nachdem er zwanzig geworden war. Das alles schien eine Ewigkeit her – der Geschmack, der Geruch der Stadt, das Gelächter mit den Kameraden in der Kaserne. Alles, außer dem Geräusch der Schüsse, das ihn bereits in seinen Träumen heimsuchte, lange bevor er seine anderen Leben und seine anderen Tode entdeckte. Er ging weiter.

Kurz darauf kam er an die Kreuzung Adetokunbo Ademola Street, wo ihn der vertraute Straßenlärm empfing. Zwischen zwei Corollas, der eine champagnerfarben, der andere graumetallic, sah er seine Chance und sprintete bis zum Verkehrsdamm in der Mitte der Straße. Ein wütender Fahrer hupte wild.

»Ziege! Sperr gefälligst die Augen auf!« Die Worte wurden aus dem Fenster des grauen Wagens geschleudert, während der Fahrer knapp vor der Stoßstange des anderen Autos abbremste, das bei der Ampel angehalten hatte. Lalo lächelte. Fast genau zu wissen, wie der eigene Tod ablaufen würde, verlieh einem eine gewisse Macht, bedeutete es doch, dass man wahrscheinlich so und nicht anders sterben würde.

Als er die Apotheke verließ, die Medikamente gegen Kopfschmerzen knisterten in seiner Hosentasche, wäre er beinahe in eine Frau hineingelaufen, die beim Gehen auf ihr Handy starrte. Er entschuldigte sich, sie entschuldigte sich, erst dann erkannte er sie.

»Aziza«, sagte er.

»Yarima«, grinste sie.

Als er nach ihrer Tochter fragte, erklärte sie, dass Mina Fieber habe und sie Arznei kaufen wolle. »Falls es steigt«, sagte sie.

Nein, er habe keine Medikamente für seine Mutter, sondern gegen seine Kopfschmerzen besorgt, erklärte er. Er fügte nicht hinzu, dass er über ihre Begegnung sehr froh war, genaugenommen, dass in seinem Herzen die Hoffnung gewohnt hatte, ihr zu begegnen.

»Ihre Augen sehen müde aus. Sind Sie sicher, dass Sie nichts ausbrüten?« Forschend blickte sie ihm ins Gesicht.

»Nein, nein. Es sind bloß Kopfschmerzen. Ich schlafe schlecht.«

»Weil Sie malen?«

»Eher weniger. Derzeit schreibe ich.«

»Schreiben? Sind Sie unter die Autoren gegangen?«

»Eigentlich nicht. Ich schreibe … eben.«

»Was ist eben?«

»Dieses und jenes.«

»Was ist dieses und jenes?«

Er holte tief Luft. »Dieses und jenes, woran ich mich von damals erinnere.«

»Oh, wie interessant! Sind Ihnen seit dem letzten Mal viele Erinnerungen gekommen?«

Kurz blitzte Zweifel in ihren Augen auf. Sie ließ ihren Blick über sein graues T-Shirt, seine Lieblingsjeans und die Boots fliegen, die seine Mutter ihm geschenkt hatte, als wollte sie seinen Geisteszustand einschätzen.

»Schon okay, wenn Sie mich für wahnsinnig halten. Geht mir manchmal selbst so, *gaskiya.*«

»Das ist ganz und gar nicht der Fall.« Doch auf ihrem Gesicht hatte sich schon Verlegenheit gezeigt, als hätte man sie beim Abstreiten des Offensichtlichen ertappt. »Haben Sie es eilig?«

Er sah sich um. »Na ja …«

»Ich hole das Medikament und dann hätte ich eine Stunde Zeit. Wir könnten irgendwohin gehen und uns unterhalten.«

*

Wenn er nervös war, so wie in jenem Moment, biss er sich rechts auf die Unterlippe, hob die Brauen, schielte aus den Augenwinkeln und kratzte sich den Bart mit den Fingerrücken – immer mit den Fingerrücken –, das hatte etwas Rührendes und Amüsantes an sich.

Dieses Verhalten fiel Aziza zum ersten Mal auf, als sein fester Trizeps versehentlich ihre Brust streifte, während er eine Matte auf dem Gras ausbreitete. Sie hatten die Matte bei den Verkäufern am Eingang des Millennium Parks geliehen und Aziza war mit ihm zu ihrem Lieblingsplatz gegangen, unter einem riesigen Niembaum am fröhlich rauschenden Bach.

»Oh!«, rief Lalo aus und entschuldigte sich wie ein ertapptes Kind mit abgewandtem, verkniffenem Gesicht. Ein kräftiger Mann wie er. Mit arg drangsaliertem Bart.

Sie setzten sich auf die Matte und er wickelte die Schawarma aus, die sie am Tor erstanden hatten, und legte ihr eines hin.

»Deine Tochter muss doch bestimmt auch was essen«, erwiderte er auf ihre Frage, wer denn das dritte essen solle. Lächelnd bedankte sich Aziza.

Aziza holte ihr Handy heraus, machte Fotos von ihren hennabemalten Händen, die das Schawarma hielten, und lud sie auf Instagram hoch. Sie wählte Clarendon als Filter, fügte #lalleAndShawarma #AzizasPalace hinzu und klickte auf »posten«. Lalo saß da, beobachtete sie und bot an, einige Fotos zu machen. Sie machte einen Schmollmund, während er knipste.

»Ignorier mich und mein Insta-Leben«, sagte sie und nahm das Handy wieder an sich. »Macht sich gut als Werbung für meinen Salon.« Sie zwinkerte ihm zu.

Er nickte und biss in sein Schawarma.

Dann fragte sie ihn, was er von ihr halte, und löste damit erneut eine nervöse Reaktion aus. Sie betrachtete die widerspenstigen Haarsträhnen, die ihm an den Wangen und im Nacken klebten. Wenn er sich einige Tage lang nicht rasierte, würde er völlig verwildert aussehen.

»Ehrlich?«, fragte er mit immer noch hochgezogenen Brauen.

»Ehrlich.«

Sein Blick lag so prüfend auf ihr, dass sie den Arm hob und unsicher vor ihrem Gesicht herumwedelte.

Er zählte das Offensichtliche auf. Sie war freundlich, sie war aufrichtig, sie war lustig und schön. Aziza wurde verlegen.

»Zudem bist du wohl auch ein wenig romantisch«, sagte er.

»Ach, echt? Wie kommst du darauf?«

»Na ja, als wir reinkamen und du über Politik gesprochen hast.«

»Was ist damit?«

»Du hast eine romantische Sichtweise«, erwiderte er. »All das Gerede von einer Revolution, davon, die korrupten Anführer mit einer Art Riesenbesen hinauszufegen und sie durch andere zu ersetzen. Das ist romantisch.«

»Was kann man denn sonst tun? Und die Vorgehensweise war erfolgreich. Ghana hat es geschafft.«

»Du vergisst, dass wir das schon vor Ghana versucht haben, und dann hat sich wieder Vetternwirtschaft eingeschlichen. Die Korruption, die die sogenannten Revolutionäre beseitigen wollten, hat sich mittlerweile in ihren Reihen breitgemacht. Und jetzt sieh dir die Misere an.«

»Nochmals: Was kann man denn sonst tun?«

»Angenommen, auch wenn ich Gewalt nicht befürworte, wir finden einen Weg, die Revolution umzusetzen, wo bekommen wir neue Anführer her, die nicht korrupt sind? Im selben Supermarkt, in dem wir die derzeitige beschädigte Ware erstanden haben? Aus demselben Volk? Aus demselben Land? Hast du mitbekommen, was diejenigen denken, die in den

Startlöchern zur Machtübernahme stehen? Um wie viel übler die sein werden?«

Aziza ließ die Schultern hängen. »Es hat durchaus seine Vorteile, Romantikerin zu sein«, sagte sie. »Man muss romantisch veranlagt sein, wenn man seine Stelle bei der Bank kündigt und einen Hennasalon eröffnet. Mein Schwager fand das Vorhaben sehr idealistisch. Ich bin froh, dass ich mich von ihm nicht habe abbringen lassen.«

»Es ist nicht schlimm, Romantikerin oder Idealist zu sein. Was auch immer du bist, mach das Beste daraus, sagte meine Mutter manchmal. Ihr seid die Menschen, denen Dinge auffallen und die Lösungsvorschläge haben. Die sind nicht immer zweckdienlich, aber immer phantasievoll. Was weiß Gott von Vorteil ist.«

»Das ist also alles, was du siehst? Eine Romantikerin?«

»Sagte ich nicht, du seist schön?«, fragte er mit einem verschmitzten Lächeln. »Ich mag dein Nasenpiercing. Und wie dein Kopfputz gewickelt ist. Und deine Creolen. Wunderschön.«

»Vielen Dank.« Sie biss herzhaft in ihr Schawarma und ihr Mund füllte sich mit Salat, Mayonnaise und Hühnerfleisch. Als er ihre Getränkeflasche aufschraubte und vor sie hinstellte, spannten sich die Muskeln seines schlanken Arms.

»Du bist dran.«

»Ich soll dir sagen, dass du schön bist?«, lachte sie.

»Nein, nein …«

»Immer mit der Ruhe. Das war nicht ernst gemeint, obwohl du tatsächlich ein schöner Mann bist. Als wir uns das erste Mal sahen, war ich zugegebenermaßen von deiner Uhr und deinem Arm fasziniert. Die beiden passten so gut zusammen. Und dann fand ich den Rest von dir … interessant.«

Er hob die Augenbrauen.

»Jaja, in dieser Hinsicht bin ich komisch.«

Er nickte und widmete sich seinem Schawarma. Doch sein Blick lag weiterhin taxierend auf ihr. Aziza spürte, wie ihr Herz hämmerte. Sie mochte diesen grüblerischen Künstler, hatte jedoch Angst vor dem Ballast, den er mit sich herumschleppte. »Was würde deine Freundin dazu sagen, wenn sie dich in einem Park mit einer anderen Frau Schawarma essen sieht?«

»Sie würde sich einfach auf dich draufsetzen und wir brauchten einen Kran, um sie von dir runterzuhieven. Wenn es sie denn gäbe.«

Sie nickte. »Du magst sie kräftig, oder?«

Diesmal antworteten seine Blicke, seine Augen, die sie so verlangend musterten, dass ihr heiß wurde.

»Was würde der Vater deiner Tochter sagen, wenn er dich mit einem anderen Mann sehen würde?«, fragte er.

»Er ist vor zwei Jahren gestorben.«

»Oh. Das tut mir leid. Ich hatte keine Ahnung. *Allah ya jikanshi.*«

»Amen.«

Er rang sichtlich nach Worten, die über einen Gebetsspruch hinausgingen.

»Wir waren allerdings schon geschieden, als es passierte.«

»Auch das tut mir leid. Du musst ihn trotzdem einmal geliebt haben.«

Sie zuckte die Achseln. Er fehlte ihr. In diesem Augenblick jedoch fühlte sie eher Wut als tote Liebe – eine Liebe, die sie gewaltsam erstickt hatte –, nicht nur wegen dem, was er ihr angetan hatte, sondern auch wegen dem, was seine Familie ihr antat. Sie versuchte, sich zurückzuhalten, nicht alles vor einem Mann hinauszuposaunen, den sie erst vor kurzem kennengelernt hatte und noch nicht einschätzen konnte, doch die Gelassenheit, seine Art, sie vorurteilsfrei anzusehen, brachten sie zum Reden. Er schwieg, während sie sich über den Besuch ihres Schwagers und seine Drohungen ausließ.

»Ich habe Angst, dass ich in den nächsten Tagen, Wochen oder Monaten meine Schwiegerfamilie verliere. Sie sind nette Menschen, aber ich verliere lieber sie als meine Tochter.«

»Ich weiß nicht, was ich sagen soll, aber wenn du jemals etwas brauchst«, er streckte ihr die Hand entgegen und in seinen Augen stand eine Einladung. Zögernd legte Aziza ihre

Hand in seine. Sein Griff war sanft, aber auch fest und beruhigend.

»Ich weiß nicht, warum ich dir das alles erzähle«, sagte sie. »Ich weiß so gut wie gar nichts über dich. Wahrscheinlich weil man sich gut mit dir unterhalten kann.«

»Du weißt mehr über mich als die meisten.«

»Dass du schon einmal tot warst?«

»Mehr oder weniger. Ich weiß ebenfalls nicht, warum ich dir das verraten habe. Offenbar vertraut mein Herz dir.«

»Erzähl mir nochmals davon. Auf weniger wirre Art, so dass ich dir glauben kann.«

Wieder seine nervöse Reaktion, die sie zum Lächeln brachte.

Aus seiner Hosentasche holte er das Medikament, das er in der Apotheke erstanden hatte, drückte einige Tabletten aus der Blisterpackung, steckte sie in den Mund und spülte sie mit seinem Getränk hinunter. Ihr fiel die Medizin ein, die sie für Mina gekauft hatte.

»Also …?«

Er seufzte. »Gestern Abend habe ich das Kind aus dem Gemälde gesehen.«

Eingehüllt in den Geruch frisch gemähten Grases erzählte er ihr von der Begegnung mit dem Kind im Park und davon, wie sehr ihn die Frage des Mädchens die gesamte Nacht und den ganzen Morgen über beschäftigt hatte.

»Und wer genau ist dieses Kind?«, fragte Aziza schließlich.

»Das ergibt alles keinen Sinn. Ich weiß weder, wer dieses Kind ist, noch warum sie mir diese Fragen stellt.«

Immer wieder verschränkte Aziza ihre Finger mit seinen, dabei klirrten erneut ihre Armreifen. »Wie willst du herausfinden, warum du zurückgekommen bist?«

Er schüttelte den Kopf. »Ich weiß es nicht. Vielleicht muss ich erst verstehen, was davor passiert ist.«

»Und wie will der Herr das anstellen?«

»Ehrlich gesagt, weiß ich das nicht recht. Aber ich kann dir in meinem Atelier etwas zeigen. Ich kann dir zeigen, was ich geschrieben habe. Hilfst du mir bitte, darin einen Sinn zu finden?«

In seinen Augen sah sie einen verlorenen Jungen, der nach Antworten und Hilfe suchte. Sie wandte den Blick ab und bemerkte, dass sie sich immer noch an den Händen hielten.

»Sicher.« Sie lächelte. »Sicher«, wiederholte sie und drückte seine Hand.

2
Orange

Bei Sonnenaufgang und Sonnenuntergang
zeigt sich der Himmel in Schattierungen
von Orange, jener Farbe, die uns Hoffnung
gibt, dass die Sonne nur untergeht,
um wieder aufzugehen.

Ram Charan

Die Chroniken

Kapitel I

Kafanchan 1980

Einst waren wir Kinder, deren Träume von Staub, Harmattan-Dunst und der Gestalt der Regenzeit geformt wurden. Als wir heranwuchsen, verliehen unsere Hormone diesen Träumen die Umrisse von Bergen. Und manchmal fand sich in diesen wirbelnden Silhouetten, wenn man genau hinsah – und das taten wir oft –, ein Frauenprofil. Manchmal eine liegende Königin, die lächelnd über das Schicksal von Königreichen und Untertanen nachsann. Manchmal erhob sie sich, ein Geschöpf der Vergeltung, der Flammen und des Rauchs, die schwingenden Arme bereit zum Schlag, hinter sich eine Schleppe aus Feuer.

Turai war eine wundersame Verschmelzung von Formen, Schatten und Gebilden – Göttinnen und Unholden. Als ich sie zum ersten Mal sah, wusste ich das nicht. Aber ich erinnere mich ganz deutlich, wie sie sich aus dem sonnenverbrannten Staub des Schulhofs, aus der Menge der anderen Mädchen erhob und in die Lust selbst verwandelte.

Das erste Jahr in der weiterführenden Schule. Sie wurde, genau wie ich, demnächst dreizehn oder war es schon. Die anderen Jungs und ich hingen gegenüber dem Fußballplatz beim unfertigen Gebäude herum, das drei Klassenzimmer beherbergen würde, und pflegten unsere Striemen. Wir waren in dem Alter, in dem alles, jedes Wort, das vor anderen gesagt wird, demütigend sein konnte, aber nichts ließ sich mit der Entwürdigung vergleichen, vor der gesamten Schule gezüchtigt zu werden. 1980 waren solche Dinge noch in Mode und wer zu spät zum Unterricht kam, zog sich eine solche Erniedrigung zu. Und mein kleingewachsener Lehrer, der in meiner Erinnerung auf ewig den Namen Zuchtmeister trägt, teilte diese liebend gern aus. Schon seit je. Bis zu unserem dritten Schuljahr, da wurde er unser Hausfotograf, streifte mit einer Konica über das

Schulgelände und kam seinen Pflichten als Zuchtmeister nicht mehr so eifrig nach. Doch das ist eine andere Geschichte.

Ich erinnere mich, dass ich erst zehn Minuten nach dem Klingeln zur Assembly stieß und mich gemeinsam mit achtzehn anderen vor der versammelten Schule aufstellen musste. Als ZM mit der Reitpeitsche neben mir stand, dachte ich, ich bin größer als du. Dieser Gedanke ging mir durch den Kopf, während er mir fünf Schläge verabreichte, während ich spürte, wie meine Haut platzte, und während ich im rahmenlosen Fenster des unfertigen Klassenzimmers hockte und meine Striemen pflegte. Du wirst nie so groß sein wie ich. Du. Wirst. Nie. So. Groß. Sein. Wie. Ich. Wahrscheinlich war das albern, aber der Triumph meiner Gene über seine war mir tatsächlich ein Trost.

Meine Gedanken kreisten immer noch um den Vorfall, als aufgeregte Schreie zu den anderen Jungen und mir drangen. Eine Schar Mädchen hatte sich in der Mitte des Spielplatzes zusammengefunden und spielte Himmel und Hölle. Eine nach der anderen waren sie aus meinem Blickfeld verschwunden, wie die Blätter einer Blüte, die sich öffnete, und nur sie in ihrer Mitte blieb übrig. Mit in die Hüften gestützten Armen und nachdenklich gerunzelter Stirn betrachtete sie das Muster auf dem Boden, als müsste sie ein großes Rätsel lösen. Selbst aus dieser Distanz, ein halbes Fußballfeld entfernt, waren ihr längliches Gesicht, ihre Ausstrahlung, ihre Haltung, während sie überlegte, welche Möglichkeiten zum Weiterhüpfen sie hatte, atemberaubend. Und dann drehte sie sich um und lächelte, und auch wenn sie nicht mich anlächelte, wusste ich, dass ich etwas Besonderes, jemand Besonderen gesehen hatte.

Es dauerte sechs Jahre, bis ich begriff, dass dies einer jener magischen Momente gewesen war, in denen ein Junge zum ersten Mal Gefühle spürt, die in seinem Herzen Träume keimen lassen. Die gesamte Woche hielt ich mich in ihrem Schatten auf, wenn sie zur Pause aus ihrem Klassenzimmer kam, wenn sie sich mit ihren Freundinnen unterhielt. Oder wenn sie zur Imbissbude gingen und Masa, die beliebten Reisküchlein, oder

Hanjin Ligidi, Lutscher, bestellten. Sie nahm immer einen grünen und hielt den Stiel beim Lecken senkrecht. Wenn er verschwunden war, hatte ihre Zunge die Farbe eines Reptils angenommen.

Das erste Mal, als ich mit ihr sprach, als ich überhaupt etwas zu ihr sagte, war in ihrem Klassenzimmer, wo sie zwischen ihren Freundinnen saß. Ein Zuckerwatteverkäufer hatte sich mit seinem Fahrrad neben die Imbissverkäufer gestellt, und sobald es zur Pause klingelte, hupte er eine Melodie. Ich zahlte und wartete gespannt, während er die babyrosafarbene Watte um die Stäbchen wickelte. Ich nahm sie entgegen und kaufte auch einige Hanjin Ligidi.

Als Turai nicht kam, ging ich am Fußballplatz entlang, wich den Jungen aus, die auf der Jagd nach dem Ball gegen die Mauer krachten. Ging am Handballplatz vorbei, wo sich Mädchen kreischend mit Bällen bewarfen, und ignorierte sämtliche Blicke, bis ich das Klassenzimmer betrat, in dem Turai mit einer Gruppe Mädchen saß. Sie waren zu fünft und besprachen etwas, das, nach ihrem Gesichtsausdruck zu schließen, recht bedeutsam war. Es betraf das bekümmerte Mädchen neben Turai. Da stand ich, ein magerer Junge in kurzer Hose, eingerahmt vom Licht, das durch die Tür strömte, und fünf überraschte Mädchen sahen mich an, in ihren Augen Fragezeichen.

Ich räusperte mich und marschierte zu Turai.

»Ich habe dir Alewa Auduga besorgt.« Ich hielt ihr die Zuckerwatte hin. »Ich wollte dir Hanjin Ligidi holen, die grünen, die du immer nimmst, aber als ich die Alewa gesehen habe, dachte ich, die magst du vielleicht auch.«

»*Eyyaah!* Von Fremden nehme ich nichts an.« Die Andeutung eines Lächelns kräuselte ihre Oberlippe.

»Ich bin kein Fremder. Ich bin in der Nebenklasse.«

»Ich weiß. Bist du nicht der Junge, der neulich bei der Assembly eine Tracht Prügel bekommen hat?«

Ich stotterte, nahm vergeblich mehrere Anläufe.

»Du bist ein störrischer Junge, stimmt's?«

Ich wollte ihr widersprechen, sagen, dass ich dem Vernehmen nach und im Grunde genommen ein guter Junge war. Dass ich nach der Schule dem Vater auf der Farm bei der Yams- und Maisernte half, gemeinsam mit meinem Bruder Bawa, mit dem ich manchmal am Fluss saß, wo wir dem Vogelgezwitscher lauschten und die Wolken beobachteten, die wunderbare Formen annahmen – Göttinnen, Schmetterlinge, Vögel. Dass ich manchmal in den Bäumen Schatten sah, die zu großen, geflügelten Tieren wurden und bei Dämmerung ausflogen. Warum ich ihr erzählen wollte, wie gern ich zusah, wie der Mais wuchs und die Yamsblätter durch die Erde brachen, weiß ich nicht. Sie kam mir wie jemand vor, dem ich diese Dinge erzählen konnte, jemand, dem ich diese Dinge sagen wollte.

»Schweigen bedeutet Zustimmung«, sagte sie.

»Wozu?«

»Zu dem, was ich gesagt habe, dass du ein störrischer Junge bist.«

Ihre Freundinnen kicherten.

»Ich bin nicht stur. Ich bin bloß ein Junge … der dir Zuckerwatte und Hanjin Ligidi schenkt.«

Sie lächelte, warf einen Blick über die Schulter auf ihre Freundinnen und streckte erwartungsvoll die Hände aus.

Als wir an diesem Abend am Ufer saßen und unsere Angeln ins Wasser hielten, während der Fluss träge vorbeifloss, sah Bawa mich durchdringend an: »Deine Augen schauen merkwürdig aus, als würdest du die Dinge anders sehen. *Shege*. Du Scheißer! Du musst verliebt sein.«

Auch wenn ich protestierte, an diesem Abend gab es für meine Augen definitiv neue Farben. Eine violette Schliere auf dem Wasser, in den Bäumen Rotbauch-Glanzstare und das Guavengrün der reifenden Früchte am Baum, der am Ufer stand. Neu, weil ich sie zum ersten Mal wirklich sah.

»Ach, halt die Klappe. Ich kenne das doch.«

Er legte mir den Arm um die Schultern. »Erzähl von ihr.«

Kapitel II

Kafanchan

Der Zuchtmeister begann ab der dritten Klasse, kurz vor unserem Junior-Examen, mit dem Fotografieren. Brother Felix, dessen Fotoatelier sich in der Kangoro Road befand, musste in den Osten reisen, wo sein unglücklicher Onkel beerdigt wurde, den man erschossen hatte. Kafanchan war keine große Stadt, daher waren alle über die Geschichte im Bilde, obwohl sie sich im fernen Enugu ereignet hatte. Der Onkel hatte die Polizisten, die ihn an einem Kontrollpunkt anhielten, nicht bestechen wollen, er stritt mit ihnen und bekam schließlich eine Kugel in den Kopf. Brother Felix' Abwesenheit hinterließ eine enorme Dienstleistungslücke, die es zu füllen galt, denn jeder ließ in seinem Atelier Fotos anfertigen. Er machte auch die Passfotos, die nötig waren, wenn sich die Schüler für das Examen registrierten. Einen nach der anderen positionierte er sie vor dem weißen Popelineviereck, das an einer der Wände hing, rückte Kragen zurecht, schnipste unsichtbare Fusel von Hemden und Blusen, trat drei Schritte zurück, blickte in den Sucher seiner alten bewährten Agfa-Kamera, kniff das andere Auge zu und drückte bei drei den Auslöser.

In seiner Abwesenheit trieb der ZM, der offenbar früher bei einem Fotografen in der Lehre gewesen war, eine Kamera auf und fing an, Passfotos zu knipsen. Seine weiße Leinwand, die so brandneu war, dass die Bügelfalten ein Kreuz auf dem Stoff bildeten, hängte er an die Wand neben dem Direktionszimmer und startete mit seinem berühmten strengen Gesichtsausdruck eine bis dato stagnierende Karriere als Fotograf. Schließlich, als die Tage vergingen und seine Taschen sich mit Geld füllten, taute sein Gesicht auf und unter seinem breiten Schnurrbart kräuselte sich die Andeutung eines Lächelns wie dünne Flusslinien auf einer Landkarte.

Der Nebenjob wurde so gut bezahlt, dass er auch Bilder

machte, die nicht von der Schule beauftragt waren. Er warf die Peitsche endgültig weg und warb aktiv um die Schüler. Es gab nun zwei Orte, wo man ZM während des Unterrichts finden konnte. Nicht im Klassenzimmer, denn dort hielt er sich nicht mehr auf. Entweder bei Baba Railways Haus, das eine der schönsten Fassaden im Viertel hatte und vor dem Pfauensträucher grünten und blühten – ein wahres Paradies für alle, die sich fotografieren lassen wollten. Oder in den Pausen bei den Hecken der Schule, wo sich die Schüler vor den blühenden Wundersträuchern in Positur warfen.

Ich küsste Turai zum ersten Mal – das einzige Mal, dass ich sie überhaupt küsste – im Schatten dieser Sträucher, nachdem ZM uns zu einem Foto überredet hatte. Er hatte es schon mehrmals versucht, doch Turai hatte sich immer geweigert. Als die Prüfungen näher kamen und unsere Schulzeit sich ihrem Ende zuneigte, schlich sich eine gewisse Dringlichkeit in unsere Beziehung, entweder wurde daraus etwas Greifbares, so dass wir über Zuneigung reden und Zukunftspläne schmieden würden – oder wir kamen überein, dass die Zukunft ein Traum war, Trauben, die zu hoch für unsere Teenagerarme hingen. Unsere Träume und unsere Realität entwickelten sich in unterschiedliche Richtungen. Je häufiger ich von dem Traum sprach, Tierarzt zu werden, desto seltener sprach sie davon, das College of Education zu besuchen und desto hintergründiger wurde ihr Gesichtsausdruck.

Eventuell dachte sie über diese ernsten Dinge nach, als ZM mit seiner Kamera und einem inständigen Lächeln wartend vor uns stand.

»Also los, machen wir dieses Foto«, sagte Turai traurig mit schwerer Stimme und stand auf.

Wie zwei unbeholfene Teenager hatten wir uns vor den Sträuchern und ZMs Linse aufgestellt. Dann hatte sie sich zurückgelehnt, ihr Kopf ruhte auf meiner Brust und ich befürchtete, mein wilder Herzschlag könnte sie zum Lachen bringen. Nachdem ZM fertiggeknipst hatte, beugte ich mich vor und gab ihr ein Küsschen auf die Wange.

ZM, der mit seiner Kamera beschäftigt war, hatte rechtzeitig hochgesehen, um diesen Zwischenfall zu bemerken. »*Anh ahn*, das hättest du machen sollen, als ich auf den Auslöser gedrückt habe, *nah.*«

Lächelnd drückte Turai meine Hand und entfernte dann einen Fussel aus meinem Haar. »Für die Geschichtsbücher«, sagte sie.

»Wir werden es gemeinsam schaffen«, flüsterte ich. »Wenn ich Tierarzt bin und du Schulinspektorin, können wir unseren Kindern dieses Foto zeigen und ihnen sagen, dass damals alles begann.«

Traurigkeit hatte sich in ihr Lächeln gegraben und ihre Hände fühlten sich weich an, als sie meine drückte. »Dieser Traum ist nicht für mich.«

»Das Foto bekommt ihr nächste Woche Donnerstag«, verkündete ZM. »Ich nehme an, ihr wollt zwei Abzüge.«

»So lange?«, hakte sie nach.

»Ich muss zum Entwickeln nach Kaduna«, sagte er. »Wie viel wollt ihr anzahlen?« Er streckte eine Hand aus, die andere hielt ein Notizbuch, in dem er die Einnahmen seines Nebenjobs verzeichnete.

Der Morgen danach

Aziza rührte Golden Morn mit Milch an und schob Mina das Schüsselchen hin. Mina hob den Blick von ihrem Plüschdinosaurier und lächelte ihre Mutter an. Sie stellte den T-Rex sorgsam auf die Hinterbeine und richtete seinen Kopf auf den Maisbrei, als sollte er mitessen.

»War es ein Buch, das du gelesen hast, Mummy? Ein Roman?«

»Nein.« Aziza bändigte ihre Mähne mit einem Haarband und fuhr sich über den Kopf. »Nein, Liebling. Es ist kein Roman«, sagte sie schließlich.

»Was dann?«

Aziza legte den Kopf schief und versuchte, das soeben Gelesene in eine Schublade zu stecken, in eine Kategorie einzuordnen, die nicht nur für ihre Fünfjährige, sondern auch für sie selbst einen Sinn ergab. Belletristik, Sachbuch oder das Resultat einer kruden Phantasie. Lalo war felsenfest davon überzeugt, dass diese Vorfälle tatsächlich stattgefunden hatten, das sprach für ihn. Bei den Details seiner Schilderung war sie sich hingegen nicht sicher. Wie konnte sich jemand an all die Einzelheiten, die Gespräche, die Farben, die Gerüche erinnern?

»Was dann, Mummy?«, fragte Mina wieder.

»Ich weiß nicht recht, mein Schatz.« Seufzend betrachtete sie sich im Spiegel und zog sich Lidstriche. »Iss dein Frühstück, Mina, bevor es kalt wird.« Sie wollte mehr wissen, hatte aber Angst, Lalo gegenüber noch nachsichtiger zu werden als zuvor. Aziza beobachtete ihre Tochter beim Frühstücken, und als Mina aufsah und sie anlächelte, griff sie nach ihrem Handy und machte mehrere Aufnahmen von ihrer Tochter, die sich mit dem vollen Löffel vor dem Mund in Szene setzte. Sie bearbeitete und beschnitt das Foto, fügte einen Filter sowie #Breakfasting #Azizaspalace hinzu und lud es auf Instagram hoch.

Als Lalo ihr den Ausdruck seiner Kafanchan-Chroniken gegeben hatte, hatte sie sich geschmeichelt gefühlt, denn dies setzte ein gewisses Vertrauen voraus. Sie hatte sich zu ihm hingezogen gefühlt, zu seinen bizarren Behauptungen. Am Abend nahm sie sich gerade den Text vor, als Yahya anrief. Als sein Name auf dem Display aufleuchtete, krampfte sich ihr Herz zusammen. Erst als das Läuten verstummte, konnte sie wieder atmen. Eine Minute später rief er nochmals an. Es war erst kurz nach acht Uhr abends, doch seine Stimme hörte sich schwer an, müde. Ob es ihm gutgehe, fragte sie. Er bejahte. Da er nicht zu belanglosen Telefonaten neigte, rechnete sie mit einer gewichtigen Aussage. Stattdessen schwafelte er herum, fragte nach Mina, nach dem Salon, betonte erneut, wie ihn die Einrichtung beeindruckt habe, erkundigte sich nach der Regenzeit, der Hitze. Ihre Antworten waren umsichtig detailliert, aber kurz genug, um ihm für das, was er sagen wollte, Raum zu geben. Nach zwei Minuten Geschwafel war sie versucht zu fragen, weshalb er angerufen, warum er plötzlich Interesse an einem belanglosen, ihr höchst unangenehmen Gespräch hatte. Als er sich verabschiedete, konnte sie sich des Eindrucks nicht erwehren, dass er sie mit diesem Telefonat einzig an das Bevorstehende hatte erinnern wollen.

Als könnte Mina ihre Gedanken lesen, fragte sie: »Überlegst du, ob du mich zu Onkel Yahya ziehen lässt?«

Die Frage erschreckte Aziza. »Nein, meine *gimbiya.* Das würde ich nie tun. Es sei denn, du möchtest das.«

»Warum soll ich das wollen? Wer passt auf dich auf, wenn ich weg bin?«

Aziza lächelte und zwinkerte die Tränen weg, die ihr in den Augen prickelten. »Liebes, sie sind die Familie deines Vaters, es ist wichtig, dass du sie richtig kennenlernst.«

»Ich will nicht weg.«

»Ich weiß. Ich will das auch nicht.«

Mina kratzte den restlichen Brei aus dem Schüsselchen und schob sich den Löffel in den Mund. Aziza kniete sich neben sie und wischte ihr mit einer Serviette die Essensspuren ab.

»Mummy, was ist, wenn sie mich holen kommen, eh?«

Aziza wurde klar, dass ihre Strategie einzig darin bestehen

konnte, ihre Tochter nicht aufzugeben und jeden zu bekämpfen, der bekämpft werden musste.

»Oder sollen wir weglaufen, Mummy? Ganz weit weg, wo sie uns nie finden, eh?«

Aziza hielt mitten im Schritt inne, blieb zwischen Fernsehtisch und Kamin stehen, von dieser verrückten, unkonventionellen Idee kurzfristig verlockt.

»Wir könnten zu Oma nach Kaduna.« Mina setzte ihre Puppe hin.

»Nein«, gab Aziza barsch zurück und ging weiter. »Wir werden nicht nach Kaduna gehen. Hörst du? *Haka kawai!*«

Mina starrte ihre Mutter an.

Aziza atmete tief durch und bemühte sich, den aggressiven Tonfall wiedergutzumachen.

»Entschuldige, Liebes«, sie klang nun gelassener. »Wir werden uns da etwas anderes einfallen lassen müssen, aber Oma Kubra bleibt außen vor.«

Sie würde sich hüten, jemandem ihr Kind anzuvertrauen. Nicht nach dem, was ihr zugestoßen war, als man sie anderen anvertraut hatte. Sie löste ihr Kopftuch und wollte es neu binden, doch der Seidenstoff war rutschig. Aziza ließ das Kopftuch auf den Boden gleiten, wo es wie eine abgestreifte Schlangenhaut liegen blieb.

*

»Warum kommst du nicht nach Hause, Aziza?«, klang die Stimme ihres Bruders durchs Handy.

»Demnächst besuche ich euch.«

»Ich kenne dich, Aziza. Das heißt nein.«

»Momentan habe ich viel zu tun. Du weißt doch, mein Salon. Den kann ich nicht im Stich lassen.«

Sie hatte ihn mit der Absicht angerufen, ihn zu fragen, ob sie nicht für einige Tage zu ihm kommen könnten, und so der Wut, die mehr und mehr von ihr Besitz ergriff, sowie Abujas Dauerhitze zu entkommen. Aber als er den Anruf annahm, brachte sie die Frage nicht über die Lippen. Doch Danyaro musste ihren Wunsch nach Flucht gespürt haben.

Er seufzte. »Was ist los, Aziza? Was verschweigst du mir?«

Kurz war sie versucht, offen zu sprechen und alles vor ihm auszubreiten, alles, was sie in eine Decke gewickelt und in eine Gruft in ihrem Herzen gestopft hatte. Doch andere Gefühle – Angst, Zweifel, Wut –, hatten sich schwer auf ihrer Zunge niedergelassen. Danyaro war Mutters Liebling. Wie er wohl reagieren würde? Was würde er von ihr und von ihrer Mutter denken? Auf wessen Seite würde er sich schlagen? Die Vorstellung, dass ihre Familie in Grüppchen zerfallen könnte, die sich bekriegten und gelegentlich zu Allianzen zusammenschlossen, gefiel ihr nicht.

»Ich muss auflegen«, sagte sie. »Ich bekomme einen anderen Anruf.«

»Du lügst. Dann würde ich es anklopfen hören.«

Sie lachte. »*Da gaske,* echt jetzt? Ich muss trotzdem auflegen, ehrlich. Wir reden ein andermal.«

Sie wusste, Danyaro hatte versucht, ihre Mutter auszuquetschen, doch diese hatte garantiert nichts von Azizas Angst mitbekommen, vermutlich war ihr nicht einmal klar, was sie selbst angerichtet, wie sie mit ihren Worten der Tochter den Mut genommen hatte. Und selbst wenn es ihr klar wäre, reden würde ihre Mutter mit Sicherheit nie darüber. Diese Frau würde niemals ihren eigenen Bruder, Azizas Onkel, den Löwen zum Fraß vorwerfen, das hatte sie all diese Jahre sorgsam vermieden.

Sie ignorierte Danyaros Bitte, nicht aufzulegen, und beendete das Gespräch. Als er erneut anrief, steckte sie das Mobiltelefon in ihre Handtasche und ging weiter.

Ein Ping verriet ihr, dass sie eine Textnachricht erhalten hatte, und als sie nachsah, fand sie eine Botschaft von Danyaro vor.

Nimm dir eine Auszeit. Komm zu mir. Bleib, solange Du willst.

Danyaro würde sie aufnehmen. Er würde sie und ihre Tochter beschützen. Doch es gäbe kein Entrinnen vor seiner Neugierde, er würde herausfinden wollen, was sich in der alten Decke in ihrem Herzen verbarg.

Die Sichtung

Nachdem der Regen die auf den Asphalt gedruckten Geschichten und zumindest für einen kurzen Augenblick die scheußliche Hitze weggewaschen hatte, sah Lalo an diesem Tag das Kind vorsichtig ihren Karren die Kolda Street entlangschieben. Er eilte nach draußen und rief ihr nach. Sie ging weiter, drehte sich nicht um. Er rannte los und als er vor ihr stehenblieb, sah sie verdutzt zu ihm hoch. Sie war das Mädchen, trug das gleiche weiße, mit kleinen safrangelben Nelken gemusterte Kleid mit ausgestelltem Rock, und war doch nicht das Mädchen, mit dem er gesprochen hatte. Sie hatte den gleichen mondsteinfarbenen Teint, die gleichen sehnsuchtsvollen, karamellgoldenen Augen, den gleichen aufgeweckten Blick. Aber sie war es nicht.

Sie schob ihren Karren um ihn herum, ging weiter und warf einen fragenden Blick zurück über die Schulter. Lalo stellte fest, dass Libya ihn beobachtete. Er winkte dem Mann, der mit einem Nicken zurückgrüßte. Als er wieder zur Straße sah, war das Kind verschwunden. Lalo zuckte die Achseln und überquerte die Straße zu seinem Atelier.

*

Als er an diesem Abend im Hinterhof den Vogelkäfig reinigte, tauchte das Kind auf. Diallo hockte auf einer Sitzstange, die Lalo auf der Veranda improvisiert hatte, während er den Vogeldreck vom Käfigboden schrubbte.

»*Nama!*«, kreischte der Papagei.

Als Lalo sich umdrehte, sah er zu seiner Überraschung das Kind. Ihr Karren stand direkt vor der Veranda und sie saß neben dem Papagei, dem sie ihre Handfläche hinhielt. Lalo richtete sich auf und starrte sie an. Wie war sie durchs Tor in seinen Hinterhof gekommen, ohne dass er sie gehört hatte? Hatte er sie nicht gehört, weil er Kopfhörer trug?

»Das ist ein hübscher Papagei, Yarima Lalo«, sagte sie.

»Danke, *yarinya.*«

Da strahlte sie. Sie war dem Kind, das er vorhin gesehen hatte, nicht unähnlich. Wie sollte er die beiden auseinanderhalten? Der einzige offensichtliche Unterschied war das Druckmotiv auf ihrem weißen Kleid, es waren violette Lilien, keine safrangelben Nelken.

»Warum schreit sie ständig nach Fleisch? Fütterst du sie damit?« Mit schräg gelegtem Kopf betrachtete sie den Vogel.

Lalo schmunzelte. »Ihn. Es ist ein Er«, erklärte er. Er hatte den Graupapagei direkt vor dem Hinterausgang der Hauptmoschee entdeckt, wo er inmitten der anderen zum Kauf angebotenen exotischen Vögel verloren in seinem Käfig gehockt war. Mit den kleinen Knopfaugen im kreideweißen Gesicht und dem roten Tupfer auf dem Schwanz sah er wie ein Kunstwerk aus, fand Lalo. Als die Vogelverkäufer ihm den Preis nannten, kratzte sich Lalo am Kinn und wandte sich zum Gehen.

»Hören Sie mal, er spricht«, hatten sie gesagt, am Käfig gerüttelt und der Vogel antwortete mit dem einzigen Wort, das er kannte. Lalo fand es faszinierend, dass das gesamte Vokabular eines vegetarischen Papageis aus dem Hausa-Wort für Fleisch bestand, und da die Vogelverkäufer keine schlüssige Erklärung hatten, stellte Lalo sich vor, dass der frühere Besitzer Filets abgesäbelt hatte, während er Lobgesänge auf Fleisch anstimmte. Er handelte den Preis herunter, bezahlte und gab dem Tier den Namen Diallo, denn der Papagei erinnerte ihn an die unglückliche Figur in Wyclef Jeans Lied.

Das Kind lächelte, als er ihr die Geschichte erzählte. »Bist du immer so impulsiv?«

»Impulsiv? Ha! Das ist ein sehr großes Wort für jemanden, der so jung ist, findest du nicht?«

Sie lächelte, ein Lächeln, das älter war, als sie aussah, ein Lächeln, das Lalo das Gefühl gab, unendlich viel jünger zu sein.

»Was ist mit deinen Eltern?«

»Die sind tot.«

»Das tut mir leid.« Er senkte den Kopf. »*Allah ya jikan su.* Möge Allah sie segnen.«

»Amen.«

»Wann sind sie gestorben?«

»Oh, das ist lange her. Ganz, ganz lange.« Sie starrte in die Ferne.

»Doch der Schmerz bleibt, stimmt's? Mein Vater ist vor Jahren gestorben und er fehlt mir immer noch.«

Sie zuckte die Achseln. »An meinen erinnere ich mich nicht«, sagte sie. »Es ist so lange her.«

»Wohnst du bei Verwandten? Oder bei einem Vormund?«

»Mach dir um mich keine Sorgen. Mir geht's gut.« Sie sah gelassen drein, während ihr der Papagei Vogelfutter aus der Hand pickte. »Mir geht's immer gut.«

»Du bist also kein obdachloses Kind, das herumvagabundiert?«

»Nö.« Sie streichelte den Papagei. »Wir leben an den Rändern. Du wärst erstaunt, was man im Dazwischen alles findet.«

Eine Weile betrachtete Lalo sie nachdenklich. »Stimmt«, sagte er schließlich. Er wischte sich die Hände ab. »Hast du Hunger? Möchtest du etwas essen? Ich habe Reis da oder Spaghetti, wenn du die lieber magst. Ich habe auch Joghurt im Kühlschrank.«

»Nein, danke«, antwortete sie lächelnd und imitierte die langsame Kopfbewegung des Vogels von einer Seite zur anderen.

»Heute habe ich ein Mädchen gesehen, das dir aufs Haar gleicht. Sie ist an meinem Atelier vorbeigegangen.«

»Habe ich gehört.«

»Aha. Seid ihr Zwillinge? Schwestern? *Gaskiya,* die Ähnlichkeit war unheimlich.«

»Es gibt viele von uns.« Sie ließ sich auf alle viere nieder und schnitt Diallo Grimassen. »Du darfst mit niemandem von uns reden. Nur mit mir.«

»Was meinst du damit?«

»Die sind nämlich ganz neugierig auf dich, die anderen.

Ich auch. Die meisten haben noch nie einen Entfleuchten gesehen. Und die wenigsten von uns haben einen Nichtblinden gesehen.« Beim Anblick seines verwirrten Gesichtsausdrucks seufzte sie. »Ein Entfleuchter, dem die Augen geöffnet worden sind. Die meisten haben noch nie mit jemand anders gesprochen. Ich definitiv nicht.«

»Aha.« Er nickte und kratzte sich den Bart. »Was soll das heißen?«

Sie streichelte den Vogel so lange, dass er annahm, sie würde nichts mehr sagen. »Du bist der Schmetterling, der sich daran erinnert, dass er mal eine Raupe war«, sagte sie. »Und weil dich etwas entblindet hat, kannst du uns sehen und hören. Das ist nicht normal, Yarima Lalo.«

»Wer ist uns?«

»Wir. Die Sammler.« Sie machte eine Armbewegung, als wäre das völlig selbsterklärend.

»Aha!« Lalo runzelte verständnislos die Stirn. »Was sammelt ihr?«

Ihr Blick wanderte zu dem kleinen Karren.

»Was hast du unter der Abdeckung?«

»Glühwürmchen.« Sie stand auf und klopfte sich die Knie ab.

Er nickte. »Glühwürmchen? Wozu?«

Sie zuckte die Achseln.

»Darf ich sie sehen?«

Sie schien es in Erwägung zu ziehen. »Vielleicht zeige ich sie dir irgendwann mal. Okay?«

Nicht zum ersten Mal war er völlig gebannt von den alten Augen in ihrem zehnjährigen Gesicht; er wollte das Kind so vieles fragen.

Sie hüpfte von der Veranda und umklammerte den Griff ihres Karrens. »Ich weiß, dass du Fragen hast, aber ich muss jetzt los«, sagte sie. »Wir haben auch Fragen, Yarima Lalo. Wir wollen zum Beispiel wissen, warum du zurückgekommen bist.«

Lalo blinzelte zum feurig glühenden Himmel hoch. »Und wie soll ich das deiner Meinung nach herausfinden?«

Das Kind zog eine Schnute. »Weiß ich nicht. Vielleicht kannst du herausfinden, was du verloren hast. Warum du überhaupt gegangen bist, bevor …« Sie verstummte und versuchte offenbar, ihn einzuschätzen.

»Bevor was?«

Sie zuckte die Achseln. »Ich muss los. Auf Wiedersehen. Bis dann, netter Vogel.« Sie winkte Diallo zu und schenkte Lalo ein Nicken. Er sah zu, wie sie ihren Karren um die Hausecke in die Abenddämmerung schob.

Galerie der Zweifel

Als sie schließlich Lalos Atelier erreichte, war ihr Gesicht tränennass. Aziza blieb ein paar Meter vor der Tür stehen und wischte sich über die Augen. Sie atmete ein und aus, fragte sich, ob sie überhaupt in der geistigen Verfassung für eine Begegnung war. Bei diesem Gedanken wollten sich ihre Füße eigenständig auf den Rückzug begeben. Zögernd drehte sie sich um. Auf der anderen Straßenseite verkaufte ein Mann *Golden Fries*. Ihre Blicke trafen sich. Weder sah er weg noch lächelte er. Reglos stand er da und wachte wie ein Lehnsherr über sein im Licht der Vormittagssonne schimmerndes Anwesen aus Yams, Kartoffeln und Huhn.

Sie stieg die Eingangsstufe zum Atelier hoch und wurde, als die Glastür aufschwang, vom klingelnden Glöckchen willkommen geheißen. Lächelnd drehte sich Lalo zu ihr um. Mit seinem orangeroten Hemd und der blauen Hose, die Hände auf dem Rücken gefaltet, sah er wie ein junger Vater aus, der seinen im Garten spielenden Kindern zusieht.

»Hast du auf jemanden gewartet?«, wollte sie mit einem gezwungenen Lächeln wissen.

»Auf dich«, sagte er. »Es hat eine Weile gedauert, bis du dich entschieden hast, ob du reinkommst oder nicht.«

Sie schlug die Hand vor die Stirn. »Das hättest du eigentlich nicht sehen sollen.«

»Ich war nicht der Einzige«, sagte er. Sie stellte sich zu ihm ans Fenster und sah zur anderen Straßenseite hinüber. Der Mann mit den frittierten Köstlichkeiten bediente eine Kundin, in seiner Linken hielt er ein zur Schale geformtes Zeitungsblatt. Ein Schäufelchen Yams, dann noch eins, darüber Rührei und ein feines Stück Huhn, mit schlankem Finger von der Kundin ausgesucht. Darüber schwungvoll eine Prise Pfeffer. Er tütete den Einkauf ein und reichte ihn lächelnd der Frau. Die Kundin musste über einen seiner Witze lachen. Lachend ging sie weiter. Auf seinem Gesicht lag immer noch das Lächeln.

»Die Leute nennen ihn Libya. Offenbar hat er zu Gaddafis Zeiten dort gelebt. Niemand weiß genau, was er in Libyen getan hat. Ob er deportiert wurde oder wegen des Kriegs fliehen musste, weiß, wie es scheint, keiner. Jetzt hat er hier seine Bude, frittiert Yams, Huhn und Eier, den ganzen Morgen, die ganze Nacht. Bei Regen und bei Sonnenschein. Er geht nie weg. Nicht einmal zum Markt. Ich frage mich, ob er auch dort schläft.«

»Interessant«, sagte sie und verweilte noch kurz beim Fenster. Dann wandte sie sich dem Gemälde eines Rennpferds zu. Es war ungerahmt und der Hintergrund noch nicht fertig, aber das Pferd schon detailliert ausgearbeitet – die Beschaffenheit des Fells, das Muskelspiel und die weiße Blesse.

»Neu?«

Er bejahte und stellte sich neben sie. »Ich habe das Pferd im Traum gesehen. Ich bin aufgewacht und habe sofort mit dem Malen angefangen. Genaugenommen habe ich daheim daran gearbeitet und es erst heute ins Atelier gebracht, um es fertigzustellen.«

»Ein schönes Tier.« Sie zückte ihr Handy und machte ein Foto. »Und ein tolles Gemälde. Darf ich es auf Insta posten?«

»Ach, warum nicht. Danke.«

#FindingGraceandStrength #YarimaLalo #AzizasPalace

Er wartete, bis sie von ihrem Mobiltelefon aufsah. »Du bist heute traurig. Entweder war meine Geschichte unglaublich deprimierend, in dem Fall hätte ich auf mein Gefühl vertrauen und sie dir erst gar nicht geben sollen, oder du bist dir völlig sicher, dass ich verrückt bin, weißt aber nicht, wie du mir das beibringen sollst.«

Sie ging zu seinem übervollen Tisch und setzte sich auf den Stuhl davor. »Auf der Welt gibt es noch anderes außer dir und deiner durchgeknallten Geschichte.« Die Wut in ihrer Stimme erschreckte sie selbst. Aziza verbarg das Gesicht in den Händen und überlegte, wie sie sich entschuldigen konnte, ohne dass es übertrieben wirkte. Sie nahm ihr Handy und ging diverse Apps durch.

»Du hast recht. Es tut mir leid.« Er biss sich auf die Unterlippe und kratzte sich den Bart. »Das war ein misslungener

Versuch, das Eis zu brechen, sagen wir mal so. Aber entschuldige, du wirkst durcheinander. Was ist passiert?«

»Nichts. Nichts. Sei nicht so herablassend.«

»Herablassend? Warum sollte ich?«

»Ich will nicht darüber reden.«

»Okay. *Yi hakuri*. Kein Grund, sauer zu sein. Puh! Da hat heute aber jemand schlechte Laune.«

»Ich hätte nicht herkommen sollen.« Nach diesem Satz wusste sie nicht recht weiter. Aufzustehen wäre jetzt der natürliche nächste Schritt, dann weiterzugehen bis zur Tür, während er Plattitüden von sich geben würde, um sie zum Bleiben zu bewegen, worauf sie dann die Tür hinter sich zuknallen würde. Allerdings wäre das ihm gegenüber nicht fair.

Er ging zu ihr und hockte sich hin, so dass sie auf Augenhöhe waren.

»Trink zumindest etwas Wasser, bevor du entscheidest, ob du gehst.«

Sie blinzelte.

Er stand auf und trat zu dem kleinen Kühlschrank, der sich hinter seinem Tisch befand. Das Kondenswasser auf der Wasserflasche trog, sie war nicht besonders kalt. Sie nahm das Fläschchen und schüttelte es.

»Es tut mir leid, es ist wirklich nicht deine Schuld. Genaugenommen hat es nichts mit dir zu tun.«

Mit ernstem Gesicht richtete er sich auf. »Ein schwerer Schlag, ich bin nicht bedeutend genug, um dir Kummer zu machen.«

Lachend warf sie ihre Handtasche nach ihm. Er fing sie auf und gab sie zurück.

»Da bin ich erleichtert, *gaskiya*. Ich hatte befürchtet, dass ich etwas Schlimmes gesagt oder getan habe.«

»Nein. Es dreht sich darum, dass ich meine Mutter schon eine Weile nicht mehr gesehen habe und sie auch nicht sehen will. Mein Bruder wundert sich allmählich und ich möchte ihm den Grund nicht nennen. Zudem möchte die Familie meines verstorbenen Mannes meine Tochter zu sich nehmen und übt subtil Druck auf mich aus, als wäre ich ein trockener Zweig, den sie jederzeit zerbrechen können.«

»Ah, Familie.« Lalo setzte sich ihr gegenüber auf einen Hocker. »Wir haben alle Familienprobleme.«

»Da hast du wohl recht.«

Er beugte sich vor. »Wenn es meine Tochter wäre, ich würde sie auch nicht hergeben.«

Sie nahm seine Hand und drückte sie.

»Was deine Mutter betrifft, egal, worum es bei eurem Streit geht, denk daran, das Leben ist zu kurz, um so nahestehenden Menschen gram zu sein. Wenn sie nicht mehr ist, wird der Auslöser für euren Streit –«

»Nein, er wird nie unbedeutend sein.«

»Natürlich nicht. Er wird auch deshalb bedeutend sein und dich dein restliches Leben verfolgen, weil er dich daran gehindert hat, an einem entscheidenden Zeitpunkt auf deine Mutter zuzugehen.«

Aziza schloss die Augen und nickte. »Du hörst dich an, als würdest du selbst einiges bereuen. In Bezug auf deine eigene Mutter?«

Kurz überdachte er ihre Frage. »Ich bedauere sehr vieles. Aber in Bezug auf meine Mutter noch nichts.«

»Sie ist bestimmt stolz auf dich.«

»Sind nicht alle Eltern auf ihre Kinder stolz? Wenn sie allerdings wüsste, was ich alles getan habe …« Ein Schatten zog über seine Augen, war aber im Nu verschwunden. »Und wenn sie dieses Bild sehen würde, wäre sie ganz bestimmt nicht stolz auf mich.« Er deutete auf das unvollendete Porträt der gesichtslosen Frau, das sich auf der Staffelei befand. Er stand auf, trat zu dem Bild und drehte die Staffelei mit einem verlegenen Lächeln in Azizas Richtung. Das Bild war, seit sie es gesehen hatte, unverändert geblieben. Lalo starrte es lange an.

»Als meine Mutter zum ersten Mal in diesen Schlaf fiel, wachte sie auf und hatte Mühe, sich zu erinnern, wer wir waren. Also musste ich mich meiner Mutter vorstellen, völlig bizarr. Es dauerte eine Weile, bis sie verstand, aber irgendwann kapierte sie es«, er schmunzelte. »Sie sagen, sie werde von Dschinns oder Dämonen oder anderen kleinen, gehörnten bösen Geistern heimgesucht. Manchmal schläft sie ein und wacht wie jeder normale Mensch morgens auf. Manchmal geht sie zu Bett und wacht wochenlang nicht auf, wir warten auf ihrer Bettkante und überlegen, was an ihr nagt.«

»Das ist seltsam. Und die Ärzte?« Ihre Gedanken schlugen Purzelbäume. Wie kann ein Mensch wochenlang schlafen, aber nicht im Koma liegen? Wie herrlich es sein musste, wenn einem die eigene Verwirrung so gar nicht bewusst war.

»Sind perplex, wie wir alle. Aber ein alter Mediziner meinte, es könnte das Sowieso-Syndrom sein – es ist nach einem Weißen benannt, dessen Namen ich leider vergessen habe –, aber es heißt auch Dornröschensyndrom.«

»Ist es heilbar?«

»Das werden wir herausfinden, wenn man sie richtig untersucht. Allerdings ist das hier nicht möglich, wir müssten sie woandershin bringen. Doch sie ist siebenundsechzig und dickköpfig und will nirgendwohin, und außerdem haben wir das Geld für eine Reise mit Übernachtung gar nicht. Auf jeden Fall möchte sie unbedingt hier begraben werden, möglichst nahe bei unserem Vater.«

»Das ist rührend. Ich möchte auch so eine Lebensliebe haben.«

»Vielleicht doch nicht, wenn du nämlich diejenige bist, die zurückbleibt, der lange, einsame Tage bevorstehen …« Ihm wurde erst bewusst, was er gesagt hatte, als ihm die Worte bereits aus dem Mund gerutscht waren.

»Schon okay. Mein Mann und ich waren ja schon geschieden, als er starb.«

»Ach ja, das hatte ich vergessen.«

»Er war in der Armee. Wurde von Boko Haram getötet.«

Automatisch wollte sie sich für seine Beileidsbekundung bedanken, da wurde ihr klar, dass er gar nichts gesagt hatte, sondern einfach mit gesenktem Kopf dastand. Er drehte die Staffelei von ihr weg und damit auch sein Gesicht.

»Möge Allah seiner Seele gnädig sein«, sagte er schließlich.

»Amen.« Das Wort fiel zwischen sie wie ein deformiertes Geschöpf, halb Bitte, halb Frage.

»Es ist traurig, dass gute Männer das Leben für ihr Land lassen.«

»Hast du jemanden im Krieg verloren?«

»Nein.«

»Hast du jemanden, der noch im Krieg ist?«

»Etliche Freunde sind noch dort. Manche von ihnen.«

»Oh.«

»Wie geht es Mina? Wann lerne ich sie kennen? Es sei denn, du hältst mich für einen Irren, den man von ihr fernhalten muss.«

Sie lachte betroffen. »Vielleicht nachdem ich deine Mutter kennengelernt habe.«

Lalo lachte. »Also hältst du mich nicht für verrückt, obwohl du die Geschichte gelesen hast.«

»Du kannst dich an viele Einzelheiten erinnern.«

»Aber du bezweifelst, dass die Geschichte stimmt.«

»Ehrlich gesagt wirft sie Fragen auf.«

»Ich weiß. Geht mir genauso. Wieso kann ich mich an alles oder an fast alles aus meinem Leben in Kafanchan erinnern? Aber nur an vage Details meiner Ermordung im Zug?«

»In diesem Leben bist du wo gestorben?«

»Im Maisfeld. Auf der Farm.«

»Ach ja. Aber zu dem Teil sind wir noch nicht gekommen?«

»In meinem Kopf schon. Es ist alles da.« Er tippte sich an die Stirn und nickte mit nach unten gezogenen Mundwinkeln. »Alles da drin. Deshalb schreibe ich es auf.«

Sie nickte gleichfalls. »Einschließlich der Hanjin-Ligidi-Lieblingsfarbe deiner Freundin?«

»Und der Farbe der Zuckerwatte, die ich ihr schenkte, ja.«

»Ja, das auch. Und die Gespräche? An die erinnerst du dich Wort für Wort?«

»Die wichtigsten Stellen größtenteils, ja.« Er nickte wieder. »Es fühlt sich irgendwie an, als wäre ich auf Droge. Alles fällt mir wieder ein, ganz klar und deutlich. Sehr deutlich, *wallahi.* Und ich schwöre, ich erfinde nichts. Ich bin …«, er verstummte und machte eine vage Handbewegung, »entblindet.«

»Wie bitte?«

»So hat es das Kind formuliert. Entblindet. Ich bin nicht sicher, was genau sie damit meint.«

Aziza nickte, ehe ihr bewusst wurde, er könnte dies als Sarkasmus auslegen. »Ich will damit sagen, ich versuche, das alles nachzuvollziehen.«

»Was nicht einfach ist, ich weiß. Mir verursacht der Versuch, daran zu glauben, richtiggehend Albträume. Du hast Fragen, hast du gesagt?«

»Ja, aber es ist wohl besser, wenn ich zuerst die ganze Geschichte lese, was meinst du?«

»Natürlich. Natürlich.«

»Wann also bekomme ich den Rest? Ich hasse Rätsel und bin echt neugierig, wie es weitergeht.«

»Kleine-Levin-Syndrom«, sagte er.

»Wie bitte?«

»Das hat meine Mutter vermutlich«, erklärte er. »Wir haben gegoogelt, als der alte Arzt uns seine Diagnose nannte. Der Name ist mir soeben wieder eingefallen.«

»Ach so.« Sie nickte und betrachtete ihn. Da stand er, attraktiv, gut gebaut und lächelte sie mit traurigen Augen an. Aber die Art und Weise, wie er Informationen fallen ließ, als würde er wahllos Porzellan aus dem Fenster werfen, und die Art seiner Informationen ließen darauf schließen, dass mit ihm etwas nicht stimmte. Womöglich waren seine Mutter und das geheimnisvolle Kind Wesen, die nur in seiner kaleidoskopischen Phantasie existierten.

»Als wir uns vorhin über die Dinge unterhalten haben, auf die deine Mutter nicht stolz wäre, hast du dich aber nicht auf das Bild vorhin bezogen?«

Das überrumpelte ihn leicht. Nachdenklich strich er sich über den Bart. »Würdest du deiner Mutter alles erzählen, was du gemacht hast?«

»Nein.«

Er zuckte die Achseln, als wäre ihre Antwort Erklärung genug.

»Was hast du denn damals gemacht?«

»Staatsgeheimnis.« Sein Lachen klang wie Glas kurz vorm Zerspringen. Es versickerte in einer Denkpause.

Sie nahm seine Hand und fragte ihn, woran er denke.

»Ich schwöre, ich erfinde das nicht«, er sah auf ihrer beider Hände hinunter. »Ich habe das Kind aus meinen Gemälden wiedergesehen. Und ich bin ehrlich überzeugt, sie ist gar kein Kind.«

Aziza lauschte seiner stockenden Erzählung der Begegnung, und als er geendet hatte, schwieg sie. In seinen Augen konnte sie den Schmerz sehen, den ihre Skepsis ihm verursachte, sowie die tiefe Überzeugung, dass seine Geschichte wahr war. Sie sah auch den dringenden Wunsch, die verzweifelte Sehnsucht danach, dass man ihm Glauben schenkte. Sie wollte ihm glauben und wenn auch nur, damit sie den Schmerz aus seinen Augen vertreiben, ihre gute Tat für den Tag vollbringen konnte.

Aziza wollte etwas sagen, zögerte, überlegte. Wenn sie sich irrte, wenn er wahnsinnig war, sollte sie auf ihn eingehen, ihn ermutigen? Was konnte sie also anderes tun, als zu fragen: »Wie willst du bei der Suche nach diesen Menschen aus deinen früheren Leben denn eigentlich vorgehen?«

Die Chroniken

Kapitel III

Kafanchan, in den 1980ern

Wenn ich an unsere Schulzeit in Kafanchan denke, sehe ich oft Turai vor mir. Turai, die zwischen den wispernden Maisstauden sitzt, deren Blätter aneinanderreiben, und dieses Bild, aufgenommen im Schatten der Wundersträucher, erzählt mir vom Geheimnis in ihren Augen. Ich denke auch an das, was sie bereits wusste, aber nie erwähnte, an unsere Gefühle, die wir nie richtig aussprachen, an unsere Träume, die in der Morgendämmerung ihres Entstehens zerrannen. Und an das Jahr, das seit dem Schulabschluss vergangen war, in dem sich unsere Wege trennten. In diesen zwölf Monaten hatte ich sie zweimal gesehen – einmal auf dem Monday Market, als ich Hirsesamen kaufen wollte. Die andere Begegnung fand Monate früher statt, als ich sie in ihrem Elternhaus besuchen wollte. Als ich ankam, lehnte sie an einer Roadmaster, die unter einem Baum stand, und unterhielt sich mit dem schmerbäuchigen Besitzer des Motorrads.

Nach zehn Minuten spazierte sie zu mir herüber, sah wie eine Fremde aus, roch nach Maigurguwa-Pomade und ihre Schultern glichen gefalteten Flügeln. Unter dem gepuderten Gesicht, hinter den kajalumrandeten Augen und dem roten Lippenstift versteckte sich irgendwo die Turai, die ich kannte. Aber diese Mädchenfrau, die vor mir stand und über die Schulter zu ihrem Freund, dem Roadmaster-Typen, hinübersah, der mit über der Brust verschränkten Armen auf seinem Motorrad hockte, war gewöhnungsbedürftig. Er war ein Mann mittleren Alters, der verzweifelt auf jugendlich machte, ich ein Eindringling, eine kleine Ablenkung, die man wegscheuchte.

Ich hätte sie noch nie mit Make-up gesehen, sagte ich zu ihr. Ihr Lachen stotterte nervös. Es war so holprig wie das Gespräch, das wir vergeblich ins Laufen zu bringen versuchten.

Es sprach für sie, dass sie fragte, welche Fortschritte mein Weg zum Tierarzt mache. Bisher hatte ich einzig die Nutzpflanzen auf der Farm meines Vaters und einen tief in meinem Herzen vergrabenen Traum hochgepäppelt. Bei den Nutzpflanzen war mir das besser gelungen. Ich würde mich nochmals zur Aufnahmeprüfung anmelden, erklärte ich, vielleicht würde ich an der Universität in Zaria zugelassen werden oder ein Vorstudium beginnen. Sie nickte.

Und was war mit ihr?

Sie betrachtete ihre Finger. »Nicht jeder von uns kann sich einen Traum leisten«, sagte sie.

Der Roadmaster-Typ hupte. Der Lärm flog durch die Straße und schreckte eine Gruppe *almajirai*-Jungen auf; die Koranschüler saßen mit ihren Alu-Bettelschalen auf einem *dakali*. Sie müsse gehen, sagte sie. Ich solle mal wieder vorbeikommen.

Turai sah nicht nur wie eine Fremde aus, sie klang auch wie eine.

Als ich sie auf dem Monday Market traf, war ihr Make-up dicker geworden, ihre Augen lagen tiefer in den Höhlen. Nach einer oberflächlichen Begrüßung bemühten wir uns vergeblich um eine Unterhaltung, wie sie uns früher so leichtgefallen war. Sie war zu den frischen Lebensmitteln unterwegs. Ich wollte eine neue Hacke kaufen. Sie schob sich durch die Menge Richtung Westen. Mein Weg führte nach Osten. Ich ging heim und trauerte um das, was wir hätten haben können, und begrub meinen Kummer, indem ich unter den Augen meiner Mutter im Vorgarten einen Süßorangenbaum pflanzte.

Damals war meine Mutter eine sanfte Frau. Leider erinnere ich mich an wenig, außer an ihre freundlichen Augen und daran, wie sie mir Informationen zu entlocken versuchte. Ich erzählte ihr nicht, dass ich mich mit einem Herzweh herumschlug, auf das ich kein Anrecht hatte.

Trost fand ich inmitten der wispernden Maisstauden, zwischen denen die Junikäfer herumhüpften; ich lauschte dem unaufhörlichen Quaken des fetten Froschs im Fluss, der an der Grenze der väterlichen Farm floss, und betrachtete das Foto von Turai und mir. Wenn man nur genau genug hinsah, und das tat ich oft, entdeckte man die Gestalt einer melancholischen Göttin, die sich an einen Jungen anlehnt, der mit irrem Blick in die Kamera sieht.

»Sie hat dir das Herz gebrochen, stimmt's? Das Mädchen, das du magst«, sagte Bawa eines Nachmittags zu mir, als wir im Yamsfeld Unkraut jäteten. Ich hatte mich aufgerichtet, um kurz zu verschnaufen, und blickte über die Hügel in Richtung der wandernden Sonne.

»Nein.«

»Hat sie wohl. Warum sonst würde ein Mann seine Pflanzen vergessen und wie ein Schwachsinniger in die Ferne starren?«, meinte er lächelnd. »Du kommst darüber hinweg. Gehört mit zum Erwachsenwerden, *ka ji ko*, hörst du?«

»Erwachsenwerden tut weh.«

»Stimmt«, sagte er mit dem Gewicht der Welt in seinem Seufzen. »Aber ich weiß etwas, damit es weniger wehtut, damit du dieses Mädchen vergisst, mhm.«

Als die Dämmerung hereinbrach, gingen wir zu Magajiya, gingen durch einen Türstock, der bedeckt war vom schmierigen Schweiß tausender Hände, die sich auf dem Weg hinein oder hinaus daran festgehalten hatten. Magajiyas Mädchen saßen im Halbdunkel auf dem *dakali*, sahen auf die Straße und ließen Kaugummiblasen platzen, schnatterten und kicherten aufgekratzt, klatschten bei manchen abfälligen Kommentaren oder anzüglichen Witzen in die Hände.

»Warst du schon mit einer Frau zusammen?«, fragte Bawa.

Ich schüttelte den Kopf.

»Sieh mich nicht so an. Jeder kommt gelegentlich hierher und lässt Dampf ab. Sogar Alaranma Balarabe. Der kennt den halben Koran auswendig, kommt aber trotzdem her. Mach dir deswegen keine Sorgen, nimm eines der Mädchen, ich zahle, okay? Und vergiss die Kleine. Das hier sind Frauen.«

In dem Zimmer, das von einer einzigen Lampe erhellt wurde, knöpfte sich die Frau die Bluse auf und fragte, ob ich einfach nur gaffend herumstehen wolle. In dieser Stille war ihr

Kaugummikauen irritierend und ihr gebleichtes Gesicht wirkte im Dämmerlicht wie eine Maske – dunklere Wangenknochen, ein dunkler Fleck um die Lippen. Ich drehte mich um, entriegelte die Tür und ging in die Nacht hinaus.

»Was ist denn nicht in Ordnung?«, rief Bawa, der zwischen zwei Frauen saß.

»Das ist nichts für mich.«

»Ah, du Idiot. Sei heute Abend ein Mann.«

Meine Füße schlurften weiter dem Ausgang zu.

»Wenn du Mamma ein Wort davon sagst, bring ich dich um. Idiot. *Soko kawai!*«

Vieles in unserem Haus blieb ungesagt, und daher auch zwischen meinem Bruder und mir, das sollte erwähnt werden. Nicht einmal, dass mein Vater eine Geliebte hatte, in deren Haus er später an Herzversagen starb. Bawa und ich holten den Leichnam ab, daher erfuhr unsere Mutter nie die Wahrheit. Soweit es sie betraf, war er gestorben, während er die Farm inspizierte. Sie nahm ihm übel, dass er seine Pflanzen mehr geliebt hatte als seine Frau, dass er zwischen ihren welkenden Stauden statt in ihren liebenden Armen gestorben war.

Ein Jahr darauf, als Bawa eine Frau nahm, um seinen Status als Familienoberhaupt zu festigen, wurde mir gegenüber mit großer Selbstverständlichkeit erwähnt, dass seine Auserwählte zufällig meine ehemalige Schulkameradin Turai war.

Wald der Glühwürmchen

Am Tag der Demonstration, lange nachdem die donnernden Polizeigewehre den Sprechgesang der Schiiten zum Verstummen gebracht hatten und die hartnäckigen Tränengasschwaden vom Wind Richtung Hügel geweht worden waren, sah Lalo von seiner Leinwand hoch und erblickte das Kind, das auf der Schwelle seines Ateliers saß und ihre Knie umfangen hielt.

»Geht es dir gut, *yarinya?*«

»Oh, *sannu*«, grüßte sie und lächelte.

Lalo lächelte und setzte sich neben sie. »Du wirkst ein wenig traurig.«

»Traurig? Ich kann eigentlich nicht traurig sein.« Sie zog eine Schnute.

»Echt? Warum nicht?«

»Traurigkeit, Freude, Einsamkeit, ich weiß gar nicht mehr, wie sich das anfühlt.«

»Wie meinst du das?«

»Solche Gefühle habe ich schon lange nicht mehr gehabt«, sie hielt inne. »Aber jetzt, ich weiß nicht recht. Irgendwie … es fühlt sich … irgendwie anders an.«

»Hast du Hunger?«

Sie schüttelte den Kopf.

»Ich habe vorhin Masa gekauft. Und wir können, falls du möchtest, jederzeit bei Libya frittierte Yams holen.«

Sie kicherte. »Auf dich muss ich enorm verhungert wirken. Ständig bietest du mir was zu essen an, Yarima Lalo. Ich esse nichts.«

Er lachte. »Niemals, nie?«

»Nein, niemals.«

»Okay, kleines Mädchen«, sagte er mit ernstem Gesicht, »ich weiß, du bist klug, aber ich verstehe dein Spiel nicht. Du isst nichts, du fühlst nichts. Wenn das ein Witz sein soll, okay, aber wenn du mich auf irgendeine Art und Weise reinlegen willst, dann wird das kein Spaß für dich, *gaskiya.*«

Sie senkte den Kopf und er spürte, wie sich sein Gewissen regte.

Wortlos stand sie auf und schob mit ihrem Karren ab. Lalo war kurz perplex und sprang ihr dann nach.

»*Yarinya! Yarinya!* Warte! Du bist sauer, eh?«

Sie verdrehte die Augen. »Weiß nicht. Ich hab … das Gefühl, dass du wütend auf mich bist.«

»Okay, das war vielleicht ein bisschen harsch, aber –«

»Du bist mein einziger Freund, Yarima Lalo.« Sie verstummte und sah zu ihm hoch. »Du bist der einzige Mensch, mit dem ich seit langem gesprochen habe. Ich möchte dich nicht wütend machen.«

Lalo seufzte. »Ich bin nicht wütend auf dich, *gaskiya.* Ich bin nur …«

»Deinetwegen habe ich den Eindruck, was zu fühlen. Wie heute, als die Polizei auf die Demonstranten geschossen hat und wir beim Einsammeln waren, da habe ich den Eindruck gehabt, ich fühle was.«

»Was sagst du da – du warst bei der Demonstration?«

»Natürlich. Mussten wir.«

»*Ya Salam!* Was hast du dir dabei gedacht? Weißt du nicht, wie gefährlich das ist? Du hättest getötet oder verletzt werden können! Es wurde geschossen, es gab eine Massenpanik und es flogen Steine.«

Sie starrte ihn an, als redete er in einer unbekannten Sprache. »Du verstehst es echt nicht. Wir sind Sammler. Wir mussten zum Einsammeln dort sein.«

»Was einsammeln?«

Sie klopfte auf ihren Karren. »Glühwürmchen, du Dummkopf.«

»Bei den Demos?«

»Ja, und überall sonst auch. Ständig sterben Leute. Dort sind auch Leute gestorben, hast du das nicht mitbekommen? Die Leute haben ›Freiheit für Zakzaky‹ skandiert und Steine geworfen und die Polizei hat auf sie geschossen. Warum haben die Polizisten geschossen?«

»Weil … ich weiß es nicht. Weil wir im Grunde unseres Herzens wohl immer noch Tiere sind. Aber darum geht es nicht. Dir hätte etwas zustoßen können.« Lalo seufzte. »Kind, Kind.« Er fuhr sich mit der Hand über den Kopf. »Wir müssen einen Beschützer für dich finden.«

Sie lachte. »Ich mag dich, Yarima Lalo. Aber so richtig schlau bist du nicht, was?«

Lalo fiel die Kinnlade nach unten. »Du hast echt eine große Klappe, Kind!«

Sie dachte kurz nach. »Könntest du aufhören, mich so zu nennen?«

»Okay, wie dann?«

Eine Sekunde wirkte sie verunsichert.

»Du hast doch einen Namen?«

Sie runzelte die Stirn. »Ich kann mich nicht erinnern.« Einen Moment lang ließ das Kind den Kopf hängen. »Ist egal.«

»Warum ist das egal?«

Sie seufzte. »Wenn ich dir die Glühwürmchen zeige, glaubst du mir dann, dass ich nicht lüge?«

»Ich habe nicht gesagt, dass du lügst.«

»Willst du nun die Glühwürmchen sehen oder nicht?«

»Na ja …«

»Dann komm bei Einbruch der Dunkelheit zum Berger. Und sei pünktlich, Yarima Lalo.« Sie schob ihren Karren die Straße hinunter Richtung Rauchsäule; dort brannte immer noch ein von den Demonstranten angezündetes Polizeifahrzeug.

*

Wenn Abuja eine Stadt war, die immer noch auf der Suche nach sich selbst war, so litt der Berger ebenfalls, wenn auch anders, unter diesem Zustand. Der Berger war wie Abuja ein Knotenpunkt – ein großer, unter einer Überführung gelegener Kreisverkehr. Ein Ort, der mehr über die Stadt aussagte, als den Menschen bewusst war: Das schlagende Herz der Hauptstadt, das Zentrum, von dem aus die Stadt sich entrollte, von dem aus die Straßen sich in beide Richtungen bis an ihr Ende erstreckten, es war ein Ort, an dem die Menschen zusammenkamen, nicht um zusammen zu sein, sondern um sich von dort aus zu zerstreuen. Lugbe, Mararaba, Nyanya, Kubwa, Dei Dei Area 1, Area 3, Jabi, Life Camp. Diese Namen rollten den Männern, die lauthals Passagiere für ihre Busse umwarben, und Schaffnern von der Zunge, während Fahrer ihre Taxis in Position manövrierten und beklommen hupten, als stünde der Abend in Flammen.

Lalo war dieser Irrsinn nicht geheuer, doch an diesem Abend fand er ihn faszinierend. Zweimal umrundete er den Kreisverkehr, wusste nicht, wonach er suchte, also blieb er vor dem Berger Gate stehen, betrachtete das Treiben und kam sich blöd vor. Ein Kind hatte ihn gebeten, zum Berger zu kommen, und er hatte tatsächlich seine Arbeit liegen lassen und war gekommen. Was für ein Schwachkopf er war.

Erleichterung ersetzte den Zweifel, als er das Kind sah, das ihm aus der Mitte des Kreisverkehrs zuwinkte, einer Ruheinsel aus hügeligem Gras, umflossen von Chaos. Er überquerte die Straße, während er überlegte, ob man das Zentrum eines Kreisels überhaupt betreten durfte.

Als er näher kam, bemerkte er, dass das Kind nicht allein war. Einundzwanzig andere wie sie, die ebenfalls geblümte Kleider trugen, hatten sich auf dem Gras versammelt. Er blieb am Rand des Abflusskanals stehen, der den Gehsteig vom Kreisverkehr trennte. Das Kind legte den Finger auf die Lippen, nickte Lalo zu, drehte sich um und gesellte sich zu den anderen.

»Psst«, zischte eines von ihnen und hob den Finger an die Lippen. Bald schlossen sich alle an. Ein unendlich langes Zischeln, das schlangengleich weiterströmte und den Lärm ringsum verschluckte. Der Krach der Kreuzung – die Rufe der Schlepper und Händler, die Motoren, das Hupen, das Stimmengemurmel – wurde immer leiser, bis die Stille in Lalos Ohren gellte.

Dann ein Flüstern. Noch mehr Geflüster. So laut, dass Lalo sich am liebsten die Ohren zugehalten hätte. Geflüster von einundzwanzig Kindern, das sich zu einem melodischen, himmlischen Summen vereinte. Erstaunlich, dass an einem derart chaotischen Ort etwas so Bewegendes möglich war. Verwundert nahm er wahr, dass die Welt nicht verschwunden war und sich weiterhin hektisch drehte. Die Polizei kontrollierte eifrig den Verkehr, Verkäufer boten Eis und billige Uhrenimitate an und Schlepper buhlten weiterhin um Fahrgäste. Er sah, wie sich ihre Münder bewegten, doch er konnte nichts hören außer den Kinderstimmen, Stimmen, die zu Wasser wurden und sein Herz füllten, bis es ihm aus den Augen laufen wollte, da schloss er sie und spürte, wie er schwebte, bis die Welt aus seinen Gedanken verschwand.

Als er die Augen öffnete, standen die Kinder still da und in der rechten Hand hielt jedes über dem gesenkten, mit einer Kapuze bedeckten Kopf ein Glasgefäß, in denen hunderte Lichtlein wie Glühwürmchen schimmerten. Und mit dem gleichmäßigen Summen der Kinder schwebten die Lichter, warm und übernatürlich, aus ihren Glasgefäßen, verbreiteten sich in der Dunkelheit und wurden zu einem flimmernden Wald aus Glühwürmchen.

Bei diesem Schauspiel durchrieselten Lalo Gefühle, die er noch nie empfunden hatte, Emotionen, die gleichzeitig befremdlich und beruhigend waren. Er hätte nicht sagen können, ob er atmete, während er die Kinder beobachtete, die immer noch mit gesenkten Köpfen dastanden und die leeren Glasgefäße in die Höhe hoben, während die flimmernden Tierchen höher und höher in den Himmel schwebten. Sie hörten erst auf zu summen, lange nachdem das letzte Lichtlein verschwunden war. Als sie verstummten, kehrte der Lärm um sie herum allmählich zurück, als drehte jemand den Lautstärkeregler eines Radios hoch. Lalo sah sich um und fand es unvorstellbar, dass sich so etwas an einem Ort wie diesem ereignen konnte, und er es als Einziger bemerkt hatte.

»Die haben das alle noch nie gesehen«, sagte das Kind, das seinem Blick gefolgt war.

Er blickte nach unten und da stand sie. Sie reichte ihm ein Stück Stoff. Verblüfft griff er danach. Sie bedeutete ihm, er solle sich die Augen trocknen. Er wischte sich die Tränen ab, die ihm über die Wangen liefen.

»Mein Gott, das war wunderschön. Was war das denn?«

»Habe ich doch gesagt, Glühwürmchen«, erklärte sie.

Lalo holte tief Luft. Solche Glühwürmchen hatte er noch nie gesehen. »Wo habt ihr die gefunden?«

Sie zuckte die Achseln. »Wir sammeln sie ein, von denen, die bereits gegangen sind. Verstehst du's jetzt? Es ist unsere Aufgabe, sie einzusammeln, und wenn die Zeit gekommen ist, in den Nächten der Glühwürmchen, schicken wir sie voraus, so wie heute.«

Hinter ihr stand ein halbes Dutzend Kinder, die Lalo ansahen, als wäre er eine ihnen unbekannte Gattung.

Das Mädchen sah sich um und lächelte. »Ich habe dir doch gesagt, dass kaum einer von uns einen Nichtblinden gesehen hat.«

Verzaubert betrachtete er die Kinder, ihre Anwesenheit machte ihn sprachlos, ebenso die Entdeckung, dass er für sie gleichermaßen ein Schauspiel war wie sie für ihn.

Die Mutter

Da sein Bruder angerufen und ihm mitgeteilt hatte, dass die Mutter aufgewacht war, stand Lalo von seinem Sofa auf, nahm seine Schlangenleder-Boots, die bei der Tür lagen, wo er sie beim Nachhausekommen ausgezogen hatte, und stellte sie feierlich ins Schuhregal. Lange starrte er die Sanchos an und griff schließlich nach einem schlichten Paar Sandalen, um seine Mutter besuchen zu gehen.

Manchmal wachte sie auf und konnte alles und jeden um sich herum benennen. Manchmal stellten sie fest, dass sie Dinge im Dunkel ihres Schlafes verloren hatte – Namen, Personen, Erfahrungen –, manches, was sich im Lauf der Zeit, wenn sie angestupst, erinnert, gedrängt wurde, wieder einfand. Manchmal wachte sie auf und war ganz fixiert auf ein Thema, eine Vorstellung. Dies war ein solches Mal.

Tagelang beobachtete Lalo, wie Kande um ihr Thema herumeierte. In ihren Augen sah er die Fragen, die ihre Lippen, ihre Zunge und die Mundmuskeln weder formen noch formulieren konnten, doch wie jemand, der nach Kieselsteinchen in den Wolken sucht, tat er, als sähe er die Berge nicht. Manchmal kam er vorbei und traf sie auf ihrer Veranda an, wo sie, wie vor vielen Jahren seine Großmutter, Salz, Zucker, Pfeffer, Gewürze in Plastiktütchen knotete. Anders als seine Großmutter, der es nur ums Geschäft ging, ähnelte seine Mutter einer Museumsbesitzerin, die sammelte und konservierte, was sie beim nächsten Schlaf zu verlieren fürchtete. Dann lächelte sie ihn an und er setzte sich ihr zu Füßen, während ihre Enkel sie umringten, fragte, wie es ihr ergangen sei, ob es Grund zur Klage gebe. Ihre Antwort war stets die gleiche – *überhaupt keinen* –, Worte, die mit geübter Ungezwungenheit und einem traurigen Lächeln geäußert wurden. Er wusste, manche Aspekte ihrer Krankheit, von denen er gelesen hatte, die Sehnsüchte und Begierden, würde sie ihm gegenüber nie erwähnen. Doch es war gut, dass sie wach war und er bei ihr sitzen und die Eidechsen an der Wand anstarren konnte, während sie versuchte, sich an Vergessenes zu erinnern.

An dem Tag, an dem seine Mutter wach wurde, war Aziza bei ihm im Atelier gewesen. Als sie beim Hereinkommen Lalo in seinen Nike-Sneakern gesehen hatte, die er eigenhändig mit Tigerstreifen verziert hatte, lächelte sie und fragte, ob seine Mutter endlich aufgewacht sei.

Genau in dem Augenblick, als er an Aziza dachte, pingte sein Handy, und als er danach griff, sah er, dass genau sie ihm geschrieben hatte.

Unglaublich!, kreischte ihre Nachricht und drei schockierte Emojis untermauerten ihre Gefühle. *Ich kann's nicht fassen, Bawa hat deine Ex geheiratet. Das ist doch echt krank, WTF. Sofort her mit dem Rest der Geschichte.*

Lalo las und lächelte.

»Du lächelst wie ein Verliebter.« Kande zwinkerte ihm zu und lächelte gleichfalls.

»*Kai* Hajiya!«

»Du hast ein Mädchen gefunden, stimmt's?«

»Hajiya, nein, eigentlich nicht.«

Kande zog eine Schnute und nickte langsam. »Als ich deinem Vater zum ersten Mal begegnete«, begann sie, »war ich klapperdürr wie ein Kuhreiher. Meine mageren Beine hatten knubblige Knie und in meiner kurzen Schuluniform sah ich tatsächlich wie ein Vogel aus. Dann kam dein Vater und wir verliebten uns bei einer Flasche Kunun Zaqi. Er sprach mit mir, wie noch niemand zuvor, und erklärte mir, während wir an unserem Hirsetrunk nuckelten, dass ich, selbst wenn ich ein Vogel wäre, der allerschönste auf Erden wäre. Danach sah ich mich zwar immer noch als Vogel, allerdings nicht mehr als Reiher, sondern als Goldfasan. Ich erkannte schließlich die Schönheit in mir und andere taten es mir gleich.« Sie machte eine Pause und nahm einen Schluck aus der Dose mit Malz-Limonade, die neben ihr auf der Bank stand.

»Das ist eine reizende Geschichte, Hajiya, aber hat sie auch eine Moral?« Lalo fächelte sich mit einer alten Zeitung Luft zu.

Die fürchterliche Abuja-Hitze war drückend und an seinem Hals lief der Schweiß herunter.

»Dass uns manchmal etwas verändert oder unseren Blick auf uns selbst. Dass die Liebe den Menschen verändert. Und in deinem Lächeln eben sehe ich die Anfangsfunken eines Feuers, das dich verändern wird.«

Lalo schmunzelte. Wenn sie nur wüsste, dass er nicht an diese Art der Liebe glaubte. Er würde nicht lange genug leben, damit die Liebe dieses Experiment mit ihm zu Ende führen konnte, denn der drohend in der Luft schwebende Prügel war erneut hinter ihm her.

»Liebe wird überschätzt, Hajiya«, seufzte er.

»Was ist mit Angst? Wird die auch überschätzt?«

Er wusste, was Angst anrichten konnte, hatte Menschen vor Angst sterben sehen, hatte erlebt, wie sie komplett von ihr verschlungen wurden, wie eine ganze Weintraube im Mund eines Riesen.

Kande schaufelte eine Handvoll Salz in eine durchsichtige Plastiktüte. »Du bist mir sehr ähnlich. Du siehst mir ähnlich. Als du heranwuchst, warst du wie ich, schlaksig und knubbelig wie ein Reiher. Dann kam die Angst. Sie veränderte dich, brachte dich dazu, dass du an deinem Körper und deinem Geist gearbeitet hast. Ich sah, wie du zu einem starken Mann wurdest. Als du in die Armee eintratst, wusste ich, dass dies das Werk der Angst war. Diese Angst hielt mich auch vom Reden ab.« Sie knotete die Tüte zu und warf sie auf den Haufen.

»Hajiya, das ergibt alles keinen Sinn, *wallahi.*« Er lachte unsicher.

»Du hattest Angst, dass man dich nicht für männlich genug halten würde, daher hast du dich angetrieben, wolltest schneller, stärker, besser sein. Selbst wenn dir niemand auf den Fersen war. Trotzdem hast du die Armee verlassen. Warum, hast du nie erklärt.«

»Mir wurde langweilig, Hajiya. Und ich wollte einfach nur malen.« Er biss sich auf die Lippe und strich sich mit dem Handrücken über den Bart.

Sie schmunzelte. »Wir wissen beide, dass dies eine Lüge ist, aber ich bin glücklich, weil du mittlerweile in Sicherheit bist. Man denke nur daran, wie viele Soldaten an der Front getötet werden. Wenn du dort wärst, würde ich nie Ruhe finden.«

Lalo seufzte.

»Ich bin glücklich, dass die Liebe jetzt die Möglichkeit hat, dich zu verändern.«

Er musste aus dieser Unterhaltung heraus, sie musste ein Ende finden, denn sie entwickelte sich in eine Richtung, die ihm nicht behagte.

»Ich bin neugierig«, sagte sie. »Jetzt, da du diese Frau gefunden hast, heißt das, die Arznei wirkt?«

»*Ya Salam!*«, stieß er aus und stand auf. »Hajiya, um Himmels willen!«

»Setz dich.«

»Aber Hajiya –«

»Setz dich.«

Schmollend saß er da, zwischen ihnen der Schemel, die kondenswasserbeschlagene Dose mit Malz-Limonade direkt vor seiner Nase. Er drehte sich zu den Kunstwerken, die hinter ihm an der Wand hingen, darunter das billige Replikat eines Blumen-Stilllebens, das sie einmal vom Flohmarkt nach Hause gebracht hatte.

»Ich habe auch Angst, Yarima«, sagte sie. »Seit langem. Doch jetzt ist es eine andere Angst. Dass ich einschlafe und nie wieder aufwache.«

»Das wird nicht passieren.«

»Doch. O doch. Ist es ja schon. Wer schläft denn achtundzwanzig Tage am Stück, eh?« Sie wedelte mit den Händen.

»Wir werden eine Lösung finden.«

Sie schüttelte den Kopf. »Das weiß ich. Aber mir läuft die Zeit davon. Ich habe zu lange geschwiegen. Jetzt muss ich wissen, dass es dir gut geht. Dass ich vielleicht noch deine Kinder sehe, bevor ich gehe.«

»Es geht mir gut, Hajiya.«

»Warst du beim Arzt?«

»Nein.«

»Weil du dich schämst?«

Lalo atmete tief durch. »Hajiya ...«

»Du solltest einen Arzt aufsuchen.«

Lalo starrte in die Ferne und wünschte sich weit weg und dass er die Frage seiner sexuellen Funktionsstörung – der Aspekt seines früheren Lebens, der ihm genommen wurde, als er ein Glühwürmchen gewesen war – nicht mit seiner Mutter diskutieren musste. Natürlich sollte er zu einem Arzt gehen, doch das, was ihn seit Jahren davon abhielt, lag ihm immer noch wie ein schwerer Stein auf seinem Herzen, es war nicht vorbei. Er wollte es nur ungern zugeben, aber seine Mutter hatte recht.

»Ich muss dir etwas sagen«, fing er an.

»Was denn?«

Er betrachtete sie – die Haut zog sich straff über ihre Wangenknochen, ihre Arme waren dünn und knochig – und überlegte, ob dies der richtige Zeitpunkt war, ihr zu eröffnen, dass er andere Mütter vor ihr gehabt, dass er Kinder gesehen hatte, die die Seelen der Toten einsammelten und sie beim Berger-Kreisverkehr freiließen.

»Mach dir keine Sorgen, Hajiya. Wir reden darüber, wenn du dich wieder besser fühlst.«

Sie nickte. »Die Angst hält uns von vielem ab. Davon, den Menschen Dinge zu sagen, die wir ihnen sagen müssen. Deine Angst darf dich nicht von der Liebe abhalten. Du verdienst es, glücklich zu sein.« Sie zog sich den Schleier über die Schulter und hüllte sich ein. Da wusste er, sie hatte gesagt, was sie zu sagen hatte. All das lastete auf seinem Herzen. Er wollte ihr mitteilen, dass ohnehin alles egal war, denn er würde sehr wahrscheinlich bald sterben. Dass er jeden Nachmittag um zwei Uhr vierzehn Angst hatte, es könnte etwas Schlimmes passieren. Dass er jede Nacht um zwei Uhr vierzehn von Albträumen geweckt wurde. Aber die Worte blieben ihm im Hals stecken. »Es wird bald regnen«, sagte er stattdessen und sah zu den dunklen Wolken hoch, die sich zusammenballten.

Blutregen

Zehn vor zwei setzten die Regenfälle ein, gut dreißig Minuten, nachdem er in sein Atelier zurückgekehrt war. Lalo stand am Fenster und beobachtete, wie die grauen, dichten Schleier wirbelnd die Straßen überschwemmten. Die Melancholie, die ihn an diesem Nachmittag ergriff, war ihm leider wohlvertraut und erinnerte ihn an den Tag, als man ihn im Maisfeld in Kafanchan hatte liegen lassen und sein Blut in die dunkle Erde gewaschen wurde.

Nachdem er das Atelier betreten hatte, trug er die Gemälde seiner Tode zusammen, lehnte sie an die Wand und setzte sich mit von Kummer niedergedrückten Schultern zwischen die Bilder, und ein dumpfes, dunkles Gefühl stieg aus der Grube seines Herzens auf. Der einzige Mensch, mit dem er reden wollte, der einzige Mensch, der ihn wahrscheinlich verstehen konnte, war Aziza.

»Stell dir vor«, sagte sie, als sie seinen Anruf entgegennahm. »Die Frau, von der ich dir erzählt habe, die vornehme, die kürzlich bei mir im Salon war – du erinnerst dich? Sie hat angerufen und mich beauftragt, die Hennabemalung für die Hochzeit ihrer Tochter zu übernehmen.«

»Wow! Das klingt aufregend«, sagte er und merkte, wie düster und deprimiert er klang. »Darf ich mitkommen?«, scherzte er.

Aziza lachte. »Die würden dir die Haut abziehen. Und mir auch.«

»Das sind schöne Neuigkeiten. Das mit dem Hautabziehen natürlich nicht. Sehr aufregend.« Er erhob sich vom Hocker und trat ans Fenster. Libyas Tisch mit goldgelb Frittiertem war mit einer durchsichtigen Plastikplane abgedeckt, die sich in den grauen Regenschleiern aufzulösen schien. Lalo rechnete fast damit, Libya, angetan mit seinem Poncho, hinter dem Tisch zu sehen, doch seine schemenhafte Gestalt war im Grau verschwunden.

»Das wird mir sehr viele Türen öffnen, *Insha* Allah«, sagte Aziza. »Genau die Art Kundschaft, die ich mir erhofft habe.«

»Ich freue mich sehr für dich«, sagte er aufrichtig.

»Tut mir leid, ich bin so aufgeregt, dass ich dich einfach zuquatsche. Wolltest du mir etwas sagen?«

Er schwieg, murmelte dann: »Verzeih, kann ich dich später nochmals anrufen?«

»Ist alles in Ordnung?«

Vor dem Fenster war eine junge Frau in sein Blickfeld gerannt, sie kam schief daher, denn sie hatte einen Schuh verloren. Als sie mit erschrockenem Gesicht über die Schulter sah, wusste Lalo, dass sie nicht nach ihrem Schuh suchte, sondern sehen wollte, wie nah oder fern der sie verfolgende Schrecken war. Fast sofort kam er in Form eines Mannes in Sicht, der kein Hemd trug und einen Ledergürtel schwang. Hinter ihm trotteten zwei Männer her, einer trug eine schwarze Jacke, der andere ein weißes Hemd. Bald war klar, dass sie das Geschehen nur verfolgen, aber keineswegs eingreifen wollten.

»Ich rufe zurück«, versprach Lalo. Als er auflegte und auf die Uhr sah, war es zwei Uhr vierzehn nachmittags. Da wusste er, wenn er jetzt sein Atelier verließ, würde er höchstwahrscheinlich sterben. Wenn Aziza später am Tag von seinem Tod erfahren würde, würde sie bestimmt sagen: »Aber wir haben doch gerade noch miteinander telefoniert.«

Wie angewurzelt beobachtete er, wie der Mann ohne Hemd die junge Frau einholte und mit dem Gürtel auf sie einschlug. Sie klammerte sich weinend und flehend an den Gürtel, versuchte zu verhindern, dass ihr die zerrissene safrangelbe Bluse über die Schulter rutschte. Der Mann schrie, seine Hals- und Schultermuskeln waren angespannt und die Regentropfen spritzten von seiner Haut. Sie rangen miteinander, er versuchte, den Gürtel wieder an sich zu bringen, sie, ihn festzuhalten. Er zerrte sie hin und her wie eine Stoffpuppe. Als er sie mit dem Bein in den Bauch trat, kamen die Männer, wahrscheinlich seine Freunde, und machten halbherzige Versuche, ihn zurückzuhalten.

Die junge Frau klammerte sich immer noch an den Gürtel, als Ohnehemd sie auf den Gehweg zerrte. Lalo war klar, dass es sich um einen Beziehungsstreit handelte – warum sonst sollte sich dieses Schauspiel seit genau dieser verhängnisvollen Uhrzeit vor seinem Atelier abspielen? Vermutlich stand sein dritter Tod in Beziehung mit einer ihm völlig unbekannten Frau. Seufzend ging er zur Tür.

Alles in ihm sträubte sich gegen den extrem kalten Regen auf seiner Haut.

»Bitte aufhören!« Seine Stimme klang zu zaghaft, zu schwach, und Ohnehemd war zu sehr in das Gerangel vertieft. »Bitte aufhören!«

»*Oga*, gehen Sie weg«, sagte einer der Gefolgsmänner. »Sehen Sie denn nicht, dass wir versuchen, die zwei auseinanderzubringen?«

»Chef, ich sagte aufhören. Lassen Sie die Frau in Ruhe. Sofort.«

Ohnehemd drehte sich zu Lalo um. Die junge Frau rappelte sich auf und wollte flüchten, doch der Mann packte ihr Kleid, der Stoff bekam weitere Risse, zerrte sie zu sich und drehte ihr den Arm auf den Rücken. Sie schrie.

»Lassen Sie sie los!«

»Halt dich da raus, du hast keine Ahnung, was diese Schlampe angestellt hat.«

»Egal was es war, das kann nicht die Lösung sein. Lassen Sie sie bitte gehen. Sofort.«

»Mir Befehle geben wollen, was glaubt du denn, wer du bist, *dan ubanka?*«

»Er bringt mich um, bitte helfen Sie mir!«, rief die junge Frau.

»Lassen Sie sie los. Wir können doch in Ruhe darüber reden.«

»Wenn deine Frau dich betrügt, hockst du dich dann hin und diskutierst das in aller Ruhe?«, fragte Ohnehemd und versetzte dem Mädchen einen kräftigen Schlag zwischen die Schultern. »Diese Frau ist eine Hure! *Shegiya! Karuwa!* Schlampe! Hure!«

Eigentlich wollte Lalo nicht gewalttätig werden, doch er riss Ohnehemds Hand von der Frau weg und trat ihm in die Kniekehle. Der Mann stöhnte laut auf. Lalo wischte sich den Regen von den Augen, half der Frau auf die Beine und legte stützend den Arm um sie. Da traf ihn ein Schlag auf die Schulter. Dann ein weiterer in den Nacken. Gefolgt von stechendem Schmerz.

Er drehte sich um. Weißhemd, das Gesicht hassverzerrt, den Dolch in der Hand, hatte ihn angegriffen. Er machte einen Schritt nach vorn, wollte erneut zustechen, doch Lalo parierte den Schlag und versetzte dem Mann einen Fausthieb gegen den Kiefer. Sein Angreifer taumelte rückwärts und sackte auf der Straße in einer Pfütze zusammen. Ohnehemd stand auf und Schwarzjacke zog ein Messer unter seiner Jacke hervor.

»Verzeihung, kannst du dich dort drüben hinstellen?«, bat Lalo die junge Frau mit einem entschuldigenden Lächeln. Ihr Gesichtsausdruck war nicht mehr entsetzt, sondern schockiert. Lalo spürte, wie ihm eine andere Nässe durchs Hemd drang. Diesmal warm und dick. Er griff sich auf den Rücken, und als er seine Finger betrachtete, waren diese blutbefleckt. Langsam krempelte er die Ärmel hoch und wandte sich den drei Männern zu, die ihn einkreisten. Kopfschüttelnd sah er in den grauen Himmel und der Regen strömte, spülte ihm das Blut vom Rücken. Sein Lächeln war schief und bitter. Er blickte sich nach der Gestalt des Kindes um, das seine Seele einsammeln würde, sah es nirgendwo. Andererseits wusste er gar nicht genau, wie das ablief. Als die Männer auf ihn einprügelten, kam ihm ein einziger Gedanke.

Yarima Lalo, du Idiot. Solltest du tatsächlich sterben, ohne dass du das Porträt deiner Mutter vollendet hast?

Die Chroniken

Kapitel IV

Kafanchan, 1987

Ich war einundzwanzig, als ich in die schläfrige, rostige Wärme Kafanchans zurückkehrte. Das erste meiner beiden Exiljahre hatte ich bei meinem Onkel in Katsina verbracht, das andere beim Vorstudium in Funtua. Der Gedanke an mein Elternhaus, in dem Bawa mit Turai lebte, wo ich ihr als der Ehefrau meines älteren Bruders Ehrerbietung erweisen musste, widerstrebte mir derart, dass ich die Ferien im Wohnheim verbrachte, allein mit einem anderen Yoruba-Burschen, der ebenfalls nie wegfuhr. Schließlich hatte ich das Gefühl, zwei Jahre Zeit, um eine Beziehung zu verarbeiten, die es nie gegeben hatte, müssten genügen. Mir fehlte meine Mutter. Mir fehlte es, Dingen beim Wachsen zuzusehen, mir fehlte der Geruch der vom Regen gewaschenen Maiskolben auf dem Feld, von frisch geernteten Yams, dem Schoß der Erde entrissen, der Anblick der Bohnenschösslinge, die – ähnlich zwei kleinen Handflächen, die zum Gebet zusammengefunden hatten und sich für die Segnung öffneten – aus dem Boden brachen.

Während meiner Abwesenheit hatte Kafanchan sich verändert. Oder vielleicht auch die Menschen. Man war sich bewusst, dass es verschiedene Seiten gab, hatte das Bedürfnis, dazuzugehören und sich mit der einen oder anderen zu identifizieren, wie die eigene Gruppe auszusehen, sich wie sie anzuhören. Als ich aus dem Bus stieg, der mich von Funtua hergebracht hatte, tat mir die Frau im Park, bei der ich Ridi kaufte, noch ein paar der süßen Sesamkekse mehr obendrauf. »Sie sind einer von uns«, sagte sie.

Der Fahrer des Sammeltaxis, mit dem ich heimfuhr, ein Mann mit schwerem Gesicht und Stoppelbart, der während unserer Fahrt Passagiere aussteigen ließ und neue aufnahm, wurde mürrisch, als ich fragte, was sich denn in der Stadt getan habe. Er murrte, seine Leute würden alles an Ausländer verlieren, und zum ersten Mal in meinem Leben fühlte ich mich wie ein Fremder in dieser Stadt, die eine rastlose Energie atmete. Eine Energie, die meine Mutter beunruhigte.

»Ich weiß nicht, was los ist«, sagte sie und stellte mir eine mit Wasser gefüllte Schale hin. »Die Leute machen einen wütenden Eindruck. Kürzlich prügelten sich zwei Schüler auf dem Heimweg und einer der Väter kam mit einer Machete raus und behauptete, die andere Seite wolle seinen Sohn umbringen, damit sie das ganze Land an sich reißen könnten. Es war mehr als bedrückend.«

»*Maganan banza*, das ist doch verrückt«, sagte ich und nahm einen Schluck Wasser. Aber im Innersten wusste ich, die Situation konnte nicht mit einem flapsigen Kommentar abgetan werden.

»Erzähl mir von deinen Reisen«, sagte sie. »Du bist nie in den Ferien heimgekommen. Kein einziges Mal. Nicht einmal, um deine Mutter zu sehen.«

»Tut mir leid, Mamma.«

»Es war wegen der Frau deines Bruders, stimmt's?«

»Mamma.«

»Wenn er wüsste, wie sehr du sie gemocht hast –«

»Wie geht's der Farm? Die hat mir gefehlt.«

»Der Farm geht's gut.« Ihre Stirn umwölkte sich. Seit dem Tod meines Vaters war die Farm für sie der Ort, der ihr den Mann genommen, der Ort, für den er sie verlassen hatte, die andere Frau, in deren saftiggrünen Armen er gestorben war. *Wenn sie wüsste.* Sie seufzte. »Sie sind nicht glücklich.«

»Wer?«

»Dein Bruder und seine Frau.«

»Mamma …«

»Du kennst deinen Bruder. Er ist ein guter Mann. Aber du weißt, wie schwierig er sein kann. Es wird auch dadurch nicht besser, dass sie bisher in Sachen Kinder kein Glück hatten.«

»Ist das nicht ein wenig zu früh, um sich Sorgen zu machen, Mamma?«

»Zwei Jahre? Da ist die Zeit reif für Fragen. Und wie du weißt, ist dein Bruder ein ungeduldiger Mensch.«

»Gib ihnen Raum zum Atmen, Mamma.«

»Dein Bruder –«

»Mamma. Darüber können wir später reden. Ich muss jetzt zu meinen Freunden.«

Ich war nicht vor meinem Bruder und seiner Frau weggelaufen, um bei meiner Rückkehr sofort in den turbulenten Strom ihres Lebens gezogen zu werden. Also floh ich erneut, schlenderte durch die Straßen von Kafanchan, vorbei an Mama Tabitha, bei der ich seit meiner Kindheit Bohnenbällchen kaufte, vorbei an Bitrus, dem Tischler, bei dem mein Vater die Schiefertafel für meinen Schulanfang erstanden hatte, vorbei an Talle, der Holzkohle und kleine Tüten mit Zucker verkaufte, vorbei an Musa, dem Metzger, der geschäftig seine Messer aneinander wetzte. Vorbei an den vielen Fremden, die in die Stadt strömten. Ich besuchte meinen alten Schulfreund Daniel, und wir verbrachten den restlichen Tag damit, über andere alte Schulfreunde zu reden, wer geheiratet hatte und wer studieren gegangen war und wer sich einer Räuberbande angeschlossen hatte und seit Monaten im Gefängnis saß.

In dieser Nacht, als ich auf meinem Bett lag und dem Zirpen der Zikaden lauschte, das die Nacht störte, hörte ich ihren Schritt. Gleich darauf ihr leises, drängendes Klopfen. Kaum hatte ich die Tür geöffnet, schob sie sich an mir vorbei und stand mitten im Zimmer. Ungeschminkt, wie die Turai, die ich gekannt hatte, nur kräftiger, stattlicher, vielleicht sogar größer. Sie öffnete das Umschlagtuch, das sie sich um die Schultern gelegt hatte, und eine kleine Kasserolle kam zum Vorschein.

»Ich habe dir Pfeffersuppe gemacht«, sagte sie. »Doch seit deiner Rückkehr habe ich dich noch nicht gesehen. Du gehst mir aus dem Weg.«

»Hallo, Turai.«

»Deinen Bruder hast du auch noch nicht gesehen?«

Dazu drängte es mich auch nicht. Doch das behielt ich für mich.

»Er verbringt seine Nächte woanders«, sagte sie. »Er kommt sehr spät nach Hause. Manchmal erst um zwei Uhr morgens. Wer weiß, wo er hingeht«, fügte sie wehmütig hinzu.

Ihr Tonfall ließ mich vermuten, dass sie Bescheid wusste. Ich sah zu Boden. »Danke für die Pfeffersuppe«, sagte ich und stand immer noch an der Tür.

Sie stellte die Kasserolle ab und zupfte an ihrem Umschlagtuch. »Früher haben wir über alles gesprochen, du und ich.« Langsam richtete sie sich zu voller Größe auf. »Jetzt gehst du mir aus dem Weg.«

»Es ist spät. Ich möchte schlafen. Wir reden morgen früh.«

»Gibt es eine andere Frau?«

Ich überlegte, ob sie erwartete, dass ich das Herumhuren meines Bruders bestätigte, oder ob sie nur Verdacht geschöpft, aber keine Gewissheit hatte. Ich wusste nicht, ob Bawa immer noch ins Hurenhaus ging. Vermutlich war diese Eskapade nur eine vorübergehende Laune gewesen, der seine Ehe ein Ende gesetzt hatte.

»Erzähl mir von ihr, von der Frau, die dich all die Jahre ferngehalten hat?«

»Wie bitte?«

»Ich habe gesehen, wie du mich jetzt ansiehst, als ob ich unter deiner Würde bin. Du bist zum Vorstudium weg und jetzt findest du, ich bin unter deiner Würde.«

»Nein, Tante Turai. Du bist jetzt unerreichbar für mich. Du bist die Frau meines Bruders.«

Sie lächelte. »Wie kannst du das sagen, wenn ich doch hier bin?« Sie sah sich suchend um, nach Gesprächsthemen, nach Worten, die sie mir an den Kopf werfen konnte. »Bist du nicht wütend?«

»Weswegen?«

»Wegen dem, was passiert ist? Weil ich bei deinem Bruder gelandet bin?«

»Weshalb sollte ich deswegen wütend sein?«

»Du hast mich nie gerngehabt, oder?«

»In der Nacht tragen Stimmen weit«, sagte ich leise. »Mamma wird dich hören. Wir reden morgen.«

Mit zwei Schritten stand sie vor mir und ihre Lippen suchten meine. Ich drehte den Kopf weg, Lippen wichen suchenden Lippen aus. Sie drückte mich gegen die Tür und meine Schulter knallte gegen den Rahmen. Sie packte meine Hände und zog sie an ihre Brust.

»Was machst du da?«, flüsterte ich.

»Hast du das nicht immer gewollt?«

»Wovon redest du?« Ich schubste sie weg und sie stürzte. Eine Minute lang sagte sie nichts, tat nichts, bis ich verängstigt ihren Namen sagte, fragte, ob alles in Ordnung sei. Sie sah zu mir hoch.

»Du wirst es tun. Wir werden es tun. Wenn nicht, dann schreie ich und deine Mutter wird hören, dass du versucht hast, dich an der Frau deines Bruders zu vergreifen, die so nett war und dir Pfeffersuppe gebracht hat. Du kommst jetzt her und wir tun es.«

Ich drehte mich um und verließ das Zimmer, flüchtete in die Sicherheit der dunklen Nacht, erwartete halb, dass sie schreien würde. Aber ich hörte nur das Atmen der Nacht.

Libya

Libya tauchte aus dem Grau auf wie überschwemmtes Land. Er war hinter seinem Tisch eingedöst, auf dem die golden frittierten Köstlichkeiten dampften, und vom gellenden Aufschrei der jungen Frau geweckt worden. Er öffnete die Augen gerade rechtzeitig, um den Künstler aus seinem Atelier rennen zu sehen. Er hatte gesehen, wie Blut spritzte, wie die Männer einer nach dem anderen zusammenbrachen gleich kaputten Puppen, und er sah den Künstler in die Knie gehen, sah, wie dessen Blut ein rotes Rinnsal inmitten der Regenbäche bildete und im Abflussgraben verschwand. Während er zum Ort des Geschehens rannte, mit einer für seinen Umfang überraschenden Geschwindigkeit, sah er die junge Frau davonlaufen, durch das Wasser spritzen, das über den Asphalt floss, und im Grau verschwinden.

Wie schnell sich alles abgespielt hatte! Als er die Männer erreichte, rührte sich Weißhemd, eine Schlange, die zum Dolch beim Abzugskanal kroch. Libya trat schwungvoll zu und Rippenbögen knirschten vernehmlich. Weißhemd – sein Hemd war mittlerweile weniger weiß – zuckte, flach auf dem Bauch liegend, und hustete, als müsste er gleich seine Lungen ausspucken. Libya, dem weder Blut noch gebrochene Männer fremd waren, sah auf Weißhemd hinunter und spuckte aus, der Speichel landete nur wenige Zentimeter vom Gesicht des Mannes entfernt.

Er wandte sich dem Künstler zu, der auf dem Boden lag. Er sah, wie sich dessen Hände bewegten, als wollte er nach den Regentropfen greifen, die auf der Straße zerplatzten. Libya wusste, dass der Künstler abwesend war. Und für lange Zeit abwesend bleiben würde.

Hufgetrappel der Erinnerung

Als ihn sein Vater zum ersten Mal zum Pferderennen mitnahm, war er noch ein kleiner Junge, der auf Vaters Schultern ritt. Er erinnerte sich an die vom Staub eingerahmten Farben und an die Pferde – den Fuchsroten, den Apfelgrauen, den Schwarzbraunen und den Isabellfarbenen, eine Schattierung heller als das gelbe Trikot seines Jockeys. Auch an den Lärm und an die donnernden Hufe, als die Pferde mit ihren Scheuklappen auf der Zielgeraden galoppierten. Er erinnerte sich an die Menschenmenge – tausend in einem Nest summende Bienen, ein Konfettiregen der Euphorie. Aber das Gesicht des Mannes, den er einmal Vater genannt hatte, war nur ein Schatten. Ein Schatten, der ins Dunkel hineinwuchs. Ein so tiefes Dunkel, dass er darin ertrank. Am Ende dieser Dunkelheit gab es ein Lichtpünktchen, das größer wurde, je näher er ihm kam, bis es die Größe einer Bohne hatte und dann einer Guave. Die Guave wurde zum Mond, groß, rund und strahlend. Aufspritzend fiel Lalo in einen See aus flüssigem Licht. Voll Erstaunen versank er, bis er unter seinem Rücken etwas Weiches spürte, das flüssige Licht zu den weißen Leintüchern eines Betts und der Mond, in den er gerade gestürzt war, die leuchtende Lampe an der Decke wurde.

Als Lalo das Kind sah, das ihn anstarrte, schloss er die Augen und weigerte sich, sie zu öffnen. Bilder blitzten ihm durch den Kopf. Drei Männer. Ein Dolch. Regentropfen, die vom Asphalt wegspritzten. Blut, das aus seinem Körper rann. Die drei Männer, die schmerzverkrampft auf dem Boden lagen. Und ehe er ins Dunkel glitt, sah er die dunkle Gestalt von der Größe eines kleinen Kontinents, die er für den Tod gehalten hatte. Er dachte an seine Mutter, an ihr unvollendetes Porträt auf seiner Staffelei, an Aziza und ihr ungeklärtes Verhältnis.

»Ich habe gerade von Rennpferden geträumt«, sagte er. Wenn er die Augen lang genug geschlossen hielt, konnte er vielleicht in diesen Traum, jene Welt zurückkehren. »Als ich klein war, nahm mein Vater mich mit auf die Rennbahn. Aber ich erinnere mich nicht mehr, wer er war. Ich erinnere mich nicht an diesen Vater.«

»Und trotzdem hat dort alles für dich begonnen.« Das zarte Kind setzte sich in den Stuhl neben seinem Bett.

»Bin ich tot?« Noch immer hielt er die Augen geschlossen.

»Wenn das der Fall wäre, Yarima Lalo, müsstest du nicht fragen.«

Er schlug die Augen auf und sah sich in dem kleinen Zimmer um, das nach Sandelholz roch; der Duft entströmte einem Lufterfrischer, der auf dem klobigen Schalter des Deckenventilators stand. Bis auf den Verband um Schulter und Teile des Rückens war sein Oberkörper nackt. Beim Versuch, sich zu bewegen, rührte sich ein dumpfer Schmerz unter der Bandage, und er legte sich sofort wieder hin.

Das Kind saß mit baumelnden Beinen auf dem Stuhl und betrachtete den halbleeren Beutel, aus dem Blut in den Schlauch tropfte, der sich in Lalos Unterarm schlängelte.

»Wie ist das, sterben?«

»Weiß nicht. Ich erinnere mich nicht.« Sie hüpfte vom Stuhl und ging zu dem Obstkorb, der auf seinem Nachttisch stand.

»Was soll das heißen, du erinnerst dich nicht?«

»Er-inn-er mich nicht.« Sie nuckelte an ihrer Unterlippe, während sie das Obst musterte. »Meins ist schon lang her.«

»Was meinst du damit?«

»Mein Sterben. Ist Jahre her. Jetzt beobachte ich andere und sammle ein.«

Stirnrunzelnd sah Lalo zur Decke hoch, in einer Ecke webte eine Spinne ihr Netz. »Kind, wovon redest du?«

Sie nahm einen Apfel aus dem Korb und hielt ihn mit beiden Händen fest, als wollte sie sich daran wärmen.

»Meins war im Krieg, na ja, bei allen von uns ist es in dem einen oder anderen Krieg passiert. Ach ja, so viele Kriege. Ich war mit meiner Mutter in der Hütte, als die Bomber über unser Dorf flogen.«

Sie stand jetzt auf der Rodung vor der Hütte, in der ein Mädchen, das sie, aber doch nicht ganz sie war, und ihre Mutter lebten. Die Mutter hackte vor der Hütte Unkraut, jätete die Stelle, auf der das jetzige Ich des Kinds stand. Sie erinnerte sich, dass das Mädchen, das sie einmal gewesen war, das herausgehackte Unkraut zusammenraffte und in die hüfthohen, wenige Meter entfernten Büsche warf. In ihre Nase stieg der Geruch von frischgemähtem Gras und Wildnis, von lebenden Bäumen und dem Bach dahinter. Und über alldem lag der Geruch des Kriegs. Tod und Schüsse und Angst.

Jedes Mal, wenn sie Grund gehabt hatte, sich an diese Zeit in ihrem Leben zu erinnern, tat sie das als Beobachterin ihrer eigenen Erinnerung, als würde sie die Menschen nicht kennen, als wäre das Mädchen, das sie fröhlich in die Hütte hüpfen sah, nicht sie selbst.

»Wir waren in der Hütte, als wir die Bomber kommen hörten. Wütend, schnell und nicht sehr hoch. Die Leute sagten, die Piloten seien ägyptische Söldner. Alle fürchteten sich vor ihnen. Wir hielten sie für Todesengel.« Sie lachte. »Wir rannten aus der Hütte ins Gebüsch. Die Leute sagten, dass man im Gebüsch sicherer sei, dass die Regierungstruppen keine Bomben für Gebüsche verschwenden konnten. Sie irrten sich.« Sie blinzelte mehrmals, als hätte sie eine Vision gehabt, und sah Lalo mit einem höchst bezaubernden Lächeln an. »Der Apfel ist ein bisschen sauer«, sagte sie und legte ihn in den Korb zurück.

»Was ist dann passiert?«

Sie zuckte die Achseln. »Ich weiß es nicht. Es war lange dunkel. Tage, Wochen, Jahre, ich weiß es nicht. Und dann wurde ich Sammlerin.«

Lalo runzelte die Stirn. »Einfach so?«

»Na klar. Einfach so. War bei uns allen so. Man wacht auf und befindet sich im Dazwischen.«

»Alle Kinder?«

»Ja, du Dummkopf. Natürlich nicht im selben Krieg. In verschiedenen Kriegen, in verschiedenen Jahren.«

»Ihr seid alle gestorben.«

Sie beäugte ihn. »Hast du mir gerade überhaupt zugehört?« Sie hüpfte wieder auf den Stuhl. »Kinder kommen ständig in den Kriegen der Erwachsenen um.« Sie zuckte die Achseln.

Lalo legte sich zurück aufs Bett, wünschte, er könnte durch die Matratze sinken, durch die Erde und immer weiter. Er vermied den Blick des Kindes und spürte, wie kalte Kletterpflanzen auf ihn zukrochen, sich um seinen Körper wanden.

»Deine Freundin Aziza hat dir Obst gebracht. Die ist nett. Ich mag sie. Sie ist draußen mit deinem Bruder. Der macht sich große Sorgen«, sagte das Kind.

Lalo winkte ab. »Mein Bruder macht sich immer Sorgen.« Kurz war er gedankenverloren. »Ich kann nicht glauben, dass die Kinder alle tot sind.«

Sie seufzte entnervt. »Waren wir mal. Jetzt nicht mehr. Jetzt haben wir eine Aufgabe. Wir ernten die Glühwürmchen der Verstorbenen. Manche entfleuchen und kehren sogar zurück. Die meisten von ihnen erinnern sich nicht daran. Du bist zweimal entfleucht. Und du erinnerst dich. Ich will bloß wissen, wie und warum. *Shikenan.* Das ist alles.«

Lalo machte ein finsteres Gesicht. Er sah sie an, dieses respektlose Kind, das kein Kind war, diese unschuldige Seelenschnitterin, die am Nagel ihres rechten kleinen Fingers kaute und lächelte, als wäre ihr Geschäft kein gruseliges.

»Es war gut, dass du diese Frau gerettet hast«, sagte sie und spuckte Nagelfitzelchen auf den Boden.

»Wie ist das, wenn es passiert, wenn du ihre Seelen einsammelst?«, fragte er.

Sie hockte sich auf die Bettkante und starrte unlustig vor sich hin. »Weiß ich nicht. Wahrscheinlich, als würde man zusehen, wie ein Schmetterling verbrennt.«

In dem darauffolgenden langen Schweigen schwebten Lalo Schmetterlinge durch den Sinn, flatterten mit pudrigen Flügeln, die Gemälden ähnelten, Flügeln, die in Flammen aufgingen, zu Asche zerfielen. Asche, die sich in Glühwürmchen verwandelte, die wiederum in Glasgefäßen schwebten. Er versuchte, diese Bilder auszublenden, aber die Schmetterlinge kamen immer wieder, einer nach dem anderen, bis sieben von ihnen aufloderten und zugrunde gingen. Er wandte sich an das Kind und sah ihr in die klaren, braunen Augen. »Weißt du, ich hatte gehofft, dass ich das Porträt meiner Mutter fertigstellen und die Leute finden kann, die mich in meinen früheren Leben ermordet haben. Ich habe mich darauf gefreut, sie zu treffen. Aber jetzt bist du hier und ich muss dir diese Frage stellen: Wird mein Schmetterling bald verbrennen?«

Kaka

Wäre da nicht die alte Frau gewesen, die erst viel später dazukommen würde, wäre an Azizas Hausbesuch zur Hennabemalung von Hajiya Batulus Tochter und deren Freundinnen und an dem Hochzeitsfest nichts Ungewöhnliches gewesen.

Gemeinsam mit ihrer Assistentin hatte Aziza vor dem Haus in Maitama gestanden und war von einem Dienstmädchen in Uniform hineingeführt worden. Obwohl die Hochzeit erst am nächsten Tag stattfand, war das Haus bereits voller Gäste. Personen aus dem erweiterten Familienkreis, die aus unterschiedlichen Städten kamen, hatten es sich im Wohnzimmer bequem gemacht, manche lümmelten auf dem Sofa, andere saßen auf dem Teppich in der Raummitte und diskutierten, welcher grüne Organza am besten zu den bernsteinfarbenen Brautjungfernkleidern passte. Hajiya Batulu, deren Augen schlaftrunken waren, begrüßte Aziza herzlich, nahm deren Hände und schwenkte sie hin und her. Sie führte Aziza und ihre Assistentin durch eine Tür, wo sie der Geruch von Jollof-Reis empfing, der über Holz gekocht wird, und dann in den Garten.

»Mairo, meine Tochter, die Sie gleich kennenlernen, ist nicht sehr traditionell eingestellt«, erklärte Batulu. »Sie hat in den USA Animationsfilm studiert, und Dinge, die wir für wichtig erachten, sind ihr egal. Wenn man ihr die Sache überlassen hätte, würde es diesen ganzen Firlefanz, wie sie es nennt, nicht geben. Die Ehe würde am Abend geschlossen und sie und ihr Mann hätten die Feier noch vor dem Morgen verlassen. Ein verrücktes Mädel, *wallahi.*«

Aziza lachte.

»Doch das können wir nicht zulassen. Sie ist meine Erstgeborene. Sie muss eine richtige Hochzeit haben samt Feier und Henna. Deshalb habe *ich* Sie engagiert, nicht meine Tochter.«

»Ich verstehe.«

»Als sie klein war, habe ich ihr gelegentlich Verzierungen aufgemalt, doch sie hat seit Jahren nichts mehr mit Henna am Hut. Mairo ist völlig außer Rand und Band, wie die verrückten Figuren, die sie zeichnet.«

Sie gingen durch eine weitere Tür, durchquerten ein weiteres großzügiges Wohnzimmer. An der Wand hing ein Familienporträt. Hajiya Batulu und ihr Gatte, ein Mann mit breitem Gesicht und Knopfaugen, umgeben von ihren fünf Kindern.

»Ihre Freundinnen sagten, sie hätten jemand für die Hennabemalung, und ich sagte Allah *ya kiyaye,*«, fuhr Batulu fort und schritt mit königlicher Haltung energisch aus. »Ich und diesen Rangen vertrauen?«

»Ich freue mich, dass Sie mich ausgewählt haben. Ich sorge dafür, dass sie ein besonders schönes Muster bekommt.«

»Da bin ich mir sicher.«

Mittlerweile waren sie vor einer weiteren Tür angelangt, Batulu öffnete und führte Aziza die Treppe hinauf. »Es sind fünf, meine Tochter und vier Freundinnen. Zusammen mit ihren zwei Schwestern macht das sieben. Ich bin natürlich ebenfalls dabei und meine Mutter hat gemeint, sie würde sich uns anschließen.«

»Insgesamt neun«, resümierte Aziza.

»Und niemand sonst. Wir haben so viele Gäste, von denen die eine oder die andere die Gelegenheit gern ausnutzen würde. Ich zahle jedoch nur für neun. Darüber hinaus können Sie selbstverständlich mit jeder, die sich an Sie wendet, einen Preis für Ihre Dienstleistung vereinbaren.«

Sie drehte den Knauf und öffnete die Tür zu einem Raum, in dem Sonnenlicht durch die halbgeöffneten Vorhänge an den breiten Fenstern hereinströmte und die beiden jungen Frauen badete, die der Länge nach auf dem Bett lagen. Zwei andere hockten, mit ihren Handys beschäftigt, auf der Bettkante. In einer Ecke saß eine weitere junge Frau, die sich ihr Mobiltelefon ans Ohr drückte und so leise sprach, dass Aziza keinen Ton vernahm. Das Gelächter, das Batulu und Aziza beim Eintreten unterbrochen hatten, ebbte ab, aber seine Spuren lagen noch auf den Gesichtern der jungen Frauen und im Funkeln ihrer Augen. Ehrfurchtsvolle Begrüßungen, begleitet von Knicksen. Batulu antwortete mit einem Nicken hierhin und dorthin und wies ihre Tochter an, sie solle sich für die Bemalung vorbereiten.

Die junge Frau hatte eine glatte Haut wie ihre Mutter, war schöner als diese und die breiten Gesichtszüge des Vaters waren ihr erspart geblieben. Ideale Voraussetzungen für das Muster, das Aziza vorschwebte.

»Sie kommt nach meiner Mutter«, sagte Batulu. »Sogar ihre Verdrehtheit, *wallahi.*«

»Das habe ich gehört, Hajiya.« Mairo stand auf. Sie war größer, als sic im Sitzen auf Aziza gewirkt hatte. »Lassen Sie sich von meiner Mutter nicht irritieren. Oma ist großartig, Sie werden sehen. Sie ist erst heute Nachmittag angekommen.«

»Und treibt mich bereits in die Verzweiflung«, sagte Batulu.

»So wie sie mich«, flüsterte Mairo Aziza ins Ohr. »So ist es eben, wenn verschiedene Generationen aufeinandertreffen.«

»*Shegiya 'yar gulma,* diese Schlampe verbreitet Klatsch und Tratsch«, sagte Hajiya Batulu, aber in ihrer Stimme schwang ein Lachen mit.

Aziza zeigte der Braut auf ihrem Handy ein Foto des Musters, das sie im Sinn hatte, während ihre Assistentin in einer Ecke des Zimmers unter einem Fenster eine Matte ausbreitete und das Werkzeug bereitlegte, unterschiedliche Hennatöne, bereits angerührt und in Spritzbeutel gefüllt.

»Dann lasse ich Sie in Ruhe arbeiten«, sagte Batulu, drückte Aziza kurz die Hand und schenkte ihr ein angespanntes Lächeln. »Ich sehe nach meiner Mutter. Vorhin hat sie geschlafen. Die Reise hat sie sehr ermüdet.«

»Zwei wie Feuer und Wasser«, sagte Mairo und nahm auf der Matte Platz, »meine Mutter und meine Großmutter.«

Aziza setzte sich vor die Braut, nahm ihre Hand und spürte die Anspannung in den Fingern. Das brachte der Vorabend der Hochzeit so mit sich. Der Höhepunkt von Träumen und Ängsten, oftmals begleitet von ernsthaften Zweifeln.

»Wollen Sie mir erzählen, wie Sie und der Bräutigam sich kennengelernt haben?« Solche Fragen, die den Kundinnen den Mund öffneten, wirkten entspannend, ein Trick, der jedes Mal funktionierte.

Mairo war keine gute Erzählerin und während Aziza der Braut komplizierte Muster auf die Haut malte, folgte sie der verschlungenen Geschichte, wie sich die beiden in einem Café über ihre Laptops gebeugt kennengelernt hatten, eine Liebesgeschichte, die von den Studienjahren der beiden in den USA durchkreuzt und über Skype und WhatsApp aufrechterhalten worden war, und dann die Wiederbegegnung, als Mairo nach ihrem Abschluss zurückgekehrt war. Es war die langweiligste Liebesgeschichte, die Aziza je gehört hatte. So typisch für die Millennials, so ganz anders als das, was sie und Bilya gehabt hatten, das war viel unmittelbarer gewesen. Natürlich weniger unmittelbar als das, was Lalo und Turai gehabt hatten.

Lalo.

Sie war überrascht gewesen, wie sehr sie die Aussicht, dass Lalo umgebracht werden könnte, mitnahm. Tagelang wusste sie nicht, was sie mehr verstörte – die Tatsache, dass er recht haben und aus Liebe getötet werden könnte, obwohl er eigentlich kein Teil dieses Dreiecks gewesen war, oder dass sie in der ganzen Geschichte keine Rolle spielte. Wie es wohl war, wenn jemand aus Liebe starb, wenn jemand starb, weil er einen liebte – eine Bürde, die sie mit Sicherheit nicht tragen wollte. Aber sie hätte es besonders schrecklich gefunden, wenn es wegen einer Fremden passiert wäre, einer unbekannten, gesichtslosen jungen Frau, die vor ihrem gewalttätigen Freund gerettet werden musste.

Als sie an Lalos Bett gesessen und zugehört hatte, wie er von den sechsundsiebzig Glühwürmchen schwadronierte, die sein Zimmer vorige Nacht erleuchtet hatten, sah er wie ein verlorener kleiner Junge aus mit seinem übergroßen Krankenhauskittel, dessen winzige orangefarbene Tupfen möglicherweise die Glühwürmchen gewesen waren, von denen er sprach, die sich im Dunkel seiner Vorstellungswelt in winzige Lichtpünktchen verwandelt hatten. Sie hatte ein Stück Stoff zwischen zwei Finger genommen und war mit dem Daumen über einen Punkt gefahren.

»Orange ist Rot, das mittels Gelb dem Menschen nähergebracht wird«, hatte Lalo verkündet, »so ähnlich sagt es zumindest Wassily Kandinsky.« Er hatte ihren verständnislosen Gesichtsausdruck gesehen. »Ein russischer Maler.«

»Oh«, hatte sie gesagt. Dabei war ihr eigentlich durch den Sinn gegangen, dass Lalo dem Tod näher war als dem Leben. Auch wenn »sein Zustand nicht mehr kritisch ist«, wie es die magere Nachtschichtärztin, deren Brille doppelt so groß war wie ihr Gesicht, verkündet hatte, während sie auf ihrem iPad herumtippte. Die Ärztin hatte sich den Schleier über die Schulter geworfen und die tiefen Stichwunden auf seinem Rücken inspiziert – eine hatte knapp die Wirbelsäule verfehlt, die andere war nur Millimeter vom Schulterblatt entfernt. Es war diese, die wie ein zerdrücktes S aussah und seinen rechten Arm in Geiselhaft hielt, so dass er ihn nur ein paar Zentimeter heben konnte. Weshalb er sich Sorgen machte, ob er zukünftig würde malen können.

»Es wird dir bald besser gehen. Und du wirst wieder malen«, hatte Aziza gesagt.

Er hatte geschmunzelt.

»Bereust du es? Dass du dich eingemischt hast?«

Er hatte den Kopf geschüttelt. »Ich konnte nicht tatenlos zusehen.«

»Manchmal sitzt du da und starrst in die Luft und ich weiß nicht, was dir durch den Kopf geht.«

»Zweimal war ich tot, und kein einziges Mal habe ich gelebt«, hatte er gesagt.

»Oh, Yarima.« Sie hatte seine Hand genommen. »Was hat dich davon abgehalten?«

Lalo hatte sie angestarrt. Er hätte etwas sagen sollen, war aber außerstande gewesen, Worte sinnvoll aneinanderzureihen, hatte die Stirn gerunzelt und sich wieder hingelegt.

»Vielleicht würde dir eine Reise guttun. Such die Orte auf, die du schon immer mal sehen wolltest, oder geh vielleicht auf Pilgerfahrt oder besuche Kunstwerke, bereise Städte, von denen du immer geträumt hast, und wer weiß –«

»Ich würde liebend gern die Uffizien besuchen«, hatte er gesagt.

»Was ist das?«

Sein Lachen war tief und volltönend gewesen. »Die Uffizien in Florenz. Eines der größten Museen der Welt. Ich würde rasend gern die Renaissance-Gemälde sehen, die dort ausgestellt sind. Und die Caravaggios!«

»Aha!« Sie hatte versucht, seinen Wunsch nachzuvollziehen. Sie an seiner Stelle würde wahrscheinlich eine Pilgerfahrt unternehmen. Aber Lalo war anders. Er war Künstler.

»Momentan kann ich mir eine Reise nach Italien nicht leisten«, hatte er gesagt. »Außerdem mache ich mir Sorgen um den Gesundheitszustand meiner Mutter. Aber was ich wirklich gern tun würde, ist, die Männer finden, die mich in meinen früheren Leben umgebracht haben.«

Während sie lächelnd das Henna auf die Haut der Braut auftrug, hallten Lalos Worte durch ihre Gedanken. Als sie fertig war, hatte ihre Assistentin bei drei der jungen Frauen Muster aufgetragen, die weitaus weniger aufwendig waren. Sie arbeitete gerade an den Händen der vierten Freundin, als die Großmutter gebückt hereinkam. Aziza konnte sie sofort zuordnen, denn sie war schön und musste in ihrer Jugend noch viel schöner gewesen sein. Durch die Brillengläser sahen ihre Augen wie riesige, neugierige Kugeln aus. Die Falten um ihre Lippen und die Krähenfüße, die sich wie Fischernetze ausbreiteten, taten ihrer Schönheit kaum Abbruch.

»*Amare*«, sagte sie lächelnd. »Die Brautjungfern sehen alle gut aus, gerade als ob heute schon Hochzeit wäre.«

»Kaka!«, rief Mairo, ging zu ihrer Großmutter, umarmte sie und führte sie zum Bett, damit sie sich hinsetzen konnte. Kaka griff nach Mairos Hand, drehte sie um und inspizierte das Muster. Sie nickte und gab ein kehlig-klickendes Geräusch von sich.

»Wow! *Abun 'yan zamani,* Liebe ist eine neumodische Sache«, sagte sie. »Ich danke Gott, dass er mich die Hochzeit meiner Enkeltochter feiern lässt. Ich hätte nie gedacht, dass ich diesen Tag noch erleben darf.«

»*Kai,* Kaka! So alt bist du nun auch wieder nicht«, sagte Mairo. »Auch wenn ich deine Knochen schon aus einer Meile Entfernung knacken hören kann«, fügte sie lachend hinzu.

»Stell mich nicht auf die Probe, Kind. So alt ich bin, wenn ich deinen Bräutigam sehe, könnte ich ihn jederzeit um den kleinen Finger wickeln und herumwirbeln, wenn ich nur wollte. Ich weiß, worauf es ankommt, nicht wie ihr Kinder, die ihr eure kleinen Handys zückt und hineinjammert und das für Liebe haltet.«

Die jungen Frauen jubelten und klatschten. Aziza wusste nicht, ob es Spott oder Jubel über Kakas Retourkutsche ausdrücken sollte. Doch es war klar, dass Kaka niemandem etwas schuldig bleiben würde.

»Hören Sie, *Mai Lalle*«, sprach sie Aziza an. »Machen Sie das Mädchen hier fertig und dann bemalen Sie mir Hände und Füße. Ich werde diesem kleinen Mädchen hier beweisen, dass ich ihr den Mann abspenstig machen kann, wenn ich will.«

Wieder klatschten und lachten die jungen Frauen.

»Was sollte er mit diesem alten Klappergestell anfangen?«, scherzte Mairo und sah ihrer Großmutter lächelnd in die Augen. »Was sollte er mit einer Frau anfangen, die ihn ohne Brille nicht einmal erkennt?«

»Redet man so mit meiner Mutter, Kind?« Batulu betrat das Zimmer. »Glaub bloß nicht, weil du morgen heiratest, wärst du zu erwachsen für eine Tracht Prügel.«

»Lass sie in Ruhe. Wir können ihr nicht den Mann ausspannen und dann auch noch eine Tracht Prügel verabreichen. Das wäre grausam.«

Aziza bewunderte ihren lockeren Umgang miteinander, der sogar Batulu einschloss, die sich selbst sonst so sehr ernst nahm.

»Genug mit dem Ausspannen fremder Ehemänner, Mutter«, sagte Batulu und ihr Gesicht bekam den typischen Ausdruck eines Kindes, dessen Eltern sich anschicken, peinlich zu werden. »Aziza, wie geht's denn Ihrem Künstler? Wird es schon ernsthafter?«

»Aha!«, rief Mairo aus. »Es gibt also einen Mann. Erzählen Sie von ihm.«

»Da gibt es eigentlich nichts zu sagen«, erklärte Aziza. »Wir sind nicht zusammen, *wallahi*. Nur … Freunde.«

»Märchenstunde«, lachte Batulu. »Wie geht es ihm? Welche Fortschritte gibt es zu verzeichnen?«

»Er ist im Krankenhaus und kämpft gegen den Tod. Oder auch andersrum, ich weiß es nicht.«

»Krankenhaus, *kuma*, wie bitte? Was ist passiert?«, fragte Kaka.

»Er wollte mutig sein. Er hat sich vor eine junge Frau gestellt, die von ihrem Freund und zwei anderen Männern angegriffen wurde. Er hat die Frau gerettet und die Scheißkerle in die Flucht gejagt, aber sie haben ihm zweimal in den Rücken gestochen.«

»*Ya Salam!* Das ist ja schrecklich«, sagte Batulu.

»Wird er wieder ganz gesund?«, fragte Mairo.

»Hoffentlich.«

Kaka seufzte. »Männer sind solche Schwachköpfe. Sie wollen immer beweisen, wie tapfer und mutig sie sind. Dabei müssten sie bloß wegrennen, damit sie später wiederkommen und uns bis zum Umfallen lieben können. Stattdessen ziehen sie es vor, im Namen der Tapferkeit oder der Liebe zu sterben. Trottel.«

»Hajiya!«, rief Batulu leicht entrüstet.

»Ach, sei ruhig, Batulu. Lass mich reden.« Sie wandte sich an Aziza, die den Fuß einer Brautjungfer bemalte. »Wird er's schaffen, der Mann in Ihrem Leben?«

Aziza nickte. »Die Ärzte meinen: ja. Aber er ist nicht der Mann in meinem Leben.«

»Eine von den Schüchternen«, lachte Kaka. »Aber eine von den Glücklichen. Immerhin wird er zu Ihnen zurückkehren, wenn auch zusammengeflickt. Es ist etwas Einzigartiges, wenn man mit ansieht, wie der Mann stirbt, den man liebt, vor allem, wenn er aus Liebe stirbt.« Sie nahm ihre Brille ab und beugte sich vor. »Diese zwei Augen haben so manches gesehen. Mit diesen meinen Augen sah ich, wie der Mann, den ich so liebte, dass ich mit ihm durchbrannte, ermordet wurde. Es ist, als wäre es gestern gewesen. Als ich sah, wie der Scheißkerl mit einem Prügel auf uns zukam, sagte ich zu dem Mann in meinem Leben, lauf! Lauf vor diesem Scheißkerl weg und komm später zurück zu mir. Das wollte dieser Einfaltspinsel nicht. Er wollte ein Mann sein. Direkt vor diesen meinen Augen hob dieser Scheißkerl, möge Allah jeden Knochen in seinem Leib verfluchen, den Prügel und zertrümmerte den Kopf des Mannes in meinem Leben.« Sie schob die runzligen Lippen vor und schüttelte langsam den Kopf.

Aziza hörte mit dem Verzieren auf und starrte Kaka an. »Moment, Moment, Moment«, sie legte sich die Hände an die Schläfen. »Sie wollen mir jetzt aber nicht erzählen, dass sich das in einem Zug abgespielt hat?«

Kaka setzte ihre Brille auf und sah Aziza an. »*Kwarai kuwa*, genau. Vor vielen Jahren im Zug von Jos nach Lagos. Im Jahr von Ojukwus Krieg. Wie sollte ich das je vergessen? Wenn der Mann, den man liebt, vor den eigenen Augen ermordet wird, vergisst man das nie. Niemals.« Sie senkte den Kopf und starrte auf eine Stelle zwischen ihren Füßen. Im ganzen Zimmer war es still geworden. Langsam hob Kaka den Kopf und sah Aziza an. »Moment mal, woher wussten Sie, dass es in einem Zug passiert ist?«

Die Chroniken

Kapitel V

Kafanchan, 5. März 1987

Manchmal, wenn man genau hinsah, und das taten wir oft, konnte man im Dunst Formen und Gestalten eines Rachewesens mit erhobener Hand erkennen, hinter dem Feuer und Rauch herwehten.

An diesem Morgen sollte ein Besucher unserer Stadt, der den Glauben, in den er hineingeboren worden war, abgelegt und einen anderen angenommen hatte, am College of Education sprechen. Er war aus Zaria gekommen, lehrte dort an der Universität. Das wusste ich damals noch nicht, und der Mann sowie das, was er zu sagen hatte, waren mir ziemlich egal. Den »Mission '87«-Plakaten, die an den Hausfassaden von Kafanchan, an den Strommasten und einer Aushangtafel vor dem College of Education hingen, schenkte ich wenig Beachtung. Religiöse Veranstaltungen waren mir ziemlich egal.

Doch ich stelle mir gern vor, dass dieser Fremde und ich an diesem Morgen ungefähr zur selben Zeit aufgestanden sind und uns gewaschen haben, das Wasser so tröstlich lauwarm, dass man sich gewünscht hat, sich mehr davon über den Kopf kippen zu können. Ich zog Jeans und T-Shirt an. Ich stelle mir vor, dass er Anzug mit Krawatte trug oder vielleicht einen Kaftan mit Zanna, je nachdem, welchen Eindruck er vermitteln wollte. Ich aß das Frühstück, das Mamma mir zubereitet hatte, Pap und Kosai; er nahm wohl etwas Raffiniertes zu sich, der Gast in unserer Stadt an seinem großen Tag. Als ich das Haus verließ, herrschte hinter der Tür meines Bruders Stille. Weder er noch seine Frau waren aufgetaucht. Mamma hatte mich an der Tür aufgehalten und gefragt, wohin ich ginge. Die Pflanzen riefen mich, erklärte ich. Ich musste unbedingt das seidige Haar der Maiskolben spüren, mit den Händen über die langen Blätter der Stängel fahren, sehen, wie es der Farm während meiner

Abwesenheit ergangen war. Ich warf mir meine kleine Tasche über die Schulter, in der sich Geldbeutel und andere persönliche Gegenstände befanden, schnappte meine Hacke und zog los. Ich stelle mir vor, dass der Besucher unserer Stadt ebenfalls etwas bei sich hatte, als er aufbrach. Ein Buch, vielleicht auch zwei oder drei.

Ich stelle mir vor, dass, während ich den Mais bewunderte und staunte, wie grün die Blätter waren, wie kräftig die Stängel und wie vielversprechend die Kolben, der Besucher unserer Stadt vor die Menge geführt wurde, die gekommen war, um ihn und andere reden zu hören, und er beeindruckt davon war, wie gut die Veranstaltung besucht war. Und während ich mich um einige Wälle kümmerte, bei denen Erde aufgeschüttet werden musste, und dazu mein T-Shirt ausgezogen hatte, damit es, während ich das Land bearbeitete, nicht schweißnass wurde, krempelte der Besucher seine Ärmel hoch, stieg auf die Kanzel und versuchte, Seelen für seinen neuen Glauben zu gewinnen.

Als mein Bruder aufs Feld kam, war mein Oberkörper bereits glitschig vor Schweiß und ich hatte die Jeans bis zu den Knien hochgekrempelt. Während er näher kam, gemessenen Schritts und ohne Lächeln auf dem Gesicht, richtete ich mich auf.

»Deshalb bist du also zurückgekommen, hm?«, fragte er. »Deswegen? Um meine Frau zu vergewaltigen, *dan ubanka,* du Arschloch!«

Zuerst musste ich schmunzeln, weil alles so absurd war. Seine raue Stimme, der strenge Gesichtsausdruck, die Art, wie er sich langsam und entschlossen näherte, die Anklage, die er mir entgegengeschleudert hatte, all das war viel zu theatralisch, um echt zu sein. Doch er war sichtlich entrüstet über meinen vermeintlichen Verrat und auch über mein Amüsement angesichts seines Ausbruchs, so heftig, wie manche sich über das entrüsteten, was der Besucher im College of Education zu sagen hatte, über die Verunglimpfung ihrer Religion, die auch die seine gewesen war, und sie waren ebenso von seiner Schuld überzeugt wie mein Bruder von meiner.

Ich stelle mir gern vor, dass beides gleichzeitig geschah. Ob dem nun so war oder nicht, die Ereignisse waren letztlich miteinander verbunden.

Während ich immer noch glaubte, dass er Witze machte, mir einen Streich spielen wollte, stürzte sich mein Bruder, zähnefletschend wie ein wildes Tier, auf mich und stieß mich in den Dreck.

Der Besucher, so stelle ich es mir vor, wusste im Gegensatz zu mir, dass es sich nicht um einen Streich handelte, als die Menschen auf ihn zukamen.

Ich weiß nicht, womit Bawa beim ersten Mal zuschlug. Ich weiß nur, dass ich betäubt und fassungslos war, dass meine Arme ihn losließen, und ich, als er den Stein hob, um mir einen zweiten Hieb auf den Kopf zu versetzen, nur sein Gesicht anstarrte, die gefletschten Zähne und die Wut in seinen Augen. Ich erinnere mich, wie ich im Dreck lag und der Geruch meines Bluts sich mit dem der Erde vermischte, mir das Blut dick und warm den Mund füllte. Auch an den Geschmack erinnere ich mich – ein zutiefst unangenehmer, zuckerloser Sirup, der an meinen Zähnen klebte, während ich sterbend zwischen den Maisstauden lag.

Als sie mich am nächsten Tag fanden, nach den Regenfällen und nachdem die Ausschreitungen zwischen den beiden Gruppen niedergeschlagen, die brennenden Kirchen und Moscheen, Hotels und Häuser gelöscht oder ausgebrannt worden waren, und die Unschuld Kafanchans auf dem Scheiterhaufen verkohlt war, da dachten alle, dass mich die Unruhestifter erwischt hatten. Für sie gehörte ich zu den Dutzenden, die aufgebrachte Glaubenskämpfer ermordet hatten.

Mamma fügte mich der Liste mit Verlusten hinzu, die sie auf der Farm erlitten hatte.

Die Farbe von Kummer und bevorstehendem Leid

Aziza rollte sich auf dem Sofa zusammen, ihr iPad neben sich. Mina hockte auf dem Boden, malte einen Muppet gelb, seine Hose rot aus. Wie sehr sie sich auch bemühte, immer wieder rutschte der Buntstift über die Linie und jedes Mal sah sie mit einem Zischen zu ihrer Mutter hoch. Obwohl Azizas Unterbewusstsein diese kleinen Vorkommnisse registrierte, war sie in Gedanken weit weg, bei einem grünen Maisfeld, in dem vor vielen Jahren ein Mann ermordet worden war.

Weil sie Kaka kennengelernt hatte, beschäftigte sie die Geschichte vom Tod im Maisfeld noch mehr. Seit dem Messerangriff befürchtete sie, der Ausgang seiner Kafanchan-Chroniken könnte ihr auf ewig verborgen bleiben. Als er ihr den letzten Teil gemailt hatte, war sie mit den Vorbereitungen für die Hochzeitsbemalung von Batulus Tochter beschäftigt gewesen. Nach der Begegnung mit Kaka war sie nach Hause gekommen und wollte unbedingt noch Lalos Geschichte lesen, sein vergangenes Leben nachleben. Als sie damit fertig war, hatte sie ihr iPad ausgeschaltet und sich auf dem Sofa zusammengerollt, einen Tod betrauert, der viele Jahre zurücklag. Die Tränen waren ihr übers Gesicht gelaufen und hatten sich um ihre Lippen geschlängelt, bis sie sie wegwischte.

»Ist alles in Ordnung, Mummy?«, fragte Mina.

»Ja, Liebes.«

»Was ist passiert?«

»Ein Freund ist gestorben.« Es kam ihr vor, als wäre Lalo schon immer Teil ihres Lebens gewesen, als hätte sie ihn nicht erst vor wenigen Wochen zufällig kennengelernt. Sie wollte nur noch ins Krankenhaus eilen, um jenen Lalo zu sehen, der überlebt hatte, wenn auch nur knapp, und ihn im Arm halten, ihm sagen, sie werde ihn beschützen, wie er eine Unbekannte beschützt hatte. Aber es war zu spät für einen Krankenhausbesuch und zudem hatte sie niemanden, der auf Mina aufpasste.

Sie nahm die Fernbedienung, schaltete den Fernseher ein und suchte einen Kanal mit Zeichentrickfilmen. Damit wäre Mina beschäftigt, während sie in Ruhe die Dinge durchdachte. Während sie trauerte und Betrachtungen über die seltsame Situation anstellte, und vor allem über Kaka nachdachte.

Gerade als sie vom Sofa aufstehen wollte, klingelte ihr Handy. Sie warf einen Blick auf das Display und atmete tief durch. Bilyas Mutter rief nicht häufig an, genaugenommen hatte sie sich seit sechs Monaten nicht gemeldet. Aziza war völlig klar, weshalb sie anrief. Sie atmete nochmals tief durch, bevor sie den Anruf annahm. Sie begrüßten einander forschend, wie zwei fremde Tiere, die sich erst einmal beschnuppern. Schließlich wandte sich das Gespräch dem Unvermeidlichen zu.

»Wie geht es meiner Enkelin?«

Aziza seufzte, bevor sie antwortete.

»Willst du sie mir nicht mal vorbeibringen?«

»Mache ich.«

»Hast du aber bisher nicht getan. Warum nicht?«

Aziza hätte sie daran erinnern können, dass sie mit Mina vor drei Monaten, zwei Wochen und zwei Tagen bei ihnen zu Besuch gewesen war. Sie erinnerte sich so genau daran, weil sie damals überlegt hatte, warum ihre Schwiegerfamilie so tat, als würde sie ihre Tochter vor ihnen verstecken.

»Wie geht es dir gesundheitlich?«, fragte Aziza stattdessen.

»Es ist ein hartes Los, wenn man seinen Sohn verliert. Es schmerzt. Es bringt mich um, ich schwöre dir«, fing Bilyas Mutter an. »Ich sterbe, *wallahi.*«

»Bitte sag das nicht.«

»Aber es stimmt. Ich bete, dass du eine solche Erfahrung nie machen musst. Ich bete, dass du nie dein Kind begraben musst. Ich konnte meins nicht einmal begraben. Diese verfluchten Scheißkerle!«

Tränen traten in Azizas Augen. »*Ki yi hakuri.* Es tut mir so leid.«

Die Frau schniefte. »Was soll ich tun? Sie haben mir meinen Sohn genommen. Sie haben mir meinen Sohn genommen.«

Aziza hörte ihrem Schniefen eine Minute lang zu, ihre Plattitüden waren nicht mehr als Steine, die man in einen Teich warf, sie verursachten Wellen, die letztlich nichts bewirkten. Krampfhaft rang sie um Worte, konnte aber nur an Bilya und die Trauer denken, die seine Mutter empfinden musste. Sie vermisste ihn, den Bilya vor der Ohrfeige, vor dem ewigen Schweigen. Das hätte sie seiner Mutter gern gesagt, doch sie fand weder die richtige Formulierung noch den Mut dazu.

»Wann bringst du Mina zu Besuch? Lass sie bei mir wohnen, bevor ich sterbe.«

»Ich bringe sie bald vorbei.«

»Wann?«

»Im Moment hat sie Schule. Ich kann sie erst bringen, wenn das Trimester vorbei ist.«

»Hier gibt es doch auch gute Schulen. Sehr gute Schulen. Ihr Vater ist hier zur Schule gegangen.«

Aziza wollte sagen, das sei damals gewesen und es sei Bilya gewesen, doch sie biss sich auf die Unterlippe.

»Warum sagst du nichts? Warum sagst du nichts?«

»Ich werde sie vorbeibringen, Mama.«

»Wann? Enthalte mir meine Enkelin nicht vor. Sie ist Bilyas einziges Kind. Bitte enthalte sie mir nicht vor.«

Aziza hätte es ihr gern versprochen, doch dieses Versprechen würde sie nicht halten können. Sie drückte das Handy fester ans Ohr und hörte Bilyas Mutter zu, die unzusammenhängendes Zeug plapperte, stöhnte und weinte, bis Aziza es nicht länger ertragen konnte. Sie legte das Mobiltelefon weg, überzeugt, dass sie etwas Drastisches tun musste. Bilyas Familie sprach von ihrer Tochter, als wäre sie ein Küchengerät, das sie verpacken, verschicken und vergessen könnte. Als wäre Mina nicht ihre Qibla und ihr Nordstern in dunklen Nächten. Die Sonne, um die ihre Welt sich drehte.

3
Gelb

Es gibt Maler, die die Sonne
in einen gelben Fleck verwandeln,
andere verwandeln einen gelben Fleck
in die Sonne.

Pablo Picasso

Aufgetaucht

Natürlich war es die Idee seines Bruders gewesen, der Mutter vorzugaukeln, dass Lalo verreist war. Während seines viertägigen Krankenhausaufenthalts besuchte Nura ihn täglich und brachte Essen mit. Lalo hatte zugestimmt, denn wenn seine Mutter die Wahrheit gewusst hätte, hätte sie sich in eine Raserei hineingesteigert. Während er in dem schmalen Bett saß und den linken Arm zu bewegen versuchte, war er nicht sicher, ob sein Bruder immer so unentspannt war oder ob ihm etwas auf der Seele lag.

»Sehr gut«, grinste Nura. »Bald kannst du den rechten auch wieder bewegen.«

»Ist alles in Ordnung?«, fragte Lalo.

»Mum glaubt nicht, dass du verreisen würdest, ohne ihr Bescheid zu geben. Allerdings schöpft sie Verdacht, dass etwas nicht stimmt. Du weißt ja, wie sie ist.«

»Allerdings.«

»Kannst du dich noch erinnern, wie ich damals vom Fahrrad fiel und mir die Hand verrenkt habe?«, fing Nura an und sah in die Ferne.

»Und sie beim Knochenbrecher auftauchte, weil ihr eine innere Stimme befahl, sie solle zu ihm gehen«, vervollständigte Lalo.

Nura lachte. »Junge, Junge, wie hat sie mich damals verdroschen. Man stelle sich das vor, mein Arm in der Schlinge und Hajiyas Flipflops auf meinem Rücken.«

»Ich würde gutes Geld dafür zahlen, um das nochmals zu sehen«, lachte Lalo.

»Sagt der Invalide, der von mir und meinen Lügen abhängt, damit seine Mutter die Sache überlebt. Dafür werde ich dich gutes Geld zahlen lassen.«

Lalo konnte sich nicht entsinnen, wann sein Bruder das letzte Mal so befreit gelacht hatte; seine Stimme erfüllte den

Raum und drang nach draußen durchs offene Fenster, das eine Brise und Moskitos hereinließ. Er war froh, dass er am Leben war und das Lachen seines Bruders hören durfte, es minderte die Schuldgefühle, die er hatte, weil er zu den düsteren Wolken über dessen Kopf beitrug. Nuras Gesicht war schmaler geworden, sein Bart struppiger, und Lalo fiel unwillkürlich ein, dass er den seinen stutzen musste. Das mitgebrachte Essen hatte Ummita außerhalb des Hauses zubereitet, damit Kande keinen Verdacht schöpfte. Nura ging sogar bei Lalos Wohnung vorbei, um den Papagei zu versorgen. Als Lalo ihm dankte, hielt Nura nur die Hand des Bruders umklammert und schüttelte sie.

Auf der Wanduhr war es genau zwei Uhr vierzehn, als es zaghaft an der Tür klopfte, dann trat sehr zaghaft eine zaghafte Frau ein. Sie ging zu Lalos Bett und stellte eine Flasche Lucozade auf den Nachttisch.

»Ich bin Eniola«, sagte sie und knickste. »Sie haben mir geholfen.«

Da ihr Gesicht nicht mehr schreckverzerrt war, erkannte er sie zuerst nicht. Ihr Make-up ließ sie älter wirken als am Tag der Messerstecherei.

»Sind Sie diejenige, die meinen Bruder in Schwierigkeiten gebracht hat?« Nura lächelte.

»Es tut mir sehr leid, Sir. Ich wollte mich bei ihm bedanken.«

»Da gibt es nichts zu danken«, sagte Lalo. »Bestimmt hätten Sie unter umgekehrten Vorzeichen für mich das Gleiche getan.«

Sie spielte mit dem Rosenkranzring, den sie am Zeigefinger trug. Wie zur Ablenkung erbot sie sich, Lalo Lucozade einzuschenken. Ihre Hand zitterte, als sie den Flaschenhals an den Rand des Trinkglases hielt, ein leises Klirren war zu hören. Die goldgelbe Flüssigkeit gurgelte heraus und winzige Bläschen stiegen zur Oberfläche hoch. Mit einem schmalen Lächeln reichte sie ihm das Glas.

Unbehagliches Schweigen trat ein, als Lalo nippte. Die junge Frau wartete eindeutig darauf, dass er sie nach dem Grund für die Auseinandersetzung fragte, doch er fand, das gehe ihn nichts an, und zudem war der jungen Frau dieses Thema bestimmt unangenehm.

»Was ist denn vorgefallen?«, fragte Nura. Lalo schloss die Augen.

»Es tut mir so leid. Mein Freund ist sehr eifersüchtig«, erklärte sie. »Er dachte, ich hätte was mit einem anderen.«

»Hatte er recht?«, fragte Nura.

»*Haba,* Bruder, also bitte«, protestierte Lalo. »Das ist eine sehr persönliche Frage, *gaskiya.*«

Eniola senkte den Kopf. »Nein, absolut nicht. Mir hat ein Mann Nachrichten aufs Handy geschickt. Aber da war nichts zwischen uns.«

»Es ist gut, dass Ihr Freund verhaftet wurde. Hoffentlich verrotten er und seine Freunde im Gefängnis.«

»Das wird nicht passieren.«

Lalo sah zu ihr hoch. »Wie meinen Sie das?«

»Sie wissen wirklich nicht, wer die sind? Oder deren Eltern? Sie haben die übel verletzt, aber die drei kommen wieder auf die Beine und die Polizei wird nichts weiter unternehmen. Pasha ist zur Behandlung bereits ins Ausland geflogen worden. Wenn er zurückkommt ...«

»Wenn er zurückkommt, dann was?«

»Ich weiß es nicht. Die lassen solche Dinge nicht auf sich beruhen.«

»Was werden sie tun?«, fragte Nura.

»Ich weiß es nicht«, die junge Frau schlug die Hände vors Gesicht. »Ich weiß es nicht. Sie haben schreckliche Dinge verbrochen, sind aber aufgrund ihrer Stellung immer ungestraft davongekommen.«

»Wer sind die drei denn?«

Sie seufzte. »Die Kinder einflussreicher Eltern.«

»Was für ein Name ist Pasha überhaupt?«

Lalo lehnte sich an das Kopfende und schloss wieder die Augen. Er war als Unbeteiligter in einen Beziehungsstreit hineingeraten – wäre dies sein Ende? Die ersten beiden Male hatte er die Frauen zumindest gekannt, beide hatte er geliebt, eine von ihnen bis zu seinem Tod. Durch das Dunkel seines Denkens trieb eine einsame Libelle und zog kleine weiße Lichtpünktchen hinter sich her. Mit ausgebreiteten, geäderten Flügeln ließ sie sich in der Leere seines Verstands nieder. Aus vier Flügeln wurden acht, aus einem Körper zwei und eine weitere Libelle kam zum Vorschein, machte sich los und flog davon.

Als er die Augen aufschlug, schloss Aziza gerade die Tür. Offenbar war sie überrascht, dass sich noch andere Menschen im Raum befanden. Lalo lächelte. Er konnte spüren, wie sich in seinem Herzen die Libellen teilten, gediehen und seine Gedankenwelt mit schwebenden Lichtern betupften.

Nura bot Aziza seinen Stuhl an und bestand darauf, selbst als sie ablehnte. Sie setzte sich und musterte Eniola, die am oberen Ende des Betts saß.

Nachdem Nura die beiden einander vorgestellt hatte, fragte Eniola: »Sind Sie seine Frau? Ich danke Ihnen vielmals.« Sie knickste vor Aziza. »Was passiert ist, tut mir so leid.«

»Ich bin nicht seine Frau.« Kälte durchzog Azizas Stimme. Im Zimmer wurde es still.

»Ich werde mich jetzt wohl verabschieden«, sagte Nura. »Aziza, vielen Dank für alles. Wir werden über diese Sache noch reden.«

»Machen wir.«

»Was heckt ihr beiden denn aus?«, sagte Lalo leise zu ihnen.

»Geht den Herrn nichts an«, lächelte Nura. Er ging und schloss die Tür, zurück blieb ein Schweigen, das sich langsam die Wände hochrankte.

Aziza musterte Eniola abermals. »Sie sind also diejenige?«

»Es tut mir leid. Ich wusste nicht, dass es so enden würde.«

»Natürlich nicht. Er ging das Risiko ein und stellte sich drei Männern entgegen, um Sie zu retten. Doch was haben Sie getan, als er verletzt war? Rannten davon und ließen ihn sterbend zurück. Welcher Mensch tut so etwas?«

Eniola stand auf. »Was hätte ich denn Ihrer Meinung nach tun sollen? Ich habe weder um die Prügel gebeten noch ihn um Hilfe angefleht, ganz bestimmt nicht.«

Lalo fiel die Kinnlade herunter.

»Aber ich bin ihm dankbar.« Eniola wandte sich an Lalo. »Sie sind der Grund, weshalb ich noch am Leben bin. Pasha hätte mich ganz bestimmt umgebracht. Das war seine Absicht. Hat er gesagt.« Sie wandte sich an Aziza. »Ich war in Panik. Haben Sie eine Ahnung, wie es sich anfühlt, von einer schrecklichen Macht festgehalten zu werden und zu wissen, dass nichts einen retten kann?«

Aziza senkte den Kopf, und die Art, wie sie Eniolas Blick mied, als sähe sie ihren eigenen Schmerz in der anderen Frau gespiegelt, verriet, dass ihr diese Angst nicht unbekannt war. Auch sie hatte einmal in diesem Schatten gelebt, und vielleicht hatte sich diese Dunkelheit in den verborgenen Kammern ihres Herzens festgesetzt und wartete nur darauf, sich wieder auszubreiten.

»Und wenn es dann doch jemand tut«, fuhr Eniola drängend fort, als hoffte sie auf Azizas Verständnis, »wenn jemand sein eigenes Leben in Gefahr bringt, um meines zu retten, und dabei womöglich umgebracht wird. Wie soll ich Ihrer Ansicht nach damit leben?«

»Ich bin nicht umgebracht worden«, sagte Lalo und murmelte leise »noch nicht« vor sich hin. »Gott sei's gedankt.«

Aziza nahm Eniolas Hand und drückte sie.

Lalo wusste, sobald er seine rechte Hand wieder benutzen konnte, sobald er wieder einen Pinsel halten konnte, würde er die beiden Frauen malen, wie sie unter dem weißen Licht saßen, das von der Zimmerdecke fiel. Wie sie sich an den Händen hielten und einander in die Augen sahen, Augen, die sich in einer Sprache unterhielten, die ihn ausschloss, zwei Frauen, deren geheime Geschichten eng verwandt waren. Tief in ihm entfachte sich ein Feuer der Wut, weil jemand Aziza gegen ihren Willen angerührt hatte. Angesichts der Schönheit der beiden Frauen, die vor ihm standen und einander an den Händen hielten, erfüllte ihn tiefe, verwirrende Ehrfurcht, und die Spannung, die zuvor den Raum vergiftet hatte, war ein luftiges Licht geworden, das verklärend über ihren Köpfen schwebte. Als sie sich voneinander lösten, ihre Hände auseinanderglitten und ihre Fingerspitzen sich kurz berührten, lag auf beiden Gesichtern die Andeutung eines Lächelns. Eniola griff nach ihrer Handtasche und richtete ihr Lächeln nun auf Lalo.

»Vielen Dank, Sir. Wir sehen uns wieder, nehme ich an.« Wie um Erlaubnis bittend, sah sie Aziza an. Nachdem Eniola die Tür hinter sich geschlossen hatte, hielt diese den Kopf noch immer abgewandt.

»Aziza, alles in Ordnung?« Lalo setzte sich im Bett auf.

Schweigend drehte sie ihm das Gesicht zu.

»Was ist dir zugestoßen?«

Sie setzte sich auf den Platz, auf dem gerade noch Eniola gesessen hatte, so nah, dass er jederzeit ihre Hand hätte ergreifen können. Was er, obwohl es ihn dazu drängte, nicht tat. Dafür tat sie es. Ihre Finger umfassten seinen Handrücken.

»Ich möchte jetzt nicht darüber reden«, sagte sie. »Es tut mir leid … wegen Kafanchan. Es tut mir so leid.« Beinahe hätte sie seine Hand zerdrückt.

Lalo atmete langsam aus. Er war überrascht, wie betroffen sie die Geschichten machten, die sie früher angezweifelt hatte, womöglich immer noch anzweifelte, Geschichten, von denen auch er wünschte, sie wären nur flüchtige Wolken, die ihm durch den Sinn trieben. Als er ihr in Erinnerung rufen wollte, dass es wahrscheinlich wieder passieren würde, klebten Azizas Gefühle ihm die Zunge am Gaumen fest.

»Ich bin erleichtert, dass du am Leben bist. Du wirst nie erfahren, wie erleichtert.«

Lalo schloss die Augen und legte seine Hand auf ihre. Zum ersten Mal gestand er sich seine Liebe für sie ein. Auch wenn es schwierig war, musste er sich damit abfinden, dass ihn seine Suche nach Liebe, nach Glück zumeist das Leben kosten würde. Dieses Mal, nun, da er wusste, was auf ihn zukommen würde, sollte es wenigstens ihretwegen, um Azizas willen, geschehen. Aber ein dahergelaufener Schurke namens Pasha war wegen einer jungen Frau hinter ihm her, in deren Augen, so reizend sie sein mochte, er nie nach Liebe suchen würde, denn er hatte sie bereits in Azizas gefunden.

Nachricht eines Todes

Seine Mutter starb an dem Tag, an dem er aus dem Krankenhaus entlassen wurde.

Aziza hatte ihm geholfen, seine Sachen in eine kleine Tasche zu packen. Zwei Hemden, die er während seines Krankenhausaufenthalts nie getragen hatte, eine lange Dschellaba, die er oft getragen hatte, und seine Lieblingsjeans. Das blutbefleckte Hemd mit den zwei Einstichen, das er anhatte, als er eingeliefert wurde, steckte in einer Einkaufstüte. Man könnte eine Art Kunstwerk daraus machen, war ihm durch den Sinn gegangen, es wie ein Tierfell auf ein Brett spannen und rahmen oder die Löcher und Blutflecken ummalen. Dieser Idee würde er sich später widmen, wenn die Erinnerung sich etwas abgeschliffen hatte und erträglich geworden war. Einmal war er aus dem Schlaf gerissen worden, als die Tür seines Krankenhauszimmers aufging, und er hatte schützend die Arme über den Kopf gelegt, doch es war nur Eniola gewesen, die hereinkam. Sie hatte ihn noch zweimal besucht, Getränke und Snacks mitgebracht, sich mit langem Gesicht auf Lalos Bettkante gesetzt und gelegentlich geseufzt.

»Machen Sie sich keine Sorgen. Noch sterbe ich nicht«, sagte Lalo dann. Da war langsam ein Lächeln auf ihrem Gesicht erschienen, wie Wasser, das sich seinen Weg zwischen Felsen sucht.

Pasha hatten sie nicht erwähnt. Falls dieser, wie Lalo befürchtete – und vermutlich Eniola ebenso –, sein Schicksal war, würde er bestimmt früher oder später mehr über ihn erfahren. Aber jetzt war nicht die richtige Zeit, um sich unablässig mit ihm zu beschäftigen. Jetzt war die Zeit der Genesung, Zeit, um sich von diesen Schlägen zu erholen, wie dies Pasha sicherlich ebenfalls tat, unter der Obhut ausländischer Ärzte in einem ausländischen Krankenhaus. Während Eniola dasaß und seufzte, schwebten zwischen ihnen Wolken ungesagter

Worte, eine davon trug Pashas Namen, sie trieb mit gespenstischer Gleichgültigkeit dahin, bevor sie sich auflöste. Nach einer Weile ging Eniola zur Tür, drehte sich um und kündigte ihren Besuch auch für den nächsten Tag an, woraufhin Lalo meinte, sie sei zu nichts verpflichtet.

»Weiß ich«, sagte sie lächelnd. »Aber ich möchte es.« Vor seinem inneren Auge sah er ihr Lächeln noch, als sie bereits die Tür hinter sich geschlossen hatte.

»Sie war da, stimmt's?«, hatte Aziza an diesem Tag gefragt, nachdem sie das Zimmer betreten hatte. »Ich kann sie riechen.«

Die Krankenschwester, die die Infusionsnadel aus Lalos Unterarm entfernte, sah unbehaglich drein. Sie legte die Schläuche und den leeren Infusionsbeutel auf das mitgebrachte Tablett, nickte Lalo und Aziza entschuldigend zu und huschte mit einem verlegenen Lächeln aus dem Zimmer.

»Sie ist vor zwei Stunden gegangen«, sagte Lalo, nachdem die Tür zugefallen war. »Du kannst sie unmöglich noch riechen. Das ist ein Krankenhaus. Und so riecht es auch, nach Desinfektions- und Reinigungsmitteln, nach garstigen Medikamenten und Kranken.«

Mit spöttischem Gesichtsausdruck steckte Aziza sein Besteck in die Tüte, in die sie bereits die Speisenwärmer gepackt hatte. »Jeden Tag, wenn ich herkomme, hängt ihr Geruch in der Luft. Was spricht sie denn so, wenn sie da ist? Worüber redet ihr?«

Er zuckte die Achseln. »Eigentlich über nichts. Vermutlich hat ihr das, was passiert ist, einen Riesenschrecken eingejagt. Und sie macht sich Sorgen, was passieren könnte, wenn ihr Freund zurückkommt. Offenbar hat sie solche Angst, dass sie ihn nicht einmal erwähnt.«

Die Feindseligkeit auf Azizas Gesicht taute und verschwand schließlich. Sie seufzte.

»Du möchtest sie hassen«, sagte Lalo. »Aber etwas hält dich davon ab, jedes Mal.«

Sie setzte sich neben sein Bett. »Ich habe dir nie von der Zeit erzählt, als mein Mann noch am Leben war.«

»Du hast ihn ein paarmal erwähnt«, sagte er.

»Habe ich dir erzählt, warum wir uns scheiden ließen?«

»Ich kann mich nicht erinnern, dass wir darüber gesprochen haben.«

Sie setzte sich auf das Bett. »Wir haben uns ziemlich schnell auseinandergelebt. Der Krieg nahm ihn mir und machte einen anderen Menschen aus ihm. Er wurde unnahbar. Er war nie wieder derselbe.«

Lalo sah auf seine Fingerknöchel, die allmählich verheilten. Die dicke, schwarze Kruste war abgefallen und die neue, hellere Haut darunter sah weich und verletzlich aus. Anders. War das der richtige Zeitpunkt, ihr zu sagen, dass er verstand? Er wusste, wie einen die Uniform veränderte, die Waffen und die Tatsache, dass man auf Menschen schoss und beschossen wurde.

»Einmal kam er nach Hause und gab mir eine Ohrfeige. Vor meiner Tochter. Ich wusste, jetzt ist es vorbei. Ja, ich liebte ihn immer noch, doch ich hatte mir geschworen, ich würde nie wieder zulassen, dass mich ein Mann … gegen meinen Willen anfasst.«

In das drückende Schweigen hinein tickte die Wanduhr.

»Das tut mir sehr leid«, sagte Lalo.

Aziza sah ihn an. Ihr Lächeln war trauerumflort.

»Ich hatte den Mut, zu gehen. Doch bis dahin war es ein langer Weg gewesen. Deshalb verstehe ich, wie schwierig es für sie ist, sich von diesem Ungeheuer zu lösen. Doch sie muss den Absprung schaffen, denn sie hören nie auf. Um auf deine Frage zurückzukommen, ja, ich würde sie gern hassen, weil sie dich auf der Straße deinem Schicksal überlassen hat, aber ich kann es nicht.«

Er nickte. Wieder ein kleines Schweigen.

»Was ist davor passiert, Aziza?«

Sie rang die Hände und stand auf. »Der Arzt wird gleich hier sein. Wenn du nicht noch ein paar fröhliche Tage im Krankenhaus verbringen möchtest, schlage ich vor, du machst dich fertig. Wollte dein Bruder dich nicht abholen?«

»Ja, aber er ist noch nicht aufgetaucht. Ich rufe ihn kurz an. Aber ich bin durchaus fähig, allein heimzugehen. So hilflos, wie du meinst, bin ich nicht.«

Sie zog den Reißverschluss der Tasche zu, öffnete ihn nochmals, drückte den Inhalt nach unten und schloss ihn wieder. Lalo betrachtete das Hennamuster, das ihre Fingerspitzen wie ein Pflaster umschloss. Einfach, aber elegant. Sie öffnete das Fenster und schloss es wieder.

Lalo räusperte sich. »Wann treffen wir denn nun diese mysteriöse Person, von der du gesprochen hast?«, fragte er. »Nach der Hochzeit, hast du gesagt. Wie lange dauert eigentlich so eine Hochzeit?«

»Bald, denn du bist mittlerweile kräftig genug.« Mit vor Aufregung glühendem Gesicht drehte sich Aziza zu ihm um. »Ich kann es kaum erwarten, dass ihr euch begegnet, *wallahi.*« Sie schlug die Hände zusammen und hüpfte auf und ab.

»Das hast du schon dutzendmal gesagt. Und du willst mir immer noch nichts über diese Person erzählen?«

»Eigentlich sollte sie heute kommen, aber die Hochzeit hat sie sehr ermüdet. Aber ich verspreche, ich bringe dich zu ihr. Später vielleicht oder morgen.«

Nachdem der Arzt ihn entlassen hatte, versuchte Lalo erneut, seinen Bruder zu erreichen, doch Nura nahm nicht ab. Aziza half ihm ins Taxi und saß neben ihm, während die Limousine ihn heimfuhr. Irgendwann auf der Fahrt vom Maitama General Hospital zum Adetokunbo Ademola Crescent war Lalo eingedöst, seine Träume brachten ihn schneller ans Ende der Woche als das Auto, so dass er seine Wohnanlage am Sonntagabend betrat. Aus der Wohnung seines Nachbarn Yemi kam Musik und aus der eines anderen Nachbarn drangen Zeichentrickfilmgeräusche. Er musste über eine Prozession roter Ameisen steigen, um zu seiner Tür zu gelangen. Als er den Schlüssel umdrehte und die Tür öffnete, saß seine Mutter da, Diallo hockte auf ihrer Schulter, sein roter Schwanz war hinter ihm aufgefächert. Kandes Füße verschmolzen mit dem weißen Teppich, die Textilfasern woben sich um ihre Fesseln, so dass sie eins mit dem Teppich wurde. Das unnatürliche Weiß des Garns passte zum Farbton ihrer Zähne, als sie lächelte.

An der Abzweigung zur Kolda Street wachte er auf.

Aziza lächelte ihn an, auch nachdem er ihr von seinem Traum erzählt hatte.

»Jetzt, da du außer Gefahr und aus dem Krankenhaus entlassen bist, solltest du ihr erzählen, was passiert ist.«

Er nickte.

Als das Auto im Hof hielt, stieg er aus und in seiner Hektik, ihr unbedingt beweisen zu wollen, dass er wieder voll einsatzfähig war, knallte er mit dem verbundenen Arm gegen den Türrahmen des Wagens.

Nachdem er das Wechselgeld genommen hatte, packte er mit der Linken einige Taschen und ging zu seiner Tür. Auf der Schwelle drehte er sich um und sagte einigermaßen feierlich: »Willkommen in meinem Zuhause.«

»Das ist ja lustig, wir wohnen gar nicht weit voneinander entfernt«, meinte Aziza.

»Echt?« Als er den Schlüssel umdrehte, gurrte eine Taube, die unsichtbar im Mangobaum des Innenhofs saß. Es war eine sehnsuchtsvolle Melodie, und Lalo drehte sich um und musterte die Blätter. Im Baum rührte sich nichts, nicht einmal die Nachmittagsbrise bewegte das Laub und die Taube blieb weiterhin verborgen, doch ihre sehnsuchtsvollen Töne hallten nach.

Erst Tage später wurde Lalo klar, dass genau in diesem Augenblick seine Mutter, die zuvor auf dem Gebetsteppich in ihrem Zimmer zusammengebrochen war, das Bewusstsein verloren hatte. Davor hatte sie sich den Mund mit Danwake vollgestopft; Ummita hatte die Bohnenknödel auf ihr ständiges Drängen hin gekocht. Rasch brachte man sie in ein Krankenhaus. Später würde sein Bruder ihm sagen, es sei ungefähr viertel drei gewesen, doch Lalo würde genau wissen, um welche Uhrzeit es geschehen war.

Doch noch freute er sich zu diesem Zeitpunkt, Diallo wiederzusehen, der mit auf die Schulter gelegtem Kopf dasaß. Der

Vogel sah zu ihm hoch und hüpfte flügelschlagend im Käfig herum. Erleichtert stellte Lalo fest, dass Nura genügend Vogelfutter hineingeschüttet hatte, aber der Käfig musste dringend geputzt werden. Kot bedeckte den Plastikboden.

Lalo stand in der Zimmermitte und bedankte sich bei Aziza für alles, was sie für ihn getan hatte. Lächelnd winkte sie ab und fing an, die Taschen und Tüten auszupacken. Als er ihr helfen wollte, klopfte sie ihm auf die Finger. Er dachte gerade über ein Mittagessen nach, da klingelte sein Handy.

Nura, voller Sorge, Lalo könnte die Nachricht von einem Familienmitglied erfahren, das unbedingt sofort kondolieren wollte, antwortete auf dessen »Hallo« mit düsterer Stimme.

»Yarima, es tut mir leid, wir müssen jetzt tapfer sein. Mutter ist von uns gegangen.«

Das Sonnenlicht zum Singen bringen

Lalo nahm eine Bürste und bearbeitete den gelben Plastikboden von Diallos Käfig. Er hielt ihn unter den Wasserhahn, seine Hand bewegte sich rasch, fand bald einen Rhythmus, während die Borsten über das Plastik schabten und den Vogelkot abtrugen. Schurr, schurr, schurr-di-schurr, machte die Bürste immer wieder, doch die Flecken, die der Kot hinterlassen hatte, blieben. Sie würden nicht mehr weggehen, denn er hatte das Plastik schon einmal geputzt. Genauer gesagt vor drei Stunden. Warum er erneut zur Bürste gegriffen hatte, wusste er selbst nicht. Sonntag war Käfigputztag. Aber seit er das Haus seines Bruders – das Haus seiner Mutter – verlassen hatte, wo er die letzten Tage gewesen war und Beileidsbekundungen entgegengenommen hatte, hatte er den Käfig bereits mehrmals gereinigt, dabei Diallo aufgestört, der sichtlich irritiert »*Nama!*« kreischte. Schließlich hörte er auf und hielt den Käfigboden unter den Hahn, Wasser floss über seine Hand und auf das Plastik. Lauwarmes Wasser. Tröstliches Wasser. Er ließ es laufen und seine Gedanken flossen mit, bis in die Erde, in der seine Mutter seit Tagen lag.

In Gedanken war er in ihrer Gruft, sah zu, wie seine Mutter in die grünen Kletterpflanzen überging, die sich die Mauern ihres Grabs emporrankten und mit der Erde verschmolzen. Er wollte sie nicht der Erde überlassen, daher schloss er die Augen, machte die Verwandlung im Geiste rückgängig, bis sie unversehrt in ihrem Leichentuch lag. Er stellte sich ihr Gesicht vor, nicht ihr totes Gesicht, sondern das Gesicht, das sie gehabt hatte, wenn sie unschuldig wie ein Kind schlief. Das Gesicht, das er immer noch nicht auf die Leinwand bannen konnte. Aber da war es, direkt vor ihm, und er wollte es bewahren. Als das Bild sich flirrend auflöste, schüttelte er den Kopf, der Rest von ihr sollte nicht auch so verschwinden.

Der Wasserfall an Trauer und Trauergästen hatte ihn überwältigt. Vorsichtig hatte er seinen rechten Arm ausgestreckt und ertragen, dass jeder seine Hand fest und ausdauernd schüttelte, hatte Dank für das Mitgefühl gemurmelt und nach den Gebeten Amen. Er hatte das Geplapper ertragen, denn ab dem zweiten Tag lösten sich die Zungen. Oft waren die Gespräche, die nichts mit seiner Mutter zu tun hatten – Banditen und Hirten, die Dörfer plünderten, eine Blut- und Todesspur hinterließen, die Tankerexplosion in Makurdi, die Tatenlosigkeit der Regierung –, mit deftigen Worten geführt worden. Am dritten Tag hatten sich daraus laute und heftige Diskussionen entwickelt, an denen Nura gelegentlich teilnahm, der seine Meinung mit einer leisen Stimme vorgebracht hatte, die teilweise wie bei einem Teenager brach – Trauer tränkte seine Worte. Sie hatten geredet, gegessen, gebetet, das göttliche Licht möge auf die Grabstätte fallen, sowie um Allahs Erbarmen und ein gutes Ende, wenn »unsere Zeit kommt«. Lalo hatte Amen gemurmelt, seine Verletzungen verborgen und jenen, die sie bemerkten, erklärt, er habe einen Unfall gehabt, und jenen, die durch Nura Bescheid wussten, gesagt, es gehe ihm gut. Währenddessen hatte er sich danach gesehnt, in der Stille seines Hauses in Ruhe zu trauern.

Am Ende der dreitägigen Trauerzeit war er nach den Gebeten nach Hause gegangen, heim zu der Erinnerung an die wenigen Besuche seiner Mutter; das erste Mal war sie anlässlich seines Einzugs mit einer Schüssel Brabisko »zum Feiern« gekommen. Sie hatte sich auf die Kante seines Betts gesetzt, denn damals gab es noch kein Sofa, und von der Zeit erzählt, als sie frisch mit seinem Vater verheiratet gewesen war und sie nichts gehabt hatten außer einer alten Matratze, über der sie das brandneue Laken ausbreiteten, das ein Geschenk ihrer Mutter gewesen war. Das andere Mal war sie zu Besuch gekommen, nachdem sie bereits ihren langen Schlaf begonnen und sich soeben von einer Episode erholt hatte. Unangekündigt hatte sie an seine Tür geklopft und war hereingekommen. Rastlos war sie in seiner Wohnung hin und her gegangen, hatte die Fernbedienung genommen und seine Jalousien geöffnet und geschlossen, das Sonnenlicht zum Singen gebracht. Sie wollte offenbar nichts anderes, als ihn sehen und mit seinen Jalousien herumspielen. In der Leere, die ihre Abwesenheit hinterließ, als hätte sie hier ihr gesamtes Leben gewohnt, betrachtete er seine Jalousien, die Fernbedienung, die sie in der Hand gehalten hatte, und ihm wurde das Herz schwer.

Beim Nachhausekommen stellte er fest, dass der Käfig seines hungrigen, kreischenden Papageis geputzt werden musste. Am ersten Tag hatte er ihn zweimal geputzt, am nächsten Tag dreimal. An diesem Tag reinigte er ihn zum zweiten Mal und musste sich eingestehen, dass die lärmenden Trauergäste ihn von seinem Kummer abgelenkt hatten. Jetzt konnte er nur mehr daran denken, dass seine Mutter von der Erde verschlungen wurde.

Er drehte den Hahn zu, wusste nicht, wie lange er das Wasser hatte laufen lassen, wie viel Wasser er verschwendet hatte. Er schüttelte den Käfigboden, lehnte ihn zum Trocknen an die Wand und leerte den Wasserbehälter des Käfigs.

»*Nama!*«, protestierte Diallo.

Lalo schleuderte die Bürste gegen die Wand und ging.

*

»Diallo ist sauer auf mich«, sagte er und betrachtete eine Stelle zwischen seinen Füßen.

Aziza zog die Augenbrauen hoch. Sie saß ihm gegenüber, zwischen ihnen stand ein Tisch. Eine ihrer Assistentinnen hatte sie informiert, ein Mann treibe sich vor dem Salon herum; als Aziza einen vorsichtigen Blick aus der Tür geworfen hatte, stellte sich heraus, dass es sich um Lalo handelte. Sie hatte ihn hereingeholt und ihm einen Stuhl angeboten.

»Dreimal habe ich heute seinen Käfig gereinigt«, sagte er. »Dreimal. Mehr bringe ich nicht zustande. Nur den dämlichen Käfig putzen. Weißt du, wie lästig das für Diallo ist? Aber ich kann nicht aufhören, ich kann einfach nicht aufhören.«

Sie ging um den Tisch herum, stellte sich hinter ihn, umschlang ihn und drückte ihren Körper gegen seinen Kopf. »Das tut mir leid«, sagte sie. »Es ist bestimmt sehr schwer.«

»Entschuldige, dass ich einfach so bei deinem Laden aufgetaucht bin. Ich war kurz vorm Durchdrehen und musste mit jemandem reden.«

»Ich bin froh, dass du gekommen bist«, sie streichelte seinen Kopf. Ihr gefiel, wie fest sich sein Körper anfühlte, ihr gefiel, wie sein Körper auf sie reagierte. Sie hätte ihn gern noch länger gehalten, doch dies war nicht der geeignete Ort. »Möchtest du etwas trinken? Tee? Kaffee? Limonade?«

Er lehnte ab und bekräftigte sein Nein, als sie nachhakte. Sein Blick wanderte durch das Büro, über die Poster mit Hennamustern an den Wänden, die riesige verzierte Vase in der Ecke mit den Kunstblumen, deren leuchtende Farben – rote, gelbe und violette Blüten, dazu safrangelbe, unkrautartige Stängel – sich vom Weiß der Wände und Jalousien abhoben.

»Ich bin froh, dass deine Trauer um deine Mutter echt ist. Es gibt nichts Schlimmeres als von Verbitterung vergiftete Trauer. Voller Reue, Versäumnisse und Ungesagtem. Du hast deine Mutter geliebt und sie hat dich geliebt. Deswegen sind deine Gefühle echt.«

»Von Verbitterung vergiftete Trauer?«, sagte Lalo. »Die kann nicht schlimmer sein als von Reue vergiftete Trauer.«

Sie löste sich, setzte sich vor ihn hin, ihre Augen fragend, seine trüb.

»Ich hätte diese Bilder verkaufen sollen«, sagte er. »Ich hätte diese verdammten Bilder verkaufen sollen. Zumindest hätten wir sie dann in ein Krankenhaus bringen können, wo sie ordentlich diagnostiziert worden wäre.«

»Tu dir das nicht an«, sagte sie. »Bitte hör auf. Es war nicht deine Schuld.«

»Aber ich hätte –«

»Du hättest nichts tun können. Sie hatte einen Herzstillstand und daran hättest du nichts ändern können. *Ka yi hakuri mana.* Sei bitte geduldig.«

»Mein Gott!« Er seufzte. »Seit gestern überlege ich, ob ich ein riesiges Feuer machen und diese Bilder reinwerfen soll. Sie alle verbrennen soll. Ich war ganz besessen von dieser … Sache, und wenn ich diese dämlichen Bilder verkauft –«

Sie nahm sein Gesicht in ihre Hände. »Sie sind nicht dämlich, begreif doch. Sie sind wahr, das weiß ich jetzt.«

Er schüttelte den Kopf, versuchte sich aus ihrer Umklammerung zu lösen, doch sie ließ nicht los.

»Hör mir zu«, sagte sie und sprach so deutlich zu ihm wie mit einem Kind. »Ich wollte es dir schon früher sagen, aber es sollte eine Überraschung sein, doch dann starb deine Mutter. Die Person, mit der ich dich zusammenbringen wollte, während du im Krankenhaus warst, könnte etwas über dein früheres Leben wissen. Sie ist mittlerweile wieder in Kano. Vielleicht kann sie Licht in die Sache bringen und uns helfen, die Leute zu finden, die dich in deinem früheren Leben umgebracht haben. Wolltest du das nicht immer?«

Abschied

Als er heimkam, saß das Kind, den Kopf auf die Knie gelegt, auf seiner Veranda. Als er das Mädchen sah, war sein erster Impuls, sie zu packen und nach seiner Mutter zu fragen. Doch dann sah sie hoch und ihre Blicke trafen sich. »*Sannu*«, sagte sie leise und versuchte sich an einem Lächeln.

»Warst du es?«

Sie schüttelte den Kopf.

»Wer von euch kleinen Strolchen hat sie dann eingesammelt?«

»Ihre Zeit war gekommen, Yarima Lalo. Es tut mir leid.«

Als er ausatmete, verflog ein Großteil seiner Wut, und es fühlte sie an, als würde er innerlich zusammenfallen. Er schlurfte zur Veranda und setzte sich neben das Kind. Schweigend beobachteten sie, wie sich der Umriss des bronzefarbenen Himmels veränderte, als die untergehende Sonne die Ränder der Wolken ansengte. Brennende Wolken.

»Manchmal erkennen wir erst durch das Leben anderer Menschen den Sinn unseres eigenen oder können die richtigen Fragen stellen, das Richtige tun.« Sie klemmte die Hände zwischen die Schenkel und zappelte mit den Beinen.

»Meine Mutter ist gestorben. Ich konnte mich nicht einmal von ihr verabschieden«, sagte er. »Kein Grund, so von oben herab mit mir zu reden, Kind.«

»Möchtest du das denn?«

»Was?«

»Dich von deiner Mutter verabschieden?«

Lalos Augen verengten sich.

»Dachte ich mir.« Lächelnd stand sie auf und streckte ihm die Hand entgegen. »Deswegen bin ich gekommen.«

*

Im Herzen des Life Camp Roundabout, eines riesigen Geländes, in das locker drei oder vier Fußballfelder passten, wuchs ein Wäldchen, das hauptsächlich aus Eukalyptusbäumen bestand. Um diesen Kreisverkehr herum wanden sich Shehu Yar'Adua Way, 12th Crescent, Abubakar Koko Avenue and die Ring Road wie ein Knäuel kopulierender Schlangen. Auf dem Gebiet in der Mitte, dessen Gras manchmal grün und manchmal staubfarben war, hatte Lalo Jungen Fußball und gelegentlich Inder oder Pakistaner – er war sich da nie ganz sicher – Kricket spielen sehen, während der Verkehr um sie herummäanderte. An diesem Abend jedoch hatte sich unter den Bäumen, die ungefähr ein Viertel des Geländes einnahmen, eine Gruppe Kinder versammelt. Lalo stand am Rand der Bäume und beobachtete, wie die Jungen und Mädchen aus den verschiedenen Stadtteilen herbeischlenderten, einer nach der anderen, bis sich siebzehn von ihnen zusammengefunden hatten.

Sie summten, wie er das vor kurzem abends beim Berger-Kreisverkehr erlebt hatte, und er fühlte, wie sich seine Seele beruhigte, wie Ärger und Angst sich auflösten.

»Das Summen beruhigt die Glühwürmchen«, wisperte das Kind hinter Lalo.

Beinahe hätte Lalo einen Satz gemacht, so sehr hatte ihn ihr plötzliches Auftauchen erschreckt. »*Ya Salam,* Kind!«, schnaubte er. »Erschreck mich doch nicht so.«

Sie tätschelte seinen Rücken.

»Wenn Menschen ihr Licht aufgeben«, erklärte sie, »haben die Seelen Angst, fürchten sich vor dem, was jenseits liegt, manche mehr als andere. Wir sammeln sie ein und beruhigen sie. Wir sagen ihnen, habt keine Angst, ihr Glühwürmchen, alles wird gut. Wenn sie ruhig und bereit sind, schicken wir sie los.«

»Wo schickt ihr sie hin?«

Sie sah zum sternenbetupften Himmel hoch und dann ihn an.

»Seelenflüsterer«, sagte Lalo und schaute in die Tiefen der Nacht.

Sie nickte. »Das ist wohl der Grund, weshalb wir flüstern«, lächelte sie. »Man will die, die sowieso schon ängstlich und verwirrt sind, nicht mit einer Stimme wie deiner erschrecken. Jede von uns kennt die Namen der Seelen, die sie in Obhut bekommt. Jede sammelt sie entsprechend einer Liste ein.«

Schweigend beobachteten sie das Geschehen.

»Wer hat meine Mutter?«

Sie zeigte auf die Gruppe im Wäldchen. »Diejenige, die deine Mutter hat, ist dort drüben, du wirst schon sehen. Komm, gleich werden sie losgeschickt.«

Sie führte Lalo zum Hain, wo alle Kinder mit gesenkten Köpfen zwischen den Bäumen standen und die Glasgefäße mit den funkelnden Lichtern in den Nachthimmel hoben. Eines der Kinder kam auf sie zu und Lalo bemerkte, dass die beiden sich zunickten. Das andere Kind sah ihn mit neugierigen Augen an.

»Streck die Hände aus«, sagte das Kind.

Das andere Kind griff in das Gefäß, hob behutsam ein kleines Glühen heraus und ließ es mit größter Behutsamkeit in Lalos Hand gleiten.

Von allem, was in der Welt existiert, ist die menschliche Seele das Faszinierendste. Das begriff Lalo in diesem Augenblick, und er war glücklich, sich in einer Welt zu verlieren, die in seiner Hand schimmerte. Er wölbte die Hände um das Licht und fiel auf die Knie, flüsterte in die Wölbung hinein, und Schluchzen schüttelte seinen Körper. Er spürte, wie das Sein seiner Mutter durch ihn hindurchfloss, und zum ersten Mal in seinem Leben verstand er, dass Seelenruhe und Herzeleid einander ähnlich waren, sie waren lediglich die entgegengesetzten Enden des Gefühlsspektrums, zwischen denen Wissen hin- und herging. Er spürte, dass seine Mutter ihm mitteilte, es gehe ihr gut und alles sei in Ordnung, spürte, dass sie ihm sagte, es werde auch ihm gut gehen. Sogar als er sie wissen ließ, er werde die Frauen finden, die er geliebt und die ihn wiedergeliebt hatten, und die Männer verfolgen, die ihn in seinen früheren Leben ermordet hatten, spürte er ganz intensiv, dass auch dies für sie in Ordnung war.

»Wenn du dann so weit bist, sind sie bereit«, sagte das Kind.

Die Kinder legten ihm die Hände auf die Schulter, das eine links, das andere rechts. Die ruhige Gleichmütigkeit, die ihn erfüllte, ließ die Versuchung, mit dem Licht zu flüchten, nur kurz in seinem Hinterkopf aufblitzen. Zitternd umschloss er das Licht mit seiner rechten Hand, hob es in die Nacht und öffnete langsam, ganz langsam die Finger.

Im friedlichen Nachtwind, umrahmt vom Summen der Kinder, ließen sie dort unter den Eukalyptusbäumen die kleinen gelben Lichter frei.

Fahrt zu einem uralten Mord

Das Vibrieren des Lenkrads in seinen Händen ließ Lalo an einen Ritt auf einem ungebärdigen Tier denken, das vor Wut und unbändiger Energie bebt. Der treue alte Peugeot, den er wochenlang nicht gefahren war, weil er sich hinterm Steuer nie so ganz vertraute, war röhrend angesprungen, sobald er den Motor gestartet hatte, und schnurrte bald brav vor sich hin. Er hatte ihn eine Zeitlang warmlaufen lassen, ehe er rückwärts aus dem Carport fuhr, der sich in einer Ecke der Wohnanlage befand. Da sein Atelier zu Fuß gut erreichbar war, hatte es sich angeboten, das Auto einfach dort stehenzulassen. Lalo hatte damit nie Reisen unternommen, weil er sich das nicht zugetraut hatte. Und doch hatte er sich jetzt überwunden, wich wiederholt Schlaglöchern aus, umklammerte das Lenkrad fester, als das Auto auf dem unebenen Asphalt leicht ins Schlingern geriet, als würde er auf einem zugefrorenen Fluss nach Kano gleiten.

Aziza saß immer noch zurückgelehnt auf dem Beifahrersitz, die Wange in die Hand, den Ellbogen auf den Fensterrahmen gestützt, wie seit Beginn der Reise vor anderthalb Stunden. Zum dritten Mal fragte er, ob alles in Ordnung sei. Wie die beiden vorigen Male bekam er nur ein Murmeln als Antwort.

Das Auto fraß problemlos die lange Strecke zwischen Bwari und Jere, die von regenfrischem Gebüsch gesäumt war. Gelegentlich wurde der Fluss ihrer Reise von Kontrollpunkten der Polizei unterbrochen, wo Jugendliche, Jungen und Mädchen, manchmal auch Frauen, Wasserflaschen und Erdnüsse, gerösteten Mais und gedünsteten Maniok am Autofenster anboten. Als sie wieder auf einen zufuhren, betrachtete Lalo im Rückspiegel die kleine Gestalt, die auf dem Rücksitz schlief. Mina waren in dem Moment die Augen zugefallen, als sie an den letzten Häusern Abujas vorbeifuhren. Sie war reizend, hatte die Augen ihrer Mutter und auch ihre Nase. Was er, um das Eis zu brechen, gegenüber Aziza erwähnte, doch sie hatte nur mit einem trockenen Lächeln und unverständlichem Gemurmel geantwortet.

Sie war am Morgen mit ihrer Tochter bei ihm aufgetaucht.

»Wir fahren mit. Beide«, hatte sie gesagt und ihr Gesichtsausdruck verbot Diskussionen oder Nachfragen. »Und wir sollten jetzt los.«

Hibbelig wartete sie, bis er das Auto innen sauber gemacht hatte. Als er durch das Tor fuhr, stieß sie einen Seufzer aus.

Im Davonlaufen – vor den Dämonen, Ängsten und dem Schmerz, der sie verfolgte – waren sie sich ähnlich gewesen. Es ähnelte seinem Morgenlauf, bei dem er vor seinen Träumen und Gedanken floh, mit dem Unterschied, dass er nun auf sie zulief. Lalo entging die Ironie nicht, dass er vor langer, langer Zeit mit einer Frau durchgebrannt, durch die Straßen einer Stadt geflüchtet war, an die er sich immer noch nicht erinnern konnte, begleitet vom Abfahrtstuten eines Zugs nach Lagos, gejagt von seinem Rivalen. Dieses Mal wusste Lalo nicht recht, vor wem oder was er davonrannte oder warum genau sie über diese endlose Straße fuhren, die sich wie ein Reißverschluss durch den Busch und die obere Landeshälfte bis nach Kano zog, um eine geheimnisvolle Frau zu treffen, über die Aziza ihm nichts Genaueres verraten wollte.

Als sie das Haus verließen, fiel Lalo ein, dass er keine Ahnung hatte, wie lange die Reise dauern würde, also sprang er noch einmal aus dem Wagen, schnappte den vor wenigen Stunden gereinigten Vogelkäfig und bat Mina, auf den Papagei aufzupassen. Sie hatte Diallo angelächelt und wollte ihn überreden, ihr aus der Hand zu fressen.

»Sie bedeutet mir alles«, sagte Aziza, die bemerkte, dass Lalo immer wieder einen raschen Blick in den Rückspiegel warf.

»Sie ist ein reizendes Kind.«

»Ich werde sie nie aufgeben. Ich werde nicht zulassen, dass ihr das Gleiche passiert wie mir.«

»Was ist dir passiert, Aziza?«

*

Azizas Schweigen war wie die Strecke vor ihnen, lang, gewunden und uneben. Desinteressiert beobachtete sie, wie das Auto die Straße vor ihnen schluckte. Als Bilyas Schwestern gekommen waren, war sie zu Hause gewesen, hatte neben Mina gelegen und zugesehen, wie zögernd Buchstaben aus Minas Bleistiftspitze auf eine Seite ihres Schulhefts krochen. Jeder einzelne hing zwischen einer Nagepause am Bleistift und ihren anspornenden Worten fest, bis aus den Buchstaben langsam Worte und aus Wörtern Sätze wurden, die auf ihrem Weg von links nach rechts von der Zeile weg nach oben drifteten wie ein Drachen im Wind.

Das Klopfen hatte Aziza überrascht, und noch mehr, dass ihre Schwägerinnen vor der Tür standen. Die beiden Frauen hatten gelächelt und gewartet, bis sie hereingebeten wurden. Sie seien wegen einer Hochzeit in der Stadt, hatten sie erklärt, während sie auf Azizas Sofa saßen, an ihrem Obstsaft nippten und *ihre* Tochter ansahen. Es sei die ideale Gelegenheit für einen Besuch, um Mina zu sehen, hatten sie erklärt. Naturgemäß drehte sich das Gespräch um den Geisteszustand ihrer Mutter, deren Wohlergehen, um ihr dringendes Bedürfnis, mit dem Nachkommen ihres Sohnes wiedervereint zu werden. Beiläufig hatte Maimuna vorgeschlagen, Mina könne mit ihnen heimreisen, um ein Wochenende mit ihrer Großmutter zu verbringen. Als wäre die Reise in ihr Dorf ein kleiner Spaziergang zum Park am Ende der Straße. Als wäre dies nicht der Anfang eines ausgeklügelten Plans, der später in Behauptungen gipfeln würde, dass es Mina dort gefalle und es ihrer Mutter bereits so viel besser gehe und Mina nur noch ein paar Tage bleiben solle. Aus Tagen würden ein paar Wochen werden, dann ein paar Monate, schließlich ein paar Jahre.

»Deshalb läufst du also davon«, sagte Lalo, nachdem sie ihm alles erzählt hatte, und fügte hinzu, womöglich sei sie ein wenig paranoid. Vielleicht hätten ihre Schwägerinnen genau das gemeint, was sie gesagt hätten, einen Wochenendbesuch bei ihrer kränkelnden Schwiegermutter.

»Was verschweigst du mir, Aziza?«

Sie lehnte sich im Sitz zurück. »Ich vertraue niemandem meine Tochter an. Nicht, solange ich lebe.«

»Auch sie sind Familie.«

»Ich wurde auch von der Familie aufgezogen, aber weißt du, was sie mir angetan haben? Was mein Onkel mir angetan hat?« Sie bemerkte, dass ihre laute Stimme Mina wecken könnte, also verstummte sie und atmete, ein und aus. Als sie weitersprach, war ihre Stimme bedrückt, aber leiser. »Ich war neun. Ich war völlig ahnungslos. Der Bruder meiner Mutter und ihr Cousin fassten mich an. Beide. Zuerst mein Onkel. Er war damals einundzwanzig. Drückte mich nach unten und…« Ihre Worte verklangen im Fahrtwind.

Lalo fuhr langsamer und lenkte den Wagen auf den Seitenstreifen. Es war kein guter Platz zum Anhalten. Das Buschland war dicht. Das Elefantengras war beinahe mannshoch und bewegte sich im Wind wie Schilf unter Wasser. Man konnte nicht wissen, was sich darin verbarg. Er würgte den Motor ab und holte tief Luft.

»Es tut mir so leid. Ich hatte keine Ahnung.«

»Ich wusste nicht, wie ich es ausdrücken sollte oder wem mich anvertrauen. Zwei Wochen später kam er wieder. Ich war allein im Haus, spülte in der Küche das Geschirr. Sagte, er wolle sich entschuldigen, bat mich um Verzeihung. Sagte, der Teufel habe ihn dazu getrieben. Dann wollte er mich umarmen. Ich sagte nein. Er zerrte mich in sein Zimmer und tat es wieder.« Sie verstummte. »Ich glaubte, in mir stecke etwas Böses, das ihn dazu brachte, mir das anzutun. Dass ich ein böses Mädchen war, das sich nicht anständig bedeckte und seinen Hidschab nicht trug, wenn es das Geschirr im Haus der Großmutter abspülte, das Haus, in dem ich mit meiner Familie lebte.«

Wieder sah sie lange aus dem Fenster.

»Ab da trug ich ständig einen Hidschab, selbst beim Schlafen. Zeltgroße Hidschabs, Tag und Nacht, und ich glaubte mich in ihnen in Sicherheit. Dann kam der Cousin meiner Mutter. Er war so alt wie mein Onkel. Mein Onkel musste ihm etwas gesagt haben. Vermutlich. Es gelang ihm, in mein Zimmer zu schlüpfen, ehe ich die Tür abschließen konnte, er hielt mir ein Messer an die Kehle und tat, was er tat. Als er fertig war, wollte er wissen, wie es mir gefallen habe. Sagte, wir seien Familie und müssten die Sache für uns behalten. Wenn ich es wieder wolle, müsse ich ihm nur zuzwinkern. Dieses Arschloch!«

Wieder verstummte sie, rang nach Atem. Sie mochte Lalo nicht in die Augen sehen, nahm aber seine Silhouette wahr, sein Zögern, als wollte er etwas Tiefschürfendes sagen, etwas, dessen Gewicht und Inhalt angemessen waren, und fände aber nicht die richtigen Worte. Er legte die Stirn auf das Lenkrad.

»Ich schloss meine Tür ab. Trug den Hidschab sogar auf der Toilette. Verbarg, dass ich eine Frau wurde, als wäre es eine Todsünde. Als ich fünfzehn wurde, erzählte ich meiner Großmutter, was vorgefallen war.« Sie biss sich so fest auf die Unterlippe, dass sie beinahe Blut schmecken konnte.

»Was hat sie unternommen?«, fragte er.

»Nichts. Saß nur da und hörte mir zu. Wie erstarrt, selbst ihre Atmung wurde flach, als wäre es ihr möglich zu verschwinden, wenn sie sich völlig still verhielt. Ich muss weinend eine Stunde dagesessen und darauf gewartet haben, dass sie etwas sagte. Sie sagte nichts. Hat immer noch nichts gesagt. Wird es auch nicht mehr, jetzt, da sie tot ist.«

»Und deine Mutter?«

»Die? Hmmm. Ich habe es ihr erst Wochen später erzählt, nachdem ich mich Oma anvertraut hatte. Auch sie schwieg lange. Dann sagte sie, ihr Bruder würde ihrer Tochter so etwas nie antun. Dass ich mich nicht vom Teufel benutzen lassen solle, um den Namen unserer Familie durch die stinkende Gosse zu ziehen. Ich schwor bei Allah, dass dies die Wahrheit sei. Sie nannte mich Teufelskind, sagte, ich müsse ihn verführt haben, dass ich es bestimmt gewollt hätte, da ich ihr erst sechs Jahre später davon erzählte.«

»Das hat deine Mutter genau so gesagt?«

»*Wallahi kuwa.* Ich würde nie Lügen über meine Mutter verbreiten.«

»Wow!«

»Tage später, als ich packte, um zum Schweigen meiner Großmutter zurückzukehren, das besser war als die Worte meiner eigenen Mutter, kam sie ins Zimmer und fragte mich, was sie meiner Meinung nach in dieser Sache tun solle. Ich sagte nichts. Dann schwadronierte sie des Langen und Breiten, ich hätte mir das wahrscheinlich nur eingebildet oder ein Dschinn habe die Gestalt ihres Bruders angenommen und sei zu mir gekommen, oder er habe vielleicht nur mit mir gespielt und ich hätte das Vorgefallene übertrieben, denn die kindliche Phantasie sei voller Heimtücke. Wir haben nie wieder darüber gesprochen. Vielleicht weil ihr Bruder zwei Jahre später bei einem Unfall starb. Es tat mir um ihn nicht leid, ich tröstete sie nicht. Und sie fragte nie, warum.«

*

Das Mädchen regte sich im Schlaf, der Sitzbezug der Rückbank raschelte. Gemeinsam betrachteten sie Mina; ihre Verletzlichkeit war für Lalo noch greifbarer, die wilde Entschlossenheit ihrer Mutter, sich nicht von ihr zu trennen, um vieles verständlicher. Mina setzte sich auf, rieb sich die Augen und starrte die zwei Erwachsenen an.

Lalo wollte nicht, dass sie die Müdigkeit und die Wut in seinen Augen sah, daher wandte er sich der leeren Straße zu und umklammerte das Lenkrad so fest, dass seine Fingerknöchel glänzten. Die Worte, die Aziza gesagt hatte, und jene, die ihr nicht über die Lippen gekommen waren, hockten schwer und unverdaulich zwischen ihnen und wollten nicht weichen. Lalo überlegte, ob er ihre Hand ergreifen und halten, das ritterliche Versprechen machen sollte, er werde sie beschützen, doch er schlug lediglich die Hände vor das Gesicht.

Dann startete er das Auto wieder, wiehernd und hustend sprang der Motor an, bis er wieder schnurrte. Lalo legte den ersten Gang ein und steuerte mit einem Schniefen auf die Straße, fuhr dem Geheimnis von Kano entgegen. Über ihnen hing das Schweigen wie Geier, die auf einen Tod warten.

4
Grün

Der Garten der Liebe ist immergrün
und trägt viele Früchte,
nicht nur Freud und Leid.

Rumi

Die Stimme, die damals schrie

Kano war warm und geschäftig, wie ein gigantisches Nest im Sand, das zehn Millionen Vögelchen beherbergte. Ein träger Strom gelber Autorikschas wand sich wie eine satte Schlange die Straßen hinauf und hinunter. Es war das gleiche Gelb wie das der Uniformjacken, die die Männer, die den Verkehr regelten, zu ihren schwarzen Hosen trugen. Einer der Männer winkte ihnen zu. Lalo winkte zurück, bemerkte jedoch, dass der Mann Mina zuwinkte, die ihr Gesicht gegen das Fenster drückte. Lalo fragte sich, was Mina, die den leisen, langsamen Rhythmus Abujas gewohnt war, von der quirligen, uralten Stadt mit ihren zehn Millionen Einwohnern hielt. Die Sonne brannte erbarmungslos, selbst kurz vorm Untergehen, und die Hitze war ähnlich wie in Abuja.

»Ein Polizist!« Mina winkte dem Uniformierten zu.

Aziza musste über das helle Lachen ihrer Tochter lachen. »Das ist keine Polizeiuniform, Mina.«

»Das sind *yan karota*«, informierte Lalo die beiden. Ehe er beschreiben konnte, welcher Aufgabe sie nachgingen, sauste einer von ihnen einer Autorikscha hinterher, dessen Fahrer die Uniformierten bemerkt hatte und ihnen auszuweichen versuchte. Lalo wusste nicht, was der Mann verbrochen hatte, aber so wie er mit den Beamten stritt, war es vermutlich ein seit langem schwelender Konflikt.

»Und wohin jetzt?«, fragte er.

»Wir suchen uns ein Hotel«, antwortete Aziza. »Es ist schon spät. Wir besuchen sie morgen früh, *ko?* Es tut uns allen gut, wenn wir ein wenig zur Ruhe kommen.«

*

Die geheimnisvolle Frau wohnte im Viertel Gyadi Gyadi, in dem die alten Häuser unter der Last der Geschichte und den

Erinnerungen an die Männer ächzten, die sie erbaut hatten, während die neuen Gebäude Zeugnis eines Ehrgeizes waren, der an manchen Stellen bereits überholt schien. Dort, wo die Häuser klein waren, waren sie klein, weil sie den Zeitläuften getrotzt hatten. Ererbt von den Vätern und deren Vätern, lebten darin nun die Kinder der Kinder der Männer und Frauen, die diese Häuser vor vielen Jahrzehnten erbaut hatten.

Das Gebäude mit Ziegelfassade, in dem die geheimnisvolle Frau lebte, gehörte nicht zu diesen Häusern. In den 1980ern erbaut, war es vom Fundament bis zu den Dachsparren geprägt vom gescheiterten Ehrgeiz dieses Jahrzehnts. Das Grundstück war von einem Zaun umgeben, das Tor unbewacht, im großzügigen Vorgarten standen Mango- und Orangenbäume Wache. Im Schatten der Bäume hatte man dicht an dicht drei Metallbänke platziert, deren Füße in der Erde verschwanden, die ziegelrote Farbe war teilweise abgeblättert. Lalo setzte sich auf eine davon und die Vögel in den Bäumen brachten ihm eifrig zwitschernd ein schrilles Ständchen, während er die Haustür beobachtete, hinter der Aziza und Mina verschwunden waren.

Ein Junge, nicht älter als zehn, brachte eine Matte und breitete sie zu Lalos Füßen aus. Dann kam er mit einer Schüssel Wasser und stellte sie in aller Ruhe in die Mitte des Musters auf die Matte. Ein Kind, das im Grunde seines Herzens ein Künstler war. Lalo lächelte. Eine solche Gastfreundlichkeit hatte er schon länger nicht mehr genossen. Eine Gastfreundschaft, bei der man den Gästen Wasser in einer Schale anbot und Matten ausbreitete, selbst wenn es Bänke zum Sitzen gab. Seine Gastgeberin musste zu dieser aussterbenden Gattung gehören, eine Fanatikerin der Tradition und des ihr innewohnenden Symbolismus, eine von denen, die sicher beleidigt wären, nähme er nicht zumindest einen Schluck. Kühl umspielte das Wasser seine Lippen, und er wäre nicht überrascht gewesen, wenn es in einem irdenen, halb im Boden vergrabenen Krug gekühlt worden wäre. Andererseits konnte es genauso gut aus dem Kühlschrank oder einem Wasserspender kommen, der im Wohnzimmer stand. Der Junge entfernte sich, kickte im Gehen eine heruntergefallene Orange aus dem Weg.

Aziza kam aus dem Haus, hielt eine Frau an der Hand, die wahrscheinlich Hilfe beim Gehen benötigte. Doch in ihren Schritten lag eine Selbstsicherheit, eine Eleganz, die er von einer Frau ihres Alters nicht erwartet hätte. Vorsichtig und langsam näherten sie sich, Mina hüpfte erst voraus, passte sich dann ihrem Tempo an. Lalo verbeugte sich zur Begrüßung, als die Frau sich auf eine der Bänke setzte. Sie lächelte und erwiderte: »*Sannu, saurayi,* hallo, junger Mann.«

Lalo hatte nicht das Gefühl, dass er im Moment diese Bezeichnung verdiente, er fühlte sich ganz und gar nicht wie ein junger Mann. Die Fahrt von Abuja am vergangenen Abend und die darauffolgende schlaflose Nacht hatten ihn ausgelaugt; das Lächeln der Frau war herzlich und irgendwie beruhigend, gar vertraut.

»Aziza hat mir erzählt«, sagte die alte Frau und sah Lalo an, »dass Sie versuchen, Licht in die Geschehnisse zu bringen?«

Lalos Brauen hoben sich. Aziza lächelte selbstgewiss, als müsste er diese Frau kennen, als sollte er sie wiedererkennen oder wissen, wovon sie sprach.

»Er hat ein extrem großes Interesse und eine ungewöhnliche Verbindung zu Ihrer Geschichte«, mischte sie sich ein. »Möglicherweise.«

Lalo verstand den Wink. »Aziza hat erzählt, dass es etwas in Ihrer Lebensgeschichte gibt, das mir helfen könnte, bestimmte Dinge zu verstehen, die mir zugestoßen sind«, sagte er ruhig.

Aziza atmete tief durch, errötete vor Erleichterung.

Die Frau setzte ihre Brille auf und betrachtete Lalo. »Ein gutaussehender Mann«, sie lächelte Aziza an. »Ist das der Trottel, über den wir uns unterhalten haben?«

»Ja, Hajiya.« Aziza lächelte.

»Trottel?« Fragend sah er Aziza an.

»Alle Männer sind Trottel«, sagte die alte Frau. »Ist nicht persönlich gemeint, *saurayi.* Ich bin schon seit langem auf dieser Welt. Ich habe alles gesehen.«

»Bestimmt, aber einen wie mich noch nicht«, lächelte Lalo.

Lachend wandte sich die alte Frau an Aziza. »Der gefällt mir. Nicht auf den Kopf gefallen.« An Lalo gerichtet, sagte sie: »Wieso geraten Sie wegen einer anderen Frau in Handgreiflichkeiten, die diese hier beinahe ihren Geliebten kosten?«

»Er ist nicht mein Geliebter, Kaka.«

»*Aikin banzan,* wem willst du denn was vormachen!«, schnaubte die Frau. »Aber gut, wenn du ihn nicht willst, nehme ich ihn. Glaub bloß nicht, dass ich nicht weiß, was zu tun ist. Früher war ich mal Tänzerin. Ich habe nicht vergessen, wie man sich bewegt. Meinem Tanz hat noch kein Mann widerstehen können. Von meinem damaligen Aussehen ganz zu schweigen.«

»Sie sind auch verführerisch, wenn Sie nicht tanzen«, scherzte Lalo.

Vom Gesicht der Frau war das Lachen weggewischt, an seine Stelle trat ein suchender Ausdruck, als jagte sie in ihrem Gedächtnis Erinnerungen hinterher. »Das hat er zu mir gesagt, als wir uns kennenlernten«, murmelte sie.

»Was hast du gesagt?«, wollte Aziza wissen.

Die alte Frau lächelte. »Spielt keine Rolle. Der Wind im Gedächtnis der Alten ist unbeständig. Mal bläst er hier, und im nächsten Augenblick pustet er schon das Laub von einem längst abgestorbenen Baum.«

»Mhmmm«, sagte Aziza.

»Hat Sie Ihnen erzählt, wie wir uns kennengelernt haben?«, fragte die alte Frau.

Lalo bejahte und sah eine vertrauliche Freundlichkeit in den Augen der Frau. Sie beugte sich zu ihm und erzählte, wie sie Aziza bei der Hochzeit ihrer Enkelin in Abuja getroffen habe und wie sie sich über die Dummheit der Männer unterhalten hätten, wie sehr sie Aziza liebgewonnen habe. Ihre Erzählung war lang, gelegentlich zusammenhanglos, doch Lalo genoss sie. Er hatte seine Freude an der Stimme der Frau, ihrem Lachen, das so jung war. Sie redete, bis Mina, die zwischen den Schenkeln ihrer Mutter stand, sich meldete, sie wolle gern zu dem Jungen gehen, der die Matte gebracht hatte und nun unter einem weiter entfernt stehenden Baum spielte. Skeptisch beäugte Aziza ihn, doch Lalo nickte ihr aufmunternd zu. Sie zwickte Mina in die Wange und gab ihr einen Klaps auf den Po. Das Mädchen lief los, Azizas Finger berührten grade noch ihren Kleidsaum.

Die alte Dame sah ihr hinterher und packte eine Geschichte aus ihrer Kindheit in Jos aus, als sie mit Freunden Tandan Baturai durchstreifte und sie kaputtes Spielzeug fanden, das die alten britischen Kolonialbeamten weggeworfen hatten.

»Es war ein spektakulärer Müllhaufen«, sagte sie und sah in die Ferne. »Spielsachen, wie wir sie noch nie gesehen hatten, nie wieder gesehen haben, seit die Weißen gegangen sind.«

»Sie sind in Jos aufgewachsen?«, fragte Lalo.

»Ja.« Wieder lächelte sie. Offenbar konnte sie nicht ohne ein Lächeln reden. »Ja. In Jos habe ich tanzen gelernt. In Jos habe ich mich verliebt.« Sie zwinkerte Aziza zu. »In vielerlei Hinsicht bedeutet mir diese Liebe immer noch sehr viel.«

Sie sah Lalo an, der sich wand und den Bart kratzte. »Schockiert es Sie, dass eine alte Frau einmal geliebt hat? Ich liebte und ich liebte heiß, *wallahi kuwa.* Ich war einmal eine junge Frau. Und eine schöne dazu.«

»O nein, darum geht es nicht«, protestierte Lalo.

»Natürlich nicht«, sagte sie. »Sie sind bloß ein Einfaltspinsel.« Wieder erklang ihr Lachen.

Aziza lachte ebenfalls, allerdings mehr über Lalos Gesichtsausdruck. Die ungezwungene Art, mit der ihn die alte Frau liebevoll schalt, als hätte sie ihn ihr ganzes Leben gekannt, verblüffte ihn ganz offensichtlich.

»Du hast von Jos erzählt«, lenkte Aziza das Gespräch auf das frühere Thema zurück.

»Oh, Jos. Schöne Stadt. Und kühl, nicht wie hier«, sie machte eine weit ausgreifende Armbewegung und schob die Unterlippe vor. Dann zwinkerte sie Lalo zu. »Dieses Wetter mit seiner grässlichen Hitze und den Moskitos, *'yan buhun uba!*«

Dieser Fluch machte Lalo sprachlos, er zog die Brauen hoch, musste dann aber doch lachen.

»Nicht, dass ihr mich falsch versteht, auch in Jos hatten wir Moskitos, aber es war wenigstens kühl, so dass man die Türen und Fenster schließen konnte. Aber wenn man hier die Türen schließt, bringt einen die Hitze um, und wenn man sie öffnet, erwischen einen die Moskitos, diese kleinen Scheißer.«

»Also … was ist in Jos passiert?«, hakte Aziza erneut nach.

»Jos …«, sagte die Frau mit verträumten Augen. »Wusstest du, dass mein Vater Alhaji Aminu Koch war? Er machte den besten Kartoffelkuchen der Welt, *wallahi kuwa.* Absolut köstlich. Damals nannten sie ihn *kuku,* haha. Verdammte Barbaren. Wenn man ihnen beizubringen versuchte, dass es Chefkoch heißt, waren sie der Meinung, man wollte was Besseres sein. Daher sagten sie weiterhin *kuku.* So kam es zum Streit mit Jamila. Am Tag, als der Sardauna nach Jos kam, waren wir Teil des Begrüßungskomitees. Ihr hättet uns sehen sollen, in unseren Uniformen, auf die das Gesicht des großen Mannes gedruckt war. Wir tanzten auf der Straße, als sein Konvoi langsam vorbeifuhr, und er winkte aus dem Fenster, lächelte die ganze Zeit. Dann waren wir mit dem Tanzen fertig und sollten bezahlt werden, aber hätte ich als erste Tänzerin etwa nicht mehr Geld bekommen sollen? Eh? Jamila gefiel das nicht, also riss sie ihr dreckiges Maul auf und nannte mich *'yar gidan kuku,* als wäre die Tochter eines Kochs eine Sklavin. Ihr hättet sehen sollen, wie ich sie zugerichtet habe, *wallahi.* Mit dieser Idiotin habe ich kurzen Prozess gemacht. Zerrte sie am Haar in den Dreck und färbte ihr die Zähne mit ihrem eigenen Blut. *Shegiyar yarinaya kawai.*« Die alte Frau schnaubte und lehnte sich mit einer wegwerfenden Geste auf der Bank zurück. »Danach hat mich die *karuwa* nie wieder schief angesehen. Ich hätte ihr ansonsten das Bein gebrochen, dann hätte sie zusehen können, wie sie je wieder hätte tanzen können. *Aikin banza kawai,* diese Nichtskönnerin.«

»*Yi hakuri,* Hajiya.« Lalo lachte. »Regen Sie sich nicht auf. Das ist sehr lange her.«

Sie schnaubte erneut. »Sehr lange, *gaskiya.* Kurz nachdem die Weißen gegangen waren. Die waren eine echte Lumpenbande, diese Weißen, zumindest der letzte, für den mein Vater arbeitete. Der war speziell. Ich hatte euch erzählt, dass mein Vater Koch war, oder?«

»Ja, natürlich.« Lalo lächelte.

»*Yauwa,* gut.« Wieder lehnte sie sich auf der Bank vor. Sie wollte etwas sagen, klappte aber den Mund wieder zu. Mit zusammengekniffenen Augen musterte sie Lalo. »Sind Sie sicher, dass wir uns nicht kennen?«

»Ja. Wir haben uns nie getroffen, ganz bestimmt. Es würde mir schwerfallen, eine bezaubernde Frau wie Sie zu vergessen, das versichere ich Ihnen.«

Lachend lehnte sie sich zurück. »Das ist aber ein Charmeur«, sagte sie zu Aziza. »Ich verstehe, warum du ihn magst.«

Aziza verzog das Gesicht.

Die alte Frau beugte sich erneut vor. »Was wollte ich sagen?«

»Dein Vater«, soufflierte Aziza.

»Ja, der beste Koch, den es je gab. Machte den besten Tuwon Shinkafa der Welt, *wallahi,* einen solchen Reispudding habt ihr noch nie gekostet. Ihr hättet euch die Finger abgeschleckt, zum Himmel hochgesehen und gesagt: *Kan ubannan!* Beim Kopf meines Vaters!«

Lalo brach in Gelächter aus. Er hatte noch nie eine Frau in ihrem Alter erlebt, die derart großzügig mit Schimpfwörtern um sich warf.

»*Wallahi kuwa.* Er fing als Junge mit dem Kochen an, als er in Lokoja in den Dienst eines Kolonialbeamten kam. Ein Schotte namens Scott, ohne Scheiß.« Sie lachte so heftig, dass ihr ganzer Körper bebte. »Ein Schotte, dessen Vater so wenig Phantasie hatte, dass er ihn Scott nannte. Ungefähr so, als würde ein Mann aus Kano seinen Sohn Kann nennen, haha.« Ihre Heiterkeit verbreitete sich wie ein Virus, steckte Lalo und Aziza an. Sie lachten so sehr, dass die in einiger Entfernung spielenden Kinder kurz aufsahen.

Als sie sich beruhigt hatten, warteten sie, bis sich die alte Frau fasste und weitererzählte.

»Mein Vater ist dem Mann mit dem unseligen Namen nach Jos gefolgt, mittlerweile war er mit meiner Mutter verheiratet, und ließ uns Jahre später nachkommen. Scott ging und ein neuer Weißer kam. Er war nett. Sein Schnauzbart sah wie ein offener Schirm aus, aber er war freundlich. Der letzte Weiße, ein Jungspund namens Christopher, der war das Arschloch. An dem Tag, als ich in die Küche kam und sah, wie er meinen Vater schlug, ihn mit seinem dämlichen Akzent ›Boy‹ nannte, an dem Tag bin ich ausgerastet. Fast noch wütender machte mich aber, dass mein Vater einfach nur dastand, zwar schützend die Hände hob, aber die Ohrfeigen nicht abwehrte, damit der Weiße nicht frustriert war. Mein Vater hätte Kleinholz aus ihm machen können, wenn er gewollt hätte. Ich hasste sie beide. Hasste sie zutiefst. Und hast du's nicht gesehen, grub ich meine Zähne in den Oberschenkel dieses Arschlochs und der brüllte: ›Verdammich! Verdammich! Du Hexentier!‹ Wenn mein Vater mich nicht rechtzeitig weggerissen hätte, hätte ich dem ein solides Stück Fleisch aus seinem mageren Bein gebissen, *wallahi kuwa.*«

Kopfschüttelnd stellte sich Lalo vor, wie sich das wütende kleine Mädchen in diesen Oberschenkel verbiss und der Mann, der in seiner Phantasie kurioserweise mit einem Tropenhelm ausgestattet war, auf einem Fuß herumhüpfte, eine Hand auf dem Helm, damit dieser im Getümmel nicht herunterfiel.

»Natürlich haben sie meinen Vater danach hochkant hinausgeworfen«, fuhr die alte Frau fort. »Mein Gott, was hat er mich deswegen gehasst. Der Mann sagte, ich sei eine verdammte Rebellin. Ich sagte, *oho dai,* egal! Auf keinen Fall lasse ich zu, dass so ein Idiot meinem Vater die Würde raubt, bloß weil der eine andere Hautfarbe hat. *Allah ya sawwake!*«

Aziza zog ihr Smartphone heraus und scrollte durch die Galerie. Als sie das Gesuchte gefunden hatte, setzte sie sich neben die alte Frau und hielt ihr das Handy hin. Das Lächeln auf dem Gesicht der alten Frau wich Furcht, dann Zuneigung. Sie fuhr mit dem Daumen über das Display.

»Babayo«, sagte sie. »Mit einem anderen Gesicht.« Langsam, mit der Eleganz einer Tänzerin stand sie von der Bank auf, entschuldigte sich und schlenderte zu den Bäumen, blieb vor einem Baumstamm stehen und lehnte sich mit der Stirn dagegen.

»Was hast du ihr gezeigt?«, fragte Lalo unerwartet scharf. Aziza hielt ihm das Display hin, auf dem ein Foto des Gemäldes zu sehen war, auf dem er im Zug zusammengeschlagen wurde. Seine Augen wurden größer und größer. Er sah zu der alten Frau hinüber, die ihnen den Rücken zugewandt hatte, und sein Herz machte einen schmerzhaften Sprung. Er fasste sich an den Kopf, rutschte von der Bank und fiel auf die Knie. Eilig stürzte Aziza auf ihn zu, schob die Hände unter seine Achseln und versuchte, ihm aufzuhelfen. Langsam rappelte Lalo sich hoch, setzte sich und stützte den Kopf in die Hände, Tränen stiegen ihm in die Augen und er sah alles nur noch verschwommen.

»Geht's dir gut, Onkel?« Mina hatte Spiel Spiel sein lassen und war herbeigerannt. Ihr Spielgefährte war zu seiner Urgroßmutter gelaufen.

»Alles in Ordnung, Mina. Geh wieder spielen«, sagte Aziza.

Als die alte Frau zurückkam, waren ihre Augen gerötet, doch sie rang sich ein Lächeln ab. »Wow! Wer immer das gemalt hat, wollte mir wirklich an die Nieren gehen. Ist ihm gelungen. Aber mein Babayo trug an dem Tag einen grünen Kaftan. Blassgrün wie die Farbe jungen Grases. Beeindruckend! Wer ist der Künstler?«

»Ich«, sagte Lalo.

Sie setzte sich. »Sehr talentiert. Wenn das Gesicht nicht wäre, würde ich sagen, das ist mein Babayo, ich schwöre bei Gott. Aber warum bloß wollten Sie Ihr Gesicht in ein solches Bild malen?«

»Ich bin –«, setzte Lalo an, doch Aziza unterbrach ihn.

»Erzähl uns von diesem Babayo. Was ist mit ihm passiert?«

»Ah! Wem habe ich vor kurzem, als ich verreist war, von ihm erzählt?« Sie sah in die Ferne.

Aziza wartete, dass sie sich erinnerte, auf sie deutete, doch die alte Frau hatte es offenbar tatsächlich vergessen und lehnte sich seufzend gegen die Rückenlehne der Bank und sah auf ihre Finger, die sich bewegten, als wollten sie die Worte zählen, die sie gleich aussprechen würde.

Eine Liebe wie diese

Ich liebe diesen Mann, weiß Gott. Eine verdammt verzwickte Liebe, *wallahi*. Eine Liebe, so tief, man könnte sämtliche Weltmeere aufeinanderstapeln und sie wären immer noch nicht tief genug, und man könnte sie nebeneinanderstellen und sie würden immer noch nicht den Umfang dieser Liebe erreichen. Ein halbes Jahrhundert später habe ich den Eindruck, dass ich lediglich an der Oberfläche dieser Liebe gekratzt habe, trotzdem hat mir diese Liebe ihr Muster aufgedrückt, sich mir eingebrannt und mein Leben geprägt. Wenn sie in hundert Jahren meine Knochen ausbuddeln, werden sie auf ihnen diese Liebe eingraviert finden. Ich schwöre bei Gott.

Mein Mann hat immer gewusst, dass ich ihn nie so lieben werde, wie ich Babayo liebte; der Stempel seiner Liebe auf meinem Herzen wird den Babayos nie auslöschen. So tut Gott Sein Wirken. Er sät dir ein Samenkorn ganz tief ins Herz und lässt es durch den Teufel beschneiden, noch ehe es blüht und Früchte trägt. Alles, was einem schließlich bleibt, ist ein Strunk, von dem nie etwas geerntet werden kann.

Ich war eine junge Frau, als dieses Samenkorn gesät wurde, und zwar auf völlig banale Weise, das kann ich euch flüstern. Damals war ich ein echter Wildfang. Jung und wild. Euch ist schon klar, dass ich nicht so geboren wurde, alt und verrunzelt. Aber das habe ich ja wohl schon erwähnt.

Zurück zu Babayo. Ein gutaussehender, schüchterner Mann. Als ich ihn kennenlernte, waren meine Eltern zum unvermeidlichen Schluss gekommen, ich sei unkontrollierbar und würde das wohl auch für den Rest meines Lebens bleiben. Ein hoffnungsloser Fall, sagte meine Mutter, und je schneller mich so ein Pechvogel heirate und zähme, umso besser für die gesamte Welt. Fand sie zumindest. Anders als meine Schwestern war ich nämlich eine Rebellin. Schließlich war ich die Tochter, die einem Weißen fast das Bein abgebissen und dem Scheißkerl zumindest eine klaffende Wunde beschert hatte, die ihn bis ans Grab begleiten und ihn jeden Tag daran erinnern würde, dass er Baban Indo geschlagen hatte. Natürlich hatte das meinen Vater seine Arbeitsstelle gekostet und ich hatte, weiß Gott, deswegen keine Gewissensbisse. Ich, Indo, der Freigeist. Ich war die Tochter, die professionelle Tänzerin wurde. Und eine verdammt gute obendrein, das schwöre ich euch. Gott, und wie ich tanzte! Ich tanzte für den Sardauna und für Sir Kashim Ibrahim. Tanzte für alle wichtigen Männer. Tanz, diese wundervolle Sache, mit der ich auf dem Rennplatz in Jos Schritt für Schritt Babayos Herz eroberte. An diesem Tag fand ein wichtiges Turnier statt, womöglich eine Meisterschaft. Viele Menschen. Viele Pferde. Enorm viele. An diesem Tag kam der Gouverneur Kashim Ibrahim nach Jos auf die Rennbahn. Ich sah diese enorme Menschenmenge und sagte: *Kai! Yau ake yinta!* Das ist der Tag der Tage! Ihr hättet mal sehen sollen, wie sie alle jubelten, alle klatschten, als wir bei der Eröffnung tanzten, die anderen Mädchen und ich, wie sie nach Zugaben verlangten! Während ich mit euch rede, kann ich immer noch den Applaus hören. Er dröhnt mir köstlich in den Ohren.

Nach dem Tanz trug mich das Schicksal buchstäblich auf Babayos Schoß. Wir sprangen nämlich so schnell wie möglich vom Podium runter, denn irgend so ein Zuhälter wollte uns einen Vertrag aufs Auge nageln, damit wir ein paar von den Honoratioren unterhielten. Aber ich wollte die Rennpferde sehen, mischte mich unter die Menge und erkämpfte mir gerade einen guten Platz, da trat ich jemandem auf den Fuß. Ich drehte mich entschuldigend um. Aus dem Stirnrunzeln des Mannes wurde ein Lächeln, als er mein Gesicht sah. Ich erinnere mich an seine Worte, als wäre es gestern gewesen, *wallahi.* Er sagte: »Sie haben getanzt und ich hätte schwören können, ich sah von Ihren Füßen Engelsstaub aufsteigen.«

Süße Worte, ganz recht, aber hoffentlich wollte er nicht, dass ich ihm was vortanzte, als Ausgleich dafür, dass ich ihm auf den Fuß getreten war. Dann hätte ich ihm ein *»dan iska«* um die Ohren gehauen, diesem verfluchten Scheißkerl, und wäre davonstolziert. Aber er sagte mit der süßesten Stimme: »Sie sind auch verführerisch, wenn Sie nicht tanzen.«

Er sagte das, als wäre dies das Selbstverständlichste der Welt. Als hätte er diesen Satz schon sein ganzes Leben lang zu mir gesagt. Da stand er, dieses schmale Bürschchen, *wallahi,* nein, nicht eigentlich schmal, sondern bloß jünger als der Typ Mann, den ich gewohnt war. Innerlich flüsterte ich mir zu: *Buhun uba!* Ich hatte ein Problem, denn niemand gefiel mir auf den ersten Blick so sehr wie er. Ein schöner Mann.

Ach, waren das Zeiten! Schöne Zeiten. Schöne Pferde. Ich habe schon lange keine Pferde mehr gesehen. In all meinen Jahren in Kano war ich nie beim Durbar-Pferdefest, ist das denn zu glauben? Ich kann diese Viecher, so herrlich sie sind, nicht ausstehen. Sie erinnern mich an Babayo. An die Rennbahn. An unser Kennenlernen.

Die Rennbahn. Ständig flüsterten wir uns etwas ins Ohr und lachten, während die Hufe über die Ziellinie donnerten. Nur einmal hörten wir auf, weil wir den legendären Dan Filinge laufen sehen wollten. Ein prachtvolles Pferd. Angeblich das schnellste Pferd, das es jemals gegeben hat. Wie es dahintrabte, die Arroganz, mit der es die anderen Pferde vorbeiziehen ließ, bloß um sie später im vollen Galopp zu überholen. Es war prachtvoll, dieses Pferd, und Babayo konnte nicht aufhören, darüber zu reden. Die Menschen jubelten derart euphorisch, dass sie unablässig hochhüpften. Aber ich sage euch, das einzig wichtige Hüpfen an diesem Tag war das meines Herzens, *wallahi.* Es hüpfte wie ein *tantani*-Gummiball. Hüpfte so wild, dass ich Angst hatte, jeder könnte es hören, trotz des Lärms, den die Pferde veranstalteten, und des Jubels. Also gingen wir, bevor der Renntag endete, noch vor Sir Kashim Ibrahim, schließlich hatten wir Dan Filinge laufen sehen und konnten glücklich sterben.

Wir entfernten uns von der Menge, gingen in den Wald aus Neem-, Guaven- und Atilibäumen hinter der Rennbahn. Er kletterte sogar einen Baum hoch und pflückte mir ein paar Guaven. Erzählte, dass sein Vater ihn als Kind zum ersten Mal zum Pferderennen mitgenommen habe und wie er diesen Ort seitdem liebe, und dass ich, in all den Jahren, die er herkomme, das Schönste sei, das er je gesehen habe, ich und Dan Filinge, haha. Nichts, was größere, ältere, wohlhabendere Männer nicht schon zu mir gesagt hätten. Er war nicht mal wohlhabend. *Kwandala* hatte er an diesem Tag nicht, nicht eine einzige Münze, aber er gab mir sein Herz. Und die Früchte, die er von den Bäumen pflückte. Er war bloß ein Lehrer, der arme Tropf.

Ich glaubte nicht, dass aus uns was werden würde. Aber ich konnte an nichts anderes denken. In der Nacht konnte ich nicht schlafen, weil ich ihn am nächsten Tag unbedingt sehen wollte. Am Morgen wachte ich mit einem Lied auf den Lippen auf, »Dan Filinge« von Narambada. Ihr könnt euch meinen Schock vorstellen, als ich aufsah und da stand er in einiger Entfernung in seinem weißen Kaftan und beobachtete mich. Ich sagte: »*Kutuma!* Was machst du in aller Früh hier?« In diesem Augenblick wusste ich, was immer das zwischen uns war, es würde uns völlig verschlingen. Es würde sich entzünden, ob es nun wie eine Kerze brannte oder wie ein Lagerfeuer.

Unsere Liebe war ein Nest aus Geflüster, das unter donnernden Pferdehufen entstand. Die Rennbahn wurde unser Zuhause, dort gingen wir hin, beobachteten die Pferde und sprachen über unsere unerfüllbaren Träume und Sehnsüchte. Manchmal, wenn keine Rennen stattfanden, setzten wir uns auf die Tribüne und unterhielten uns. Manchmal kam er, sah mir beim Tanztraining zu und brachte mich im Anschluss nach Hause. Er gab mir Halt. Kein einziges Mal hat er sich über meine wilde Art beschwert, zudem spornte mich unser Zusammensein an, ich wollte ein besserer Mensch sein, die beste Version meiner selbst, und fand heraus, dass ich für ihn gern ein guter Mensch war. Gott weiß, dass er mich liebte. Er wurde ein Teil von mir und ich ein Teil von ihm, in einem solchen Ausmaß, dass wir uns ausschließlich mit dem anderen identifizierten. Alle, selbst meine Geschwister, nannten mich *Indon Babayo* und er war *Babayo na Indo*.

Doch da war das kleine Problem namens Alhaji Basiru. Der verfluchte Scheißkerl. Er war älter, besaß Geld und die Billigung meiner Eltern. Sie sagten: »Dieses Mädchen ist eine echte *shegiya,* sie braucht einen richtigen Mann, der ihren rebellischen Geist zähmt.« Selbst wenn mein Geist ein Tier gewesen wäre, wäre Alhaji Basiru nicht der Mann gewesen, um ihn zu zähmen. Mein Geist ist der eines Adlers, und Alhaji Basiru war bloß eine popelige Eidechse. Wie soll eine Eidechse einen Adler zähmen, eh? Dieser Mann hat keine Ehre. Verfluchter Mörder. Dieser Scheißkerl wird direkt in die Hölle fahren, wenn Gott Gerechtigkeit walten lässt. *Astaghfirullah*, ich bin nicht Gott, ich weiß solche Dinge nicht mit Sicherheit, aber der, der wird ganz unten in der *jahannama* schmoren. Gott möge mir vergeben, aber wenn es sein muss, zerre ich ihn höchstpersönlich dorthin, *wallahi kuwa.*

Babayo war ein echter Vollbluthengst, aber meine Eltern fühlten sich in seiner Anwesenheit nie wohl. Sie wussten, dass ich noch nie einen Mann so geliebt hatte wie ihn, und vielleicht verstanden sie auch nicht, dass die Kraft der Liebe über die Vernunft triumphiert. Einfache, pragmatische Menschen. Doch sie begriffen, dass mein Geist genauso rebellieren würde wie sonst. Daher verboten sie mir, Babayo zu sehen. Natürlich funktionierte das nicht, also setzten sie einfach einen Hochzeitstermin für mich und diese Eidechse fest. Ich schwöre bei Gott. Ach, diese beiden. Wenn sie das Geld für die Hochzeitsvorbereitung gehabt hätten, hätten sie das Datum noch früher angesetzt. Die Eidechse stand parat. Hatte sein Geld mit Zinnminen gemacht und war ganz begierig darauf, eine frische, unbedarfte junge Frau zu heiraten, damit die alle möglichen Tänze in seinem Bett aufführte. *Shege*. Der sollte es nur wagen, *dan kwal ubanshi!*

Wir hatten also ein Problem. Der Mann meines Lebens und ich, wir liebten uns. Meine Eltern verfolgten ihre miesen Pläne. Alhaji Basiru wütete, dass ein anderer um seine Verlobte warb. Sie machten einen enormen Wirbel. Drangsalierten Babayos Eltern, die armen Leutchen. Drangsalierten sie derart, dass sie Babayo verboten, mich zu sehen. Aber wie hält man einen Vollbluthengst davon ab, zu galoppieren, und einen Adler davon, in die Lüfte zu steigen? Sagt mir das mal.

Wir konnten nicht voneinander lassen, daher griffen meine Eltern zu dramatischen Maßnahmen und schlossen mich in dem Zimmer ein, das ich mir mit meiner Schwester teilte.

Als Babayo meine Eltern um Erlaubnis bat, um mich zu werben, der Einfaltspinsel, da jagten sie ihn davon. Mein Vater holte seine Machete. Eine Machete, *fa!* Seitdem frage ich mich, was hat es bloß auf sich mit den Eltern von Mädchen und ihren Macheten. Bisher habe ich keine Antwort darauf.

Babayo hatte, im Unterschied zur Eidechse, kein Geld. Er hatte gerade seine erste Stelle als Lehrer angetreten, aber er war ein anständiger Mann, der nur ehrliche Absichten hatte. Und er liebte mich wirklich. Also kam er nachts zu unserem Haus, schlich in die dunkle Gasse und bibberte vor meinem Fenster in der grässlichen Kälte von Jos. Die ganze Mühe, und er konnte nicht mal mein Gesicht sehen, weil so ein schrecklicher Holzladen zwischen uns war. Aber er stand da im Dunkeln, ließ sich von den Moskitos auffressen und flüsterte mir aufmunternde Dinge zu. Gott weiß, wie sehr mir in diesen Tagen und Wochen sein Anblick fehlte. Er fehlte mir so sehr, am liebsten wäre ich diesem verfluchten Fenster mit einer Axt zu Leibe gerückt. Da begann ich ihm leise den Floh ins Ohr zu setzen, wir sollten durchbrennen. Er war viel zu sehr Gentleman, als dass er mir das vorgeschlagen hätte, zudem glaubte er immer noch, er könne meine Eltern zur Heirat überreden. Seine Eltern fanden mich zu wild für ihn. Und ich war Tänzerin. Sie hatten große Hoffnungen in ihn gesetzt, so wie ich, aber sie hielten eine Tänzerin für keine gute Wahl. In ihren Augen war eine Tänzerin das Gleiche wie eine Dirne, nur die Berufsbezeichnung war eine andere.

Ich überredete ihn, mit mir durchzubrennen, ich bestand sogar darauf. Hätte ich das nicht getan, hätte er nicht sein Leben lassen müssen. Vielleicht wäre nicht passiert, was passierte. Aber er liebte mich so sehr und wollte, dass ich glücklich war. Also schmiedeten wir Pläne.

Ich kann mich erinnern, dass es damals in unserem Land interessant wurde. Ojukwu und Gowon schlugen die Kriegstrommel. Überall wurde von Krieg geredet und von der Teilung des Landes – als wäre es ein Keks, um den sich Kinder zanken. Überall gab es Aufstände. Im Norden wurden Igbo umgebracht, und Menschen aus dem Norden, die im Gebiet der Igbo lebten, flohen. Der schiere Wahnsinn, sage ich euch. Der schiere Wahnsinn. Aber wir waren jung und verliebt und scherten uns nicht darum, dass das Land vor die Hyänen ging. Wenn wir diesen Vorgängen auch nur einen Gedanken geschenkt hätten, hätten wir wahrscheinlich nicht ans Durchbrennen gedacht, vor allem nicht nach Lagos. Aber wir wollten weg und uns lieben. Ich hielt das für unendlich viel besser als diesen Hass, der sich damals ausbreitete.

Die Nacht, in der wir flohen, war kalt. Ich erinnere mich noch an die Befriedigung, die ich empfand, als Babayo die Barrikade durchbrach, mit der mein Vater die Fenster versehen hatte. Wie ängstlich und aufgeregt ich war, als er mir durchs Fenster half.

Meine Schwester hatte versprochen, bis zum nächsten Morgen den Mund zu halten, damit wir möglichst viel Vorsprung hatten. Doch das brachte die *shegiya,* Allah sei ihrer Seele gnädig, nicht fertig. Und vielleicht wären wir entkommen, wären da nicht so viele Menschen am Bahnhof gewesen, die in den Zug einsteigen und nach Süden fahren, vor dem drohenden Krieg fliehen wollten, wären schon lange weg gewesen, als meine Eltern und diese schmierige Eidechse in den Bahnhof gerannt kamen, gerade als der Zug losfuhr. Ich konnte sie durch das Fenster sehen, sie sprinteten, als wäre ihnen der Teufel auf den Fersen, ihre Kaftane blähten sich im kalten Morgenwind. Wären die Umstände andere gewesen, ich hätte gelacht, ich schwöre. *Wallahi kuwa.*

Wir hielten den Atem an, als könnten sie den Zug einholen und zurück in den Bahnhof zerren. Irgendwann verließ der Zug Jos, tuckerte durch die Berge hinab. Babayo nahm meine Hand und drückte sie. Da kam uns zu Bewusstsein, dass wir es wirklich geschafft hatten. Wir waren durchgebrannt. Wahrscheinlich dämmerte uns in diesem Moment, dass es kein Zurück mehr gab. Ich hielt Babayos Hand und ließ sie nicht mehr los. Obwohl mir himmelhochjauchzend zumute hätte sein sollen, regte sich in meinem Herzen eine düstere Vorahnung. Babayo wollte mich beruhigen, zum Lachen bringen, riss Witze. Neue und alte, über die ich schon einmal gelacht hatte. Nichts wirkte. Da sagte er, aufmerksam wie immer: »Indo, sollen wir zurückgehen? Sollen wir umkehren?« Er schlug vor, wenn ich mir beim nächsten Halt immer noch nicht sicher sei, könnten wir aussteigen und zurückfahren. Aber ich wusste, wenn wir das täten, würde mein Vater ihn sofort verhaften lassen. Das konnte ich keinesfalls zulassen. Ich hatte keine Ahnung, dass Alhaji Basiru, dieser schmierige Hundesohn, in ein Auto gesprungen war und in diesem Augenblick wie ein besessener Pavian zum nächsten Halt raste – dem Bahnhof Kafanchan.

*

»Indo.«

Die Art, wie er ihren Namen sagte, genau wie Babayo damals, ließ die alte Frau zu Lalo aufblicken. Er hatte den Kopf gesenkt. Wenn sie in seine Augen sehen, in ihn hineinsehen hätte können, hätte sie mitbekommen, dass die Erinnerungen wie Schilfhalme auf den fruchtbaren Ebenen seiner Gedankenwelt sprossen. Sie hätte gesehen, dass sich sein Herz, wenn sie sprach, prall mit jener Zuneigung füllte, die einst ein Mann, der schon lange tot war, für sie empfunden hatte. Und dass diese Zuneigung größer wurde, je länger sie sprach, mit jedem Heben und Senken ihrer Stimme.

Die alte Frau starrte ihn an, fragte sich, ob ihr die Erinnerung einen Streich spielte. Vielleicht hatte das Erzählen dieser Geschichte den Wind der Vergangenheit entfacht, der ihr nun die Stimme ihres früheren Geliebten zutrug. Sie öffnete den Mund, um weiterzureden, hatte nicht bemerkt, dass sich während ihrer Erzählung Schweigen ausgebreitet, sich Schwermut über ihre zweiköpfige Zuhörerschaft gesenkt hatte und Lalo sich die Augen reiben musste, doch offenbar hatte sie ihren Gedankenfaden verloren. Schließlich seufzte sie.

»Fünfzig Jahre«, sagte sie und wischte sich die Augen mit einer Ecke ihres Wickelrocks ab, »und jedes Mal, wenn ich davon rede, schmerzt es mich.«

Lalo bat Aziza, ihr das Foto des Pferdegemäldes zu zeigen, das sie in seinem Atelier gemacht hatte. Sie scrollte durch ihre Fotos. Als sie es fand, hielt er Indo das Handy hin. Mit leicht zitternder Hand nahm die alte Frau das Mobiltelefon und schob sich die Brille zur Nasenwurzel hoch. Stirnrunzelnd betrachtete sie das Display, hielt es sich näher an die Augen.

»Das ist ein schönes Gemälde«, sagte sie. »Das ist auch von Ihnen.«

Lalo nickte. Sie blickte erneut stirnrunzelnd auf das Display.

»Moment! Ich kenne dieses Pferd!«, rief sie mit beinahe kindlicher Begeisterung. »Das ist Dan Filinge, stimmt's?«

»Ich habe gehofft, dass Sie mir das sagen könnten«, meinte Lalo.

Sie sah ihn wieder an, diesmal prüfender. »Wie haben Sie das hinbekommen? Soweit bekannt, gibt es von diesem Pferd keine Fotos. Viele halten es deswegen für einen Mythos. Woher haben Sie gewusst, wie es aussah, mit sämtlichen Abzeichen?«

»Ich habe dieses Pferd ständig vor meinem inneren Auge gehabt, also habe ich es gemalt.«

»Wow«, sagte sie und betrachtete erneut das Gemälde. »Babayo liebte dieses Pferd. In unserer Anfangszeit haben wir oft und lange darüber geredet.«

»Kürzlich ist mir eingefallen, dass mich mein Vater oft zur Galoppbahn mitgenommen hat«, sagte Lalo. »Er setzte mich auf seine Schultern, von dort konnte ich die Rennen beobachten. Ich hatte keine Ahnung, warum mir das eingefallen oder ob es relevant ist. Jetzt weiß ich es. Danke, Indo.«

Die alte Frau grinste. Wenn Lalo sie anstarrte, war ihr das unangenehm; ebenso, wenn er ihren Namen sagte.

»Babayo wurde ebenfalls von seinem Vater zur Rennbahn mitgenommen. Ein netter Mann.«

»Möchtest du uns jetzt den Rest der Geschichte erzählen?«, fragte Aziza, sah dabei jedoch Lalo an.

»Ich möchte über den Rest nicht sprechen«, sagte die alte Frau. »Vielleicht ein andermal.«

»Jetzt erinnere ich mich.« Lalos Gesicht war ernst. »Jetzt erinnere ich mich an den Bahnhof, daran, wie der Zug hielt, was für ein Durcheinander herrschte. Viele Leute aus dem Süden wollten den Norden verlassen, kletterten auf den Zug oder klammerten sich an den Fenstern fest.« Lalo schmunzelte. »Du wolltest ein Ei. Ein gekochtes Ei und ich konnte meinen Platz nicht verlassen, weil sich sofort jemand anders hingesetzt hätte.«

Mit gerunzelter Stirn sah sie ihn streng an. »Nein. Nein, ich wollte kein Ei und auch sonst nichts.«

»Neben dir saß eine Frau. Sie war schwanger. Hat die ganze Zeit gegessen.«

»Hat eine richtige Sauerei veranstaltet, über den ganzen Sitz Erdnussschalen verstreut«, lachte die alte Frau.

»Und sie hat geredet. Ohne Unterlass.«

»O ja, stimmt.«

»Worüber, weiß ich nicht mehr genau. Irgendwas über ihren Mann.«

»O ja, genau. Sie hat ziemlich lange über ihn geredet. War ein rechtes Schlitzohr, ihr Mann.«

Lalo lachte. »Sie war diejenige, die ein Ei wollte, jetzt fällt es mir wieder ein.«

»Hat mich die ganze Zeit deswegen genervt …« Sie hörte auf zu lachen, das Stirnrunzeln kehrte wieder zurück. Sie musterte Lalo. »Moment, woher wissen Sie das?«

Lalo sah Aziza an, die sie beide anstarrte. An der Art, wie sie sich unterhielten – auch wenn sie es sich selbst noch nicht eingestanden oder im Fall der alten Frau nicht einmal begriffen hatten, was hier geschah –, schloss Aziza auf ihre Verbindung, die lebendig wie eine Kletterpflanze den Abstand zwischen ihnen überwand, die trennenden Jahre überbrückte und sie aneinanderschmiedete, auf eine Weise, die sie beunruhigte.

»Alhaji Basiru muss in Kafanchan in den Zug gestiegen sein«, fuhr Lalo fort, aus dessen Stimme das Lachen verschwunden war. »Er muss Waggon um Waggon durchsucht, in jedes Gesicht geblickt haben. Es war bestimmt nicht einfach, denn der Zug war bereits sehr voll. In den Gängen standen Fahrgäste, manche hatten ihr Gepäck auf dem Boden abgestellt, versperrten damit den Weg. Er muss aufgesprungen sein, als der Zug aus dem Bahnhof fuhr. Du hast ihn zuerst gesehen, denn ich redete gerade mit der Schwangeren, die das gekochte Ei wollte. Du hast etwas gesagt, oder vielleicht war es die Angst in deinen Augen, und da sah ich ihn. Du hast gesagt: Babayo, lauf weg. Schnell. Aber ich dachte nicht, dass er in dem überfüllten Zug etwas Unbedachtes tun würde. Schlimmstenfalls würde er eine Szene machen. Daher wartete ich darauf, dass er sich blamieren würde. Er sagte nichts. Kam nur immer näher, mit kalten, dunklen Augen. Ich hätte es wissen müssen. Als ich den Prügel bemerkte, raste dieser schon auf meinen Kopf zu.«

»Wer bist du?«, fragte Aziza wieder.

Lalo wischte sich die Tränen aus den Augen und sah sie an. »Ich erinnere mich, wie du geschrien hast. Ich erinnere mich, wie du mich geschüttelt, angefleht hast, ich soll aufstehen.«

»Das ist unmöglich.« Sie schüttelte den Kopf.

»Ich kann immer noch das Blut in meinem Mund schmecken«, sagte er.

»Nein.« Sie legte die Hände auf die Ohren und senkte den Kopf. »Das ist nicht möglich. Ich habe gesehen, wie Babayo starb. Ich war dabei, als er starb.«

»Wenn du traurig warst, habe ich dich oft Nana genannt.«

Ihr fiel vor Staunen die Kinnlade nach unten und einen Augenblick lang fürchtete Aziza, der alten Frau könnte das Herz aus der Brust springen. Langsam schloss sie den Mund.

»Nein, nein. Nenn mich nicht so. Du bist nicht er. Das ist ein böser Traum. Du bist nicht er.«

»Du hast recht. Ich bin nicht er«, erwiderte Lalo. »Aber ich war es.«

Die Vorhänge

»*Nama!*«, kreischte Diallo, obwohl ihn keiner provoziert hatte. Vom Lärm angelockt, kniete sich Mina vor seinen Käfig, schob eine Hand durch die Stäbe und versuchte, den Vogel zu streicheln. Hätte ihre Mutter, die in einer Ecke des Hotelzimmers telefonierte, das mitbekommen, hätte sich sofort ihr instinktives Misstrauen gemeldet und sie hätte ihre Tochter zurückgerufen. Lalo, der auf dem Bett ruhte, einen Fuß auf dem Boden, legte den Arm über die Augen.

Aziza beendete ihr Gespräch und sah auf Lalo hinunter, sie versuchte mit dem großen Zeh die Kante des Teppichs zu greifen, der in der Mitte des Zimmers lag. Nachdem ihr die alte Frau bei den Vorbereitungen zu Mairos Hochzeit ihre Geschichte erzählt hatte, hatte sie zwar vermutet, dass Indo die Frau war, mit der Lalo vor vielen Jahren im Zug gewesen war, doch ihr Skeptizismus, der tief wie ein Graben war, meldete sich beharrlich. Entweder war das alles ein unwahrscheinlicher Zufall oder ihr wurde ein ausgeklügelter Streich gespielt. Ein wenig hatte sie gehofft, sie könnte diesen Schwindel auffliegen lassen. Doch je länger Lalo sich mit Indo unterhalten hatte, desto offensichtlicher war geworden, dass da früher etwas zwischen ihnen gewesen war und dass das, was Lalo gesehen hatte, keine Halluzinationen gewesen waren. Die Chemie zwischen den beiden war unglaublich. Je mehr sie von diesem Sprühregen abbekommen hatte, desto mehr hatte sie sich als Eindringling bei diesem Treffen gefühlt, das sie selbst eingefädelt hatte.

»Wird sie sich wieder erholen?«, fragte Lalo und setzte sich auf.

Seufzend spielte Aziza an ihrem Handy herum. »Ja.« Sie setzte sich neben ihn. Die Matratze war hart. »Die ganze Sache hat sie natürlich völlig durcheinandergebracht, so wie dich wohl auch. Aber sie wird damit klarkommen.«

Lalo nickte.

»Wahrscheinlich fällt es ihr schwer zu glauben, was sie erlebt hat. Sogar ich als Außenstehende kann es nicht fassen. Ich kann mir nicht vorstellen, wie es euch beiden gehen muss.«

»Wie ein Schwebezustand, stimmt's?«, meinte Lalo.

»Ja! Ja! Ich muss ständig daran denken, wie irre das ist. Wie ist so etwas überhaupt möglich?«

»Ich habe übrigens halbherzig gehofft, dass ich mich täusche«, sagte er, »dass etwas passiert, was meine Visionen widerlegt. Genaugenommen alles widerlegt.«

»Warum?«

»Weil alles wahr ist, wenn auch nur ein Teil davon stimmt.«

»Ist das nicht unglaublich?«

»Verstehst du denn nicht?« Er verstummte und sah sie an. »Wenn die Vergangenheit real ist, dann ist auch die Zukunft real. Es wird wieder passieren, wie in den Visionen, die ich gehabt und gemalt habe.«

Mit der Klarsicht einer Hellseherin erblickte sie vor ihrem inneren Auge das Gemälde in seinem Atelier, sein erschöpftes, von Schwarz gerahmtes Gesicht in Erwartung des Schlags, der sein Leben auslöschen würde. Sie schüttelte den Kopf. Das Bild zerfiel, sein Staub wurde vom Wind des Optimismus verweht. Er hatte die Begegnung mit diesen verrückten Männern, ihre Messerstiche überlebt. Könnte es sein, dass er seinem Schicksal (Vorbestimmung, Fatum, Kismet – wie immer man es nennen wollte) entgangen war? Aziza hätte ihn gern davon überzeugt, wusste aber im Innersten, dass er alle ihre Versuche abschmettern, sich an seine Sichtweise klammern würde.

»Wie geht es der Wunde auf deinem Rücken?«, fragte sie stattdessen.

»Wie bitte?«

»Deiner Wunde? Wie fühlst du dich?«

»Besser.«

»Dreh dich um. Ich möchte sie mir gern anschauen«, sagte sie.

Er sah hoch, dann auf Mina, die neben Diallos Käfig kniete und dem Vogel vergeblich ein Stück Banane hinhielt. Diallo trippelte auf seiner Sitzstange hin und her, flatterte von links nach rechts, schien alles andere spannender zu finden.

»Ich möchte sie mir nur anschauen«, wiederholte Aziza, als er sich auf die Unterlippe biss und den Bart kratzte.

Während er sein Hemd aufknöpfte, bis er es über die Schulter hochschieben konnte, drehte sie sich um. Mittlerweile war die Rückenwunde so klein wie ein Pflaster geworden.

»Wir müssen den Verband wechseln«, sagte sie. »Setz dich auf den Stuhl. Ich werde die Wunde reinigen.«

Lalo ging zum Schrank, öffnete seine Reisetasche und holte seine Waschtasche heraus. Er stellte sie auf den Tisch und machte den Reißverschluss auf; man konnte Desinfektionsmittel, Watte, Blisterpackungen mit Antibiotika, Schmerzmittel und diverse Pflaster sehen. Er setzte sich auf den Tisch und präsentierte seinen Rücken.

Azizas Blick blieb an seinen muskulösen Schultern hängen, ehe er zu der verpflasterten Wunde wanderte. Mina fing an zu summen, ganz fixiert auf den Vogel, der an ihren Lockungen gänzlich uninteressiert war. Plötzlich kam Aziza ihre Tochter ganz klein und einsam vor und sie bekam Gewissensbisse, weil sie Mina so wenig Aufmerksamkeit geschenkt hatte, weil sie das Kind zuerst einem unbekannten Jungen und jetzt einem nicht zu becircenden Papagei überließ.

»Danach könnten wir alle zusammen Eis essen gehen«, sagte Lalo, als könnte er Gedanken lesen. »Bestimmt bekommt man hier irgendwo Eis.«

Lächelnd riss Aziza einen Streifen Watte ab. Sie goss Desinfektionsmittel darauf und zog das Pflaster von der Wunde, die beinahe verheilt aussah. Doch womöglich hatte das Messer einen Nerv getroffen, denn Lalo konnte den rechten Arm immer noch nicht über den Kopf heben. Sie reinigte die Wunde und war froh, dass Mina als Anstandsdame auf dieser Reise dabei war. Die Anwesenheit ihrer Tochter bremste ihr Verlangen, selbst ebenfalls Spuren auf ihm zu hinterlassen. Anspruch auf ihn zu erheben, nachdem sie die Liebe hervorgeholt hatte, die ihn einst ins Grab gebracht hatte. Sie war die Archäologin, die mit dem Pinsel Jahrzehnte von einem Fossil weggefegt und es lebend vorgefunden hatte. Seit sie diese Liebe ausgegraben und erlebt hatte, wie aufgewühlt Lalo und Indo waren, wie lebendig und animalisch diese Liebe schien, hatte sich eine schwere Decke über Aziza gelegt. Und irgendwo in dieser geschäftigen Stadt fragte sich eine alte Frau, wie ein Mann, den sie hatte sterben sehen, fünf Jahrzehnte später in einem unbekannten Körper, mit einem unbekannten Gesicht auftauchen konnte. Das erweckte in Aziza den Wunsch, ihren Anspruch auf Lalo in einer Weise geltend zu machen, wie die alte Frau es nie hatte tun können, denn auch sie sehnte sich nach einer Liebe wie dieser.

»Danke«, sagte Lalo.

»Wofür?«

»Dass du mich zu ihr gebracht hast.«

Kurz zögerte sie, die Watte schwebte Millimeter von seiner Haut entfernt in der Luft. Schließlich tupfte sie die Haut um die Verletzung herum trocken und klebte ein Pflaster darüber. Langsam, als hätte sie alle Zeit der Welt. Nur, damit sie nichts sagen musste.

»Ich kann dir gar nicht sagen, wie viel mir das bedeutet«, gestand Lalo.

Glücklicherweise klingelte ihr Handy. Beim hastigen Griff danach nahm sie versehentlich das Gespräch an und erst beim Blick auf das Display sah sie, dass es Yahya war, der bereits seine Salams von sich gab. Seufzend hielt sie sich das Mobiltelefon ans Ohr. Lalo stand auf und zog sich sein Hemd an.

»Ich sagte, kann ich dich zurückrufen? Es passt gera–«

»Es dauert nicht lang.« Aziza fühlte sich durch den verhaltenen Ärger und den diffusen Machtanspruch, die in Yahyas Stimme lagen, provoziert. »Meine Schwestern wollten Mina fürs Wochenende abholen, nachdem sie mit dir darüber gesprochen hatten, und mussten feststellen, dass du nicht zu Hause bist.«

»Tut mir leid, mir kam etwas Dringendes dazwischen.«

»Versuchst du etwa, unsere Tochter von uns fernzuhalten?

Geht es darum? Du weißt, dass ich Rücksicht auf dich nehme und das Kind deshalb bei dir leben darf. Sei nicht undankbar. Ich habe nur darum gebeten, dass sie das Wochenende hier verbringt, damit sie sich an das Leben hier gewöhnt, damit meine Mutter, ihre Großmutter, sie sehen kann, und du machst dich mit ihr aus dem Staub.«

Sein Tonfall, seine Worte, seine Anmaßung ließen sie das Handy fester umklammern.

»Alhaji, dieses Mädchen ist meine Tochter …«

»Sie trägt unseren Nachnamen.«

»Und sie ist von meinem Blut.«

»Sie ist die Tochter meines Bruders.«

»Sie ist *meine* Tochter. Ich habe sie zur Welt gebracht. Wieso sollte ich dir dankbar dafür sein, dass sie bei mir lebt?«

»Aziza. So sprichst du mit mir, Yahya? In diesem Tonfall?«

Sie biss sich auf die Unterlippe. »Mina ist meine Tochter. Ebenso mein Fleisch und Blut, wie sie das deines Bruders ist, aber er ist nicht da. Ich schon. Wenn die Schulferien anfangen, bringe ich sie auf einen Besuch bei ihrer Großmutter vorbei. Das verspreche ich dir, aber ich will verdammt sein, wenn ich ohne meine Tochter zurückfahre. Wohin ich gehe, dorthin geht auch meine Tochter.« Sie wünschte, sie könnte wie Indo lässig und ohne mit der Wimper zu zucken das eine oder andere Schimpfwort einfließen lassen. Stattdessen ballte sie die Faust.

Yahya schwieg eine Weile. »Hast du das gerade gesagt?«

Sie fand die Frage lächerlich. Als hätte er nicht genau gehört, was sie gerade gesagt hatte. Wenn sie nicht so wütend gewesen wäre, hätte sie wahrscheinlich gelacht. Sie atmete tief durch und räusperte sich. »Tut mir leid, wenn das für deine Ohren harsch klingt, aber Allah weiß, ich werde sie niemandem überlassen.«

Wieder Schweigen, dann: »Du hörst von mir.«

»*Allah ya kaimu.*« Sie legte das Handy weg und drehte sich zum Fenster. Die braunen Vorhänge mit dem goldenen Blumenmuster – ein kläglicher Versuch, Eleganz vorzutäuschen – waren zugezogen. Sie wandte sich an ihr zweiköpfiges Publikum. »Sollen wir jetzt Eis essen gehen? Ich schwöre, ich kann den Anblick dieser Vorhänge nicht mehr ertragen. Sie sind das Scheußlichste, was mir heute unter die Augen gekommen ist.«

»*Nama!*«, kreischte Diallo.

*

In der Grand Square Mall auf der Bompai Road wurden sie eisfündig. Orange und Vanille für Mina, Schokolade und Kokosnuss für Aziza. Lalo nahm Kokosnuss und wartete an der Theke auf ihre Eisbecher, während Aziza Mina zu einem Tisch führte. Lalo trug das Tablett zum Tisch, vorbei am Stand mit den Luftballons, an dem nur noch ein einsames Exemplar in der Luft stand. Minas Gesicht leuchtete auf, als er ihr den Becher hinstellte. Er verbeugte sich dramatisch, ehe er den zweiten Becher vor Aziza platzierte. Sie musste lächeln.

»Wünschen Madame sonst noch etwas?«

»Sei nicht albern, *oga.*« Ihr Lachen stieg in die Luft.

Er stellte sein Eis ab, drehte sich auf dem Absatz um und steuerte auf den letzten roten Ballon zu, gerade als ein anderer Mann, der Vater des Mädchens, das in einiger Entfernung an einem Tisch saß, danach griff. Lalo zog die Ballonschnur heraus und lächelte den Mann entschuldigend an. Der Mann lachte und drehte sich mit resigniertem Gesichtsausdruck zu seiner Tochter um. Kurz, ganz kurz nur, überlegte Lalo, ob er den Luftballon an den Mann weiterreichen sollte, aber er wollte ihn Mina so gern schenken. Stattdessen bot er an, das Eis des Mädchens zu bezahlen, und bestand darauf, als der Vater ablehnte.

An ihren Tisch zurückgekehrt, überreichte er den Luftballon Mina, die von ihrem Stuhl rutschte und freudig auf und ab hüpfte. »Danke, Onkel«, sagte sie mit einem schüchternen und zugleich dankbaren Lächeln.

»Alles für die Prinzessin.« Lalo lachte und rückte ihr den Stuhl zurecht. Dann sah er zu, wie Aziza abwesend ihr Handy zückte und die üblichen Fotos für Instagram machte. #Icecream #Kano #Strangeststoryever und dann #AzizasPalace.

Als das andere Mädchen herüberkam und sich bedankte, drückte Lalo ihr lächelnd einen Geldschein in die Hand. »Kauf dir einen anderen Luftballon«, sagte er. Nachdem sie davongesprungen war, tat er, als bemerkte er nicht, dass Aziza ihn anlächelte, sondern löffelte konzentriert sein Eis. Bis seine Gedanken abschweiften.

»Alles in Ordnung, Onkel?«, wollte Mina wissen.

Lalo sah auf und stellte fest, dass ihm das Eis vom Löffel zurück in den Becher rutschte. Aziza und Mina, neben denen der Ballon in der Luft stand, starrten ihn an.

»Ja. Mir geht's gut. Danke, Prinzessin.«

»Mummy hat gesagt, grübeln und essen passen nicht zusammen.«

»Deine Mutter ist eine kluge Frau, *gaskiya.*« Er lächelte Aziza an. »Sie ist eine gute Mutter und eine sehr, sehr schöne Frau. Du solltest stolz auf sie sein.« Ihm fiel seine eigene Mutter ein, ein Gedanke, der dunkle Schatten warf. Wenn er doch nur ihre Nummer wählen und hören könnte, wie sie fragte, ob die Arznei gewirkt habe, die man ihm heimlich in sein Getränk tat – was er absichtlich übersah. Er war froh, dass er ihr Licht hatte halten, ihr Glühwürmchen in seiner Hand hatte sehen dürfen. Wenn er doch nur dieses Licht hätte behalten können, damit sein Leuchten ihm den Weg wies.

»Onkel, du grübelst wieder.«

Lalo lächelte. »Weißt du, wie glücklich du dich schätzen kannst, dass deine Mutter hier ist und dir mit Rat und Tat zur Seite steht, deine beste Freundin ist und auf dich aufpasst?«

»Mummy hat mir gesagt, dass deine Mutter gestorben ist.« Mina verzog das Gesicht. »*Allah ya jikanta.*«

»Amen. Danke, Mina. Du musst auf deine Mutter aufpassen, damit sie viel länger lebt als meine.«

»Passt du denn nicht auch auf sie auf?«

Diese in Unschuld gehüllte Frage war entwaffnend. Lalo suchte in Minas Gesicht nach Schalk oder Spott, aber das Mädchen hatte seine Frage offenbar ernst gemeint. Er wandte sich an Aziza. Sie hatte in Erwartung der Antwort die Augenbrauen hochgezogen. Beinahe hätte er geantwortet, dass er das tue, doch ihm fiel ein, dass er womöglich nicht mehr lange da sein würde. Er richtete seine Augen, in denen Traurigkeit stand, auf seinen halbgeschmolzenen Eisbecher.

»Würde ich sehr gern«, sagte er. »Aber sie hat bereits dich, Und du machst das bestimmt bestens.«

»Aber sie mag dich.«

»Mina!«, rief Aziza schockiert.

»Ich hab gesehen, wie du ihn anguckst.«

Aziza schmunzelte und wandte den Blick ab. »Sei einfach still und iss dein Eis.«

Mina verdrehte die Augen und führte den Löffel zum Mund. Die Fahrstuhlmusik, die aus den kleinen, unter der Decke hängenden Lautsprechern drang, vermischte sich mit den Gesprächen in der Eisdiele. Schweigend aßen sie, bis Lalos Handy klingelte. Er entschuldigte sich und griff in seine Hosentasche. Es war Indo, mit der er Telefonnummern ausgetauscht hatte. Fragend sah er Aziza an. Sie bedeutete ihm, er solle den Anruf ruhig annehmen.

»Hey«, sagte Indo. Wenn er sie nicht gesehen hätte, nicht wüsste, wie alt sie war, hätte er sie anhand ihrer Telefonstimme auf Ende zwanzig geschätzt.

»Hey. Wie geht's dir?«

Leichtes Zögern am anderen Ende. »Ich kann nicht schlafen.«

»Es ist ja noch früh am Abend.« Er stand auf und entfernte sich vom Tisch, aber er war sich bewusst, dass Azizas Blick ihm folgte.

»Ich weiß. Aber ich hatte gehofft, ich würde einschlafen, aufwachen und feststellen, dass alles nur ein Traum war.«

»Ich weiß genau, wie du dich fühlst.« Er hatte sich in eine relativ ruhige Ecke begeben, stützte die Hände auf dem Geländer ab, das Handy zwischen Schulter und Ohr geklemmt.

»Alles ist so eigenartig, *wallahi.* So eigenartig. Es ist nicht zu fassen.«

»Kaum begreiflich. Ich frage mich die ganze Zeit, ob ich nicht träume.«

Eine Weile hörten sie einander beim Atmen zu, was Lalo seltsam beruhigend fand, als hätte er das schon sein ganzes Leben getan, als könnte er das sein ganzes restliches Leben lang tun.

»Ich habe nachgedacht«, sagte sie schließlich. »Über dich. Sehr lange.«

»Nicht so viel, wie ich über dich nachgedacht habe.«

»Ich möchte dich wiedersehen. Wollen wir uns morgen treffen? Nur wir zwei. Geht das?«

Lalo sah hinüber zu Aziza, die mit dem Löffel im mittlerweile geschmolzenen Eis vor ihr herumstocherte. »Ich möchte dich ebenfalls sehen. Unbedingt.«

»Du hast mir weiß Gott gefehlt.«

Wie seltsam die ganze Sache war. Diese Fremde, vierzig oder fünfzig Jahre älter als er, die ihn geliebt hatte – genauer gesagt, den Menschen, der er gewesen war –, ihr ganzes Leben lang, die verheiratet war mit einem alten Mann, flüsterte ihm Zärtlichkeiten zu. In diesem Augenblick wurde sein ganzes Herz mit der Farbe getüncht, die fast ihren Namen trug – ein Indigo voller Mysterien, wie ein Ozean in der Nacht. Ein Farbton, der in der Dämmerung das Feuer der auf- und untergehenden Sonne einfängt und verwandelt.

»Babayo? Bist du noch dran?«

Zum ersten Mal hatte sie ihn bei dem Namen genannt, den er einst getragen hatte, und er wusste nicht recht, was er davon halten sollte. Er war sich jedoch sicher, dass er ebenso Babayo gewesen war, wie er jetzt Yarima Lalo war, und dass die beiden verschieden und doch derselbe waren. Letztlich war er weder der eine noch der andere, sondern ein Amalgam aus Erfahrungen und Erinnerungen, aus ungelebter, unausgesprochener Liebe und nie verwirklichten Träumen.

»Wo sollen wir uns morgen treffen? Und wann?«

Gidan Makama

Da er sich in Kano nicht besonders gut auskannte, hielt Lalo kurzerhand eine dieser gelben Autorikschas an, die auf den Straßen der Stadt herumschwirrten. Das *keke* zischte los zum Museum in der Emir's Palace Road. Der Fahrer, ein junger Mann mit geglättetem Bart, der trotz der Hitze Kanos eine Wollmütze trug, schwadronierte von seinem morgendlichen Ehestreit, während Lalo aus der offenen Tür auf das Verkehrstreiben blickte. Offenbar war seiner Frau das Gel in seinem Haar und seinem Bart zuwider und sie hatte ihm erklärt, wenn es ihn so auf den Straßen Kanos erwische, würde er direkt in die Hölle fahren. Da begriff Lalo den Sinn der Mütze.

Er bezahlte den Mann am Eingang des Gidan-Makama-Museums und blickte ihm nach, wie er sein Fahrzeug wendete und an der Ecke mit der gelben Masse dahinflitzender Autorikschas verschmolz. Lalo drehte sich um und bewunderte die weißen Ornamente auf der lehmbraunen Fassade des Gebäudes, in dem im 15. Jahrhundert der König von Kano gelebt und Hof gehalten hatte, in dem seine Frauen und Kinder gespeist, in dessen Hallen seine Höflinge intrigiert und sich verschworen hatten. Welche Geheimnisse die Lehmziegelmauern wohl aufgesogen und über die Jahre, die Jahrhunderte bewahrt hatten?

Immer neugieriger, weshalb Indo ihn ausgerechnet hier treffen wollte, zahlte er Eintritt, trat durch das Tor und bewunderte die irdenen Exponate beim Eingang, kolossale Kessel, in denen ein Mann seiner Größe hätte begraben werden oder sich hätte verstecken können. Wer konnte mit Bestimmtheit den Zweck dieser Gefäße benennen, stammten sie doch aus einer Zeit, in der Kano heidnisch gewesen war, lange bevor arabische Händler Oud-Essenzen, feine Stoffe und einen neuen Glauben brachten. Man hatte die Kessel am Fuß der Stadtmauer vergraben gefunden. Leider, so erfuhr Lalo von seinem Museumsführer, einem großen, beeindruckenden, angejahrten Mann, der einen blassblauen Kaftan und Flipflops trug, versagten die magischen Kräfte, die diese Gefäße und ihr Inhalt womöglich gehabt hatten, kläglich. Als die Briten 1903 Kofar Kabuga stürmten und das berühmte Stadttor mit ihren Kanonen durchbrachen, von denen nun zwei, auf jeder Seite eine, am Eingang vom Gidan Makama standen – wie auf die Besucher gerichtete Mittelfinger –, ließen sie sich weder von den Mauern, den Kesseln noch der Armee von Kano aufhalten. Lalo ignorierte die Kanonen, deren Anblick ihn beleidigte, obwohl sein Museumsführer ihm erzählen wollte, wie man die Kanonen später geborgen hatte und sie sich von der Waffe eines Eroberers über Schrott in Gegenstände mit einer gewissen historischen Bedeutung gewandelt hatten.

Als der Mann ihn durch die *zaure*, die Eingangshalle, geleitete und ihm die Relikte der Architektur Kanos erklärte, von denen einige dazu beigetragen hatten, die Stadt zu dem zu machen, was sie geworden war, hörte er geduldiger zu. In den neun anderen Sälen, die alte Fotografien und Überreste enthielten, geheime Geschichten und verborgene Zeugnisse des Verrats, deren Zeuge diese Mauern vielleicht gewesen waren, verbrachte Lalo geraume Zeit.

Danach folgte der Saal Darul Islam, angefüllt mit Exponaten, die stolz Zeugnis vom islamischen Erbe der Stadt ablegten, sowie dem berühmten Schrein der Gottheit Tsumburbura aus vorislamischer Zeit, der in diesen halbdunklen Saal verbannt worden war und so im Museum das gleiche Schicksal erlitt wie in der Geschichte. Nachdem er an den Glaubensrichtungen Kanos von damals bis heute vorbeigegangen war, kam Lalo in einen Innenhof, der von steinernen Sitzbänken umgeben war, auf denen sich bei Aufführungen das Publikum niederließ. Die monotone Stimme seines Museumsführers schilderte ihm eine dieser Inszenierungen und Lalo konnte die lächelnden und schwitzenden Tänzerinnen beinahe sehen, wie sie unter freiem Himmel ihre Pirouetten drehten.

»Ich kam gelegentlich wegen der Koroso-Tänzerinnen her.«

Indo lehnte an dem Pfeiler, an dem er gerade vorbeigegangen war. Offenbar hatte sie auf die passende Gelegenheit für einen möglichst eindrucksvollen Auftritt gewartet. Wie sprudelndes Wasser stieg Freude in ihm auf, in seinem Denken, seinem Körper.

»Sie sind großartig. Oder waren es, ich weiß es nicht. Ich war schon länger nicht mehr hier.« Sie schlenderte zu ihm hinüber und Lalo hätte schwören können, dass sich beim Gehen ihre Schultern leicht wiegten. Er lächelte. Sie lächelte. Kurz schienen sie unsicher, wie ihre Begrüßung aussehen sollte, hielten die Hände unten und ihre Herzen zurück, statt einander in die Arme zu fallen. Der alte Museumsführer schien verwirrt.

»Wird sie uns auf der Tour durch die Säle begleiten?«, fragte er.

»Nein«, sagte sie. »Sie wird sich hinsetzen und sich mit diesem Mann unterhalten, wenn es Ihnen nichts ausmacht, Sir.«

»*Madalla*«, erwiderte der Mann. »Nicht im Mindesten. Dann verabschiede ich mich hiermit.«

Ihr Verhalten, fast das verliebter Teenager, die kaum an sich halten können und einander liebestrunken in die Augen sehen, musste den alten Museumsführer neugierig gemacht haben. Auch wenn er so tat, als würde er in der Galerie verschwinden, durch die sie gerade gekommen waren, wussten sie, dass er sich im Schatten herumdrückte und sie beobachtete.

»Warum hier?«, fragte Lalo.

Sie zuckte die Achseln und ihr Lachen war ein Zauber, der das Museum, seine Exponate und den leeren Tanzplatz zum Leben erweckte. Lalo freute sich, wie verschwenderisch sie lachte, und spürte lächelnd, wie sein Herz den Staub der Jahrzehnte und zweier Begräbnisse abschüttelte und lebendig wurde. Es hüpfte wie ein Vogel, der sich vom Baum fallen lässt und dann mit ausgebreiteten Flügeln in den Himmel steigt. Er fühlte sich aus einem einzigen Grund so lebendig wie noch nie: weil diese Frau lachte, atmete, existierte. Da wusste er mit Bestimmtheit, weshalb sie die Richtige für ihn war.

»Ich weiß nicht«, sagte sie schließlich. »Dieser Ort kam mir eben in den Sinn. Ich bin zu alt für einen dieser Orte, an denen ihr jungen Leute euch trefft.«

»Ich verstehe, alte Frau.«

Ihr Lachen endete diesmal mit einem Seufzer. »Manchmal erinnere ich mich an keinen einzigen Tanzschritt mehr. Ich habe nicht mehr getanzt, seit ich in den verfluchten Zug gestiegen bin.«

»Das kann nicht sein. Bei dir drehte sich alles ums Tanzen.«

»Nicht ausschließlich, Sir, malen Sie kein so einseitiges Bild von mir.«

»So habe ich es nicht gemeint.«

»Natürlich nicht. Dir sind die Worte einfach so aus dem Mund gepurzelt, hmmm?«

»Ich wollte damit nur sagen, wenn du getanzt hast, war dein ganzes Gesicht ein einziges Lächeln und du wirktest am glücklichsten.«

»Ich *war* am glücklichsten – bis ich einen gewissen jungen Mann kennenlernte.«

Lalo senkte den Kopf.

»Als ich ein paar Jahre später wieder in Kano war, kam ich hierher und sah den Tänzerinnen zu, wollte wieder lächeln lernen. Nach einer Weile lernte ich, meine Füße zur Musik zu bewegen, doch mein restlicher Körper verweigerte sich. Ich wusste, tanzen würde für mich nie wieder so sein wie früher. Aber manchmal kam ich hierher, um nicht zu vergessen, was es mir einmal bedeutet hat.«

»Es tut mir so leid, Indo –«

»Komm«, unterbrach sie ihn, »komm, ich zeige dir was.« Sie steuerte auf den nächsten Saal zu, sah lächelnd über die Schulter. Er folgte ihr in die *zaure,* in der traditionelle Musikinstrumente an der Wand hingen. Sie führte ihn herum, erzählte ihm, wie jazzig und verzaubernd die Algaita sei, wie feurig die Goge, wie beschwingt die Kora und wie unwiderstehlich verführerisch und lüstern die Kalangu, zu der sie sich während ihrer Tanzzeit besonders hingezogen gefühlt hatte. Sie redete hastig, als wollte sie sämtliche Gedanken und Worte auf die Artefakte verwenden, damit nichts übrig blieb für die Dinge, die ihr auf dem Herzen lagen. Doch das Museum war nicht besonders groß. Die Zahl der Exponate, alt und teilweise schlecht erhalten, war recht übersichtlich und bald ging ihr der Erzählstoff aus. Sie drehte sich zu ihm, bemerkte, wie er sie ansah, und blickte nervös zu Boden.

Lalo griff nach ihrer Hand und betrachtete den alten Silberring. »Wow. Du hast ihn all die Jahre behalten.«

Sie zog ihre Hand fort. »Was weißt du über ihn?«

»Alles. Ich habe ihn dir geschenkt. Auf der Tribüne der Pferderennbahn.«

Sie drehte am Ring und wandte sich abrupt um, lief aus der *zaure* ins Freie. Lalo folgte ihr; sie saß auf dem *dakali*, das Gesicht in den Händen vergraben. Er setzte sich neben sie.

»Es tut mir leid, Indo. Für mich ist es auch schwierig. Ich habe den Ring gerade eben erst gesehen und die Erinnerungen kamen hoch.«

»Du bist es also wirklich?«

Lalo zuckte die Achseln.

Sie schniefte. »Als ich geboren wurde, was logischerweise viele Jahre her ist, beharrte meine Mutter darauf, ich sei die Wiedergeburt meiner Großmutter. Sie zogen einen Wahrsager zu Rate, der ihre Überzeugung bestätigte. Also nannten sie mich Aisha, nach meiner Großmutter. Natürlich hielt ich das alles für ausgemachten Humbug«, sie lachte. »Sogar als sie meinte, ich sei so hitzköpfig wie meine Großmutter, sagte ich ihr, das sei absoluter Schwachsinn. Ihre Familie glaubte an dieses ganze Zeugs. Ich nicht. Aber jetzt sitzt du hier neben mir.«

»Ich weiß nicht, wie es passiert ist und was vor sich geht. Ich sah einen einfahrenden Zug und dann kamen allmählich die Erinnerungen hoch.«

»Erinnerst du dich überhaupt an mein Gesicht? Meinen Namen? Erinnerst du dich überhaupt an mich?«

»Nur an deinen Schrei, an dem Tag, an dem er mich umgebracht hat. Daran und an die Leere in mir ohne dich, tiefer als alle sieben Weltmeere zusammen.«

Sie lächelte. »Du warst schon immer ein Charmeur. An ein Scheißrennpferd hast du dich erinnern können, aber nicht an mein Gesicht.«

Er schüttelte den Kopf. »Ich konnte mich nur daran erinnern, wie stark unsere Liebe war. Ich wollte mich erinnern, aber es ging nicht. Ich konnte mich nicht einmal daran erinnern, wie ich selbst aussah.«

»Dein Glück. Du hast wie eine Kreuzung aus einem Pferd und einem Esel aus Sokoto ausgesehen.« Sie lachte wieder.

Auch Lalo lachte. »Das spricht aber nicht sehr für deinen Geschmack, wenn du dich in eine Mischung aus Pferd und Esel verliebt hast. Wie pervers muss man denn sein?«

»So pervers wie ich.« Ihr Lachen hing in der Luft und verklang langsam.

»Du hast nicht zufällig ein Bild von diesem Pferdeesel dabei?«

Sie starrte so lange in die Ferne, dass er vermutete, sie habe ihn nicht gehört. »Habe ich.«

Lalo seufzte.

»Hier drin«, sie tippte sich auf die Brust. »Hier drin, Babayo. Ich sehe es jeden Abend an, bevor ich einschlafe, und jeden Morgen, wenn ich aufwache. Es bist du, nur mit einem anderen Gesicht. Du bist gutaussehend, aber er war … mehr, wenn du verstehst.«

Lalo nickte. »Das überrascht mich nicht. Wahrscheinlich geht bei jedem Übergang etwas verloren.«

»Bei jedem? Bist du mehrmals zurückgekehrt?«

»Ich erinnere mich noch an eine weitere Rückkehr.«

»Wann?«

»Nach uns. Einige Jahre nach uns.«

Sie sah ihn mit offenem Mund an. »Und du hast nicht nach mir gesucht?«

»Ich habe mich an nichts erinnert. Erst jetzt erinnere ich mich. Aber Gott weiß, was ich darum gegeben hätte, mich damals zu erinnern.«

Sie nickte. »Mein Gott. Deine Leben sind wirklich sehr kurz. Wohin bist du zurückgekehrt?«

»Nach Kafanchan.«

»Echt? Was ist passiert?«

»Mein Bruder hat mir den Schädel mit einem Stein eingeschlagen.«

Sie zuckte zusammen.

»Er dachte, ich hätte was mit seiner Frau.«

»Aha! Du geiler Bock.« Sie lachte.

»Es war ein Irrtum! Ich schwöre bei Gott! Ich erinnere mich an alles, was in Kafanchan passiert ist. Aber an nichts aus meinem Leben in Jos, erst seit ich dich gesehen habe, fällt mir wieder manches ein. Eines aber weiß ich gewiss, dass ich in all meinen Leben, allen dreien, nur ein einziges Mal richtig gelebt habe, und das war mit dir an meiner Seite. So lebendig habe ich mich nie wieder gefühlt.«

»Oh, Babayo.« Sie drückte kurz seine Hand, ehe sie losließ. »Mein Gott! Wenn ich doch nur jünger wäre. Wenn ich doch nur unverheiratet wäre.« Sie strich ihm übers Gesicht. »Am meisten habe ich bereut, dass ich nie den Mut aufgebracht habe, dich zu küssen. Ich war der Ansicht, wir hätten alle Zeit der Welt. Aber jetzt ähneln meine Lippen einer alten Jeans. Und ich bin so alt, ich könnte deine Großmutter sein, und ich bin mit einem guten Mann verheiratet. Außerdem drückt sich dein alter Museumsführer noch irgendwo im Schatten herum und beobachtet uns.« Sie tätschelte seine Wange und wandte den Kopf ab.

Lalo atmete tief durch und sah zum dunklen Eingang der *zaure*. Doch da war nur der Schatten des Tages. »Ich danke dir«, sagte er schließlich.

»Wofür?«

»Für deine Liebe. Dafür, dass du mich in deinem Herzen lebendig gehalten hast. Wahrscheinlich hat mich das zurückgeholt, damit ich noch einmal deine Hand halten kann. Damit ich dir sagen kann, wie sehr ich dich liebe.«

Sie stupste ihn mit der Schulter an und betrachtete ihre Finger. Sie lauschten dem *azam*, der von der Moschee des Emirs herübergetragen wurde, langgezogen und melodiös. Als der Muezzin geendet hatte, sprachen sie leise ein Gebet und schwiegen.

»Was ist noch beim Übergang verloren gegangen?«, fragte sie.

»Wie bitte?«

»Du hast gesagt, dass bei jedem Übergang etwas verloren geht.«

»Na ja…«, fing Lalo schüchtern an und sah auf seinen Schritt hinab.

»O nein!«, rief sie.

Peinlich berührt protestierte Lalo. »Moment, ich habe nie gesagt, dass –«

»Vergiss nicht, ich kenne dich besser als du dich selbst. Rührt sich gar nichts mehr oder funktioniert er nur nicht richtig?«

Lalo runzelte die Stirn.

»Wahrscheinlich lässt sich das beheben. Weiß sie Bescheid?«

Lalo sah verwirrt drein.

»Aziza. Weiß sie Bescheid?«

Er schüttelte den Kopf.

»Sie mag dich. Sie wird dir guttun.«

»Indo…«

»Ich bin zu alt für dich, Babayo. Wenn ich zwanzig, dreißig Jahre jünger und bei besserer Gesundheit wäre, ich schwöre bei Gott, würde ich mein Verlangen nach dir stillen. Wir würden durchbrennen, einfach nur zum Spaß, selbst wenn niemand hinter uns her ist. Selbst wenn ich nur fünf Jahre mit dir hätte. Jetzt ist sogar meine Tochter Batulu viel zu alt für dich. Ich mag Aziza wirklich.«

»Bist du nicht eifersüchtig?«

»Doch. Aber ich bin klug genug, um zu begreifen, dass Zeit das Einzige ist, was wir nicht besiegen können. Sie erwischt jeden von uns. Und sie schlägt uns alle. Manchmal gewinnen wir kleine Kämpfe und diese sind es, die die Weisen besonders zu schätzen wissen. In diesem Fall haben mich Zeit und Schicksal geschlagen, Babayo. Das kann ich leichter hinnehmen, als von einer anderen Frau geschlagen zu werden. Zum Glück ist mir das nie passiert. Zu meiner Zeit wäre Aziza eine würdige Gegnerin gewesen, aber ich hätte sie geschlagen, wenn nötig mit unfairen Mitteln. Aber meine Zeit ist vorbei. Ihre Zeit ist jetzt.«

»*Gaskiya,* was bist du weise, Indo.«

»Schön, dass du das kapierst.«

Er lachte. »Du hast dich nicht verändert.«

»Du hast keine Ahnung.«

Er seufzte.

»Ehrlich, du hast meine Erlaubnis, falls du sie brauchst. Geh und lebe. Liebe die Frau, die dich liebt, und sei glücklich.«

Lalo nickte. Vielleicht hatte er genau das in all seinen Leben gewollt, vielleicht hatte ihn die festverwurzelte, unbewusste Ahnung gehemmt, dass es irgendwo einen Menschen gab, dem er verpflichtet war und ohne dessen Erlaubnis er nicht richtig leben und lieben konnte.

»Ich danke dir«, sagte er.

Sie sah zur Sonne hoch und lächelte. »Was wirst du tun, jetzt, da du das alles weißt?«

Erneut zuckte er die Achseln. »Ich bin von zu Hause aufgebrochen, weil ich auf der Suche nach den Männern bin, die mich umgebracht haben. Ich wusste nicht, dass ich dabei die Frau finden würde, die mich immer geliebt hat.«

Lächelnd drückte sie seine Hand.

»Manchmal ist das Leben schon seltsam«, sagte er. »Wenn man nach Hass sucht, findet man in seinem Herzen manchmal die Liebe. Und wenn man nach Liebe trachtet, so stellt man fest, dass in ihrem Schatten oft der Hass lauert.«

»Ganz so einfältig bist du ja doch nicht«, sagte sie mit einem Lächeln. »Oder es ist darauf zurückzuführen, dass du zweimal umgebracht worden bist.«

Sie sprachen ganz ungezwungen miteinander. Wie es jetzt weitergehe, fragte sie schließlich.

»Ich will die Leute finden, die mich umgebracht haben. Wenn sie noch am Leben sind.«

»Und dann?«

»Ich weiß es nicht. Wahrscheinlich will ich Antworten. Und was ich tue, wenn ich ihnen gegenüberstehe, entscheide ich spontan.«

Sie nickte und eine Weile saßen sie da und starrten vor sich hin. Lalo hob ein paar Steinchen auf und warf sie über den Innenhof, als wäre er ein Teich, von dessen Oberfläche die Kiesel abprallen könnten.

»Jahrelang habe ich davon geträumt, zuzusehen, wie das Licht in Alhaji Basirus Augen langsam erlischt«, sagte sie. »Ich habe es langsam erlöschen sehen und ihn wissen lassen, dass ich es bin und warum ich das tue. Aber auch hier hat mich die verdammte Zeit geschlagen. Wenn ich jünger wäre, würde ich dich begleiten und diesen Scheißkerlen die verdiente Strafe verpassen, ich schwöre bei Gott. Vor allem dieser Eidechse. Man hat mir zugetragen, dass der alte Mann immer noch in Jos lebt, in Gangare, wie schon sein ganzes Leben lang. Und dann gibt es in Kafanchan noch deinen verdammten Bruder, der sich nicht wie ein Bruder verhalten hat.« Sie starrte eine Zeitlang in die Ferne. »Alhaji Basiru hat mir das Liebste genommen. Wenn du ihn triffst, sag ihm, dass ich, Indon Babayo, ihn grüßen lasse. Merkst du dir das?«

Ihre Blicke trafen sich und sie sahen einander lange an, bis Lalo nickte.

»Ich hätte diese Drecksarbeit, weiß Gott, gern selbst erledigt, mit meinen eigenen Händen.«

»Ich weiß, Indo, ich weiß. Und das wirst du auch, denn ich trage dich in meinem Herzen.«

»Du verstehst nicht. Ich hatte ein langes Leben, aber es war vor allem erfüllt von Reue, Sehnsucht und Was-wäre-wenns. Mir bleibt nicht mehr viel Zeit. Wenn ich wüsste, dass der Gerechtigkeit Genüge getan ist, würde ich glücklich sterben.«

Lalo nickte. Der Gedanke an Gerechtigkeit war ihm durchaus vertraut. Schmerz mit Schmerz zu vergelten, diese Vorstellung hatte ihm gefallen, sie war sehr verführerisch. Doch nach dem Tod seiner Mutter und angesichts all der Ereignisse, die sich in seinem Leben überstürzt hatten, hatte er keine Zeit zum

Nachdenken gehabt, sondern darauf vertraut, dass die Umstände der möglichen Wiederbegegnungen entscheiden würden, wie er reagierte. Doch sie würde es wahrscheinlich nicht verstehen, wenn er ihr sagte, dass die Hand, die den Richterhammer schwang, selbst ohne Schuld sein sollte.

Sie holte aus ihrer Handtasche einen Umschlag, den sie ihm reichte. Er öffnete ihn und zog ein Schwarzweißfoto mit weißem Rand heraus. Indo war als junge Frau wunderschön gewesen, ihre Haut makellos. Sie trug eine Art Asoke und einen adrett gefalteten Gele. Sie stützte den rechten Ellbogen auf eine Requisite des Fotoateliers, über die ein Stoff drapiert war. Ihre Haltung, ihr Selbstvertrauen, ihr ernstes Gesicht wirkten königlich. In ihren Augen, die geradewegs in die Kamera schauten, versteckte sich hinter ihrer Gelassenheit ein Schatten – eine Schwermut, die auch ihr stolzer Blick nicht verbergen konnte. Er drückte das Foto an sein Herz, schloss die Augen und durchlebte noch einmal die Gefühle, die ihn vor all den Jahren übermannt hatten, als ihm eine Unbekannte auf den Fuß trat.

»Ich danke dir.«

»Wie ist es auf der anderen Seite?«, fragte sie.

Lalo schüttelte den Kopf. »Leider erinnere ich mich an nichts.« Er wollte ihr von den Kindern erzählen, beruhigend erklären, dass sie von ihnen in Obhut genommen werden würde, wenn die Zeit kam, aber etwas zügelte seine Zunge. Er stellte sie sich als Glühwürmchen vor. Und sich gleichfalls als leuchtendes Pünktchen in der Abenddämmerung. Sie beide Pirouetten durch die unendliche Nacht drehend. Zwei kleine Lichtlein, die vor der samtenen Nachtlandschaft als Glühwürmchen tanzten.

Sie nickte erneut. »Ich werde es wohl bald genug herausfinden.«

»Was ist los?«

»Ich bin alt, das ist los.« Sie lachte. »Wenn es dich das nächste Mal dorthin verschlägt, nur keine Hemmungen, such mich.«

»Du bist echt verrückt.«

Doch sie lachte nicht. Als er aufsah, hatte sie den Kopf gesenkt. »Ich meine es ernst. Mach dich auf die Suche nach mir.« Wieder drückte sie seine Hand, ließ sie dann los. »Du dummer Kerl. Warum bist du nicht aus dem Zug gerannt, als ich dich darum gebeten habe?«

5
Blau

Je tiefer das Blau wird,
desto tiefer ruft es den Menschen
in das Unendliche,
weckt in ihm die Sehnsucht nach
Reinem und schließlich Übersinnlichem.
Es ist die Farbe des Himmels.

Wassily Kandinsky

Der Weg nach Kafanchan

In der klaren Vormittagssonne flirrten Luftspiegelungen auf der Straße, die nach Tarau führte, doch sobald das Auto sich ihnen näherte, verschwanden sie. Trocken wehte der Wind Aziza ins Gesicht und die Sonne fühlte sich gleichzeitig warm und bedrohlich an. Bedrohlich, weil sie den unvernünftigen Drang verspürte, sich ihr über Gebühr auszusetzen; vermutlich deutete dieser Impuls darauf hin, dass sie krank wurde. Malaria vielleicht oder Schlimmeres – Eifersucht zum Beispiel. Neben ihr versuchte Lalo, sich auf die Straße zu konzentrieren, doch sie sah, wie sich die Linien der Anspannung auf seinem Gesicht ausbreiteten – herabgezogene Mundwinkel, gerunzelte Stirn, ständig biss er sich auf die Unterlippe und kratzte sich den Bart. Sie sah, wie er stur geradeaus sah, als könnte er hinter den Bäumen und der langen Asphaltstrecke bereits Kafanchan sehen. Das, wonach er auf der Suche war, wonach sie ihn ermutigt hatte zu suchen, nagte offenbar sehr an ihm.

Am Vortag war er stundenlang weg gewesen, währenddessen hatte Mina sich an sie gekuschelt und mit ihr auf dem winzigen Fernseher Filme geschaut. Azizas Rastlosigkeit hatte sich verstärkt, je mehr Zeit verstrich, ohne dass Lalo sich meldete. In ihrem Kopf spielte sich ein ganzer Film ab, denn sosehr sie Lalos und Indos Bedürfnis verstand, sich auszutauschen, so sehr bedrückte sie der Gedanke, dass die beiden, deren Liebe immer lebte, zusammen waren. Als sie die alte Frau bei der Hochzeit in Abuja kennengelernt hatte, war sie sich über das Ausmaß ihrer Gefühle für Lalo noch nicht im Klaren gewesen. Zu dem Zeitpunkt war er wohl kaum mehr als eine Ablenkung gewesen, ein hoffnungsloser Fall, der Betreuung nötig hatte. Jetzt wusste sie nicht mehr recht, was er eigentlich war. Ein Mann, der viele Tode gestorben war und dennoch lebte, der Grenzen überschritt und die Puzzleteile seiner früheren Leben in seinem Kaftan sammelte. Und was war sie? Diejenige, die seinen Kopf hielt, während er an den Stichwunden starb, die ihm der eifersüchtige Liebhaber einer anderen verpasst hatte?

Als er spätabends zurückgekehrt war, war er ein anderer gewesen. Deutlich sichtbar hatte er das Wasserzeichen einer anderen Frau getragen. Auf seinem grüblerischen Gesicht, in seinen gemächlichen Gesten, in der Art, wie er am Fenster gesessen und auf den Verkehr geblickt hatte, der sich durch die gelberleuchteten Straßen Kanos schlängelte und ihn von rechts mit roten Rücklichtern, von links mit orangefarbenen Scheinwerfern färbte. Als wäre er, der Künstler, selbst ein Kunstwerk, das dieser anderen Frau gehörte, ihr immer gehören würde, selbst wenn es sich andere in ihre Galerie hängen durften.

Mit dem Morgen kehrte auch beim gemeinsamen Frühstück im goldglänzenden Hotelrestaurant seine gute Laune zumindest teilweise zurück. Er witzelte über die »Hausa sprechenden« Moskitos und flüsterte Mina zu, was sie ihm nachts erzählt hatten, und die lachte und prustete Tee über den Tisch. Trotz Lalos Ausgelassenheit spürte Aziza den Schatten der Last, die auf ihm lag und seit den zwei Tagen in dieser Stadt noch gewachsen war.

»Ich habe mir überlegt«, sagte er und fütterte Diallo durch die Käfigtür mit Brotkrumen, »dass wir über Kaduna fahren könnten.«

»Nach Kafanchan über Kaduna? Wäre es nicht schneller, wenn wir über die Sabon Birni Road und überhaupt nicht nach Kaduna fahren?«

»Stimmt. Aber ich dachte, wir könnten in Kaduna vielleicht Halt machen und deine Mutter besuchen.«

Aziza runzelte die Stirn. Sie hatte sich mit ihrem Bruder Danyaro herumgeschlagen, der angerufen hatte, weil Yahya ihm erzählt hatte, sie habe sich mit ihrer Tochter »aus dem Staub gemacht«. Über diese schockierende Behauptung konnte sie nur lachen, auch weil der einst von ihr verehrte Schwager derart tief gesunken war und ihr eigener Bruder, statt sie zu unterstützen, durchblicken ließ, sie dürfe sich ja nicht in

Schwierigkeiten bringen. »Jedenfalls hast du Bilya nicht geheiratet, weil ein Kind unterwegs war«, hatte er gesagt. In diesem Augenblick hatte sie das Telefonat beendet und auf ihr Handy gestarrt. Hatte er das tatsächlich gesagt? Jeden weiteren seiner Anrufe ließ sie ins Leere klingeln.

Lalo hatte dazu nur geschwiegen und nun brachte sein Vorschlag Aziza noch mehr auf die Palme.

»Warum sollten wir das tun?«, knirschte sie mit zusammengebissenen Zähnen.

»Ihr beiden müsst euch aussprechen. Unbedingt«, sagte er.

Aziza sah zu, wie ihre Tochter Rührei mit Tomaten und Paprika auf ein Stück gebratenen Yam löffelte. »Da gibt es nichts zu reden. Wir fahren nicht über Kaduna.«

»Ich will Oma besuchen«, sagte Mina.

Aziza seufzte. »Schatz, wir besuchen sie ein anderes Mal. Aber heute nicht, *kin ji ko?*«

Als sie losgefahren waren, hing Mina am Rückfenster, neben ihr Diallo in seinem Käfig, und beobachtete, wie das Prince Hotel immer kleiner wurde. Kaum war das letzte Haus in Kano im Rückspiegel verschwunden, streckte Mina ihren winzigen Körper auf der Rückbank aus und schlief ein. Lalo schaltete daraufhin das Radio aus.

*

Schweigend fuhren sie an Marmara vorbei. Und dann, vielleicht lag etwas in der Luft über dem Dorf, über den blattlosen Baobabs, die hie und da standen, wurde Aziza wieder lebhaft. »Ich hätte bitte gern gerösteten Mais.« Zuerst war Lalo unsicher, ob sie tatsächlich etwas gesagt hatte, doch sie wiederholte ihre Worte.

»Mir ist gerade danach.«

»Vielleicht im nächsten Dorf oder irgendwo auf dem Weg. Ich halte die Augen offen.«

»Magst du gerösteten Mais?«

Wieder sah Lalo sie an. Sie wandte den Blick ab und lächelte.

»Ich mag ihn weich. Manche der Straßenverkäufer haben keine Ahnung, wie man Mais richtig röstet. Sie werfen ihn ins Feuer, als wollten sie ein Grillfest veranstalten. Mais und Fleisch sind grundverschieden. Es ist eine Todsünde, sie gleich zu behandeln.«

Aziza lachte. »Du hörst dich an, als wärst du ein Meister des Maisröstens.«

»Ich bin der beste«, behauptete Lalo selbstgefällig. »Ich röste Mais und Yams und alles, was geröstet werden kann. Ich war so gut, dass man mich Sarkin Babbaka nannte.«

»Grillkönig? Wer hat dich so genannt?«

Lalo öffnete den Mund, aber eine Zeitlang kam kein Wort heraus. Durch seinen Kopf blitzten Bilder eines nächtlichen Lagerfeuers, das die lachenden, darum herumsitzenden Männer in ihrer Tarnkleidung in ein kitschiges Glühen tauchte. Die Grasnager und wilden Kaninchen, die sie gefangen und aufgespießt hatten, brutzelten über dem Feuer, während Lalo schwungvoll mit Öl hantierte und Paprika darüberstreute, als wäre es Zauberstaub. Er konnte sich sogar an den Geruch erinnern – warm und köstlich.

»Ein paar betrunkene Soldaten«, antwortete er schließlich.

»Soldaten?«

»Ich war mal in der Armee«, sagte er.

Aziza machte große Augen. »O mein Gott! Echt?«

»Kein Witz.«

»Wie ist das möglich?«

»Ich war noch ganz jung, als ich eingetreten bin. Achtzehn und gerade mit der Schule fertig. Ich war der Meinung, so was macht man als Mann. Ich hatte ja keine Ahnung, worauf ich mich da einließ. Ein paar Jahre später bin ich ausgeschieden.«

»Warum?«

Er schwieg. Die Straße vor ihm war gerade, führte durch die Sahel wie ein Bleistiftstrich über Packpapier. Aus dem Augenwinkel sah er große, graue Baobabs vorbeisausen, einer, den der Blitzschlag dahingemeuchelt hatte, stach heraus. Er war in der Mitte gespalten und auseinandergebrochen, seine schwarzen Äste machten die Reisenden zu Zeugen des Verbrechens.

»Warum? Was ist passiert?«, hakte sie nach.

Er streichelte seinen Bart. »Ich wollte Künstler sein. Die Art Kunst, bei der man mit Gewehren malt, ist nichts für mich. Die Armee ist nichts für mich.«

Sie nickte. »Da hast du mich aber ordentlich an der Nase herumgeführt. Ich war der Ansicht, ich könnte einen Soldaten zehn Meilen gegen den Wind riechen. Vielleicht, weil mein verstorbener Mann einer war. Aber du mit deinem Bart und deinen Künstlerhänden …«

»Die da?« Skeptisch beäugte er seine Hand. »Das sind Bauernhände.«

Sie berührte seine Hand, seine Handfläche.

»Ich habe mich über sie immer gewundert. Jetzt weiß ich, die stammen aus meinem zweiten Leben.«

Sie lachte. »Lehrer. Farmer. Soldat. Dein durchtrainierter Körper hätte mich auf den richtigen Weg führen können.« Sie drückte seinen Bizeps.

»Lehrer. Farmer. Künstler.«

»Soldaten werden nicht alt.«

»Der hier altert nicht und ist offenbar zweimal gestorben.«

»Du hast das nie erwähnt, hast nie über deine Armeezeit gesprochen. Warum?«

»Es ist so lange her, *gaskiya*. Nur eine kurze Phase, die nicht wichtig für mein Leben war, Aziza.«

»Wie lange warst du dabei?«

Wieder strich er über seinen Bart. »Drei Jahre ungefähr.«

»Mit achtzehn eingetreten. Als Rekrut.«

»Ja.«

»Ein *kurtu,* ein einfacher Soldat!« Sie lachte.

Lalo verzog das Gesicht.

»Bilya, mein Mann, ging auf die Militärakademie. Trat als Offizier in die Armee ein.«

»Hmm.«

»Bei welcher Einheit warst du?«

Wieder fasste sich Lalo an den Bart. »Bald ist Gebetszeit. Ich schlage vor, wir machen im nächsten Dorf Halt, finden eine Moschee, essen vielleicht etwas. Bestimmt hat Mina Hunger.«

*

Die Uhr im Armaturenbrett zeigte, dass es bereits nach Mittag war. Gerade als Aziza etwas sagen wollte, klingelte ihr Handy. Beim Blick auf das Display ließ sie sich gegen die Rückenlehne sinken. Lalo sah sie an und sie zeigte ihm das Display. Als er sah, wer es war, schloss er das Fenster und schaltete die Klimaanlage ein. Das Auto ruckelte. Seufzend hielt sich Aziza das Mobiltelefon ans Ohr. Mit verhaltener Stimme begrüßte sie ihre Mutter und sagte mehrmals »ja«. Offenbar war Azizas Auseinandersetzung mit Yahya bis zu ihrer Mutter vorgedrungen. Das konnte nur ihr Bruder gewesen sein.

»Er hat was gesagt? Ich habe sie nicht entführt. Mina ist meine Tochter und ich habe beschlossen, mit ihr ein paar Tage wegzufahren.«

»Ich möchte keinen Ärger *fa,* Aziza.«

»Ich weiß, Mutter. Das hatte für dich schon immer oberste Priorität.«

»Was soll das heißen?«

»Nichts.«

Sie schwiegen. »Komm mit dem Mädchen zurück. Ich rede mit deiner Schwiegerfamilie, aber sie werden mir erst zuhören, wenn sie wissen, wo das Kind ist. Komm mit ihr zurück und ich werde sie anflehen, dass sie bei dir bleiben darf. Wir werden eine Regelung finden –«

»Sie *anflehen?* Dass sie bei mir bleiben darf? Sie ist meine Tochter. Es handelt sich hier um keinen Gefallen, den sie mir tun, wenn meine Tochter bei mir bleibt. Sie ist meine Tochter und Gott ist mein Zeuge, ich gebe sie nicht her. Zu diesem Schlag Frau gehöre ich nicht.«

Die Klimaanlage surrte. Der Motor brummte. Das Schweigen atmete.

»Aziza, nun sei doch nicht immer so dickköpfig. Du musst doch nicht immer kämpfen–«

»Nur die Dinge, um die es sich zu kämpfen lohnt. Und meine Tochter ist jeden Kampf wert.«

»Sie ist auch ihre Tochter. Du kannst nicht einfach mit ihr verschwinden, zudem noch in Begleitung eines Unbekannten. Gott allein weiß, was das für ein Mensch ist und was ihr getrieben habt. Und das in Anwesenheit eines kleinen Kindes.«

Aziza kniff das Gesicht zusammen und biss sich auf die Zunge, und hielt sie davon ab, sich frei zu bewegen, um so scharf zurückzuschießen, wie sie es am liebsten getan hätte. Sie nahm das Handy vom Ohr und betrachtete es, als könnte sie die Worte ihrer Mutter sehen, böse Schlangen, die nach ihr schnappten. Sie beendete das Gespräch und schaltete das Handy aus. Selbst als das Display schwarz wurde, starrte sie weiterhin darauf, als könnte es zum Leben erwachen und ihr Gift ins Gesicht spritzen.

»Tut mir so leid, dass du dich damit herumschlagen musst«, sagte Lalo. »Eltern können manchmal schwierig sein. Meistens halten wir sie für ausgemachte Arschlöcher, bis wir selbst Eltern werden.«

»Bitte sei einfach still.« Sie lehnte sich zurück und krallte sich die Finger ins Gesicht.

»*Nama!*«, kreischte Diallo und flatterte im Käfig umher.

»Sei ruhig, du Strolch!«, befahl Lalo dem Vogel.

*

Das Auto fraß die Strecke zwischen Kano und Kafanchan. Sie kamen zu einem Kontrollpunkt; Polizisten schwangen ihre Gewehre und glotzten ins Auto, als Lalo anhielt. Einer beugte sich zum Fenster herunter und witzelte, dass er gern so wohlgenährt wäre wie Diallo, der in seinen Augen fett genug für ein Mahl war. Lalo runzelte die Stirn.

»*Oga*, lächeln *nah*«, befahl der Polizist.

Lalo tat ihm den Gefallen nicht und rührte sich auch nicht, als der Mann nach Kleingeld für »Trinkwasser« fragte.

»Ich habe kein Kleingeld. Ich bin doch kein Krämer«, sagte Lalo, der sich bewusst war, dass sich allmählich hinter ihm ein Stau bildete.

Jetzt war es der Polizist, dem das Lachen verging. Als er Lalo aufforderte, »richtig zu parken« und seine Wagenpapiere zu zeigen, war sein aufgeklebtes Grinsen schon längst verschwunden und er hatte sein Gewehr fester gepackt. Lalo ließ den Wagen an den Straßenrand rollen, wo der zweite Polizist stand. Als er sich über Aziza streckte, um die Wagenpapiere aus dem Handschuhfach zu holen, erstarrte er und sein Blick verharrte auf dem Kind, das einige Schritte hinter dem Mann stand. Auch sie hatte einen Karren dabei und den gleichen mondsteinfarbenen Teint. Allerdings war dieses Kind dünner und größer. Er winkte ihr zu. Sie sah hinter sich und winkte dann zögernd zurück.

»*Oga*, Ihre Papiere«, grunzte der Polizist.

Lalo reichte dem Mann die Kopien. Enttäuschung machte sich auf dem Gesicht des Polizisten breit, als er durch die Unterlagen blätterte. Er fragte nach dem Führerschein und Lalo hielt ihm diesen vors Gesicht. Der Polizist runzelte die Stirn.

»Feuerlöscher?«, fragte er.

Lalo wollte aussteigen und ihm das rote Gerät zeigen, das sich im Kofferraum befand. Abwehrend hob der Mann die Hand. »*Oga*, rücken Sie was raus und dann ab.«

»Ich habe nichts für Sie.« Lalo saß reglos im Auto, seine Hände lagen auf dem Steuer.

Immer noch stirnrunzelnd schob der Polizist die Papiere durchs Fenster und winkte Lalo weiter. Der legte sie zurück ins Handschuhfach und drehte den Schlüssel um. Das Kind lächelte dünn und winkte. Er nickte ihr zu und ließ den Wagen auf die Straße rollen. In seinem Rückspiegel schlenderten die Polizisten lässig auf die Straße. Lalo hielt gleichmäßig das Tempo, bis der Kontrollpunkt und das Kind, das ihnen immer noch nachsah, zu einem Stecknadelkopf geworden und dann ganz aus dem Blickfeld verschwunden waren.

»Tut mir leid, dass ich dich angeraunzt habe«, entschuldigte sich Aziza.

Lalo wandte sich zu Diallo um. »Tut mir leid, dass ich dich angeraunzt habe, Diallo.«

Aziza versetzte ihm einen Klaps auf die Schultern. »Sei nicht so gemein.«

Lachend sah Lalo ihr tief in die Augen. »Du bist eine schöne Frau, Aziza. Das habe ich dir noch nie gesagt.«

Sie legte den Kopf schief und lächelte.

»Aber wenn du schuldbewusst dreinschaust, bist du ganz besonders reizend.«

Sie musste lachen, schlug die Beine übereinander und drehte sich ihm zu. Was immer er jetzt sagen würde, sie wollte ihm dabei ins Gesicht sehen.

Auf der Rückbank erwachte Mina und setzte sich auf. »Warum lachst du, Mummy?« Ihre Stimme klang schläfrig.

»Ich habe ihr von dem Zwerg erzählt, der eine Kuh auf einen Happs verschlang«, sagte Lalo.

Mina schlug die Hand vors Gesicht und sah mit großen, ungläubigen Augen erst Lalo, dann ihre Mutter an. Um sie abzulenken, fragte Aziza, ob sie hungrig sei, und holte aus ihrer Handtasche einige mit Fleisch gefüllte Teigtaschen, die sie in Kano gekauft hatte. Sie gab ihrer Tochter eine davon und auch eine Limonadendose, die sich ebenfalls in den Tiefen ihrer Tasche befunden hatte. Mina bedankte sich.

»Erzählst du mir die Geschichte von dem Zwerg?«, wollte sie wissen.

»Natürlich, Mina. Als Gute-Nacht-Geschichte, abgemacht?«

»Abgemacht!«, wiederholte Mina und klatschte in Lalos emporgehaltene Hand. In seinem Käfig zwitscherte Diallo los, tänzelte über die Stange, hüpfte auf den Boden und zurück auf die Stange. Lalo und Aziza wechselten einen Blick und lächelten, während das Auto auf Kafanchan und das Geheimnis zuraste, das vor sehr vielen Jahren mit Lalo begraben worden war.

Heimkehr

Der kleine Garten des kleinen Hotels, das sie in der Kontagora Road gefunden hatten, wurde durch die wild wuchernde Ixora-Hecke noch kleiner. Die Pflanzen brauchen Wasser, das Hotel braucht einen Gärtner, ging Lalo durch den Kopf, als er parkte und die vordere Stoßstange die Hecke streifte. Er bemerkte, wie skeptisch Mina durch das Wagenfenster sah, und bestand darauf, sich die Zimmer vor der Buchung anzusehen.

Eine junge Frau, die einen schwarzen Rock, eine weiße Bluse, eine Schnürsenkelkrawatte und einen unausgeschlafenen Gesichtsausdruck trug, wurde von der Rezeptionistin aufgefordert, ihm die Zimmer zu zeigen. Geräuschvoll Kaugummi kauend, ging sie voraus, ihre Flipflops klatschten lässig über die gefliesten Gänge. Die Türen waren schmal, an den Rahmen standen die Nummern, deren falsches Blattgold bereits abblätterte. Zimmer 201 und 202 sahen recht sauber aus. Frische Bettwäsche auf den Doppelbetten, die Fliesen und die Toilettenschüsseln waren zufriedenstellend und einigermaßen weiß. Für die grauenvoll klischeehaften Gemälde über dem Betthaupt hatte er nur einen höchst verächtlichen Blick übrig. Wieder unten angekommen, bat er Aziza, sie solle wie in Kano sagen, welches Zimmer ihr lieber sei. Ein Angestellter half ihnen mit dem Gepäck, stellte es mitten im Zimmer ab, kam nochmals hereingewedelt und stellte die Klimaanlage auf eisige vierzehn Grad. Er schaltete auch den Boiler und den Fernseher ein, zappte, bis er Africa Magic fand, als hätte ihn jemand darum gebeten. Er drehte sich um und machte eine übertriebene Verbeugung vor Lalo, ehe er ihm die Schlüsselkarten aushändigte. Um seine Belustigung zu verbergen, setzte Lalo Diallos Käfig ab. Aziza griff in ihre Handtasche und reichte dem Mann einen Geldschein, der sich daraufhin mit einem Danke auf den Lippen abermals verbeugte. Nach einem ausgiebigen Blick auf den Papagei wandte er sich um und schloss die Tür.

Aziza setzte sich aufs Bett, Mina griff nach der Fernbedienung, zappte durch die wenigen Kanäle und sah immer frustrierter drein, weil sie keinen Zeichentrickfilm fand.

»Was ist denn das für ein Fernseher?«, rief sie.

Lalo versprach, dass sie auf seinem Laptop einen Zeichentrickfilm ansehen dürfe, und kniff dem lächelnden Mädchen in die Wange. Mit schiefgelegtem Kopf beobachtete Aziza die beiden.

Während der Einfahrt nach Kafanchan hatte sie den Blick auf sein Gesicht gerichtet gehabt, er hingegen hatte aus dem Fenster gesehen, forschend die Straßenecken abgesucht, die überfüllten Läden, deren Waren bis auf den Asphalt quollen, und selbst die Dunkelheit der halbleeren Geschäfte, er hatte in den Gesichtern der Straßenhändler und Verkäufer mit Karren nach Vertrautem gesucht, auf den handgemalten Metallschildern und in den Gesichtern der Passanten.

»Alles hat sich sehr verändert«, hatte er gesagt.

War es die Sehnsucht, die Ecken und Winkel dieser Stadt zu durchstöbern, auf der Jagd nach Informationen über die Menschen aus seinem früheren Leben, die sie auf Lalos Gesicht sah, während er das Lenkrad umklammert hielt? Und sah sie diese Sehnsucht noch immer in seinem Gesicht, als er in dem Zimmer mit diesen grässlichen Billiggemälden stand?

»Ich dusche mich jetzt und ziehe mich um«, sagte sie mit Blick auf das Badezimmer. »Vorher bestelle ich aber noch das Abendessen. Was möchtest du?«

»Nimm auf mich keine Rücksicht. Ich gehe wahrscheinlich raus, versuche, was rauszufinden.«

»Bleib heute Abend bei mir … bei uns.«

Lalo sah Mina an. »Ich will einfach rausgehen –«

»Bitte bleib heute Abend bei uns.«

»Denk daran, du hast mir eine Gute-Nacht-Geschichte und einen Zeichentrickfilm versprochen!«, erinnerte ihn Mina, die sich vor dem Fernseher niedergelassen hatte und den Blick auf ein küssendes Paar gerichtet hielt. Aziza nahm die Fernbedienung, wechselte den Sender und sah Lalo mit erwartungsvollem Blick an.

Er nickte. »Stimmt«, sagte er zu Mina und wandte sich dann Aziza zu. »Geh du ruhig duschen, wir sehen uns später.«

Er verließ das Zimmer, ging durch die Flure und die Treppe hinab, vorbei an der Rezeption und hinaus in den Garten mit der Ixora-Hecke. Dunkel sank die Dämmerung herab, das verbliebende Licht rutschte vom Himmel, überließ seinen Platz Stück für Stück der Nacht. Draußen vor dem Tor sammelten Händler ihre Waren ein, die sich gerade noch bis zum Asphalt ausgebreitet und die Motorradtaxis in die Mitte der schmaler gewordenen Straße gedrängt hatten, wo diese sich mit den Autos um jeden Meter stritten, und alle hatten es eilig. Ob sich auch hier Kinder auf der Insel eines Kreisverkehrs versammelten und den Nachthimmel mit Glühwürmchen erleuchteten?

Weiter unten wurde der Verkehr durch die Autos, die am Straßenrand parkten, in eine einzige enge Gasse gezwängt. Ein ungefähr fünf- oder sechsjähriger Junge, dessen offenes Hemd hinter ihm herwehte wie Fledermausflügel, flitzte über die Straße und verschwand zwischen zwei umfunktionierten Containern, einem ochsenblutroten und einem grünen. Eine Fünfergruppe hatte sich um eine Frau geschart, die Kosai, frittierte Bohnenbällchen, und gebratene Yams verkaufte. Doch ihn interessierten die drei Frauen, die in einiger Entfernung am Straßenrand im Licht ihrer Petroleumlampen Agrarerzeugnisse verkauften; der gelbe Schein, ein Lockruf für potenzielle Kunden, flackerte hoffnungsvoll und ließ schwarze Rauchfäden in den düsteren Himmel steigen.

Nichts erinnerte Lalo an sein früheres Leben, auch nicht der Straßenmarkt, den er besucht oder viel wahrscheinlicher bestückt hatte. Nichts in Kafanchan sprach zu ihm – weder der Geruch des Staubs, den der Verkehr im Vorbeifahren aufwirbelte, noch die sanfte Berührung des Abendwinds auf seinem Gesicht, nicht einmal das Stimmengewirr der nach Hause hastenden Bewohner. Andererseits hatte zunächst auch nichts an Indo zu ihm gesprochen, erst als sie zu reden begann. Lalo überquerte die Straße und fragte sich, wie es ihr wohl ging, ob sie ebenso häufig an ihn dachte wie umgekehrt. Es war mehr als verständlich, dass er sie liebte. Wie rasch doch diese Liebe, die seit Jahrzehnten in ihm begraben gewesen war, vom Klang ihrer Stimme wiedererweckt worden war. Wäre er doch nur aus dem Zugabteil gerannt, als sie ihn darum gebeten hatte.

Lalo ging die Straße entlang, rannte beinahe in einen Mann hinein, der Schuhe anbot, in jeder Hand ein Paar, die anderen hingen von einem Karton herunter, den er auf dem Kopf trug – eine wandernde Warenauslage. Man tauschte gemurmelte Entschuldigungen aus. Am Ende der Straße kam Lalo an einer Teestube unter freiem Himmel vorbei – einem riesigen Tisch, der eingezwängt am Straßenrand aufgebaut war; die Bänke standen auf den Holzplanken, die einen Wasserdurchlass bedeckten. Lalo setzte sich neben einen Mann, der roch, als hätte er den gesamten Tag in der Sonne verbracht, und sich mit langsamen, nachdenklichen Bewegungen Brot in den Mund schob, den Blick in die Ferne gerichtet. Glücklicherweise übertünchte das Aroma von Omeletts und Nudeln seine Ausdünstungen. Lalo bat den *maishayi* um Tee, um sonst nichts, kein anderes Getränk, kein Brot. Der Herr der Teestube, ein dunkler, untersetzter Mann, der sich ein kleines Handtuch über die Schulter geworfen hatte, arbeitete zügig, schob Tassen mit Tee und Teller mit Nudeln oder Omeletts vor seine Kunden. An einer Tischecke schwadronierte ein Mann von einem Zwischenfall, dem Lalo nicht recht folgen konnte, weil er den ersten Teil der Geschichte verpasst hatte. Es ging um einen Mann, der auf Wunsch einer Frau einige seiner Wertsachen verkauft hatte, doch sie hatte ihn reingelegt und war mit einem anderen durchgebrannt.

Als sein Tee kam, nahm Lalo einen Schluck und spuckte ihn beinahe aus. Er setzte die Tasse ab und winkte dem *maishayi*, der ihm rasch einen Beutel mit Wasser hinstellte. Lalo spürte, wie die Hitze ihm die Haut vom Gaumen blätterte, riss den Beutel mit den Zähnen an einer Ecke auf und trank gierig das kalte Wasser. Mit einem Nicken quittierte er die Entschuldigung des Herrn der Teestube, atmete tief durch und kippte etwas Wasser in den Tee.

Als der Tee endlich Trinktemperatur hatte, war der Geschichtenerzähler mit dem verliebten Trottel durch und bei der Geschichte eines Ehekrachs angekommen, die sich als viel beliebter herausstellte, denn er wurde oft von einem der Tischnachbarn unterbrochen, der seine Meinung über den Vorfall zum Besten geben wollte. Einer der Anwesenden versuchte gar, die Geschichte an sich zu reißen.

Wie viele dieser Männer wohl bereits hier in der Stadt gelebt hatten, als er in diese Scholle geblutet hatte, wie viele hatten Prügel mit sich geführt, um anderen den Schädel einzuschlagen in den vielen Ausschreitungen, die auf den ersten Aufruhr gefolgt waren? Lalo sinnierte darüber, wie diese Ausschreitungen Kafanchan verändert, manche Stadtviertel wie Puzzlestücke, die nicht passten, von dort nach da verschoben hatten. Diese Stadt, in die die Eisenbahn Menschen von nah und fern gebracht hatte, Menschen, die diese Stadt zu ihrer Heimat gemacht hatten. Als gut die Hälfte des Tees durch Lalos Kehle geflossen war, gab es eine kleine Gesprächspause, die er nutzte.

»Verzeihung«, setzte er an, »kennen Sie vielleicht einen Mann namens Bawa? Vor vielen Jahren gehörte ihm eine Farm hinter den Bahngleisen und er war mit einer Frau namens Turai verheiratet.«

Der Geschichtenerzähler warf den Kopf in den Nacken. »Hier liegt alles hinter den Bahngleisen, Bruder.«

Lalo lachte. »Stimmt. Ich war seit Jahren nicht mehr hier, es hat sich alles sehr verändert.«

»Sieht so aus«, sagte der Mann neben ihm, nahm einen Schluck Tee und starrte wieder auf einen Fleck auf dem Tisch, als hätte er nie den Mund aufgemacht.

»Bawa, Bawa«, wiederholte der Geschichtenerzähler, als könnte der Name ein Gesicht heraufbeschwören.

»Wo hat er gelebt?«, fragte ein anderer Mann.

»Ich kann mich nicht mehr richtig erinnern. Damals hatte er einen Bruder …« Da dämmerte Lalo, dass er gar nicht wusste, wie er damals geheißen hatte. Und da er seit über dreißig Jahren tot und nicht besonders beliebt gewesen war, erinnerten sich diese Männer womöglich nicht an ihn. »Bawa war groß und dunkel. Und hatte eine Narbe über dem rechten Auge.«

Die Männer sahen alle skeptisch drein.

»Wofür hältst du das hier, für ein Dorf mit zwölf Hütten, wo jeder jeden kennt?«, schnaubte der Mann neben ihm. »Wir sind in Kafanchan, da musst du wissen, wen genau du suchst. Bawa, pah!«

Lalo strich sich über den Bart und nippte an seinem Tee. Natürlich hatte der Mann recht. Er brauchte mehr Details. »Danke«, sagte er und zählte beim Aufstehen das Geld für den *maishayi* auf den Tisch.

Der Geschichtenerzähler wiederholte nochmals, dass er mehr Informationen brauche, um die betreffende Person aufzuspüren. Lalo wusste, sie würden sich später darüber auslassen, wie dämlich es war, Fremde über irgendeinen beliebigen Mann zu befragen.

Der Mann neben ihm, der immer noch auf den Fleck auf dem Tisch starrte, sagte: »Wenn dieser Bawa deinen Dialekt spricht, fragst du im falschen Stadtviertel nach. Solche wie er leben hier nicht mehr.«

»Verstehe«, sagte Lalo. Er bedankte sich und brach auf, wobei er mehrmals einen Blick über die Schulter warf.

Das Mädchen mit den Sternen

Es war einmal in den Zeiten, in denen das Zaubern noch geholfen hat, ein König, der lebte in seinem kleinen Königreich. Er war reich und wurde immer reicher, aber niemand anders sollte reich oder gar reicher werden als er. So sehr fürchtete er sich davor, dass er seine Wachen aussandte, sobald einer seiner Untertanen zu Wohlstand gekommen war. Die Wachen mussten demjenigen sein Gold und Silber, sein Ackerland und seine Tiere abnehmen und er durfte nur behalten, was seine Familie zum Leben brauchte. Der König schaffte auch die Zauberkunst ab, verbannte Seher und Heiler und forderte, das Volk solle einzig und allein ihn um Rat bitten.

Eines Tages erzählte ein Diener dem König von einem Mädchen, das am Rande des Königreichs lebte. Es hieß, es trage Sterne im Haar, die ihm besondere Kräfte verliehen.

Da fürchtete sich der König und sandte eine Handvoll Wachen aus, um das Mädchen herbeizuschaffen. Die Männer versuchten es mit Gewalt, doch das Mädchen verwandelte die Männer mittels Zauberkraft in Hunde. Sie legten sich ihm zu Füßen und beschützten es, holten ihm Feuerholz und erledigten alle Besorgungen.

Das erzürnte den König, so dass er weitere Wachen ausschickte, um das Mädchen herbeizuschaffen. Doch diese verwandelte es in wilde Tiere, die zu den Wachen des Sternenmädchens wurden.

Nun war der König aufs Höchste erzürnt und zog mit seinen verbliebenen Soldaten aus, um das Sternenmädchen zur Rede zu stellen. Doch das Mädchen ließ alle seine Tiere los und diese schnappten die Wachen, die Soldaten und den König selbst und aßen sie alle, alle auf.

Die Menschen im Königreich waren überglücklich, sie jubelten und feierten tagelang, ehe sie einen neuen Herrscher wählten.

Und das ist das Ende der Geschichte.

*

»O mein Gott! Das ist eine furchtbare Geschichte«, rief Aziza in gespieltem Entsetzen aus und räkelte sich auf dem Bett, während sie Lalo ansah.

»Warum?«, wollte Lalo wissen. »Mina, gefällt dir die Geschichte?«

»Ganz doll«, sagte Mina, die zwischen den beiden Erwachsenen lag. »Was ist mit dem Mädchen passiert? Ist sie Königin geworden?«

»Sie setzte sich sehr für Zauberei ein und das Recht der Menschen, Zauberei auszuüben und andere Menschen in Hunde und Katzen, in Fledermäuse und Ratten zu verwandeln, die den Leuten die Zehen anknabberten.«

»*Wayyo* Allah! Das ist wahrhaftig grässlich«, lachte Aziza. »Willst du mir oder meiner Tochter einen Schrecken einjagen? Okay, Mina, das reicht für heute Abend. Jetzt wird geschlafen.«

Mina bedankte sich bei Lalo für die Geschichte, küsste ihre Mutter und schloss die Augen. Lalo betrachtete sie, und die Sehnsucht nach seiner Nichte und seinen Neffen daheim in Abuja überkam ihn. Er würde am Morgen Ummita anrufen, die dann das Telefon an die Kinder weiterreichte. Auch verzehrte er sich nach seiner Mutter, deren Gesicht er immer noch in der Abenddämmerung am glühenden Horizont sah und in den zufälligen Mustern, die sein Hirn auf Zimmerdecken zauberte. Er war dankbar, dass Aziza ihn zu dieser Reise überredet hatte, auch weil er dadurch abgelenkt war und nicht ständig an seine Mutter dachte.

Er zog die Bettdecke bis zu Minas Kinn hoch und sah Aziza an, die ihm zulächelte.

Nach dem Abendessen hatten sie das Geschirr draußen auf dem Hotelflur gestapelt, damit das Personal es ins Restaurant zurücktragen konnte. Sie hatten eine Runde »Schlangen und

Leitern« gespielt, ehe Aziza Mina ins Bett schickte. Das kleine Mädchen hatte eine Gute-Nacht-Geschichte verlangt, »wie versprochen«. Lalo hatte Aziza angesehen, die an das Kopfende gelehnt auf dem Bett gesessen und daraufhin Tochter und Lalo zu sich gebeten hatte. Sie hatte dafür gesorgt, dass Mina zwischen ihr und Lalo lag, der sich nur zögernd aufs Bett gesetzt, sich ebenfalls an das Kopfende gelehnt und die Beine ausgestreckt hatte.

»Danke, dass du ihr die Geschichte erzählt hast«, sagte sie.

»Mein Vater hat sie mir oft erzählt«, erklärte Lalo. »Jeden Abend piesackten Nura und ich ihn, er solle uns eine Geschichte erzählen, und wenn er nicht zu müde war, tat er es. Sie endeten für gewöhnlich damit, dass irgendwelche Tiere Menschen fraßen. Ich frage mich, warum.« Lalo lachte.

»Er muss ein wunderbarer Mann, aber ein furchtbarer Geschichtenerzähler gewesen sein«, meinte sie.

»Das war er. Ein toller Vater. Arbeitete vielleicht etwas zu viel, aber er war völlig vernarrt in meine Mutter. Ihre ist die schönste Liebesgeschichte, die ich kenne.«

»Ach so? War das, was du mit Indo hattest, nicht etwas Besonderes? Die schönste Liebesgeschichte aller Zeiten?«

Lalo sah auf Minas kleine Gestalt und hob eine Augenbraue. »Ich fürchte, wir stören sie.«

»Keine Sorge. Sobald sie die Augen schließt, schläft sie.«

Mina schlief jedoch noch nicht richtig, schläfrig rieb sie sich mit dem Handrücken über die Nase.

»Also?«, fragte Aziza.

Lalos Gesicht verdüsterte sich. Er betrachtete seine Finger. »Die Liebesgeschichte meiner Eltern hatte ein wohl glücklicheres Ende.«

»Du liebst immer noch, oder? Die alte Frau?«

»Wie denn nicht? Sie hat mich ihr ganzes Leben lang geliebt. Ich weiß nicht, was mich zurückgebracht hat. Vielleicht war es ihre Liebe?«

Aziza nickte und schloss die Augen. »Wenn die Liebe doch nur Menschen zurückbringen könnte.«

»Ich weiß nicht, ob sie das kann, ich weiß nur, dass mich die Liebe zweimal umgebracht hat. Und ich weiß, sie wird es ein weiteres Mal tun.«

»Das weißt du nicht mit Sicherheit.«

»Du hast mitbekommen, was passiert ist, Aziza. Du weißt es auch.«

Sie nickte. In Kano war die Wüste der Gewissheit in ihren Garten des Zweifels eingedrungen und hatte diesen unter Sand begraben, bis alle Spuren, außer der Erinnerung, getilgt waren. Doch jetzt bekam sie Angst, dass alles andere, was er gesagt und behauptet hatte, ebenso wahr würde. »Wie kann bloß der Wunsch, zu lieben, so viel Hass erwecken? So viel Gewalt?«

Seufzend strich sich Lalo über den Bart. »Vielleicht, weil alle Gewalt aus Liebe entsteht, so oder so. Wenn Menschen töten, im Namen Gottes oder einer Religion oder für ein Volk oder ein Land, wie es hier und in Jos geschehen ist, in Maiduguri, Jerusalem, Kabul, Sarajewo oder sonst wo, so geschieht das, weil sie etwas oder jemanden lieben oder sich danach sehnen, geliebt zu werden – von Gott, von einem Politiker oder von einer Idee. Oder sie sind eifersüchtig auf die Liebe, die jemand für einen anderen Menschen oder eine Idee empfindet, oder vielleicht sind sie nur verliebt in die Vorstellung, dass sie Macht haben. Manchmal töten sie, weil sie meinen, ein Land, einen Ort, ein Volk oder einen Menschen zu lieben. Manchmal lieben sie etwas so sehr, dass sie deswegen etwas anderes genug hassen, um es zu töten. Oder sie fühlen sich durch die Liebe, die jemand einer Sache oder anderen Menschen entgegenbringt, beleidigt.« Er schwieg eine Weile, starrte am Fernseher vorbei, der an der Wand hing. Als er wieder das Wort ergriff, klang seine Stimme rau und distanziert. Sehr distanziert. »Oder manchmal haben sie einfach nur Angst.«

Darüber dachte Aziza lange nach und fragte schließlich: »Hast du deshalb Angst vor der Liebe? Davor, dir selbst die Möglichkeit zu lieben zuzugestehen? Gibt es deshalb keinen besonderen Menschen in deinem Leben?«

»Ich?«

»Ich kann die Angst in deinen Augen sehen, wenn –«

»Wenn was?«

»Wenn du mich ansiehst beispielsweise. Versuchst du ablehnend zu sein, weil du Angst hast, dass du dich in einen Menschen verliebst, wenn du ihn an dich heranlässt?«

Lalo kniff das Gesicht zusammen, biss sich auf die Unterlippe und kratzte sich das Kinn. »Das alles ist kompliziert.«

»Dann entkompliziere es für mich.«

Lalo wandte den Blick ab und wollte vom Bett aufstehen. Sie griff über Mina hinweg und packte ihn am Ärmel. »Lauf nicht weg.«

Er setzte sich wieder und lehnte sich mit dem Kopf gegen das Kopfteil. Sanft bedrängte sie ihn erneut mit ihrer Frage. Zitternd öffneten sich seine Lippen, doch kein Wort kam heraus. Stattdessen holte er aus seiner Tasche ein zusammengefaltetes Blatt Papier. Er faltete es auf und reichte es ihr.

Es war eine Skizze von ihr, anmutig, mit Kulleraugen und Schmetterlingsflügeln.

»So sehe ich dich manchmal«, sagte er. »Keine Ahnung, wie Engel eigentlich aussehen, und ich bin mir nicht sicher, ob die Kinder in diese Kategorie fallen – ich weiß ja nicht mal, was oder wer sie genau sind, aber wenn ich mir Engel vorstelle, dann sehe ich dich. Und ich finde Schmetterlingsflügel bunter und aufregender als diese gefiederten Flügel, mit denen sie normalerweise dargestellt werden. Ich bilde mir gern ein, dass Gott mehr Phantasie hat.«

Auch wenn er damit geschickt der Antwort auf ihre Frage ausgewichen war, rührte sie seine Geste. »Das ist lieb, Yarima«, sagte sie. »Vielen Dank. Wann hast du das gezeichnet?«

»Vor einigen Tagen.«

»Warum gibst du es mir dann erst jetzt?«

Er zuckte die Achseln.

»Hat Indo dich darum gebeten?«

Er runzelte die Stirn. »Warum sollte sie? Sie hat die Zeichnung nie gesehen.«

»Aber ihr beiden habt über mich geredet, stimmt's?«

»Natürlich. Sie mag dich sehr – so wie ich –, sie sagte, wenn sie jünger wäre, hätte sie dich verjagt. Doch nun ist sie glücklich, dass es jemanden wie dich in meinem Leben gibt.«

»Das ist sehr nett von ihr.« Eine Zeitlang starrte Aziza zur Decke hoch und genoss das Glühen, das sich in ihr so stark ausbreitete, bis selbst ihre Augen leuchteten. »Ihr müsst über vieles geredet haben.«

Lalo lächelte. Aziza wollte natürlich unbedingt wissen, was sich im Gidan Makama ereignet hatte. Er spürte, dass ihre Neugier nicht hundertprozentig unschuldig war. Nach der ersten Begegnung mit Indo in ihrem Haus hatte er, trotz seiner Verstörung, eine Veränderung in Aziza wahrgenommen, einen Schutzschleier, vielleicht sogar ein wenig Misstrauen der alten Frau gegenüber. Nicht, was sie gesagt hatte, war der Auslöser gewesen, sondern wer sie gewesen und immer noch war.

»Sie wollte wissen, wie es auf der anderen Seite ist.«

»Das möchte ich auch«, sagte sie. »Aber ich war unsicher, ob du schon so weit bist und darüber reden magst.«

»Ich erinnere mich an überhaupt nichts. Und genau das habe ich auch ihr gesagt.«

»An gar nichts?«

Er schüttelte den Kopf.

»Das hört sich nicht nach einem Gespräch an, das den ganzen Tag gedauert hat.«

Lalo lächelte, holte tief Luft und fasste zusammen, was sich zwischen ihnen ereignet hatte und welche Gefühle er jetzt für Indo empfand.

Als er geendet hatte, schwieg Aziza eine Weile. Lalos intensives Gefühl für Indo oder das, wofür sie stand, trat in der Verehrung in seiner Stimme zutage, wenn er von ihr sprach oder auch wenn er sich über sie ausschwieg. Das belastete sie. Dieses Gefühl war nicht direkt eine Bedrohung, aber doch eine Art Hindernis. Das, was genau im Weg stand?

»Also, wie finden wir jetzt deine Familie hier?«, fragte sie.

Lalo hatte keine Ahnung. Er erzählte ihr von seinem Besuch in der Teestube.

»Diese Orte sind gewachsen«, sagte sie. »All diese Orte haben sich durch die Gewalt verändert. Auf eine Art sind sie gleich geblieben, zugleich sind sie auch völlig anders.«

Obwohl sie von Orten sprach, hatte Lalo das Gefühl, sie könnte genauso gut über sich selbst reden, nachdem ihr von ihrem Onkel und dem Cousin der Mutter Gewalt angetan worden war. Oder sie hätte sogar von ihm reden können.

»Etwas hat sich gewandelt und egal, was man tut, es wird nie wieder so sein wie früher«, sagte sie. »Ergibt das Sinn?«

»Absolut.«

»Ich dachte mir«, fuhr sie fort, »wir könnten einen der Orte aufsuchen, an die du dich erinnerst, etwa die GSS-Schule, die du mit Turai besucht hast, oder das College of Education. Eventuell findest du von dort aus deinen Weg nach Hause oder zu einem anderen Ort, der unsere Fragen beantwortet.«

Lalo lächelte. Sie war genial, aber am meisten berührte ihn, wie sie »unsere« sagte. Als er ihr das sagte, lachte sie. In seinen Gedanken hallte ihr Gelächter noch nach, selbst als er wieder allein in seinem Hotelzimmer war.

Das Geschenk eines Namens

Der Wind fuhr ihm übers Gesicht, brachte Erinnerungen aus einem früheren Leben mit, an eine Zeit der Unschuld, an eine knospende Liebe, die der Harmattan der Realität hatte verwelken lassen, Erinnerungen ans Heranwachsen und Auseinanderleben. Auf dem verwaisten Schulgelände brachte der Wind die Stimmen längst verschollener Kinder mit, manche waren heute alte Leute, manche längst tot, wie er auch. Ihre Gesichter und auch ihre Körper erhoben sich aus dem Staub der Erinnerung, ihre kleinen Hände umklammerten Hanjin-Ligidi-Stile, Gullisuwa-Bällchen und Papierflugzeuge, in deren Falten sich Liebesbotschaften verbargen. Lalo schloss die Augen und kostete die Bilder aus, die vergangene Lebenszeit, die er dort verbracht hatte.

Seit sie das Gelände betreten hatten, überkamen ihn nostalgische Gefühle. Auch wenn die Schule in seiner Erinnerung sauberer gewesen war, die Farbe weniger verblichen und nicht weitgehend abgeblättert, die Klassenzimmer waren größer und nicht so baufällig gewesen und der Schulhof hatte sich in der Vorstellung eines Kindes bis in die Unendlichkeit erstreckt. Jetzt wirkte ein Teil des Gebäudes wie eine Ruine, die Fenster waren klaffende Löcher und entlang der Fußwege, die dorthin führten, wucherte Unkraut. Unkraut, in dem Tiere raschelten und jene erschreckten, die der Gestank der Exkremente aus den Klassenzimmern noch nicht verscheucht hatte. Der ganze Ort machte einen deprimierenden Eindruck. Doch wenn Lalo die Augen schloss, sah er die Schule so vor sich, wie sie gewesen war. Ihm fielen die Hecken ein, vor denen sie sich hatten fotografieren lassen, saftiggrün und wild wuchernd, die bemalten Steine, die um den frisch in den Nationalfarben gestrichenen Fahnenmast einen Kreis bildeten. Und Turais Lächeln.

Er öffnete die Augen und stellte fest, dass Aziza und Mina ihn ansahen.

»Ich erinnere mich«, sagte er.

Aziza schenkte ihm ein Lächeln, doch es lag Traurigkeit darin.

»War das früher mal deine Schule?«, wollte Mina wissen.

An diesem Morgen hatte Lalo überlegt, ob es klug gewesen war, Mina mitzunehmen. So eine Reise war nichts für Kinder. Wie sollten sie ihr erklären, was vor sich ging? Wem könnten sie das Kind in einer Stadt anvertrauen, in der sie niemanden kannten? Am meisten bedrückte ihn, was passieren würde, wenn er Bawa fand und die Sache außer Kontrolle geriet, doch das konnte er Aziza nicht sagen.

Er seufzte. »Ja. Vor langer Zeit. Vor vielen, vielen Jahren.«

Mit gekrauster Nase musterte Mina das Gebäude. Ein Kind ihres Alters wusste nichts von öffentlichen Schulen, ihrer unschuldigen Atmosphäre und der traurigen Geschichte ihrer Zerstörung. Das machte Lalo noch trauriger.

»Dort drüben haben wir Hanjin Ligidi gekauft«, er zeigte auf eine Stelle vor einer Mauer. Aber er erstarrte, als er zwei Kinder dort stehen sah, die ihn anblickten. Sie lächelten und winkten ihm zögernd zu. Er winkte zurück.

»Wem winkst du?«, fragte Mina.

»Dort haben sich die Verkäufer aufgestellt und gewartet, dass es zur Pause läutet, um Porridge, gebratene Maniokbällchen, Waina-Reispfannkuchen und andere Snacks anzubieten«, fuhr er fort, als hätte Mina keine Frage gestellt.

Auch Aziza sah in die Richtung, in die er gewinkt hatte, legte sich schützend die Hand über die Augen. Mit einem wissenden Blick drehte sie sich zu Lalo.

Aus einer Wellblechhütte tauchte ein Mann auf und humpelte mit auf dem Rücken verschränkten Armen in ihre Richtung, zuerst hierhin, dann dorthin, als wollte er gar nicht zu ihnen. Lalo starrte ihn an.

»Suchen Sie jemanden?«, rief der Mann. Er kratzte sich über den grauen Bart und bemühte sich um einen aufrechten Gang, damit der Bauch, der sich unter seinem alten Kaftan wölbte, nicht ganz so offensichtlich hervortrat. Seine sehr dunkle Haut kam Lalo bekannt vor.

»Kyauta?«, fragte er.

Der Mann richtete sich kerzengerade auf und musterte Lalo. »Ja? Kennen wir uns?«

»O mein Gott! Du bist es wirklich!«

»Wessen Sohn sind Sie?«, fragte der Mann.

Lalo hörte auf zu lachen. »Niemand, den Sie kennen. Ich ging hier früher zur Schule.« Er machte eine weit ausgreifende Armbewegung.

»Aha. Sie haben meinen Namen gesagt, als wären wir Kumpel, was mich doch schwer verwundert.« Wieder musterte er Lalo. »Wann war das?«

»Das ist lange her. Sie sind hier auch zur Schule gegangen, stimmt's?«

»Ja. Allerdings war das, noch bevor Sie geboren wurden.«

Lalo nickte. »Stimmt. Du bist es wirklich.«

»Kennen Sie mich, *malam?*«

»Eigentlich nicht. Was genau machen Sie hier?«

»Ich arbeite hier. Ich bin der Leiter des Sicherheitsdienstes und möchte jetzt wissen, weshalb Sie hier sind!« Von seinem Gesicht ließ sich ablesen, dass er diesmal auf einer Antwort bestehen würde.

Seine Berufsbezeichnung aufzublasen war typisch für den Kyauta, den Lalo einstmals gekannt hatte. Verschlissene Kleidung, zerrissene Schuhe. Sein alter Freund war nicht mehr als ein einfacher Wachmann, ein *baba maigadi,* aber warum sollte er ihn des Gefühls einer gewissen Wichtigkeit berauben?

»Ich schau nur mal vorbei, um der alten Zeiten willen.«

»Momentan sind Ferien.«

Kurz sahen sie einander an, wussten nicht recht weiter. Lalo staunte. Kyauta war der einzige Sohn seiner Mutter gewesen und seine Worte von weibischen Gesten begleitet. Davon war nichts mehr zu bemerken. Gern hätte er gefragt, wie ihn das Leben behandelt hatte, wusste aber nicht, wie er das formulieren sollte, ohne den Mann zu erschrecken.

»Dort war früher mal ein Ausgang.« Lalo zeigte auf eine Stelle im Zaun. »Was ist daraus geworden?«

»*Lallai!*« Wieder nahm der Mann ihn unter die Lupe. »Es muss wirklich lange her sein, dass Sie hier zur Schule gingen. Dieser Ausgang wurde vor mehr als zwanzig Jahren zugemacht, ach, was sage ich – vor mehr als dreißig Jahren. Nach den Ausschreitungen, als diese Unruhestifter genau dort rein sind und die anderen angegriffen haben. Dabei kamen zwei Schüler ums Leben. Die Schulbehörde hat ihn dann zugemauert. Eine uralte Geschichte, *ai*«, sagte er. »Was sagten Sie, wann gingen Sie hier zur Schule?«

»Schon länger her. Es kommt mir vor wie eine Ewigkeit.«

»Komm, wir gehen«, sagte Aziza.

»Seit wann arbeiten Sie hier?«

»Sind jetzt zwei Jahre. Seit ich in Rente bin. Das Leben als Rentner ist nicht einfach. Jetzt arbeite ich hier und die Kinder rennen rum und sagen Baba Soja, Baba Soja, die kleinen Scheißer!« Er lachte.

»Sie waren in der Armee?«

Der Mann nahm Haltung an und salutierte. »*Kai!* Ab '84. Einsätze in Liberia und Sierra Leone.« Er lachte.

»Stammt daher Ihre Beinverletzung?«

»*Kash! Yaro bari kawai.* Scheiße! Erinnern Sie mich nicht daran! Das war ein Unfall. Der Armeelaster hat sich überschlagen. Dabei wurde mein Knie lädiert. Danach war ich nicht mehr für den Wehrdienst geeignet.« Sein ledriges Gesicht sah betrübt aus. Aber nur kurz, denn gleich darauf erschien wieder ein Lächeln in seinen Augen.

»Das tut mir sehr leid«, sagte Lalo. »Ist bestimmt nicht einfach.«

»Ich lebe noch. Sollte ich dafür nicht dankbar sein? Einige meiner Kameraden hat es schlimmer erwischt. Unser Fahrer kam ums Leben, wurde dann posthum entlassen, weil er den Unfall verursacht hatte. Es könnte immer schlimmer kommen.«

»Sie sagen es.« Lalo fiel ein, wie sie als Kinder auf genau diesem Platz gespielt hatten, erinnerte sich, wie Kyauta gequietscht hatte, wenn die anderen hinter ihm herrannten und ihn kitzelten. »Es ist schön, Sie wiederzusehen«, sagte er.

»Gleichfalls. Aber hören Sie mal, ich kann mir Gesichter gut merken. An Ihres erinnere ich mich nicht.«

»Sie können sich an meines nicht erinnern. Aber vielleicht erinnern Sie sich an Turai, mit der müssten Sie zur Schule gegangen sein.«

»*Kai!* Dieser junge Hüpfer! Woher wissen Sie das?«

»Ich weiß, dass sie diese Schule besucht hat, und habe einfach geraten, dass es etwa zur selben Zeit gewesen sein muss.«

»Ach so. Dieses Mädchen. *Shegen yanga.* Wie ein Pfau, eh?« Und er stolzierte herum, worauf Lalo in Lachen ausbrach. »Ah, Turai! Hätte nie gedacht, dass die alt wird … Moment mal, sie ist aber nicht Ihre Mutter, oder? Wenn ja, ich habe es nicht böse gemeint, Entschuldigung.«

»O nein. Nein.« Lalo fand die bloße Vorstellung abstoßend, andererseits war sie alt genug dafür. »Wir sind nicht miteinander verwandt.«

»Oho! Turai war eine schöne Frau. Hell wie eine *baturiya*, eine Europäerin. Sie hätten ihren Gang sehen sollen. Als würden ihre Füße den Boden nicht berühren, denselben Boden, auf den wir scheißen. Ich war fest überzeugt davon, dass sie mal einen reichen Arsch heiratet und wie eine Königin lebt. Aber als ich nach meiner Zeit in der Armee nach Kafanchan zurückgekehrt bin, wer ist mir da beim Busbahnhof über den Weg gelaufen? Turai. Sie hatte einen Stand dort und verkaufte Essen.«

»Echt jetzt?«

»Junge, Junge! Ich bin so alt, glauben Sie etwa, ich würde Sie anlügen?«

»Nein, so habe ich das nicht gemeint. Ich wollte damit sagen –«

»Wissen Sie, wie überrascht Turai war, mich zu sehen? Sie sagte, Baba Kyauta, komm und iss was, komm und iss was. Hat mir einen Riesenteller Reis serviert, mit vier Fleischstücken obendrauf, ich schwöre bei Gott. *Kai!* Ich hab mich hingehockt und gefressen, als würde ich von der anderen Seite der Grenze kommen.«

»Das war nett von ihr. Ob sie dort immer noch ihren Stand hat?«

»Da bin ich überfragt. Es ist ein Jahr her, dass ich das letzte Mal dort war, ich reise nicht mehr, ich bleibe jetzt daheim, aber da hatte sie noch ihren Stand. Ich habe ihr zugewinkt, aber sie musste ganz eilig irgendwohin. Ach! Turai.«

Lalo wusste nicht recht, was für ein Leben er sich für sie vorgestellt hatte, aber das ganz bestimmt nicht. Wie Kyauta hatte er erwartet, dass sie ein Leben in Luxus, ohne Arbeit und Plage, führen würde, ein Traum, der ein Ende fand, als sie seinen Bruder Bawa geheiratet hatte.

»Damals gab es in der Schule doch einen Jungen, mit dem sie ging, oder?«, fragte Lalo.

»Jaha, ein hübsches Mädel wie sie, warum denn nicht? Wir hatten alle ein Auge auf sie geworfen.« Schüchtern lächelte der alte Mann Aziza an. »Aber es gab damals einen, den sie wohl richtig mochte. Inuwa.«

Lalo zuckte zusammen. Inuwa! In seiner Erinnerung war dieser Name nie aufgetaucht und erst am Vortag war ihm aufgefallen, dass er nicht wusste, welchen Namen er in Kafanchan getragen hatte. Als er ihn nun aus dem Mund seines alten Klassenkameraden hörte, überkam ihn ein Gefühl des Verlusts und er verstand in Ansätzen, was er durch seinen Tod verloren hatte.

»Inuwa«, sagte er leise vor sich hin, schlang die Zunge um den Namen, gewann zurück, was einst ihm gehörte, was einst er gewesen war.

»Ach!«, rief der Alte aus. »Inuwa Kamshi haben wir ihn immer gerufen. Keine Ahnung, wie er das angestellt hat, aber ich kenne keinen, der auf einer Farm lebte und duftete wie ein Garten in der Nacht. Selbst in der Schule roch dieser Sohn eines Dschinns gut. Ich hatte den Verdacht, dass er in seiner Schultasche immer Parfüm dabeihatte. Ein schüchterner Kerl, Marigayi Inuwa. Möge ihm Gott seine Sünden vergeben, welche es auch waren. Und möge er auch uns vergeben.«

Tot.

Der tote Inuwa. Dieses Wort führte ihm wieder vor Augen, was er für die Menschen gewesen war, die ihn gekannt hatten. Lalo griff sich wieder an den Bart und sah auf den steinigen Boden.

»Er starb vor vielen Jahren. Ich war damals schon in der Armee. Angeblich ist er während der Unruhen gestorben, '88, oder war es '87? Das Jahr, in dem sie mit diesem Wahnsinn am College of Education anfingen. Diese verdammten Randalierer haben ihn umgebracht.«

»Haben sie nicht«, sagte Lalo.

»Wie bitte?«

»Er wurde auf der Farm seines Vaters umgebracht.«

Aziza berührte Lalos Schulter. Als er sie ansah, schüttelte sie fast unmerklich den Kopf.

Verwundert sah Kyauta von einem zur anderen. »Ich war damals nicht in der Stadt, daher weiß ich die Einzelheiten nicht. Aber Moment mal, woher wissen Sie, wie er umkam?«

Lalo zuckte die Achseln und überlegte, was er sagen sollte. »Ach, wissen Sie«, sagte Aziza, »Geschichten wandern im Laufe der Zeit ziemlich weit.«

»Stimmt«, pflichtete der Alte ihr bei, musterte aber weiterhin skeptisch ihre Gesichter.

Lalo spürte, dass sein alter Bekannter allmählich dichtmachte. »Sie wissen nicht zufällig, wo ich seinen Bruder Bawa finden kann?«

»Wessen Bruder?«

»Inuwas.«

»Ach, den Bruder kenne ich nicht. Wir waren bloß Klassenkameraden.« Er legte die Hände auf dem Bauchnabel übereinander, als wollte er beten. »Ich muss jetzt zurück zur Arbeit.«

»Warten Sie.« Lalo holte seinen Geldbeutel heraus und zählte einige Geldscheine ab, die er dem Mann hinhielt. Doch Kyauta wehrte ab. Lalo bestand darauf. »Um der alten Zeiten willen«, sagte er.

»Ich hätte schwören können, dass ich Sie von irgendwoher kenne.«

»Das Gefühl habe ich auch«, sagte Lalo.

»Herzlichen Dank, junger Mann.«

»Ich danke Ihnen.« Lalo umfasste die Hand des alten Mannes mit beiden Händen und sah ihm tief in die Augen. »Vielen Dank.« Natürlich konnte Kyauta nicht ahnen, dass er ihm für das Geschenk seines Namens dankte, der ihm zwischen seinen Leben abhandengekommen war.

Turai. Ihr Anblick war mehr als überraschend. Ihre ehemals grazile Figur war aufgequollen, eher fassförmig als fett, und die Haut ihrer sehr dicken Beine glänzte in ungesunder Blässe. Ein filigranes Netzwerk aus Ekzemnarben umgab ihr Gesicht, eine Borte auf Stirn und Wangen, wie die billigen Spitzenvorhänge, die zu beiden Seiten des großen Fensters ihrer *bukka* hingen. Quer über ihr Gesicht zog sich eine Narbenverzierung, die sie offensichtlich seit Säuglingstagen hatte und an die er sich nicht erinnern konnte. Sie saß am Eingang ihres Stands, ein Matronenfass, das mit Argusaugen über ihr Geschäft wachte – ein Halbdutzend Resopaltische mit Coca-Cola-Tischtüchern, um die weiße Stühle standen.

Er hatte sie gleich beim Betreten des Lokals erkannt, allerdings stellte das Schild, das verkündete, dies hier sei das Haijiya Turai Restaurant, einen verräterischen Hinweis dar. Lalo war stehen geblieben und hatte das Schild eine Weile betrachtet. Aziza, die neben ihm stand und Mina an der Hand hielt, hatte gefragt, ob alles in Ordnung sei. Lalo hatte genickt.

»Essen wir da was?«, hatte Mina gefragt. »Ich habe Hunger.«

»Na klar«, hatte Lalo gesagt und war in das Lokal hineinmarschiert, vorbei an Turai, auf deren Begrüßung er mit einem Nicken geantwortet hatte. Aziza und Mina waren ihm gefolgt und mit ihm zu dem Tisch gegangen, der am weitesten entfernt stand, und hatten sich gegenüber vom Eingang mit dem Gesicht zu ihr hingesetzt.

Sie hatte ihre Angestellten angeraunzt, sie sollten sich um die neuen Gäste kümmern, während sie bei einem Mann, der auf dem Weg nach draußen war, abkassierte und das Geld in ihre pralle Maggi-Bauchtasche stopfte, der sie auch das Wechselgeld entnahm. Es war ein ständiges Kommen und Gehen; die meisten Gäste begrüßte Turai mit Namen.

Eine junge Frau kam und fragte nach ihren Wünschen. Lalo fragte Mina, was sie wolle. Aziza wollte nichts essen, er auch nicht. Also bestellten sie Sprite.

In dem Lokal herrschte eine brutale, von Turais dröhnenden Befehlen angetriebene Effizienz.

»Ich kann mich nicht erinnern, dass sie so laut war«, meinte Lalo.

»Auf einem Busbahnhof kann man nur so überleben«, sagte Aziza. »Ist das die schöne Frau, von der ihr geredet habt?«

Lalo sah genauer hin. »Offenbar ist das Leben nicht gnädig mit ihr umgegangen.«

Aziza warf einen weiteren forschenden Blick auf die Frau. »Wenn man richtig hinsieht, erkennt man die Spuren früherer Schönheit.«

Wahrscheinlich tat es ihr gut, dass Turai weniger umwerfend aussah als erwartet, eine Art Triumph, als könnte man sie deshalb leichter hassen. Doch als er so dasaß und sie betrachtete, war er weniger verbittert als erwartet. Das dominante Gefühl war Neugier, Neugier auf die Frau, die schuld war, dass er für eine Liebe hatte sterben müssen, die er niemals gelebt hatte.

Offenbar spürte sie, dass sie beobachtet wurde, denn sie wandte sich unvermittelt Lalo und Aziza zu. Ihr Gesichtsausdruck war undurchdringlich. Gleichgültig setzte Aziza die Flasche an den Mund und trank. Sie nahm ihr Handy und tippte auf dem toten Display herum. Doch Lalo starrte zurück, und als sich ihre Blicke trafen, fragte er sich, was sie wohl dachte oder fühlte. Fragte sich, ob sie sich immer noch an Inuwa erinnerte, an das, was sie ihm angetan hatte, fragte sich, ob sie den Kunden wahrnahm, der vor ihr stand und für seine Mahlzeit zahlen wollte. Sie sah weg und schien erstaunt, dass ein Mann vor ihr stand. Die Bewegungen, mit denen sie das Wechselgeld aus ihrer großen Bauchtasche holte, waren kontrollierter. Selbst ihre Stimme klang leiser, weniger aggressiv.

»Glaubst du, sie hat dich erkannt?«, fragte Aziza.

»Natürlich nicht.«

»Ich glaube, sie ahnt etwas.«

»Wahrscheinlich ahnt sie, dass jemand sie angestarrt hat, der Böses im Schilde führt.«

Aziza schmunzelte.

»Hast du etwas von deinen Leuten gehört?«, fragte er und seine Augen waren auf Mina gerichtet.

»Nein. Mein Handy ist seit gestern ausgeschaltet.«

»Ausgeschaltet? Ein Wunder. Wieso?«

»Ich will nicht gestört werden. Ich wollte weg von diesem ganzen Scheiß, und genau das tue ich. Wenn ich wieder in Abuja bin, wann immer das sein mag, setze ich mich mit der Sache auseinander.«

»Glaubst du nicht, dass sich die Leute Sorgen um dich machen? Dein Bruder, deine Mutter, deine Schwiegerfamilie?«

»Sollen sie doch.«

»Hältst du das für eine gute Idee?«

»Ich kann mich nicht damit beschäftigen. Nicht jetzt. Deshalb mache ich ja diese Reise.«

»Ach, ich dachte, die machst du meinetwegen?« Er lächelte.

»So wichtig bist du nicht.« Auch sie lächelte.

Lalo griff sich theatralisch ans Herz. »Das verkrafte ich nicht.«

Minas Gelächter überraschte beide. »Mummy, hör auf«, sagte sie.

Lalo sah sie an und eine Welle der Zuneigung überkam ihn. Er beugte sich zu ihr hinunter und flüsterte, so laut, dass es Aziza hörte: »Weißt du, dass deine Mutter etwas Besonderes ist? Vielleicht sagt man ihr das nicht oft genug, aber sie ist wie eine Kriegerkönigin. Oder eine Supermum, was meinst du?«

Mina lachte scheu und kuschelte sich an ihre Mutter.

»Weißt du, dass sie aus Zeitungspapier und Besenstielen Drachen basteln kann?«, fragte Mina, als wäre dies das tollste Talent aller Zeiten.

»Tatsächlich? Das muss sie mir mal beibringen«, sagte Lalo und sah Aziza an, die lächelte.

»Vielleicht zeigt sie mir, wie man das Leben faltet und entfaltet und einen Drachen bastelt, der so lange schwebt, wie die Ewigkeit dauert.« Er sah ihr tief in die Augen.

Azizas Lächeln verschwand. »Vielleicht mache ich das, wenn du den Mut hast, mich zu fragen.«

Lalo sah weg und stellte fest, dass Turai ihn anstarrte. Ihre Blicke trafen sich.

»Ich glaube, jetzt ist sie dir auf der Spur«, sagte Aziza. »*Ghen ghen ghen!*« Sie lachte. »Es passt gut, dass ihr Name Europa bedeutet. Hättest du Afrika geheißen, wäre das mehr als stimmig gewesen.«

»Inwiefern?«

»Sklaverei, Kongokonferenz, Ausbeutung, all das. Genau, was diese Frau dir angetan hat.«

Sie lachte. Lalo lächelte lediglich, aber sein Blick war auf Turai gerichtet, die eine ihrer Angestellten zu sich gerufen hatte und ihr etwas zuflüsterte. Ihre verstohlenen Blicke machten deutlich, dass sie über ihn sprachen, wahrscheinlich fragte Turai ihre Angestellte, ob sie ihn schon einmal gesehen habe, etwas über ihn wisse. Die jüngere Frau schüttelte den Kopf und ging zurück zur Theke. Von dort aus beobachtete sie ihn heimlich weiter, angestrengt bemüht, ihre Neugier zu verbergen. Lalo richtete seinen sengenden Blick auf Turai, die beschäftigt tat und mit den Geldscheinen in ihrer Bauchtasche hantierte. Doch selbst von Lalos und Azizas Tisch aus konnte man sehen, dass ihre Hände zitterten.

Turai

In der Nacht, in der Turai mit einem Elefanten schwanger wurde, gab es erneut Unruhen in Kafanchan. Das war vor fünf Jahren gewesen, am Tag vor den Wahlen. Sie erinnerte sich genau, denn an diesem Tag hatte sie Musa Tela gesehen und am selben Abend war seine Frau gekommen, die sie mit Drohungen überschüttete – sie werde sich Turai vornehmen, weil die ihrem Mann schöne Augen gemacht habe.

Hätte sich doch die Erde aufgetan und sie verschluckt, als die Stimme von Musa Telas Frau immer lauter wurde und Turais Gäste betreten den Kopf senkten, bis einer aufstand und die tobende Eifersüchtige anfunkelte, sie solle sich sofort verziehen, ansonsten würde es was setzen.

An diesem Abend war Turai heimgekommen und hatte einen stechenden Schmerz im Bein verspürt, konnte jedoch keine Verletzung und auch sonst keine Ursache ausmachen. Wenn nicht Ausgangssperre geherrscht hätte, wäre sie wahrscheinlich mit ihren Beschwerden zum Arzt gegangen. Am nächsten Tag, als ihr Bein bereits angeschwollen war, entdeckte sie eine kleine Schildkröte, die durch ihren Garten wanderte. An ihre Hinterbeine waren rote und schwarze Stoffstreifen gebunden. Turai entfernte die Streifen und setzte die Schildkröte in einen Plastikbehälter, sehr zur Überraschung ihrer Nichte, die damals zu Besuch war.

»Das ist Juju«, hatte das Mädchen entsetzt geschrien, mit verrenktem Hals auf die Schildkröte geschielt und zugleich ihren Körper so weit wie möglich von ihr ferngehalten.

Turai ignorierte ihre Nichte, fütterte das Tier mit Kohlblättern und lächelte, als es langsam vor sich hin knabberte, als wäre Nahrungsaufnahme ein notwendiges Übel. Während der darauffolgenden Ausgangssperren sprach sie immer öfter mit der Schildkröte, wenn deren runzliger Kopf unter dem Panzer hervorlugte. Sie war eine gute Zuhörerin und tratschte nie.

In Kafanchan waren Gerüchte oftmals wie Unkraut, das sich im ganzen Garten ausbreitete. Dieses Unkraut wucherte wie eine Kletterpflanze, die bis in Turais Ohr kroch und dort Blüten trieb, Geschichten über Telas Frau, die Amulette auf Turais Türschwelle ablegte. Daher nannte sie die Schildkröte, auch wenn sie ihr Geschlecht nicht kannte, Matan Tela, zu Ehren der Frau ihres ehemaligen potenziellen Liebhabers.

Sie beobachtete, wie das Tier im Laufe der Jahre größer wurde. Jahre, in denen ihre Beine anschwollen. Die Ärzte fanden keine Ursache. Die Kräuterheilkundige konnte nicht helfen. Turai hatte mit Tela nichts zu schaffen, sie hatte nicht einmal ein Wort mit ihm gewechselt, auch nicht, als seine Frau vor über einem Jahr gestorben war. Irgendwann begann sie, ihr krankes Bein als Schwangerschaft zu bezeichnen. Was immer in diesem Bein wuchs, wäre gut beraten, sich wenigstens als Elefantenbaby zu entpuppen, denn es wog zumindest so viel wie eines. Wenn es sich als etwas weniger Imposantes herausstellen sollte, so hatte sie sich mit einem halben Lachen geschworen, würde sie dieses Ding selbst umbringen.

So schleppte sie jeden Tag ihr Bein in die *bukka*, saß an der Tür, weil Stehen oder Herumgehen unerträglich war, und beaufsichtigte die Kessel, in denen ihre Angestellten nach ihren exakten Angaben kochten – so und so viel Salz, diese und jene Gewürze, so viel Wasser und diese Temperatur –, und kontrollierte die Tageseinkünfte. In ihrer *bukka* war sie die Königin, mit Ausnahme des Tages, an dem Telas Frau kreischend hereingestürmt war, und des Augenblicks, als dieser junge Mann mit dem gestutzten Bart das Lokal betreten hatte.

Sogleich, er wurde von einer Frau und einem Kind begleitet – die sich beide für sie später in Luft auflösten –, stellten sich ihr die Nackenhaare auf. Dieses Gefühl hatte sie zum letzten Mal bei den Unruhen gehabt, als Fanatiker auf den Straßen Menschen angriffen, sie niederknüppelten und anzündeten, nur weil sie zur anderen Seite gehörten.

Unruhen gab es seitdem immer wieder. Kafanchan und seine Einwohner hatten sich daran gewöhnt, doch sie, Turai,

Tochter von Maikaba und Bara'atu Mai Masa, würde sich nie daran gewöhnen. Ihr Verstand, ihr Herz und ihr Körper rebellierten dagegen. So stark, dass ihr Körper in Zuckungen geriet, sobald sich ihr angesichts der Gewalt die Nackenhaare aufstellten, und sie sich schleunigst zur nächsten Toilette begeben musste, wo ihr Körper, würgend und krampfend, den gesamten Mageninhalt von sich gab.

Doch es war eine andere Angst, die sie überkam, als sie den Mann an diesem Nachmittag erblickte. Eine Angst, die ihr die Eingeweide verknotete und dazu führte, dass sie sich ihrer selbst unangenehm bewusst wurde, als würde sie beobachtet, gewogen und für zu leicht befunden. Und sie war oft für zu leicht befunden worden. Sie, Turai, deren Eltern Hoffnungen in sie gesetzt hatten, weil sie, so sagten sie, schön war. Ihre Schönheit würde sie für ihr Elend entschädigen. Ihre Schönheit würde dem Hunger ein Ende machen und Frieden bringen. Als wäre Schönheit ein Talent oder ein Zauber, wodurch alles gut würde – ständig und fortwährend.

Sie schleppte sich, das schlimme Bein hinterherziehend, durch ihre Wohnung und ließ sich auf das Bett fallen. Das Holz quietschte. Draußen bemühte sie sich, so elegant zu gehen, wie es ihr Bein erlaubte. In ihrer Wohnung war sie die Verstellung leid und schleifte es ungraziös wie etwas Totes mit. Ihr Körper zitterte. Allein der Gedanke an ihn, daran, wie durchdringend er sie angesehen hatte, jagte ihr Angst ein. So viel Angst, dass sie, nachdem sie ihr Lokal geschlossen hatte, nicht wie jeden Abend zum Waisenhaus ging und das übriggebliebene Essen abgab, sondern ihrem *keke*-Fahrer auftrug, er solle auf dem Heimweg bei der *bukka* ihrer Schwester vorbeifahren, damit diese den Waisen das Essen bringen konnte. Die gesamte Fahrt über hatte sie immer noch dieses unbehagliche Gefühl, als folgte der Blick des Mannes ihr durch die Dunkelheit, und als sie vor ihrem Haus aus der Autorikscha stieg, sah sie sich besorgt um, ob er im Schatten lauerte.

Kubra, ihre Nichte, die bei ihr lebte, seit die andere Nichte vor drei Jahren geheiratet hatte und ausgezogen war, betrat Turais Zimmer und verbeugte sich grüßend.

»Soll ich dir was zu essen bringen, Hajiya?«

»Nein, ich esse heute Abend nichts«, erwiderte Turai. Die nachmittägliche Begegnung hatte sie so durcheinandergebracht, dass sie eine Mahlzeit womöglich nicht vertragen würde. »Bring mir einfach nur Wasser für meine Tabletten.«

Kubra wandte sich zum Gehen.

»Hast du die *almajirai* mit Essen versorgt?«, fragte Turai.

»Sie haben ihre Schüsseln noch nicht gebracht. Vielleicht nach dem Gebet.«

»Aber dann wird das Essen kalt«, jammerte sie, als stünden die *almajirai* mit ihren Bettelschüsseln vor ihr. »Dann halte es warm.«

»Ich habe es in den Speisenwärmer gestellt.« Kubra wandte sich zum Gehen.

Kubra war das dritte Mädchen aus der Verwandtschaft, das Turai unter ihre Fittiche genommen, auf eine Schule geschickt hatte und letztlich verheiraten würde. Nach Kubra gab es keine weiteren Nichten, die sie hätte adoptieren können, nur Fremde wie die fünf *almajirai*-Jungen, die sie in einer Schule angemeldet hatte. Der Anblick der Bettelschalen aus Plastik, die jeden Abend vor ihrem Herd aufgereiht wurden, gab ihr eine gewisse Befriedigung. Sie nutzte jede Möglichkeit, um ihr Schuldgefühl unter Gesten der Buße zu begraben, unter dem in die Schüsseln der Bedürftigen und Hungrigen geschöpften Porridge, unter den geflüsterten Bittgebeten an den Allmächtigen oder unter der mit stummer Geduld ertragenen Bürde ihres toten Beins. Und dann war dieser Fremde in ihrer *bukka* aufgetaucht und förderte mit Archäologenblick die unangenehmen Gefühle zutage, die sie vor langer Zeit vergraben hatte.

*

Das Klopfen war zögerlich, wie Nieselregen auf einem Dach. Lalo knöpfte sich das Hemd zu, wischte sich mit den Händen übers Gesicht, lugte durch den Spion und öffnete die Tür. Im gelben Licht, das von den orangefarbenen Wänden des Korridors reflektiert wurde, sah Aziza in ihrem langen schwarzen Kleid ganz schmal aus. Verstohlen warf sie Blicke nach links und rechts.

»Hey.«

»Hi.«

»Ich dachte, du schläfst schon. Ich wollte dich nicht stören«, sagte er.

»Mina hat auf ihre Gute-Nacht-Geschichte gewartet«, erwiderte sie. »Als klar war, dass du nicht mehr kommst, habe ich ihr angeboten, eine zu erzählen. Sie zeigte kein Interesse. Hat nur Ohren für deine Geschichten. Sie ist enttäuscht eingeschlafen. Ich sagte mir, gewöhn dich lieber daran. So sind die Männer.«

»Das ist aber eine fiese Aussage. Tut mir leid. Ich wusste nicht, dass sie heute Abend eine Geschichte erwartet.«

»Ich habe auch gewartet«, sagte sie und verschwieg, dass sie zweimal von ihrer zu seiner Zimmertür gegangen war, ehe sie beim dritten Mal geklopft hatte. Zuvor hatte sie Schritte im Korridor gehört, gehört, wie diese kurz vor ihrer Zimmertür zögerten, ehe sie sich entfernten. Sie hatte ihm einige Minuten Zeit gegeben, ehe sie ihrerseits klopfte.

Er berührte ihre Wange. Seine Augen spiegelten die Besorgnis und die Erleichterung ihrer Augen wider.

»Tut mir leid. Ich wusste nicht, dass du wartest. Zudem dachte ich, dass du bereits schläfst. Ich bin froh, dass du noch wach bist, denn ich habe was für dich.«

»Wollen der Herr mich hereinbitten oder muss ich hier im Flur herumstehen?«

»Entschuldigung.« Er trat beiseite und winkte sie mit übertriebener Geste in sein Zimmer.

Sie verschränkte die Arme vor der Brust und sah hochnäsig drein. »Bitte mich nett darum.«

Lalo schmunzelte. »Würden gnädige Frau hereinkommen?«

»Hmmm.« Aziza ging an ihm vorbei und der federleichte Geruch ihres Körpersprays stieg ihm lockend in die Nase. Sie stand im Zimmer und sah sich um. »Hallo, Diallo«, begrüßte sie den Papagei und setzte sich auf den Stuhl vor dem Schreibtisch, auf dem sein Käfig stand.

»Ich war gerade dabei, ihn zu füttern.« Lalo schloss die Tür, nahm die Plastiktüte, die auf dem Couchtisch lag, und reichte sie ihr.

»Ich dachte, das könnte dir gefallen. Aber als ich vor deiner Tür stehen geblieben bin, war alles still, daher nahm ich an, du schläfst.«

»Ich habe gelesen.« Sie holte ein Päckchen aus der Tüte, wickelte die Alufolie ab und das Aroma von gebackenem Fisch in scharfer Sauce stieg auf. Sie strahlte entzückt wie ein Kind und ballte die Faust zur Siegergeste. »Als ob du geahnt hättest, dass ich darauf enorme Lust habe.« Sie zupfte ein Stück Fisch ab und steckte es sich in den Mund. Während sie langsam kaute, bewegten sich ihre Augen hin und her, wie der Zeiger einer Geschmackswaage. Schließlich reckte sie lächelnd den Daumen nach oben. Sie breitete die Alufolie auf dem Tisch aus und rückte sich den Stuhl zurecht.

Daraus schloss Lalo, dass sie nicht umgehend in ihr Zimmer zurückgehen würde. »Was ist mit Mina?«, wollte er wissen.

»Die schläft. Setz dich und iss mit. Und erzähl mir, was passiert ist.«

Nachdem sie Turais *bukka* verlassen hatten, waren sie ins Hotel zurückgekehrt. Da Lalo von einem Mann, der aussah, als gehörte er zum lebenden Inventar des Busbahnhofs, erfahren hatte, dass Turai ihr Lokal abends zwischen fünf und sechs zumachte, war er wiedergekommen und hatte sich an einer Stelle postiert, von der aus er einen guten Blick auf den Eingang hatte. Während er wartete, hatte er sein Handy herausgeholt und Indo angerufen.

»Gerade habe ich überlegt, ob ich mich bei dir melden soll«, hatte sie ins Mobiltelefon gelacht. Wie schon zuvor floss ihre Unterhaltung wie ein breiter Strom dahin, fand vertraute Kanäle und ihrer beider Lachen verflocht sich ineinander. Als sie auflegten, versuchte Lalo sich vergebens zu erinnern, über welches wichtige Thema sie gesprochen hatten. Doch in ihm hallten die unglaublichen Gefühle nach, die das Telefonat ausgelöst hatte.

Um sechs Uhr, nachdem Turais Angestellte abgespült und aufgeräumt hatten, die großen Aluminiumtöpfe, in denen sie direkt vor der *bukka* über offenem Feuer kochten, und eine wohlverdiente Nachtpause einlegten, war eine Autorikscha vorgefahren. Der Fahrer wartete, bis die ältere Frau herauskam. Mit zusammengebissenen Zähnen hievte sie sich hinein und verzog das Gesicht, als sie sich setzte. Eine der Angestellten stellte zwei gestreifte Plastiktüten neben sie auf den Rücksitz. Aus der Art, wie der Fahrer auf sie einging, den Kopf neigte, wenn er mit ihr sprach, schloss Lalo, dass ihr das Fahrzeug gehörte. Als sie an der Stelle vorbeigetuckert waren, wo er saß, war er aufgestanden, hatte ein *okada* herbeigewinkt und war ihnen mit dem Mopedtaxi in einiger Entfernung gefolgt. Turai ließ zwei Mal anhalten, stieg aber nie aus. Einmal sprach sie kurz mit einem Mann, das andere Mal unterhielt sie sich vor einem anderen Imbisslokal mit einer Frau, ehe diese die beiden Plastiktüten wegtrug.

Irgendwann hielten sie vor einem Haus und Turai stieg mit Mühe aus, hielt dabei ihre Handtasche umklammert. Ihr Schleier schleifte hinter ihr her. Sie betrat das alte Häuschen und der Fahrer stieg aus, um ihre Sachen hineinzutragen.

»Mir wurde gesagt, dass eine junge Frau bei ihr wohnt, wohl eine Nichte«, berichtete Lalo.

»Keine Kinder, kein Mann?«

»Der Junge, den ich fragte, glaubt nicht, dass sie einen Mann hat.«

»Was willst du jetzt unternehmen?«

Er riss ein Stück Fisch ab und kaute. »Bis morgen früh habe ich mich entschieden«, sagte er.

Die nächsten Minuten widmete sich Aziza dem Essen, seufzte beglückt, lachte. Sie aß den Fisch, bis nur noch die Gräten übrig und ihre Finger ölglänzend waren, woraufhin sie ins Bad ging und sich die Hände wusch. Als sie zurückkam, ließ sie sich auf die Bettkante fallen.

»Was hat Mina heute gemacht?«, wollte Lalo wissen.

Aziza hatte das Hotel dazu gebracht, dass sie ihrer Senderauswahl einen Kanal mit Zeichentrickfilmen hinzufügten, und Mina durfte eine Stunde lang vor dem Fernseher sitzen. Sie erzählte, welche lustigen Sprüche ihre Tochter von sich gegeben, wie bezaubernd sie sich benommen, wie sie über Albernheiten gelacht hatte. Sie fand es charmant, wie er den Kopf neigte, als sollten ihre Worte direkt in sein Ohr fallen, wie seine Augen jedes Mal aufleuchteten, wenn sie erzählte, was Mina Lustiges getan hatte, wie das Lächeln nicht von seinem Gesicht wich, während sie sprach. Sie endete mit einem leise verklingenden Lachen, sah ihm dann in die Augen. »Ich habe über dich als Soldaten nachgedacht. Obwohl du körperlich fit aussiehst, überfordert mich die Vorstellung, dass du in der Armee warst. Ich möchte unbedingt wissen, warum du eingetreten bist.«

Seufzend legte Lalo den Kopf in den Nacken. Das war eines der unverfänglichen Themen im Gespräch mit Indo gewesen: wie neugierig Aziza war. Nach reiflicher Überlegung war er zu dem Schluss gekommen, sollte sie ihn jemals fragen, würde er ihr die Wahrheit sagen. Jetzt jedoch wollten ihm nicht die rechten Worte über die Lippen kommen, denn seine Zunge weigerte sich.

»Es ist kompliziert, *gaskiya*«, sagte er schließlich.

»Bei dir ist alles kompliziert«, sagte sie und schlug die Beine auf dem Stuhl unter. »Heute Abend gibt es keine Ausflüchte.«

Angesichts ihrer Entschlossenheit würde die Nacht nicht gut enden, wenn er sich weigerte, und der Morgen genauso unschön beginnen. Er schloss die Augen und atmete tief durch.

»Ich war dumm und kindisch. Ich war der Meinung gewesen, wenn ich in die Armee eintrete, werde ich dadurch männlicher.«

»Inwiefern?«

»Manche Jungen haben sich über mich lustig gemacht, über ein bestimmtes Leiden. Ich wollte ihnen und der ganzen Welt damit meine Männlichkeit beweisen.« Er verfiel in ein Schweigen, das durch seinen Kopf zu pfeifen schien.

»Welches Leiden?«

Erneut atmete er tief durch. »Damals war mir das nicht bewusst, aber ich fand später, viel später heraus, dass ich offenbar jedes Mal, wenn ich zurückkam, etwas verloren hatte. Ich veränderte mich, verlor einen Teil von mir.«

Diesmal stellten ihre Augen die Fragen. Und so erzählte Lalo stockend und umständlich von seiner schlaffen Männlichkeit, benutzte Worte wie *es, das da* und *da vorn*, und dass er zur Armee gegangen war, um diesen Missstand auszugleichen. Sie hörte zu, unterbrach ihn kein einziges Mal. Es war eine kurze Geschichte, denn er erzählte nur von seinem Eintritt in die Armee, nicht aber von seinem Austritt.

Nachdem er geendet hatte, konnte man die Stille im Zimmer atmen hören.

»Hast du deswegen jemals einen Arzt aufgesucht?«, fragte sie.

Er schüttelte den Kopf. »Nie. Meine Mutter hat mir oft Kräuter ins Getränk getan. Sie dachte, ich merke es nicht. Leider halfen sie nicht wie erhofft, vielleicht war es nicht die richtige Dosierung, ich weiß es nicht. Ich weiß nur, dass sich manchmal etwas rührt, ich manchmal etwas fühle. Wahrscheinlich ist eine Heilung möglich, aber mir fehlte bisher der Mumm, einen Arzt aufzusuchen.«

Sie nickte und tippte mit den Füßen auf den Boden.

In Lalos Kopf grünte und blühte ein Garten aus Ideen und Ängsten. Die Ängste verwandelten sich in Kriechpflanzen, die den Boden bedeckten und sich zu dunklen Bäumen auswuchsen, und in diesen Bäumen baute Diallo sich ein Nest und wurde alt, bis er eine Feder nach der anderen verlor und dann schließlich auch den Schnabel, zuerst die obere, dann die untere Hälfte.

»Sollen wir ein Komitee bilden?«, fragte sie schließlich.

»Wie bitte?«

»Du weißt schon, wie die Regierung. Ein Komitee, das untersucht, welche mittelbaren und unmittelbaren Auslöser der Grund für dieses … Problem sind. Wenn dieses Komitee seinen

Bericht einreicht, sollten wir vielleicht ein zweites bilden, das die Empfehlungen dieses Komitees prüft, und dann ein Komitee bilden, das für die Ausführung dieser geprüften und für gut befundenen Empfehlungen –«

»Aziza, was soll das?«

»Ich analysiere lediglich, wie du bei diesem Problem hättest vorgehen können.«

»Das ist kein Witz, das ist dir schon klar?«

»Das weiß ich sehr wohl. Aber ist dir klar, was du getan hast? Du hast ein Problem, und statt eine Lösung zu finden, findest du eine Lösung für das am wenigsten wichtige Symptom des Problems. Du bist in die Armee eingetreten, weil du in den Augen mancher Kindheitsfreunde, die sich über dich lustig gemacht haben, gut dastehen wolltest. Inwiefern war das die Lösung deines Problems?«

Das Haus des Vaters

In der Kühle, direkt nach dem Morgengrauen, verließ Lalo das Hotel und nahm ein *okada*, das ihn abermals zur GSS brachte. Nachdem er abgestiegen und den Fahrer bezahlt hatte, musterte er das Tor, das es nicht gegeben hatte, als er hier zur Schule gegangen war. Er wollte das Gelände nicht betreten, damit er nicht wieder seinem alten Freund Kyauta begegnete. Neben dem Tor stand ein einsames Kind, das ein Gefäß in der Hand hielt und diesem etwas zuflüsterte. Lalo trat näher, blieb ungefähr einen Meter vor ihrem Karren stehen und fragte, ob alles in Ordnung sei. Sie machte »pst!«, ohne ihn anzusehen, ihr Stimmchen schwach wie eine nächtliche Brise, und bedeutete ihm, er solle weitergehen. Eine neue Seele, die instruiert wird, dachte er.

Er ging weiter, bog um die Ecke, blieb stehen und schloss die Augen, versuchte, die Luft zu lesen, einen Hauch vergangener Zeiten zu erhaschen – eines längst gelebten, längst vergangenen Lebens, dessen Erinnerungen dennoch im flirrenden Dunkel seiner Seele verharrten. Im Morgenwind lag ein heiseres Flüstern. Die Stimme der Erde, dieser Erde, rief seinen Namen. Dieser Fleck Erde, in den sein Blut zweimal gesickert war.

Ein kleiner weißer Schmetterling flatterte an ihm vorbei wie ein Traumfetzen. Vor seinen Augen die Schotterstraße zu seiner Rechten hinunter. Lalo folgte ihm, bis er zu einer Abzweigung kam. Der Schmetterling schwebte höher, bis sein Weiß in den Wolken aufging und die Abzweigung zunehmend vertrauter erschien. Lalo trat näher und stellte fest, dass es sich um einen Durchgang handelte. Vorsichtig machte er ein paar Schritte und sah sich um. Der Pfad war ausgetreten, in der Mitte gefurcht, wo über die Jahre tausende Füße entlanggegangen waren. Er ging weiter, bis er bei einer Gasse herauskam.

Vor ihm die Ruine eines vertrauten Gebäudes. Flammen hatten das Dach verschlungen, die Mauern waren oben, wo sich die Sparren befunden hatten, rußgeschwärzt. Auf der Veranda, die einst von Pfauensträuchern umrahmt gewesen war, lag überall zerbrochenes Fensterglas. Lalo schloss die Augen. Vor seinem inneren Auge flatterte der weiße Schmetterling und ließ sich auf den blühenden Sträuchern nieder, die eine Hecke um das Gebäude gebildet hatten. Er sah, wie die Scherben aufflogen und sich zusammenfügten, wieder Fenster wurden, wie die Flammen sich von den Mauern zurückzogen, wie sich die Mauern ihr Cremeweiß, die Fensterrahmen ihr Blau von Regen und Zeit zurückeroberten.

Baba Railways Haus, wo sich Turai und er und Dutzende andere Schülerpaare vor Jahrzehnten hatten fotografieren lassen, erstand vor ihm. Nostalgie übermannte ihn, Erinnerungen erfüllten sein ganzes Denken.

Lalo öffnete die Augen und betrachtete die Ruine. Vorsichtig ging er über den rissigen Verandaboden und warf einen Blick in das Gebäude, dessen Inneres er immer hatte sehen wollen. Überall in den enttäuschend kleinen Räumen lagen die Reste der Dachsparren, die das Feuer übriggelassen hatte, und die verkohlten Habseligkeiten der Menschen, die einst hier gelebt hatten.

Mit schwerem Herzen ging Lalo davon. Er folgte seinen Füßen und seinem Gedächtnis. Sie führten ihn die Straße hinunter, die teilweise vertraut wirkte – ein Gebäude, in dem sich früher auch eine Teestube befunden hatte, ein Friseur, der einst eine Apotheke gewesen war, wo sich angeblich eine schwangere Schülerin Abtreibungspillen besorgt hatte, die zu ihrem Tod führten, ein Abwasserkanal, der einst sehr tief gewesen war, jetzt aber nur noch wenig Wasser führte. Er ging an unbekannten Gesichtern vorbei, die ihn ansahen wie jeden beliebigen neugierigen Fremden. Er folgte den Pfaden, die er manchmal auf dem Heimweg von der Schule genommen hatte. Bis er zu einem Haus mit einem Orangenbaum davor kam.

Das Haus sah verändert aus. Modernisiert. Es war erst vor einigen Jahren frisch gestrichen worden, Glasscheiben hatten die Holzläden ersetzt. Holzläden, die er früher schwungvoll geöffnet hatte. Als der Schmetterling aus dem Orangenbaum vor dem Haus flatterte, fiel ihm ein, wie er am Tag, an dem Turai ihm das Herz brach, an dieser Stelle gehockt, die Erde aufgehackt und den Samen hineingeworfen hatte, aus dem dieser Baum gewachsen war. Mit klopfendem Herzen fiel Lalo auf die Knie.

»Geht es Ihnen gut, Mister?«, fragte ein Junge mit weit aufgerissenen Augen.

»Wohnst du hier?«

Der Junge schüttelte den Kopf. Lalo nickte, stand vorsichtig auf und klopfte an die Tür. Ein Mann, der eine weiße Weste und eine graue weite Hose trug, öffnete mit aggressivem Gesichtsausdruck.

Lalo erkannte ihn nicht. »Ich suche nach Mamma.«

»Nach wem?«

»Mamma?«, wiederholte Lalo unsicher. »Sie hat hier vor vielen Jahren gewohnt. Sie hatte Kinder. Bawa und Inuwa. Seine Freunde nannten ihn Inuwa Kamshi.«

Der Mann schüttelte den Kopf. »Nie gehört.«

»Auch nicht von Bawa? Er war der ältere Sohn. Hat eine Frau namens Turai geheiratet. Sie haben hier gewohnt.«

»Ich wohne seit zwölf Jahren hier. Ich kenne diese Leute nicht. Wir haben das Haus von einer Igbo-Familie gekauft, die hier viele Jahre lang wohnte und dann in den Osten gezogen ist.«

Lalo nickte langsam. »Mein Vater hat dieses Haus gebaut«, sagte er. »Als wir hier einzogen, war es noch nicht ganz fertig. Hatte hölzerne Fensterläden mit Riegeln. Da ist … gab es früher einen Brunnen in der Wohnanlage. Um den sind wir auf dem Weg zu den Toiletten herumgegangen.«

Das Stirnrunzeln des Mannes verschwand. »Es gibt einen Brunnen in der Anlage.«

»Ich habe diesen Orangenbaum gepflanzt«, sagte Lalo und streckte seine Hände aus. »Mit diesen Händen habe ich ihn gepflanzt.« Er sah auf sie hinunter. Es mochten Bauernhände sein, wie er zu sagen pflegte, doch es waren nicht dieselben, die den Baum gepflanzt hatten.

Der Mann schloss seinen Gürtel und überlegte wahrscheinlich, ob er einen Irren vor sich hatte.

»Dürfte ich einen Blick hineinwerfen?«, fragte Lalo und sah sofort, wie sich Misstrauen auf dem Gesicht des Mannes breitmachte. »Zumindest in die Anlage.«

Diese war kleiner als in Lalos Erinnerung. Die Gebäude hatten mittlerweile alle Metalltüren. Der Bau, in dem sie die Sisalsäcke mit ihren Ernten aufbewahrt und manchmal Mammas Ziegen und Schafe angebunden hatten, besaß nun Fenster, eine Tür und geblümte Vorhänge. Der Brunnen war mit einer ordentlichen Abdeckung versehen – sie hatten damals einfach ein Holzbrett über das Loch gelegt. Er zeigte dem Mann, der ihm folgte, sein Zimmer. Deutete auf das Zimmer seiner Eltern und das Zimmer, das Bawa und Turai bewohnt hatten. Und als er auf das andere Zimmer deutete, wurde ihm klar, dass er sich daran nicht erinnerte.

»Sie haben keine Idee, wo diese Leute heute sind, oder?«, fragte Lalo und senkte die Hand.

Der Mann schüttelte den Kopf.

Mittlerweile war die Straße belebter. Menschen gingen zur Arbeit, Menschen öffneten ihre Geschäfte. Lalo berührte den Stamm des Orangenbaums. Dann legte er die Arme um ihn, schloss die Augen und drückte sich an ihn. Als er losließ und sich umdrehte, betrachtete der Mann ihn mit traurigen Augen.

»Wenn ich fragen darf«, sagte der Mann, »was ist mit Ihnen passiert? Wo sind Sie all diese Jahre gewesen?«

Lalo seufzte. »Ich habe ein anderes Leben gelebt«, sagte er. Als er sich entfernte, lastete der Blick des Mannes schwer auf seinem Rücken. Er widerstand dem Drang, sich umzudrehen und das Haus, in dem er einst gewohnt hatte, noch einmal anzusehen, den Ort, an dem, genau als er den Orangenbaum gepflanzt hatte, der Samen seines Todes gesät worden war.

Untersuchung

Zunächst fiel Lalo nicht auf, dass Aziza und Mina Mühe hatten, mit ihm Schritt zu halten, doch dann ging er langsamer. Mina fand seine Stimmung offenbar verwirrend und zögerte, seine ausgestreckte Hand zu ergreifen. Aziza blieb stehen und sah zu, wie er sich vorbeugte, Mina über den Kopf strich und ihre Hand nahm. Gemeinsam flanierten sie vorbei an den dampfenden, auf dreibeinigen Ständern hängenden Kesseln, vorbei an den Angestellten, die sich um das Feuer und die Töpfe kümmerten, deren Inhalt die Luft mit köstlichen Aromen füllte. Turai, die geschäftig und energisch Instruktionen verteilte, verstummte, als sie näher kamen. Diesmal saß sie direkt vor der *bukka*, so dass sie das Kochen beaufsichtigen konnte. Ihre Blicke trafen sich. Beide Herzen rasten. Sie erstarrte. Er nickte grüßend und betrat die *bukka*, in der ein junger Mann die Tische abwischte.

Lalo, Aziza und Mina setzten sich an denselben Tisch wie am Vortag.

»Aber wir haben doch gerade gegessen«, sagte Mina. »Warum sind wir wieder hier?«

»Um eine alte Freundin zu sehen, Prinzessin«, erwiderte Lalo.

»Bist du sicher, dass das eine gute Idee ist?«, fragte Aziza.

»Ja.« Lalo ließ seine Fingerknöchel knacken.

Als er an diesem Morgen von seinem frühen Spaziergang ins Hotel zurückgekommen war, saßen Mutter und Tochter im Restaurant; Mina schlang gierig, während Aziza das Essen auf ihrem Teller hin und her schob.

»Tut mir leid wegen gestern Abend«, setzte er an, aber sie unterbrach ihn. Sie wollte wissen, wo er gewesen war.

»Ich habe unser Haus gefunden!«

Enttäuschung ätzte sich in ihr Gesicht – heruntergezogene Mundwinkel und eine kleine Falte zwischen den Augen. Wie hatte er etwas so Wichtiges ohne sie unternehmen können?

Und das nach dem langen Gespräch der vorigen Nacht, bei dem sie sich schließlich in den Armen gelegen waren und über das geredet hatten, was in ihrem Leben kaputtgegangen war, bis sie gegen zwei Uhr in ihr Hotelzimmer zu ihrer Tochter gegangen war.

Seine Gedanken hatten Lalo nicht zur Ruhe kommen lassen, er war aufgeblieben und hatte einen Armreif für Aziza aus Leder und Kauri-Muscheln angefertigt, die er auf dem Markt erstanden hatte. Um zwei Uhr vierzehn flüsterte es in seinen Ohren. Das gleiche Flüstern, das seine Ohren streichelte, seit er in Kafanchan war, die Stimme der Erde, die eine Dringlichkeit hatte, die Aziza nicht verstand. Eine Dringlichkeit, die ihn darauf hatte bestehen lassen, Turai früh am Tag aufzusuchen, so früh, dass ihre *bukka* noch nicht einmal richtig geöffnet hatte.

»Ich fürchte, etwas an diesem Ort ist auf mein Blut aus«, vertraute Lalo Aziza an, als sie ihn ausfragte.

Ihr Lachen verstummte, als sie begriff, dass dies kein Witz war – ihre Meinungsverschiedenheit rückte vorübergehend in den Hintergrund, warf aber gelegentlich ihren Schatten auf das Schweigen zwischen ihnen.

»Wie meinst du das?«

Ehe er antworten konnte, kam der Bursche, der die Tische abwischte, herüber und teilte ihnen mit, die *bukka* sei noch geschlossen.

»Ich weiß«, sagte Lalo.

Verblüfft sah der Bursche sie an und wartete, dass sie aufstanden und gingen. Als ihm klar wurde, dass ihm keine Beachtung geschenkt wurde, schlurfte er davon und machte sich an einem Tisch zu schaffen, den er schon geputzt hatte. Er stützte sich auf der Rückenlehne eines Stuhls ab und fühlte sich offensichtlich sehr unbehaglich. Schließlich schlenderte er davon und wurde von der jungen Frau abgefangen, mit der sich Turai am Vortag besprochen hatte. Die leise Beratung der beiden war kurz und die Dreiergruppe am Tisch wurde dabei nicht aus dem Augenwinkel gelassen. Das Mädchen verließ die *bukka* und beugte sich flüsternd zu Turai hinab.

Es dauerte nicht lang, dann verdunkelte Turais Gestalt den Eingang. Erneut trafen sich ihre Blicke und Lalo befürchtete kurz, sie könnte umdrehen. Als sie langsam durch die *bukka* auf sie zuschlurfte, ging ihm durch den Kopf, dass er sie sich nie so dick vorgestellt hatte.

»*Sannun ku*«, grüßte sie lächelnd und stützte sich auf der Rückenlehne eines Stuhls ab. »Sie sind sehr früh dran.«

»Sieht so aus«, entgegnete Aziza.

»Wir haben erst mit dem Kochen angefangen. Es könnte eine Weile dauern, bis das Essen fertig ist. Normalerweise öffnen wir erst gegen zehn.«

»Wir haben es nicht eilig.« Lalo hielt ihrem Blick stand.

Kurz wirkte sie beklommen, nickte dann aber. »Nun gut.« Doch sie zauderte. Zweimal machte sie Anstalten, wegzugehen, doch etwas hielt sie zurück.

Sie rang nach Worten.

»Sind Sie aus der Gegend?«, fragte sie und sah Lalo an.

»In einem früheren Leben ja.«

»Verstehe.« Stirnrunzelnd versuchte sie seine kryptische Bemerkung zu entschlüsseln. »Irgendwie kommen Sie mir bekannt vor, aber wir befinden uns hier schließlich auf dem Busbahnhof. Da sehen wir täglich hunderte Gesichter. Man verliert leicht den Überblick.«

»Und trotzdem gibt es Gesichter, die man nie vergisst. Nie vergessen kann.«

Die Spannung in der *bukka* war geradezu greifbar, wie ein atmendes Wesen. Aziza machte eine schwache Handbewegung, als wollte sie es berühren.

»*Gasikya kam*«, sagte Turai. Prüfend glitten ihre Augen über sein Gesicht, sie suchte nach Worten, auf ihrer Oberlippe erschienen Schweißtropfen. »Ich muss jetzt wieder die Aufsicht über die Töpfe übernehmen.« Sie drehte sich weg und schlurfte davon, langsamer diesmal, als erwartete sie von ihm eine Erklärung, warum sie sich jedes Mal so unbehaglich fühlte, wenn er sie ansah.

Lalo hatte keine Ahnung, was mit ihrem Bein los war, aber ihr Leiden verschaffte ihm eine kleine Befriedigung, die er ohne Gewissensbisse genoss. Er wartete, bis sie bei der Tür war. »Ich habe mich gefragt, Turai«, fing er an.

Sie blieb mit angespannten Schultern stehen und drehte sich langsam zu ihm. Die Art, wie er ihren Namen aussprach, ließ auf eine tiefe, intensive Vertrautheit schließen. Offenbar war sie es nicht mehr gewohnt, nur Turai genannt zu werden, ohne Titel oder Ehrbezeugung. Immerhin war sie Hajiya Turai, war das wahrscheinlich schon lange gewesen, bevor sie auf Hadsch gewesen war. Doch hier war ein Mann, der jung genug war, um ihr Sohn zu sein, und sie anredete, als kennte er sie sein Leben lang.

»Ich habe mich gefragt, ob du weißt, was mit dem Haus hinter der Schule passiert ist. Das, das früher Baba Railway gehört hat.«

Sie runzelte die Stirn. Ihr Gesicht glich einer Leinwand, auf der sich Verwirrung malte, Verblüffung über diese Frage, über die Feindseligkeit in seinen Augen. Sie erschauderte.

»Warum fragen Sie mich das?«

»Ich frage, weil du dich dort als Schülerin hast fotografieren lassen, und ich dachte, da du seit langem hier lebst, weißt du vielleicht darüber Bescheid.«

Sie kräuselte die Lippen. »Es ist irgendwann bei den Unruhen abgebrannt«, sagte sie. »Aber woher wissen Sie, dass ich mich dort mal habe fotografieren lassen?«

»Irgendwann ließen sich alle, die auf der GSS-Schule waren, dort fotografieren.«

Erst schmunzelte sie, dann lachte sie unbehaglich. »Stimmt. Aber woher wissen Sie, dass ich auf der GSS war?«

Lalo hob den Zahnstocherhalter und schüttelte ihn, bis ihm ein Zahnstocher in die Hand fiel. Er zog damit den Coca-Cola-Schriftzug auf dem Resopal nach und war sich bewusst, dass Turais Angestellte nur so geschäftig taten, ihnen aber in Wahrheit verstohlene Blicke zuwarfen, um herauszufinden, warum ihre sonst so herrische Chefin an diesem Tag so niedergeschlagen und furchtsam schien.

»Gibt es immer noch Hanjin Ligidi?«, fragte er. »Ich weiß nicht, was die Kinder heutzutage in der Schule essen. Magst du es immer noch, so wie damals? Ich habe mich immer gefragt, warum du die grünen am liebsten mochtest.«

Haltsuchend griff sie nach der Stuhllehne; der Stuhl quietschte über den Boden. Sie zog ihn rabiat heran und ließ sich so schwer darauffallen, dass Lalo fürchtete, das Plastik könne brechen.

»Wer bist du?«, fragte sie und wandte sich an Aziza, als sähe sie diese zum ersten Mal, als hätte Aziza vielleicht Antworten. »Wer ist er?«, fragte sie. »Woher weißt du das? Kenne ich dich von irgendwoher?«

»Ich kenne dich, Turai«, sagte Lalo und stützte die Ellbogen auf den Tisch. Bei ihr fühlte er sich nicht so hilflos wie bei der ersten Wiederbegegnung mit Indo, die ihn, wie sie sagte, besser kannte als er sich selbst. Er wünschte, Indo könnte das hier miterleben, sehen, wie er die Frau stellte, die schuld daran war, dass sein Bruder ihn ermordet hatte.

Turais Blick flog über die drei Gesichter, die sich ihr zugewandt hatten. Die kleine Mina, die sie neugierig ansah, saß zwischen Lalo und Aziza und hatte die Hände unter die Oberschenkel geklemmt.

»Wessen Sohn bist du?« Turais Lachen klang gepresst und unnatürlich. »Hat dein Vater dir von mir erzählt? Oder vielleicht deine Mutter? Wer bist du, eh?«

»Wer ich bin, ist irrelevant. Wer ich war? Da wird es interessant. Aber wenn ich dir das erzähle, hätten wir hier wahrscheinlich ein Riesenproblem. Folgendes: Du musst ganz ruhig bleiben, verstanden? Ich möchte, dass wir uns unterhalten, du und ich. Wir werden uns wie zivilisierte Menschen verhalten. Ich werde dir Fragen stellen und du wirst mir antworten. Verstanden?«

Sie nickte und schluckte.

»Wo ist Bawa?«

Sie sah erstaunt drein. »Bawa? Geht es darum?«

Lalo rammte den Zahnstocher in die Tischplatte. »Bitte … beantworte die Frage.«

Sie seufzte. »Alhaji Bawa ist schon lange tot. Er starb 2011.«

Lalo zuckte zusammen. War das ein Scherz? Doch ihr Gesicht war ernst. Wie oft hatte er sich ausgemalt, wie es wäre, Bawa wiederzusehen, hatte sich vorgestellt, was er täte und wie er ihm eröffnete, wer er war. Er hatte sich sogar vorgestellt, wie Bawas Gesicht in dem Augenblick aussähe, in dem er erfahren würde, wer Lalo war – wie sich langsam Entsetzen auf seinem Gesicht breitmachen würde. Viele Nächte lang hatte er wachgelegen und diese Szene war in Dauerschleife vor seinem inneren Auge abgelaufen. Doch bei aller Tagträumerei malte er sich nie aus, wie ihre Begegnung enden würde. Jedes Mal brach das Fließband der Phantasie ab, ehe er sich die Schlussszene ausmalen konnte. Die Erkenntnis, dass Bawa schon vor Jahren gestorben war, rief in ihm das gleiche unbefriedigende Gefühl hervor, das ihn stets überkommen hatte, wenn seine Tagträume ein abruptes Ende gefunden hatten.

»Was ist passiert?«

»Mhmmm. Er ist in die Politik hineingeraten. Hat wohl die falsche Partei unterstützt. In den Unruhen nach der Wahl 2011 war ein Mob hinter ihm her. Er wurde von seinen eigenen Leuten umgebracht.« Turai schüttelte den Kopf. »Sie schlugen ihn bewusstlos und zündeten sein Haus an. So habe ich es zumindest gehört. Die Einzelheiten weiß ich von seiner Schwester.«

»Schwester?«

»Ja. Uwaliya.«

Unfassbar, er hatte eine Schwester gehabt und konnte sich nicht an sie erinnern. Diese Erkenntnis ließ ihn nach Worten ringen und kurz drohte Lalo die Kontrolle über das Gespräch zu entgleiten. Könnte es sein, dass seine Mutter, Mamma, noch am Leben war? Alt, doch noch am Leben? Sie, die zwei Kinder begraben hatte, vielleicht noch mehr.

»Wo finde ich diese Uwaliya?«

»Auf dem Markt. Sie verkauft Plastikzeug, in der Nähe des Transformators. Ein Stück die Straße runter, der Laden mit der roten Markise.«

»Was ist zwischen Ihnen und Bawa vorgefallen?«, fragte

Aziza. »Sie sprechen, als wäre er nicht Ihr Mann. Aber Sie waren doch verheiratet?«

Turai seufzte. »Ein paar Jahre. Wir haben uns auseinandergelebt. Wahrscheinlich haben wir uns nie geliebt, damit fing's schon an. Und dann ist vieles passiert.«

»Was genau?«

»Seid ihr von der Polizei? Vom Nachrichtendienst? Von der Behörde gegen Wirtschaftskriminalität?«

»Was genau?«

Sie sah Lalo an, nahm die glühende Intensität seines Blicks wahr und sank in sich zusammen. »Da war die Sache mit seinem Bruder. Nachdem sein Bruder starb … er wurde nie wieder der Alte. Die Dinge standen davor schon schlecht, aber danach wurde alles anders. Nicht nur für Bawa. Auch für alle anderen.«

»Weil du gelogen und behauptet hast, sein Bruder hätte dich vergewaltigt?«

Turai blieb der Mund offen stehen, ihre Hand flog an die Brust, als müsste sie ihr Herz daran hindern, die Flucht zu ergreifen.

Aziza beugte sich vor und flüsterte ihrer Tochter ins Ohr. Sie deutete auf einen Tisch, der etwas entfernt stand, und Mina stand auf und setzte sich dort auf einen Stuhl. Sie sah sehr klein und allein aus.

»Was hat das alles zu bedeuten?«, wollte Turai wissen.

»Hast du Bawa nicht weisgemacht, sein Bruder Inuwa hätte dich vergewaltigt?«

Sie seufzte, die Last ihrer Gedanken ließ ihren Kopf nach vorn sinken, wie eine welke Blume. Ihr Schweigen dauerte an, verwandelte sich schließlich in Schniefen und bald musste sie die Tränen mit dem Saum ihres Wickelrocks auffangen. »*Wallahi,* wenn ich in meinem Leben etwas ändern könnte, dann wäre es dieser Moment.«

Lalo wollte etwas sagen, doch Aziza legte ihm die Hand auf den Arm. Sie warteten, bis Turai sich gefangen hatte.

»Dreißig Jahre ist das jetzt her, und es vergeht keine Nacht, in der ich diese Worte nicht bereue. Wenn ich doch nur die

Möglichkeit hätte, Inuwa dafür und für alles andere um Verzeihung zu bitten. Egal, welche Buße ich auf mich nehme, sie kann dieses Unrecht nicht aufwiegen. Er war ein sehr anständiger Mensch. Möge Allah seiner Seele gnädig sein.«

Es entging Lalo nicht, dass sie für Bawa keinen Gebetsspruch übrighatte, obwohl sie seine Frau gewesen war.

Sie wischte sich wieder über die Augen. »Ich bete jeden Abend für ihn. Nach all den Jahren habe ich immer noch keinen Weg gefunden, Gott im Gebet um Verzeihung zu bitten. Ich verdiene keine Vergebung für das, was ich ihm angetan habe. Und für das, was ich seiner Familie angetan habe.«

»Warum?«, fragte Lalo mit zitternder, von Leidenschaft erfüllter Stimme. »Warum hast du das getan?«

Das Gewicht dieses einzelnen Wortes, dieser Frage, die ihn in den Wahnsinn, über alle Grenzen getrieben hatte, war offenbar zu schwer für sie. Sie brach völlig zusammen und schluchzte, ihre Brust hob und senkte sich heftig.

Ein Angestellter kam und wollte wissen, ob alles in Ordnung sei. Das Gesicht in einem Zipfel ihres Schleiers vergraben, winkte Turai ihn weg. Als sie sich einigermaßen beruhigt hatte, sagte sie: »Nur Gott weiß, wie sehr ich ihn geliebt habe.«

Lalo stierte sie an. »Wie kannst du das so unverfroren behaupten?«

Wieder legte Aziza ihm die Hand auf den Arm.

Turai holte aus der Bauchtasche ihr Mobiltelefon. Sie entsperrte es. Lalo fragte sich, ob sie jemanden anrufen wollte, konnte aber sehen, dass sie auf ihre Galerie tippte und durch die Fotos scrollte. Sie hielt ihm das Display hin. Sein Herz setzte kurz aus. Es war das Bild, das sie vor vielen Jahren zu Schulzeiten hatten machen lassen. Wie grimmig er dreinsah. Wie dürr seine Beine aus den Shorts ragten. Aziza schlug die Hand vor den Mund.

»Wir haben uns in der Schule verliebt«, sagte Turai. »Ich hatte damals eine seltsame Art, das zu zeigen, aber ich war noch ein Mädchen. Und ich war schön, Sie haben keine Ahnung, wie hoch der Erwartungsdruck war. Man ging wie selbstverständlich davon aus, dass ich einen reichen Mann heiraten und der Not meiner Eltern ein Ende bereiten würde. Ich würde eine angemessene Ausbildung erhalten, um meinen Wert auf dem Heiratsmarkt zu erhöhen, aber nicht so viel lernen, dass es einen potenziellen Ehekandidaten einschüchtern würde. Inuwa war nicht reich. Er war kein Geschäftsmann. Er war nur ein Bursche, der unbedingt auf die Universität wollte, wie ich. Meine Eltern konnten sich keine Träume leisten. Ich wusste um ihre finanziellen Nöte und ihre Verzweiflung. Also musste ich schnell erwachsen werden, damit ich ihren Forderungen gerecht wurde.«

»Aber Sie haben Bawa geheiratet, der ebenfalls kein Geld hatte«, wandte Aziza ein.

Über Turais Gesicht huschte ein Lächeln. »Ironie des Schicksals, nicht wahr.« Sie senkte nachdenklich den Kopf. »Bawa kam gelegen. Allerdings wussten die Leute nicht, dass der reiche Mann, den ich nach dem Willen meiner Eltern heiraten sollte, an anderen Dingen interessiert war.« Sie sah sich um und senkte ihre Stimme. »Wusstest du, dass mich der Scheißkerl geschwängert und dann steif und fest behauptet hat, er sei es nicht gewesen?«

»Moment! Du hast dich von dem Vollidioten mit dem Motorrad schwängern lassen?«

Sie runzelte die Stirn. »Was, das weißt du auch?«

»Der selbstgefällige Arsch mit der Roadmaster?«

»Woher weißt du das?«

Lalo fuhr sich durchs Haar.

»Keine Sorge«, sagte Aziza beruhigend. »Wir erklären Ihnen später alles. Was war mit der Schwangerschaft?«

»Ich habe natürlich abgetrieben. Wisst ihr, wie viel Schande ein Kind über meine gesamte Familie gebracht hätte? Natürlich hat der reiche Mann mich zurückgewiesen. Im Prinzip wollte er mich von Anfang an nicht heiraten. Meine Eltern fürchteten aber, ich hätte ›Geschmack an Männern‹ gefunden, daher verheirateten sie mich so schnell wie möglich. Und da kam Bawa ins Spiel. Er war nicht reich, aber die Farm seines Vaters lief gut.

Und als ich dahinterkam, dass er Inuwas Bruder war, waren die Eheverhandlungen schon zu weit gediehen. Ich wollte aus der Sache raus, aber dann dachte ich, dass das die einzige Möglichkeit war, die Beziehung zu Inuwa irgendwie aufrechtzuerhalten. Immerhin würde ich ihn so jeden Tag sehen können, wenn schon alles andere unmöglich war.«

»Warum hast du ihn nicht einfach gebeten, dich zu heiraten?«, fragte Lalo.

»Inuwa? Der war noch nicht so weit. Er war noch ein Junge.«

Lalo blieb der Mund offen stehen.

»Er träumte von der Universität. Eine Ehe mit mir wäre das Ende seiner Träume gewesen. Ich war gezwungen, meine Träume aufzugeben. Ich hätte es furchtbar gefunden, wenn er seine ebenfalls hätte aufgeben müssen.«

Aziza sah Lalo an, der das Gesicht in den Händen vergraben hatte.

»Du wolltest nicht, dass er seine Träume aufgeben musste«, sagte er, »aber es hat dir nichts ausgemacht, dass er sein Leben geben musste, weil du gelogen hast. Welche Ironie!«

»Das habe ich nicht gewollt, *wallahi*«, sagte sie mit versagender Stimme. »Er war nicht einmal auf der Hochzeit seines Bruders. Hat die Stadt verlassen, ist zwei Jahre lang weg gewesen. Ich wollte ihn unbedingt sehen. Wollte ihm erklären, was passiert war, aber diese zwei Jahre waren lang und hart. Bawa war schrecklich. Er war kein guter Ehemann. Ich weiß nicht, was über mich gekommen ist, als Inuwa wieder da war. Ich bin in sein Zimmer, weil ich mit ihm reden wollte … zumindest redete ich mir das ein.«

»Und dann wolltest du mit ihm schlafen.«

»Ja. Ich begehrte ihn, das bestreite ich nicht.« Sie setzte sich aufrecht hin und sah ihm in die Augen. »Ich begehrte ihn, Gott weiß, wie sehr. Aber er wies mich zurück.« Sie verfiel in ein langes Schweigen. »Diese Zurückweisung verkraftete ich nicht. Also erzählte ich meinem Mann … ich habe mir eine Geschichte aus den Fingern gesogen.« Sie senkte den Kopf.

»Was wollten Sie damit erreichen?«, fragte Aziza.

Turai hatte die Hände an die Schläfen gepresst. »Ich weiß es nicht. Wahrscheinlich wollte ich ihm wehtun. Ich weiß nicht, was ich mir dabei gedacht habe.«

»Zwei Brüder gegeneinander aufgehetzt, das hast du getan.«

Sie seufzte. »Und ich bereue es seitdem jeden Tag. Wenn ich ihm doch nur sagen könnte, wie leid es mir tut.«

»Sag, Turai, als Bawa mit blutigen Händen zu dir kam, durfte er dich mit seinen blutigen Händen umarmen, den Händen, an denen das Blut seines Bruders klebte? Hast du ihm geholfen, das Blut abzuwaschen?«

Sie riss die Augen auf. »Ich verstehe nicht.«

»Gab es dir ein gutes Gefühl, dass er seinen Bruder wegen deiner Lüge umgebracht hat?«

»Aber das hat er nicht«, sagte sie. Forschend sah sie die beiden an. »Das hat er doch nicht, oder? Es waren die Aufständischen. Sie sind zufällig auf dem Feld auf ihn gestoßen …« Ihre Stimme verstummte.

Lalo hielt ihrem wilden, verwirrten Blick stand.

»So hat er es mir erzählt«, stotterte sie und sah sich um, als lägen die richtigen Worte irgendwo auf dem Boden. »Das hat er mir erzählt. Sagte, er habe seinen Bruder nicht gefunden.« Sie seufzte und schien vor seinen Augen zusammenzufallen. »Wahrscheinlich habe ich es immer gewusst. Wahrscheinlich wollte ich die Wahrheit nicht wissen, denn das hätte bedeutet, dass sein Blut auf meiner Zunge ist, weil ich die Ursache war, weil meine Lüge die Ursache war.«

Ihre Stimme brach und die Mauern der Verleugnung, die sie über all die Jahre errichtet hatte, brachen zusammen, stürzten Backstein für Backstein ein. Sie weinte, als betrauerte sie einen weiteren Tod.

Sie warteten, bis sie sich beruhigt hatte und fragen konnte: »Wer seid ihr?«

Lalo stand auf, holte aus seiner Tasche einen Umschlag, den er ihr reichte. »Das wird dir alles erklären.« Er ging um den Tisch herum, beugte sich vor und flüsterte ihr etwas ins Ohr.

Aziza sah, wie Turais Augen riesengroß wurden und ihr Mund sich langsam öffnete. Wie vom Donner gerührt blieb sie reglos sitzen, nur ihre Brust hob und senkte sich. Lalo winkte Mina zu sich, nahm sie an der Hand und ging mit ihr hinaus in die Vormittagssonne. Aziza stand auf und folgte ihnen, während Turai wie versteinert auf die leere Wand starrte.

Die rote Markise

Der Laden mit der roten Markise, ein Stück die Straße hinunter, war leicht zu finden. Beim Anblick des bunten Walds aus Plastikgerätschaften für den Haushalt stellte Lalo sich diese auf einer Leinwand vor; in allen Farben des Regenbogens baumelten sie in der geöffneten Doppeltür oder waren vor dem Geschäft ausgestellt. Ein schmaler Pfad führte zwischen den Waren hindurch in einen Laden, in dem zwei Frauen saßen. Eine von ihnen stand erwartungsvoll auf, als er sich näherte, und fing an, die Plastikgerätschaften mit einem Staubwedel zu bearbeiten, während die andere weiterhin ihrem Baby die Brust gab.

»Erkennst du sie?«, fragte Aziza leise.

Lalo schüttelte den Kopf und fragte dann, wer von ihnen Uwaliya sei. Die stillende Frau sah hoch. »Wer will das wissen?« Ihr Lächeln wurde dünner, je länger Lalo sie anstarrte. Sie stopfte ihre Brust zurück ins Kleid, ordnete den Schleier auf ihrer Schulter und wollte wissen, ob es ein Problem gebe.

Lalo entschuldigte sich. »Sind Sie Uwaliya? Die Schwester von Bawa und Inuwa?«

»Inuwa? *Ikon* Allah! Diesen Namen habe ich seit Ewigkeiten nicht mehr gehört.«

»Wer ist Inuwa?«, fragte die andere Frau.

»Hmmm. Inuwa war mein Bruder. Der, der starb, als ich noch klein war. Und jetzt kommt dieser junge Mann vorbei und tut, als ob er ihn kennt. Ja, ich bin seine Schwester. Was ist los?«

»Entschuldigung. Ich kenne ihn von früher.«

»Welchen der beiden?«, hakte sie nach. »Inuwa oder Bawa? Denn wenn es Inuwa ist, lügen Sie. Als Inuwa 1987 starb, war ich ungefähr neun. Sie sehen mir nicht alt genug aus. Vielleicht Alhaji Bawa, Gott vergebe ihm seine Sünden. Nach wem suchen Sie nun?«

Lalo lächelte und sein Herz füllte sich mit Zärtlichkeit für diese Frau, die er als Kind herumgetragen, mit der er gespielt, die er als Bruder beschützt haben musste.

»Ich frage mich, wo Mamma jetzt ist?«

Sie glotzte ihn an, ehe sie sich auf den Boden setzte. »Dieser Mann! Warum wollen Sie mich heute an meine sämtlichen Familienmitglieder erinnern?«

»Tut mir leid. Ich hatte nur gehofft, dass ich sie vielleicht sehen könnte.«

»Wer sind Sie?«, wollte die andere Frau wissen. »Was führen Sie im Schilde? Wissen Sie nicht, dass sie verheiratet ist?«

»Das wissen wir«, sagte Aziza mit energischer Stimme. »Wir kommen gerade aus Turais *bukka*. Sie sagte, dass wir Sie hier finden.«

»Turai? Dieses Weib!« Uwaliya spuckte aus.

»Das ist für Sie jetzt wahrscheinlich schwer begreiflich. Aber ich … ich kannte Ihre Mutter …«

»*Haba mana!* Das ist unmöglich. Meine Mutter ist seit fast dreißig Jahren tot. Sie und Yaya Inuwa starben innerhalb von zwei Jahren.«

Sie verschwieg, dass der schreckliche Vorfall auf der Farm ihre Mutter zerstört und frühzeitig ins Grab gebracht hatte. Dass auch ihr Bruder ein gebrochener Mann gewesen war. Nur noch eine leere Hülle. Sie sagte kein einziges Wort, doch er konnte es aus ihrem Schweigen herauslesen, ihrem Widerwillen, einem Fremden, der merkwürdige Fragen stellte, diese Informationen anzuvertrauen.

»Sie wurden erst vorgestern geboren und können meine Mutter gar nicht kennen«, sagte sie.

»Das meinte ich auch nicht –«

»Seine Mutter und Ihre Mutter waren … damals Freundinnen«, mischte sich Aziza ein. »Aber sie haben sich vor Jahren aus den Augen verloren. Sie hat ihm oft aufgetragen, wenn er je nach Kafanchan komme, solle er sich nach ihrer alten Freundin erkundigen. Mehr steckt nicht dahinter.«

Der Blick der Frau wanderte von Lalo zu Aziza und Mina.

»Oho! Jetzt wird es Tag. Das hätten Sie früher sagen sollen. Wie heißt Ihre Mutter?« Sie musterte Lalo erneut.

Nach raschem Nachdenken nannte er Kandes Namen. Ihn auszusprechen, fühlte sich seltsam, doch spontan richtig an. Er holte aus: Sie habe in Abuja gelebt, und seine Stimme zitterte, als er erwähnte, dass sie vor kurzem gestorben sei. Mit sanfter Stimme und noch sanfterem Blick sprach Uwaliya ihm ihr Beileid aus und nannte ihn ein »Geschenk Gottes«, weil er die Wünsche seiner Mutter erfüllte.

Er bat sie, das Kind, das den Namen von Lalos Mörder trug, auf den Arm nehmen zu dürfen. Lalo kniff dem Jungen in die Wange und reichte ihn wieder seiner Mutter. Auf einem Stück Papier notierte er seine Handynummer und gab es ihr.

»Wenn Sie mal Lust auf ein Telefonat haben«, sagte er, »können Sie stets auf einen Bruder am anderen Ende der Leitung zählen.«

»Bruder.« Sie lachte.

Er war zutiefst traurig, dass er ihr Aufwachsen nicht miterlebt hatte; mit nicht einmal zwölf Jahren nacheinander den Verlust von Vater, Mutter und Bruder verarbeiten zu müssen, war gewiss sehr schwierig gewesen. Gern hätte er sie umarmt und ihr gesagt, wie leid es ihm tue, dass er gestorben sei. Stattdessen entnahm er seinem Portemonnaie sämtliche Scheine. Als sie sich weigerte, diese anzunehmen, und mit derselben Stimme protestierte, mit der sie bestimmt auch um ihre Waren feilschte, legte er das Geld auf die Bank, neben der sie saß.

»Von einem Bruder, der für Sie hätte da sein sollen«, sagte er und ging rasch davon.

Mamma fügte mich der Liste mit Verlusten hinzu, die sie auf der Farm erlitten hatte.

Nachdem Turai, an das Betthaupt gelehnt und die Beine unter dem blauen Laken, die Papiere zum zweiten Mal durchgelesen hatte, seufzte sie und legte sie auf den Nachttisch. Sie griff nach dem Foto, auf dem sich zwei Teenager in Uniform linkisch in Positur warfen und voller pubertärer Tollkühnheit und Angst in die Kamera blickten, unsicher, wie sie einander umfassen sollten, während ihre Illusionen bereits zerbröckelten. Wie klein und naiv sie gewesen waren und wie zerbrechlich ihre Träume. Sie fuhr mit dem Daumen über die Gesichter, über sein Gesicht.

Verzeih mir, sagte sie leise. *Verzeih mir.*

Sie küsste sein Gesicht und legte das Foto auf den Papierstapel. Bedachtsam setzte sie ihre Lesebrille ab, klappte sie zusammen und legte sie gleichfalls auf den Stapel, neben dem die kleine weiße Plastikflasche stand, die sich stets auf ihrem Nachttisch befand. Sie wischte sich die Tränen ab, die ihr über die Wangen liefen, und strich sorgfältig sämtliche Falten aus dem Betttuch, damit es so glatt wie möglich war. Aus ihrer Räucherschale kringelte sich Rauch empor und der Geruch des Weihrauchs erinnerte sie an Inuwas Duft nach Oud und Moschus.

Sie nahm das weiße Plastikfläschchen und drückte es an die Brust, in der ihr Herz raste, und zum ersten Mal wurde sie von Angst überwältigt. Sie schloss die Augen, doch ihr taumelten Gedankenfetzen, bruchstückhafte Bilder und Geräusche aus Vergangenheit und Gegenwart durch den Kopf, und sie vernahm widerstreitende Gewissensstimmen. Sie öffnete die Augen, schraubte den Deckel des Schädlingsbekämpfungsmittels ab und sofort verbreitete sich im Zimmer chemischer Geruch. Aus irgendeinem Grund erschien es ihr wichtig, dass sie wusste, um welche Uhrzeit ihr Sterben beginnen würde. Die Uhr auf der anderen Seite des Zimmers zeigte zwei Uhr vierzehn. Sie hob die Flasche an den Mund und ließ mit verkniffenem Gesicht den Inhalt durch ihre Kehle rinnen. Etwas Widerwärtigeres hatte sie noch nie geschmeckt. Sie warf die Flasche weg, die über den Boden rollte und beim Schrank liegen blieb.

Kurz dachte sie mit Schaudern daran, wie unrühmlich sie sterben würde, ähnlich den vielen Kakerlaken, die sie mit Schädlingsbekämpfungsmittel besprüht hatte und die auf dem Rücken liegend mit den Spinnenbeinchen gezuckt hatten.

Letztlich war es wohl egal. Sterben war einfach sterben, ungeachtet des Grunds.

Vorsichtig, weil sie die Laken nicht zerknittern wollte, legte sie sich hin und zog sich die Bettdecke über die Brust. Sie schloss die Augen, während ihr die Tränen aus den Augenwinkeln rannen, und erlaubte ihrem Geist und ihrem Körper zu sterben.

Ein verwirrter Käfer

Genau um zwei Uhr vierzehn weckte ein regelmäßiges Geräusch Yarima Lalo aus seinem Albtraum und er setzte sich keuchend im Bett auf. Eine schmale Gestalt stand mit dem Rücken zu ihm in seinem Hotelzimmer und beobachtete einen Käfer, der immer wieder gegen den kitschigen Lampenschirm flog.

Mit einem Lächeln drehte sich das Kind zu ihm um. »Du hast mir gefehlt, Yarima Lalo«, sagte sie leise.

»*Ya Salam! Yarinya?* Hast du mich erschreckt.«

»Tut mir leid. Soll ich gehen?«

»Wie bist du denn hierhergekommen?« Er zog sich ein Hemd über den Kopf.

»So wie ich überallhin komme, nämlich so.« Sie schloss die Augen und streckte eine Weile die Arme aus, dann öffnete sie die Augen und lächelte. »Siehst du?«

Lalo schüttelte den Kopf und lächelte ebenfalls. Sie war einfach zu süß. Trotzdem sich die Ereignisse überstürzten, hatte sie ihm ebenfalls gefehlt, und das sagte er ihr auch.

Lächelnd ging sie zum Bett und setzte sich neben ihn. »Du siehst beinahe wieder aus wie du selbst. Nur guckst du noch düsterer drein.«

Lalo fuhr sich über den kahlrasierten Kopf. Eines Abends war er spazieren gegangen, um sich auf andere Gedanken zu bringen, und dabei an einem Friseurladen vorbeigekommen. Ohne Haupthaar und ohne wild wuchernden Bart war er wieder herausgekommen. Die verbliebene Haarpracht – die dicken Augenbrauen, Schnurr- und Spitzbart – kontrastierte dunkel und glänzend mit seiner glatten, hellen Haut und betonte seine geradezu gemeißelten Gesichtszüge und die durchdringenden Augen.

»Mein Gott! Mir war nicht klar, dass du den Kopf auch äußerlich freikriegen wolltest«, hatte Aziza bei seinem Anblick gestaunt und Lalo gemustert, der wie der Lalo aussah, den sie im Bahnhof kennengelernt hatte. Sie berührte seine rasierte Wange. »Sieht gut aus«, stellte sie fest. »Und streng. Ein Mann voller Entschlossenheit.«

Später an diesem Abend, als er ihr Hotelzimmer verlassen und in seines zurückgekehrt war, hatte er sich auf das Bett gesetzt und gezeichnet, bis er eingedöst war. Bis sich das Ticktick des Käfers, der mit der Regelmäßigkeit einer Uhr gegen das Glas rumste, mit der Geräuschkulisse seines Albtraums verbunden und ihn geweckt hatte.

»Mir ist auch düster zumute«, sagte er zu dem Kind.

»Du hast schlecht geträumt, stimmt's?«, sagte sie.

Lalo schwang die Beine über die Bettkante. »Kommt oft vor.« Er rieb sich über das Gesicht. »Hast du mich vermisst oder bist du da, um deiner Aufgabe nachzukommen? Oder hast du eines deiner Kreisverkehrstreffen?«

Sie lachte. »Wahrscheinlich habe ich dich allmählich gern.«

Er lächelte und nickte. »Mich interessiert, warum trefft ihr euch in der Mitte von Kreisverkehren?«, fing er an. »Warum nicht an abgelegenen und ruhigen Orten, wie Inseln zum Beispiel oder auf Berggipfeln?«

»So war es schon immer«, sagte sie, griff unter ihren Schleier und spielte mit ihrem Haar. »Sogar schon bevor es Kreisverkehre gab, gab es ja Kreuzungen, Märkte und Plätze, Straßen, die zu anderen Orten führen. Es erinnert die Verstorbenen daran, dass das Leben weitergeht, egal wofür sie gestorben sind, wenn sie überhaupt für etwas gestorben sind.«

Lalo runzelte die Stirn. Das hörte sich grausam und willkürlich an, schien so gar nichts mit ihren Pflichten als Seelenflüsterin gemein zu haben.

Das Kind hüpfte vom Bett und betrachtete den Käfer, der immer noch den Lampenschirm umschwirrte. Sie seufzte. »Das alles, diese Reise, läuft es wie erwartet?«

Lalo seufzte und stützte den Kopf in die Hände. »Ich weiß nicht, *yarinya*. Ich weiß nicht, was ich erwartet habe, aber nein, eigentlich nicht.«

»Was hast du erwartet?«

Er zuckte die Achseln. »Mörder. Boshafte Menschen. Menschen, die es verdient haben, ermordet zu werden …« Er verstummte.

»Und wen hast du getroffen?«

»Menschen, die mich liebten … auf ihre eigene, verquere Weise, und Menschen, die ich liebte.«

»Und wie fühlst du dich jetzt?«

»Ich bin verwirrt, *gaskiya.* Ich weiß nicht, was ich tun soll.«

Sie drehte sich um und musterte ihn. Der Käfer stieß weiterhin gegen den Lampenschirm. »Das, was in deinem Herzen begraben ist, lässt dich nachts aufwachen, es lastet auf dir«, sagte sie. »Und du hast immer gewusst, was zu tun ist.«

»Nein, ich weiß es nicht. Ich fühle mich gefangen. Liebe. Hass. Tod. Und wieder von vorn. Ich bin müde. Ich habe Angst.«

Sie wandte sich wieder dem Käfer zu und beobachtete ihn eine Weile. Dann ging sie zum Fenster, öffnete es, kam zurück und schaltete die Lampe aus. Im Dunkeln war kein Tick-tick mehr zu hören. Da sahen sie den Käfer, der vom Licht draußen angezogen wurde, aus dem Fenster in die Nacht fliegen. Das Kind schaltete das Licht wieder ein und lächelte ihn an. Die Stille im Raum hallte.

»Du weißt, was zu tun ist, Yarima Lalo.«

*

Lalo stieg ins Auto, umklammerte das Lenkrad und sagte lange Zeit nichts.

»Und?«

»Sie ist noch nicht da«, sagte er.

Aziza schielte an ihm vorbei zum Eingang von Turais *bukka,* wo einige ihrer Angestellten die Feuerstellen vorbereiteten, während ein junger Mann vor dem Lokal fegte. Turais blauer Resopalstuhl, auf dem sie immer das Kochen überwachte, stand an der Tür. Ihre Abwesenheit war spürbar.

»Was musst du ihr denn so Wichtiges sagen?«, fragte Aziza.

»Dass ich ihr verzeihe«, antwortete er. »Aber weil sie noch nicht da ist, habe ich gebeten, sie sollen es ihr ausrichten.«

Aziza legte ihm die Hand auf den Arm. »Das ist sehr nett von dir. Neuer Look, neues Ich.«

Er nickte. Eine Zeitlang starrten beide vor sich hin.

Sie warteten im Auto; Lalo fuhr immer wieder mit den Händen über das Lenkrad, Mina hatte ihren Platz hinten eingenommen und wollte Diallo das einzige Wort entlocken, das er sagen konnte. Verdutzt hüpfte der Vogel im Käfig herum.

»Wie geht es dir?«, fragte Aziza. An der Art, wie er auf das Lenkrad trommelte, immer wieder über die Schulter sah und ständig auf seiner Unterlippe herumbiss, erkannte sie, dass die Furcht vor diesem Ort in ihm wuchs, ihn von hier fortdrängte. Sie selbst ließ Kafanchan nicht ungern hinter sich und freute sich auf Jos. Notfalls auf Lagos. Je weiter sie sich von Abuja entfernte, desto besser, vorausgesetzt, ihre Tochter war bei ihr. Sie seufzte und genoss den Frieden, den ihr das ausgeschaltete Handy gewährte. Widerwillig musste sie zugeben, dass Lalos Gleichgültigkeit gegenüber Mobiltelefonen viel für sich hatte. Ohne Anrufe, bei denen sie aufgefordert wurde, ihre Tochter aufzugeben, befand sie sich gewissermaßen in einer anderen Galaxie.

»Letzte Nacht habe ich geträumt, dass einem Baum Augen wuchsen, die ausschließlich auf mich gerichtet waren«, erzählte Lalo. »Als ich aufwachte, war es zwei Uhr vierzehn.«

»Schon wieder?«

Er nickte.

»Kann ich dir helfen?«

»Wenn wir hier weg sind, geht es mir mit Sicherheit besser.« Doch er ließ das Auto nicht an. Stattdessen seufzte er und erzählte ihr von dem Gespräch, das er mit dem Kind geführt hatte. Als sie fragte, was das Kind gemeint habe, starrte er lediglich auf den Eingang der *bukka*.

Azizas Blick folgte seinem. »Verrätst du mir, was du Turai gestern zugeflüstert hast?«

Lalo lächelte. »Etwas, damit sie sich an mich erinnert.«

Sie runzelte die Stirn, doch er sprach bereits weiter.

»Ich habe überlegt, ob wir stattdessen nach Kaduna fahren.«

»Wollten wir nicht nach Jos?«

»Wir können auch über Kaduna nach Jos fahren.«

»Aber von hier aus sind wir schneller in Jos.«

»Ich weiß. Ich weiß.«

»Was gibt es in Kaduna?«

»Du hast mir geholfen, mein Leben in den Griff zu bekommen. Mir ging durch den Kopf, vielleicht willst du mit deiner Mutter ins Reine kommen. Ich fahre dich hin und bin dort für dich da, wenn du mich brauchst. Wir bringen das hinter uns, dann können wir nach Jos fahren.«

»Au ja, fahren wir nach Kaduna«, meldete sich Mina vom Rücksitz. »Ich will Oma besuchen.«

Aziza sah zum Fenster hinaus. Unter Turais Angestellten, die die Töpfe nach draußen trugen, machte sich eine gewisse Unruhe bemerkbar.

»Ich habe folgenden Vorschlag«, sagte sie, »ich besuche meine Mutter, wenn du zu einem Arzt gehst.«

Lalo seufzte. »Du bist aber ein harter Verhandlungsgegner.« Er dachte kurz nach und nickte dann. »Mir ging noch etwas anderes durch den Kopf.«

»Was denn?«

»Chioma, meine Galeristin, plant seit einiger Zeit eine Einzelausstellung mit meinen Werken und hat schon einige Termine und Ausstellungsorte vorgeschlagen. Eigentlich wollte ich diese Arbeiten nicht aufnehmen, aber jetzt wahrscheinlich schon.«

»Oh«, machte Aziza.

»Sie setzt recht große Erwartungen in diese Serie, aber Näheres wird sich zeigen, wenn sie mehr Details weiß. Mich drängt es jedenfalls, diese Ausstellung bald zu machen.«

»Und ich bin angeblich die Spontane von uns beiden?«, merkte sie mit einem ironischen Lächeln an. »Erst Spontanrasur und jetzt das?«

Lalo lehnte sich im Sitz zurück und ließ das Auto an. »Doch, in Sachen Spontaneität hast du die Nase vorn.« Als er einen letzten Blick durchs Fenster warf, war Turais Personal gerade dabei, die *bukka* zu schließen, nur ihr blauer Stuhl, der in der Aufregung übersehen worden war, stand immer noch vor der Tür.

»Wahrscheinlich gehen sie auf den Markt«, meinte Aziza.

Lalo legte den Gang ein und blinkte, als er vorsichtig über den Busbahnhof fuhr, auf dem sich Aufregung breitmachte. Ob es wohl wieder Unruhen gab, fragten sie sich, am besten war es, sie verließen schnellstmöglich die Stadt, ehe sie mitten hineingerieten. Auf der Hauptstraße bog Lalo Richtung Kaduna ab und trat aufs Gaspedal. Er mochte in Kafanchan zwar eine Frau gefunden haben, deren Eltern auch die seinen gewesen waren, aber es war unwahrscheinlich, dass er je wieder hierher zurückkehren würde. Das letzte Bild, das ihm im Gedächtnis blieb, war Turais leerer blauer Stuhl, der vergessen neben dem Eingang der *bukka* stand.

6

Indigo

Der Anblick des indigofarbenen
Himmels war wunderschön.
Er zeigte sich, als die Dunkelheit
dem Licht für eine Weile erlaubte
zu leuchten.

Nimisha Toshniwal

Ziegelsteine und Blut

Seit sich Aziza erinnern konnte, hatte Kaduna stets nach saftigen, sonnenwarmen Mangos gerochen. Als sie in die Stadt hineinfuhren, stellte sie sich vor, wie sie mit geschlossenen Augen genau auf die Stellen, wo in den Straßen Mangobäume standen, zeigen und nur wenige Zentimeter danebenliegen würde. Sie hatte dieses Obst geliebt, bis mit dreizehn Jahren ihr Bedarf gedeckt gewesen war. Bis dahin hatten sie und ihre Freundinnen auf ihrem Schulweg in der Barakallahu Road, ganz in der Nähe ihres Zuhauses, eines Bungalows aus Ziegelsteinen, der ihrer Großmutter gehörte, die vom Baum gefallenen Mangos aufgehoben. Genau dort, im Schatten von abertausenden Bäumen, unter denen verrottende Früchte lagen, roch Kaduna tropisch für sie – warm, verführerisch, voller Leben: der Duft der Mangos. Zumindest bis zum Ende der Mangosaison, wenn das Obst im Gras verfaulte.

Sie kamen am Lugard-Monument vorbei. Zwei Steinsäulen links und rechts der Straße zu Ehren des Kolonialbeamten, der entschieden hatte, dass Kaduna ein guter Ort für die Hauptstadt eines Bundesstaates wäre. Manchmal staunte Aziza, durch welche Zufälle solche Entscheidungen zustande kamen, so wie sie entschieden hatten, ein Stück zurückzufahren, nach Kaduna, obwohl sie genauso gut Kurs auf Jos hätten nehmen können, das näher an Kafanchan lag. Aber nun waren sie in dieser Stadt gelandet, in der sie als Kind zum ersten Mal erfahren hatte, was Liebe bedeutete und was Hass und was Teilnahmslosigkeit.

»Daheim«, sagte Lalo lächelnd.

»*Nama!*«, kreischte Diallo.

Auch Aziza lächelte. »Es war einmal mein Zuhause, damals, als ich keine andere Wahl hatte.«

Er solle sich links halten, wies sie ihn an, denn gleich müsse er eine Kehrtwende machen. Ihre Stimme lenkte seine Hände auf dem Steuerrad, er fuhr durch eine schmale Straße nach der anderen, stets mit den kleinen, allgegenwärtigen Hiace-Bussen um den Platz streitend, bis sie Angwan Doki erreichten. Beim Anblick des verrosteten Tors, das auf einer Seite aus den Angeln hing, kamen all die Gefühle wieder hoch, deretwegen sie das Haus ihrer Mutter nicht als Zuhause bezeichnen konnte. In einem anderen Leben wäre dies womöglich ein Ort gewesen, den sie geliebt hätte – ein Doppelhaus inmitten eines sattgrünen Rasens, ein großzügiger Vorgarten –, aber in diesem Leben war es einfach nur der Ort, an dem ihre Mutter lebte, ein Ort, für den ihre Mutter ihre Kinder verlassen hatte.

Ihre Eltern hatten sich scheiden lassen, als Aziza sechs Jahre alt gewesen war. Die Erinnerungen an die zweite Ehe ihrer Mutter lagen in einer Schachtel, deren Inhalt sie wie eine Fremde begutachtete. Ihre Mutter hatte einen Mann geheiratet, der aus altem Geldadel stammte und ein Haus gebaut hatte mit Ställen im Hinterhof, in denen er argentinische Polopferde züchtete. Die Liebe zu den Pferden hatte den Großteil seines Herzens ausgefüllt und als er noch Gefühle für ihre Mutter dort hineingequetscht hatte, blieb kein Platz mehr übrig für Aziza und ihren Bruder. Selbst in seinem Palast mit den zwölf Zimmern gab es keinen Platz für die beiden. Da ihre Mutter diesen neuen Mann liebte oder sein Geld oder womöglich ihren Status als seine Ehefrau, wurden Aziza und ihr Bruder der Großmutter in Barakallahu anvertraut, die sie aufzog, so wie sie ihre eigene Tochter aufgezogen hatte. Mit dem Unterschied, dass es andere Zeiten waren und ihre Großmutter ihr stählernes Rückgrat verloren hatte, wie die meisten, wenn sie Großeltern werden. Aziza hatte die Hoffnung gehegt, ihr Vater könnte sie und ihren Bruder nach London holen, wo er seinen Master machte. Vor ihrem geistigen Auge sah sie ihn am See im Regent's Park die Enten beobachten, während er die Souvenirs – London Bridge, Big Ben und die batteriebetriebenen Doppeldeckerbusse – einpackte, die unablässig bei ihrer Großmutter eintrafen. Dieser Strom von Geschenken riss ab, nachdem eines Abends eine Gruppe Jugendlicher ihren Vater vor einer Telefonzelle in Bromley niederstach. Er hatte zu lange telefoniert und sie mussten einen dringenden Anruf tätigen. Erst Jahre später, als Teenager, begriff sie, dass es nichts mit dem Anruf zu tun gehabt hatte, sondern einzig und allein mit seiner lehmbraunen Hautfarbe. Damals lief in ihren Träumen sein Blut durch die Straßen, entlang der Bordsteine, schlängelte sich um Kurven und Biegungen, bis es sich in Westminster vor der Schwelle des Buckingham Palace zu einer Pfütze sammelte.

In Kaduna durften sie ihre Mutter an den Wochenenden besuchen, an denen ihr Stiefvater nicht in der Stadt war. Manchmal übernachteten sie bei ihr. Aziza war zwar auf die Pferde sehr neugierig, aber sie durften die Tiere nicht einmal streicheln. Ihr Interesse, sowohl an ihrer Mutter als auch an den Pferden, erlosch. Als die Tiere nach und nach verschwanden und ihr furchteinflößender Stiefvater zu einem ergrauten Männlein mit einem für sein hageres Gesicht viel zu großen Schnurrbart zusammengeschrumpft war, trug sie es mit Gleichmut und vermisste nichts.

Sie fuhren durch das Tor, das ihnen ein Mann in schlechtsitzender, verblasster kobaltblauer Uniform geöffnet hatte, und Lalo stellte das Auto direkt vor dem Carport ab, der bereits mit Wagen belegt war, an die sich Aziza noch aus ihrer Kindheit erinnerte. Ein alter Renault, der ehemals blitzweiße, mit der Zeit ergraute Peugeot 504 ihres Stiefvaters, der auf den Felgen stand, da die leeren Reifen mit dem Asphalt verschmolzen waren. Augenscheinlich war der Audi am besten gealtert.

Sie stiegen aus; ihre Mutter stand auf der Veranda und schirmte ihre Augen mit der Hand ab. Als sie Tochter und Enkelin erkannte, zog ein Lächeln über ihr Gesicht. Mit ausgebreiteten Armen ging sie die Verandastufen hinunter und wartete, bis Mina zu ihr rannte. Sie drückte das Kind an sich, wiegte die zarte Gestalt in einer herzlichen Umarmung. Liebevoller hatte Aziza ihre Mutter noch nie erlebt. Dann ließ sie Mina los, klopfte sich Fusseln und Falten aus dem fließenden, himmelblauen Gewand. Wie immer war sie zum Ausgehen angezogen.

Aziza verbeugte sich grüßend, woraufhin ihre Mutter mit völlig ausdruckslosem Gesicht nickte und ihre Tochter musterte.

»Was soll denn das Piercing in der Nase, Aziza?«

Aziza räusperte sich lediglich.

Für Lalo rang sie sich ein Lächeln ab, ein Blitz, der ihr Gesicht erhellte und im Nu verschwunden war.

Tee mit Ginseng

Majestätisch, wie sie war oder zu sein versuchte, ihre Mutter war nicht mehr dieselbe Respekt einflößende Frau, die Aziza noch bei ihrem letzten Besuch erlebt hatte. Zwar hatte sie ihre gespreizten Allüren nicht verloren, doch es gab besorgniserregende Anzeichen. So zitterte ihr zum Beispiel die Hand, als sie die Tasse mit dem Ginsengtee zum Mund führte, mit ausgestrecktem kleinen Finger, der ihre Zugehörigkeit zur Elite signalisieren sollte. Ihre Mutter hing in einer Vergangenheit fest, die nur noch innerhalb der Mauern ihres Hauses existierte. Aziza schüttelte den Kopf.

Es gab auch noch andere Anzeichen. Die Falten um ihre Augen, wenn sie Amal anlächelte – die Tochter von Azizas zweiter Stiefschwester –, die bei ihrer Oma die Ferien verbrachte. Ihre Gleichgültigkeit gegenüber dem Herumgerenne der beiden Enkelkinder, die im Wohnzimmer Fangen spielten, ihrem Lachen und Kreischen, das sich in die Luft bohrte. Ihre eingefallenen Wangen, die freundliche Stimme, als sie dem Hausmädchen, welches das Tablett mit den petrolfarben umrandeten Teetassen abstellte, sagte: »Richte ein Gästezimmer für Aziza her. Sie bleibt ein paar Tage.«

Aziza verschluckte sich heftig, hustete zweimal und legte die Hand auf die Brust, während sie das Glas Wasser abstellte, an dem sie genippt hatte. »Ich übernachte nicht, Mutter«, sagte sie und sah ihr direkt in die Augen. Es wäre dumm, sich ihrer Mutter als Geisel auszuliefern, während diese eine Kongokonferenz organisierte, die über Minas Schicksal entschied. Sie wusste nicht, was ihre Mutter vorhatte, aber sie würde ihr keine Chance lassen. Die Zukunft ihrer Tochter würde nicht von einem Komitee von Leuten entschieden werden, die das Kind allesamt nicht geboren hatten.

»*Haba!* Es ist schon spät. Du fährst doch bestimmt heute nicht mehr weiter?«

»Ich hatte nicht vor, hier in deinem Haus zu bleiben«, sagte Aziza und sah sich in dem riesigen Wohnzimmer um.

»Du bist aber sehr willkommen.«

»Nein, danke.«

»Bleib. Zumindest eine Nacht, lass mich etwas Zeit mit Mina verbringen.«

Aziza sah zu Boden.

Auch Lalo war davon ausgegangen, dass Aziza bei ihrer Mutter übernachten würde, er wollte sie selbst dann noch dazu überreden, als er aufbrach, um ein Hotel zu suchen. Aziza hatte darauf bestanden, dass er wie üblich zwei Zimmer buchte, und bekräftigte jetzt hier mit einem Kopfschütteln ihre Weigerung. Aus dem Augenwinkel sah sie, dass ihre Mutter das Hausmädchen wegscheuchte, allerdings war es kein Mädchen, sondern eine Frau mittleren Alters, die ein kariertes Kleid und eine Schürze trug. Bei Azizas letztem Besuch hatte es noch zwei Hausmädchen gegeben, doch diese Frau kannte sie nicht.

Ihre Mutter senkte den Blick und verflocht die Finger ineinander. In ihrem Haar, das unter dem Kopftuch hervorlugte, zeigte sich Grau. Zwei Kinder hatte sie (vier, wenn man Aziza und ihren Bruder dazurechnete), alle waren ausgeflogen, eins verheiratet, das andere noch in der Schule, und einen Mann, mit dem es zügig bergab ging. Wenn sich Aziza in diesem Haus je willkommen, je wohlgefühlt hätte, wäre sie womöglich über Nacht geblieben.

»Wenn du nicht übernachten willst, bist du hier, um mir etwas zu sagen.«

»Ich bin gekommen, weil ich dich sehen wollte, Mutter.«

»Und wahrscheinlich, um mir den neuen Mann an deiner Seite vorzuführen.«

»Nein. Ich wollte sagen, so weit sind wir noch nicht. Im Grunde war er derjenige, der darauf bestand, dass ich dich besuche. Er hat gerade seine Mutter verloren und ist der Ansicht, dass ich, wenn möglich, mit dir Frieden schließen soll, weil niemand weiß, was im Leben als Nächstes geschieht.«

»Frieden schließen? *Ikon Allah!* Entweder musst du ihm furchtbare Geschichten über mich erzählt haben oder du bist der Ansicht, dass ich bald sterbe. Beides ist nicht sehr erfreulich.«

»Nein, er hielt es einfach für eine gute Idee.«

»Du bist offenbar nicht seiner Meinung.«

»Ach, weißt du, du warst nicht gerade die ideale Mutter. Tut mir leid, wenn das harsch klingt, aber das ist die Wahrheit.«

Sie rechnete damit, dass ihre Mutter aggressiv reagieren, sie mit strengen Worten erinnern würde, welcher Platz ihr als Tochter zukomme, doch diese seufzte lediglich und senkte den Kopf.

»Ich weiß.«

Aziza blieb der Mund offen stehen.

Ihre Mutter goss Tee ein, dampfend stieg der Geruch von Ginseng empor. Sie nahm einen Löffel und rührte um, teils aus Gewohnheit, teils weil sie sich ablenken wollte; das Klirren von Metall gegen Porzellan klang tröstlich. Sie nahm einen Schluck und rührte wieder um. Als sie sprach, sah sie hinunter in die wirbelnde Flüssigkeit. »Heute schäme ich mich nicht, das zuzugeben. Gott weiß, ich habe mich bemüht, aber wahrscheinlich war es mir nicht gegeben. Deinem Vater, *Allah ya jikanshi,* fiel das früh auf. Damit fingen unsere Probleme an. Er war ein guter Mann.«

Aziza fragte sich, wer diese unbekannte Frau war, die ihr gegenübersaß.

»Ich habe dich mit deiner Tochter erlebt, ich habe euch beobachtet und ich frage mich manchmal, warum ich mit dir anders war. Aber vielleicht war ich einfach nicht zur Mutter geschaffen. Ich wollte nur meine Ruhe, keine heulenden und kreischenden Kinder. Das wirst du verantwortungslos finden, aber so empfand ich das damals.«

Aziza nickte in ihr Glas. Sie konnte in dem hellen Tee ihr Spiegelbild sehen. »Warum dann überhaupt Kinder?«

Der Blick ihrer Mutter irrte durchs Zimmer, dann zuckte sie die Achseln. »Was soll diese Frage? Es wurde von mir erwartet.

Deine Großmutter, möge sie in Frieden ruhen, hätte mich umgebracht, wenn ich irgendetwas anderes gesagt hätte. Außerdem wollte ich wohl auch Kinder. Nur mit diesem ganzen *hayaniya,* diesem Chaos, wollte ich nichts zu tun haben.«

Aziza nickte. Manchmal wollte auch sie nur ihre Ruhe, aber ihre Angst hinderte sie, ihr Kind jemand anders anzuvertrauen, und sei es lediglich für zwei Minuten.

»Ich bin nicht wie du, Mutter«, sagte sie schließlich. »Ich liebe meine Tochter. Ich würde alles für sie geben. Sie um jeden Preis beschützen.«

»Ich weiß, dass du nicht bist wie ich. Du ahnst gar nicht, wie sehr ich dich bewundere.«

»Du bewunderst mich?«

»Schon als kleines Mädchen hast du mich durchschaut. Ich wusste, du würdest ein besserer Mensch als ich, daher habe ich dich weggestoßen, damit ich nicht ständig vor Augen geführt bekam, was für ein Mensch ich war. Auch damit ich dich nicht beeinflusste und du nicht würdest wie ich.« Sie führte die Teetasse an die Lippen, hielt sie zierlich mit drei Fingern, der kleine Finger war immer noch abgespreizt, doch alle Anmut konnte nicht verbergen, dass sie zitterte.

Lange Zeit brachte Aziza kein Wort über die Lippen. Sie hörte den Kindern zu, die immer noch Fangen spielten und sich auf dem Teppich in der Ecke balgten.

»Dein Tee wird kalt«, sagte ihre Mutter. »Ginseng ist gut für dich, *kin sani ko*, das weißt du doch?«

Aziza nahm einen Schluck und fragte sich, seit wann ihre Mutter so besessen von Ginseng war und warum und wann diese Offenheit und diese zitternden Hände ein Teil von ihr geworden waren, ohne ihr makelloses Selbstbild in Frage zu stellen.

»Mein Freund Yarima ist … auf der Suche nach bestimmten Personen«, fing Aziza an, »und ich habe beschlossen, mitzureisen, weil ich Abstand brauche von dieser ständigen Forderung, meine Tochter herzugeben. Ich setze mich damit auseinander, wenn ich so weit bin, doch jetzt bin ich unterwegs, weil ich meine Tochter nicht so leichtfertig aufgeben kann wie du uns damals.«

»Das habe ich nicht. Ihr wart bei meiner Mutter. Ihr wart besser dran mit ihr.«

»Besser dran? Mutter, ich wurde in ihrem Haus vergewaltigt, von deinem Bruder und deinem Cousin, in ihrem Haus, weil du nicht da warst, um mich zu beschützen.«

Sie erwartete, dass ihre Mutter wieder alles bestreiten, ihren toten Bruder verteidigen würde, doch sie sagte nichts, rührte nur immerzu in ihrem Tee. Als sie aufblickte, waren ihre Augen feucht.

»Du, dein Bruder, deine Mutter oder dein Cousin, Mutter – ich weiß nicht, wer von euch mich am meisten verletzt hat.«

»Sag das nicht, Aziza.«

»Du hast sie verteidigt. Du hast sie beschützt, mich hast du Lügnerin und Hure genannt! Was für eine Mutter tut das denn?«

Ihre Mutter schluchzte tränenerstickt.

»Und als ich es Kaka erzählt habe, saß sie einfach wie eine Statue da. Reglos. Wortlos. Bis zu ihrem Tod hat sie keinen Ton darüber verloren, was ihr Sohn getan hat. Keinen einzigen.«

»Ach, Aziza!«

»Ich möchte wissen, warum.«

»Es tut mir leid.«

»Sag mir, warum! Mutter, sag, warum?«

»Also gut. Ich hatte Angst. Ich hatte Angst vor den Konsequenzen, wenn ich zugeben würde, was man dir angetan hatte. Dass dies nur geschehen konnte, weil ich zu beschäftigt mit meinem eigenen Leben war. Weil ich Angst hatte, mir einzugestehen, dass mein Bruder zu so etwas fähig ist. Weil ich ehrlich nicht wusste, was ich tun sollte, Aziza! Weil ich immer gewusst habe, dass du besser bist als ich, und wenn ich zugab, was dir zugestoßen war, würde dich das in meinen Augen beschmutzen …«

»Das ergibt doch null Sinn.«

»Ich bin nicht klug genug, um mit dir zu streiten, Aziza.«

»Ich möchte nicht streiten. Ich möchte einfach nur eine Antwort.«

»Also gut. Ich hatte Angst. Ich hatte Angst. Mir ist klar, dass das für dich keinen Sinn ergibt, aber so war es.«

Sie hörten Geräusche, ehe sie die Frage hörten. Azizas Stiefvater stand an der Treppe. »*Su waye a nan?* Wer ist denn da?«

Aziza konnte nicht glauben, dass er das fragte. Als könnte er ihre Stimmen nicht erkennen, als könnte er nicht sehen, dass sie auf dem Sofa saßen und ihre Tränen in die kleinen Teetässchen tropften.

»Es sind bloß Aziza und ich, Alhaji. Wir trinken bloß Tee.« Ihre Mutter wischte sich mit einer Serviette über die Augen.

Aziza begrüßte ihn.

»Ah! Aziza, du bist in der Stadt? Herzlich willkommen.«

Sie bedankte sich. Er befragte sie zu ihrer Reise und verkündete, sie könne gern bleiben. »Wir haben genügend Zimmer, *kin ji ko?*«, sagte er.

Aziza gaffte seinen Schnurrbart an, der mittlerweile nur noch aus einigen drahtigen, grauen Strähnen bestand, die sich an sein eingefallenes Gesicht klammerten. Als er zurück in sein Zimmer ging, konnte sie hören, wie seine Flipflops träge über den Boden schlurften.

Die beiden Frauen schwiegen eine Weile. Da die Kinder mittlerweile woanders tobten, war die Stille ohrenbetäubend.

Aziza stand auf und sah ihre Mutter an. Sie tat ihr leid und sie wünschte, ihre Beziehung wäre so, dass sie sie jetzt in den Arm nehmen könnte. »Ich habe auch Angst. Angst, dass meiner Tochter, wenn ich nicht da bin, um sie zu beschützen, das Gleiche widerfahren könnte. Das verstehst du hoffentlich.«

»Aziza.« Die Stimme ihrer Mutter bebte. »Es tut mir leid. Alles tut mir leid. Ich war nie für dich da, ich weiß. Aber ich möchte dich nicht auch noch verlieren.«

Aziza war unfähig Wut zu empfinden, unfähig mit den Flammen ihres Zorns die Haut der Mutter zu versengen.

»Dein Stiefvater ist der einzige Mensch, der mich je verstanden hat, und jetzt habe ich Angst, dass er stirbt und mich alleinlässt.«

Als Aziza sah, wie ihre Mutter, die immer ruhig, manchmal kalt, gar eisern gewesen war, weinend in sich zusammenfiel, erbebte sie und ihr verhärtetes Herz taute ein wenig auf.

Stück für Stück

Lalo streckte und reckte sich und ließ die Arme kreisen. Mittlerweile war der Schmerz in seiner Schulter dumpf geworden, wie ein Echo tief aus seinem Körperinnern, das bis zu seiner Haut drang. Es gelang ihm fast eine komplette Kreisbewegung, aber er spürte, dass er nur eine winzige Bewegung von einem Sehnenriss entfernt war. Womöglich riss auch gleich seine Haut, wie die Naht eines schlecht genähten Kleidungsstücks. Dass er den Gebrauch seiner Arme Stück für Stück zurückgewann, war ein kleiner Sieg, der gefeiert werden musste.

»Keinen Verband mehr«, sagte er zu Aziza, die auf dem Bett saß und ihn beobachtete.

Sie hatte den alten Verband mit mechanischen Bewegungen abgewickelt, ihre Hände verrichteten die Arbeit automatisch, während ihre Gedanken woanders waren. Sie hatte den alten Verband, die Pflaster und die immer noch nach Desinfektionsmittel riechenden Wattepads in eine Plastiktüte gesteckt, diese zugeknotet und auf den Boden fallen lassen. Und nun saß sie da, die Ellbogen auf den Knien, eine Wange auf die Faust gestützt, und sinnierte weiter vor sich hin.

Lalo machte sich Sorgen. War es klug von ihm gewesen, dass er sie so zu dem Besuch bei ihrer Mutter gedrängt hatte? Ihr grüblerisches Schweigen, die gerunzelte Stirn und der grimmige Blick verrieten ihm, dass die Unterhaltung kein gutes Ende genommen hatte. Das hatte er in dem Augenblick geahnt, als sie ins Hotel gekommen war, ihm ihre Tochter überreicht und gesagt hatte, sie gehe spazieren. Er hatte mit dem Mädchen Vater-Mutter-Kind gespielt, während seine Gedanken bei Minas Mutter weilten.

Als Aziza zurückkehrte, wollte sie nichts essen, brachte Mina zu Bett und eine Stunde später klopfte sie bei ihm. Wie es seiner Wunde gehe und ob sie sich darum kümmern solle? Während sie den Verband abwickelte, hatte er sich nach ihrer

Mutter erkundigt. Azizas Antwort war einzig ein Kopfschütteln gewesen.

Angesichts der gut verheilten Wunde beschlossen sie, den Verband wegzulassen. Sie hatte sich auf die Bettkante gesetzt; ihr Körper und das Gewicht ihrer Gedanken lasteten auf der Matratze.

Er kniete sich vor Aziza hin und nahm ihr Gesicht in seine Hände.

»Dieser Cousin«, sagte er, »sag mir, wo er wohnt.«

*

Aziza stand auf, stellte fest, dass es bereits sechs Uhr morgens war, und entspannte sich etwas, als sie sah, dass ihre Tochter neben ihr schlief, ihr kleiner Körper in das Mitternachtsblau der Bettwäsche gekuschelt, ihr Atem regelmäßig. Sie wusste nicht, weshalb die Angst sie aufgeweckt hatte, und ihr Herz raste auch noch, während sie das Morgengebet sprach. Sein Takt störte den Rhythmus ihrer leisen Fürbitte. Nach dem Salam hob sie die Handflächen gen Himmel und betete um Frieden für ihre Gedanken, ihren Körper, die dunklen Ecken der Welt und ihr Herz. Als sie ihren Gebetsteppich wegräumte, hielt das Trommeln in ihrer Brust weiter an. Sie nahm das Hoteltelefon und wählte Lalos Zimmer. Es klingelte. Sie legte auf und eilte vorbei an den scheußlichen Gemälden, die an den ultramarinblauen Wänden des Korridors hingen, zu Lalos Tür. Ihr Klopfen verhallte ungehört. Also ging sie die Treppe zur Rezeption hinunter.

Der junge Mann, der hinter dem Empfang lümmelte, setzte sich aufrecht hin, als sie sich näherte. Ihre Bitte erstaunte ihn offenbar.

»Ersatzschlüssel?«, wiederholte er. »Aber *oga* ist ausgegangen. Gegen vier Uhr. Er ist bisher nicht zurückgekommen.«

Wohin konnte Lalo gegangen sein? Wen kannte er in Kaduna? Sie wusste, dass er seit dem Messerangriff nicht mehr joggen gewesen war. Sein Auto stand nicht draußen auf dem

Parkplatz. Sie hastete zurück in ihr Zimmer, wo Mina immer noch schlief, und suchte in ihrer Tasche nach dem Handy, das seit Tagen ausgeschaltet war. Sie drückte den Einschaltknopf und hörte, wie sich das Gerät mit einer kleinen Melodie zurückmeldete. Fast umgehend piepsten Meldungen herein. Mit einem flüchtigen Blick sah sie, dass einige der Nachrichten von ihren Angestellten waren, mehrere von ihrer Freundin Maria und zwei von Yahya.

Alles ignorierend, wählte sie Lalos Nummer und hielt sich das Mobiltelefon ans Ohr. Er war nicht erreichbar. Sie versuchte es mehrmals vergeblich. Unruhig ging sie im Zimmer auf und ab, fragte sich, warum sie das Gefühl nicht loswurde, dass etwas Schreckliches passiert war. Ihr Handy klingelte, Aziza hastete hin und stellte enttäuscht fest, dass es ihr Schwager war. Seufzend wartete sie, bis das Klingeln aufhörte, und schaltete das Mobiltelefon wieder aus.

Was getan werden musste

Sobald Lalo seine Zimmertür aufschloss, hörte er das Hoteltelefon klingeln. In der Annahme, es sei die Rezeption, nahm er ab und Azizas Stimme flutete aus dem Hörer. Der Anruf war zu Ende, noch bevor er richtig begriffen hatte, was sie gesagt hatte. Gleich darauf, er war noch nicht einmal vom Bett aufgestanden, auf das er sich zum Telefonieren gesetzt hatte, klopfte sie. Lalo sah an sich herunter. Es war zu spät, um sich umzuziehen.

»Ich bin nicht angezogen«, brüllte er.

»Das kann nicht sein, es sei denn, du hast dein Hotelzimmer bereits nackt betreten. Mach auf, Yarima.«

»Ich muss mich noch schnell umziehen, Aziza.«

»Mach sofort auf!«

Er öffnete und wurde von ihr fast beiseitegeschoben, so hastig drängte sie herein. Mit einem Blick erfasste sie ihn von Kopf bis Fuß. »Da ist Blut an deinem Ärmel, genau da. Warum ist Blut an deiner Kleidung? Wo warst du?«

Lalo sah auf ihren Finger, der auf einen kleinen Spritzer zeigte, bei dem es sich um die Folgen eines Kratzers hätte handeln können. »Ach, das ist nichts«, sagte er, wandte sich ab, zog sein Hemd aus und wischte sich damit den Körper ab. »Ich war laufen und muss irgendwo an einem Gebüsch hängen geblieben sein.«

»Was redest du da?« Sie trat auf ihn zu und drehte ihn zu sich. »Da ist Staub an deinem Knie. Deine Fingerknöchel haben Prellungen. Was hast du getan?«

Lalo seufzte. »Etwas, das getan werden musste.« Er ging an ihr vorbei und setzte sich auf das Bett. »Nichts, worüber du dir den Kopf zerbrechen müsstest.«

Sie schlug die Hände vors Gesicht und fiel vor ihm auf die Knie. »Was hast du getan?«

»Ich habe diesem Cousin einen Besuch abgestattet.« Er spuckte das Wort Cousin mit einer solchen Verachtung aus, dass sie zurückwich.

Wie Aziza angedeutet hatte, war der Mann nicht schwer zu finden gewesen. Sein Haus stand direkt gegenüber einer Privatschule in Malali, und als Lalo sein Auto dort geparkt hatte, musste er nur noch warten. Der *azan* klang klar und deutlich durch die kühle Morgendämmerung. Die Dringlichkeit in der Stimme des Muezzins passte bestens zu Lalos immer schneller werdendem Herzschlag. Kurz darauf verließen die Männer, einer nach dem anderen, die Moschee. Bald danach trat der Cousin aus seinem Haus, seine weiße Dschellaba wehte im Morgenwind, als er das Tor schloss. Lalo war aus dem Auto gestiegen und eilte ihm nach. Er hatte seinen Namen gerufen, um sicherzugehen, dass es sich um den Richtigen handelte, ehe er ihm die Faust ins Gesicht rammte, dabei das Käppchen weg- und ein, zwei Zähne ausschlug. Der Mann taumelte rückwärts und war so schockiert, dass er keinen Ton herausbrachte. Treffsicher zielte Lalo auf die Rippen und hörte befriedigt Knochen knacken, ehe er erneut das Gesicht des Cousins bearbeitete, wobei ihm die Zähne des Mannes die Haut aufrissen. Lalo hatte sich noch nie mit jemandem geprügelt, den er derart verabscheute, und hörte auch dann nicht auf, als der andere auf dem Boden lag.

Er packte den Mann beim Kragen seiner blutbefleckten Dschellaba, so dass dessen Gesicht nur Zentimeter von seinem entfernt war und sich der keuchende Atem des Mannes rau wie Schmirgelpapier auf seinen Wangen anfühlte.

»Wenn du das nächste Mal daran denkst, ein Mädchen zu vergewaltigen, dann erinnere dich an diesen Morgen, du Scheißkinderschänder.« Er rammte dem anderen die Stirn gegen die Nase und ließ ihn los. Der Mann ging erneut zu Boden. Genau in diesem Augenblick schrie ein Moscheegänger, der die letzten Sekunden des Kampfes mitbekommen hatte, laut los. Als Lalo auf ihn zuging, machte der Zeuge auf dem Absatz kehrt und suchte im Gotteshaus Schutz. Lalo drehte sich um und spurtete zu seinem Wagen.

All das verschwieg er Aziza, obwohl sie ihn kniend anflehte, er solle ihr sagen, was er getan hatte.

»Wir haben uns einfach unterhalten«, sagte er.

»O mein Gott! Du hast ihn umgebracht.« Sie stand auf und wandte sich, die Hand auf den Kopf gelegt, von ihm ab.

»Nein. Ich habe nur in einer Sprache mit ihm geredet, die er versteht. Er wird es überleben, versprochen.« Er stand auf und ging ins Badezimmer. »Ich schlage vor, du ziehst dich an und packst. Wir brechen gleich auf.«

Unter dem Nebel

Als Lalo dem Regen zusah, der die Fensterscheibe hinablief, war sein einziger Gedanke, dass er ihnen, wenn sie noch einen Tag länger in Jos blieben, Strickjacken oder leichte Mäntel gegen die Kälte kaufen musste, die aus dem Nebel aufstieg, wie eines jener Rachewesen, über die er in seinen Chroniken geschrieben hatte. Der Regen wusch die Pflastersteine und lief in die Abflussschächte. So wie ihm die Erinnerungen durch den Kopf liefen.

Lalo erinnerte sich an den Tag, an dem er Jos zum ersten Mal gesehen hatte – als er noch nichts von seinem früheren Leben hier gewusst hatte –, und zwar durch die Fenster des Armeebusses, der sie in die Berge gebracht hatte, wo sie ihre Kampfausbildung und Unterricht im Kartenlesen erhalten würden. Es fühlte sich an, als wäre das ein ganzes Leben her. Schon damals war die Stadt in stetem Wandel begriffen gewesen, hatte sich gespalten und geteilt, wie ein Schachbrett mit unsichtbaren Mauern, die sich zwischen den einzelnen Feldern erhoben. Diese Erinnerung ging ihm durch den Kopf, als er in den Nebel hineinfuhr, die Erinnerung an eine Stadt, die sich in schmerzhaften Geburtswehen befand. Damals war Jos die Stadt seiner Militärausbildung gewesen. Jetzt war es die Stadt seines ersten Lebens, die Stadt Indos und des Mannes, der diesem Leben ein vorzeitiges Ende bereitet hatte. Des Mannes, den er finden wollte.

Es war eine lange Fahrt gewesen, länger als die veranschlagten vier Stunden. Zuerst hatten sie auf ein Wunder warten müssen, denn die Straße war blockiert, weil Entführer einen Wagen vor ihnen unter Beschuss genommen hatten. Schließlich war die Polizei gekommen und hatte die Straße geräumt. Eine halbe Stunde hatten sie in einer Werkstatt verloren, weil sich die Verankerung des Gaspedals gelockert hatte. Dann mussten sie sich durch die Armee-Checkpoints schlängeln, als wäre dies ein besetztes Land.

Während Aziza und Mina sich in ihrem Zimmer frisch machten, saß Lalo am Fenster und telefonierte. Die Stimme seines Bruders klang schwer. Nura war im ehemaligen Zimmer der Mutter gewesen, als Lalo anrief. Er wusste selbst nicht, was er dort gesucht hatte. Die gemeinsame Trauer übersprang die Entfernung und verband sie miteinander. Hätten doch nur ihre Arme die gleiche Reichweite, dann könnte er seinen Bruder festhalten, dann könnten sie einander in die Augen sehen, wenn sie Geschichten über ihre Mutter austauschten.

Indo hörte die Traurigkeit in seiner Stimme, als er sie anschließend anrief. Schweigend hörte sie sich an, was er in Kaduna getan hatte, wie wütend er auf den Mann gewesen war, den er zusammengeschlagen und verletzt hatte, allerdings nicht so tief, wie dieser Mann Aziza verletzt hatte.

»Du wirst in diesem Leben nicht mehr klug, Babayo«, sagte Indo, als er seine Geschichte beendet hatte.

Lalo lachte, doch sein Lachen wirbelte herum wie ein in seiner Traurigkeit gefangener Staubteufel.

»Hast du es ihr schon gesagt?«, fragte Indo mit klarer Stimme.

»Habe ich, allerdings keine Details, aber sie wusste, was passiert war. Hat das Blut auf meinem Hemd gesehen. In den sechs Stunden, die wir seit Kaduna im Auto gesessen sind, hat sie kaum ein Wort an mich gerichtet.«

»Nein, Einfaltspinsel. Ich wollte wissen, ob du ihr gesagt hast, was du für sie empfindest.«

Das Schweigen floss zwischen ihnen wie ein warmer Strom durch den Nebel von Jos. »Ich weiß nicht, ob ich das kann.«

»Natürlich kannst du das. Du hattest den Mut, einem Mann ihretwegen das Gesicht zu zertrümmern. Dann solltest du auch den Mut haben, ihr den Grund zu nennen.«

»Großer Gott! Du sprichst wie eine alte Frau.«

»Aber ich bin alt, *saurayi.*«

Lalo schwieg eine Weile. »Nicht für mich.«

»Dummkopf«, lachte sie. »Bis vor ein paar Tagen hast du nicht mal mehr gewusst, wie mein junges, schönes Gesicht ausgesehen hat.« Ihr Gelächter schwebte empor. Er wünschte, sie würde nie aufhören zu lachen. »Erzähl mir von dieser Schlampe in Kafanchan und deinem Arschlochbruder.«

Während er erzählte, knisterte ihr Schweigen mit Gefühlen, die ihm unangenehm waren. »Du hast ihr verziehen? *Kai fa wawa ne,* du bist ein Einfaltspinsel, Babayo.«

»Und du hast diesen Einfaltspinsel geliebt, Indon Babayo«, sagte er selbstgefällig.

»Ja. Ich liebe ihn immer noch«, seufzte sie. »Aber warum hast du ihr verziehen?«

»Mir steht es nicht zu, ihr ihre gerechte Strafe zukommen zu lassen. Ich eigne mich nicht zum Richter.«

»Trotzdem hast du einen Mann bestraft, weil er eine Frau verletzt hat, lange bevor du sie kennengelernt hast.«

Lalo zuckte die Achseln. »Wie gesagt, ich bin ein Einfaltspinsel.«

»Wäre ich da gewesen, ich hätte ihr die gerechte Strafe zukommen lassen«, sagte sie mit Reibeisenstimme. Nach kurzem Schweigen fügte sie hinzu: »Doch jetzt bist du in Jos. Du wirst Alhaji Basiru finden. Er hat deinem Leben ein Ende gemacht und meins zerstört. Ich weiß nicht, was schlimmer ist, aber ich weiß, dass selbst ein Hund ihm seine Strafe zukommen lassen würde. Benimm dich nicht wie ein Einfaltspinsel, wenn du diesen Eidechsenarsch findest.«

Lalo nickte und streckte die Hand aus, als könnte er ihr Gesicht berühren und die Tränen wegwischen, die, wie er wusste, ihr Gesicht hinabrannen. Er umfasste das Handy fester und redete auf sie ein und seine Worte woben eine Girlande, die von Jos nach Kano reichte, so lange, bis Indo wieder lachte und ihn Einfaltspinsel nannte.

Als sie ihr Telefonat beendeten, hatte eine tiefe, indigofarbene Dunkelheit den Nebel verschluckt. Da es regnete und er keinen Schutz gegen die Kälte besaß, wollte er ungern nach draußen. Seine morgendliche Aktion in Kaduna und die lange Fahrt hatten ihn erschöpft. Trotzdem er genug von Hotels hatte, würde er sich Essen aufs Zimmer bestellen, endlich duschen und im

Bett Pläne für seine Ausstellung schmieden. Der nächste Tag war Alhaji Basiru und der Stadt gewidmet, in der Indos Liebe immer noch greifbar in der Luft lag.

Sie klopfte. Nicht so dringlich wie am Morgen. Er öffnete und Aziza drängte an ihm vorbei. Sie ergriff seine Hände und betrachtete seine Fingerknöchel.

»Zuerst hattest du Bauernhände. Jetzt die eines Preisboxers. Warum genügen dir deine Künstlerhände nicht?« Sie ließ seine Hände los, ging ins Badezimmer und kam gleich darauf mit einem Glas heißem Wasser zurück. Aus dem Schrank holte sie seine Tasche, der sie die kleinere Tasche entnahm, die bei ihnen unter »Sanitätskasten« lief.

Schweigend reinigte sie mit einem Taschentuch die Wunden, drückte sanft auf die kaum sichtbaren Schwellungen. Dann tupfte sie mit einem Wattebausch darüber, den sie mit Desinfektionsmittel getränkt hatte.

»Ich danke dir«, sagte sie und küsste seine Hände. »Aber das war dumm von dir. Du hättest schwer verletzt werden können. Irgendwann wird diese Ritterlichkeit dich umbringen.«

In ihren Augen standen Sorge und Beifall. Er zog ihren Kopf zu sich und küsste ihre Stirn. Dann lehnte er seine Stirn gegen ihre.

»Ich hatte Angst, dass du dich meinetwegen in Gefahr bringst, wegen eines Mannes, der mir nichts bedeutet.«

»Ich hasse ihn. Hasse, was er dir angetan hat.«

»Warum?«

»Warum was?«

»Warum hasst du, was er mir angetan hat?«

»Weil das etwas absolut Böses ist. Weil das kein Mensch jemals einem anderen antun dürfte. Weil du mir sehr viel bedeutest«, er sah ihr in die Augen. »Weil ich dich liebe.«

Zunächst konnte er ihre Gedanken nicht entziffern. Schließlich zuckte ein Lächeln um ihre Mundwinkel. Sie legte ihm die Hand auf die Brust und schob ihn sanft weg, beugte sich vor und nahm Glas und Sanitätskasten. »Wir müssen uns deine Schulter ansehen. Hoffentlich ist durch deinen Rambo-Einsatz nichts aufgerissen.« Sie stand auf und ging zum Badezimmer, drehte sich um. »Ich habe mit meiner Mutter gesprochen. Jetzt musst du deinen Teil der Abmachung einhalten.«

Auf ihrem Gesicht lag ein Leuchten, das all das sagte, worüber sie schwieg.

»*Nama!*«, kreischte Diallo in seinem Käfig und schlug mit den Flügeln.

»Halt den Schnabel, du Spitzbube!«, lachte Lalo.

Aziza lächelte, ging ins Badezimmer und schloss die Tür.

Auf der Suche nach Basiru

Lalo bog um die Kurve der Straße, die um den alten Unicampus herumführte, und hielt an, um mit den Fulani-Frauen zu reden, die am Straßenrand Kindirmo verkauften. Ja, sie kannten ’Yan Karta, er solle einfach weiterfahren und auf der rechten Straßenseite Ausschau halten. Irgendwann werde er eine Gruppe Männer sehen, die unter einem Baum am Straßenrand säßen. Da sei er dann richtig.

Aziza zog den Reißverschluss ihrer Jacke hoch und drückte sich in den Rücken des Autositzes. Obwohl es sonnig war, fühlte sie die Kälte bis in die Knochen. »Ich war noch nie in Jos«, sagte sie. »Du hättest mich vorwarnen sollen, wie eisig es hier ist.«

»Daran habe ich nicht gedacht«, erklärte er. »Diese ganze Sache war eher spontan.«

»Ich spüre meine Finger nicht mehr«, beschwerte sich Mina auf der Rückbank.

»*Nama!*«, kreischte Diallo, der sich aufgeplustert hatte und dicker aussah, als er tatsächlich war. Lalo schmunzelte. »Wir hätten den armen Diallo im Hotel lassen sollen. Was dich betrifft, Prinzesschen, für dich müssen wir Handschuhe finden. Doch vermutlich bleibt es nicht lange so kalt.«

Den Männern, die unter dem Baum saßen, schien das Wetter nichts auszumachen. Sie hockten am Straßenrand auf Matten, vor ihnen lagen Karten, und sie waren ganz ins Spiel vertieft. Neben ihnen schlug ein Schreiner, der einen alten Schrank renovierte, rhythmisch mit dem Hammer Nägel ein. Am Rand einer Matte schabte ein *wanzami* einem Mann das graue Haar vom Kopf, tauchte fachmännisch sein Messer in eine kleine Aluminiumtasse, so dass Haar und Schaum im Wasser zurückblieben, ehe er die saubere Klinge wieder anlegte.

Lalo stieg aus dem Auto und warf den Männern ein Salam zu. Sie erwiderten den Gruß, sahen von ihrem Spiel hoch, in ihren alten Augen lag Misstrauen. Indo hatte gemeint, sie könnten ihm den Weg beschreiben.

»*Sannunku da aiki*«, sagte er. »Ich suche nach Alhaji Basiru. Es hieß, Sie wüssten, wie ich zu seinem Haus komme.«

»Welcher Alhaji Basiru?«, wollte ein dunkelhäutiger Mann wissen. Er kratzte sich den grauen Stoppelbart und sah zum *wanzami* hinüber. »Basiru Gajere oder Basiru Kafinta?«

Lalo sah verblüfft drein. »Das weiß ich nicht. Er ist alt.«

»Sowohl der Kurzgeratene als auch der Schreiner sind alt, wie wir alle, junger Mann.«

»Soweit ich weiß, hat er vor langer, langer Zeit in der Mine gearbeitet.«

»Oho! Wir haben alle in der Mine gearbeitet. Deswegen sind unsere Väter hergekommen. Ich war nicht älter als das Mädelchen da, als ich anfing, in der Mine zu arbeiten.« Der Mann deutete auf Mina, die durch die Autoscheibe spähte.

»Verstehe.« Wenn der Mann Schreiner gewesen wäre, hätte Indo das sicher erwähnt. Lalo bat um Geduld und rief sie an. Sie nahm ab und er erklärte ihr, was das Problem war. Sie gab ihm Anweisungen, was er sagen solle. Lalo steckte das Handy weg und wandte sich an den Mann, der bereits weiterspielte.

»Man nannte ihn Karambau«, sagte er.

»Oho!«, sagte der Mann. »Warum sagen Sie das nicht gleich, *ai*. Der, den Sie suchen, wäre hier, wenn er nicht krank wäre. Der Platz da auf der Bank, da sitzt er sonst immer.«

»Was hat er denn?«

»Das Alter, was sonst. Der Mann ist wahrscheinlich fast hundert.«

»Wer, Karambau?«, meinte ein anderer. »Wer hat dir denn das erzählt? Der ist nie und nimmer hundert. Ist er etwa älter als mein älterer Bruder? Karambau ist gleich alt wie Dalha. Und Dalha ist nicht mal neunzig.«

»*Kwarai kuwa.*«

»Wo finde ich den Mann?«, fragte Lalo.

Gangare

Gangare war ein rätselhaftes Labyrinth aus gewundenen Gassen mit alten Häuschen, die so eng standen, dass sie einander hätten wegpusten können. Manche waren auf Felsbrocken gebaut und doppelt so hoch wie die anderen. Der Junge, der eingewilligt hatte, sie zu führen, eilte voraus, bog hier und dort ab, hüpfte über das Abwasser, das dick und schwarz durch manche der Gassen floss.

Noch nie war Lalo in einem so verschachtelten Slum gewesen, und er sah an Minas wissbegierigen Augen und ihrer gekrausten Nase, dass dies für sie, das Kind aus Abuja, das breite Straßen und große Häuser gewohnt war, eine außergewöhnliche Erfahrung war. Sie gingen an Türen vorbei, in denen Vorhänge aus Abdeckplanen hingen und über deren Türpfosten ostentativ die »*Ba Shiga*«-Hand prangte, manchmal in roter Farbe, gelegentlich in Blau.

Der Junge blieb vor einem der Häuser stehen, das auf einem einzelnen Felsen erbaut war; eine der Mauern war vor vielen Jahren eingestürzt und mittlerweile am Fuße des Hügels zu einem überwachsenen Buckel geworden. Die Sparren, die einst einen Teil des Daches getragen hatten, stachen wie urzeitliche Reste in die Luft.

Während ihr Führer verschwand, um nach Karambau zu fragen, sah Aziza am Gebäude hoch. »Hat er schon immer hier gewohnt? Ist er nicht angeblich reich?«

Lalo zuckte die Achseln. »Vor siebzig Jahren stellte ein solches Haus wahrscheinlich was dar. Außerdem verband man 1967 mit dem Begriff reich etwas anderes als heute.«

»Das weiß wohl keiner besser als du«, lachte sie.

Begleitet von dem Jungen trat ein bejahrter Mann aus dem Haus. Er musterte sie.

»Willkommen«, sagte er. »Seid ihr diejenigen, die nach Karambau suchen?«

Lalo bejahte. »Sind Sie das?«

»O nein. Mein Vater.« Er streckte Lalo die Hand entgegen. »Er schläft. Heute war keiner seiner guten Tage.«

Lalo seufzte.

»Seiner guten Tage?«

»Ja, seit gestern hat er Fieber, das heute gestiegen ist.« Er schüttelte den Kopf. »Von woher kommen Sie und weshalb wollen Sie ihn sehen?«

»Wir sind zu Besuch hier, wir kommen aus Abuja«, antwortete Lalo.

Das Lächeln des Mannes wurde breiter. »Den ganzen Weg von Abuja? *Lallai! Sannunku da zuwa.* Warten Sie, ich hole Ihnen eine Matte zum Sitzen und etwas zu trinken.« Er hatte sich schon umgedreht, bevor Lalo etwas sagen konnte.

»Wenn wir ihn jetzt nicht sehen können, ist das nicht nötig.«

»Wir dürfen ihn nicht wecken. Er ist alt und in einem schlechten Zustand, wie Sie sich vorstellen können. Aber verraten Sie mir doch, wer Sie sind. Woher kennt jemand aus Abuja meinen Vater?«

»Es ist wichtig, dass wir ihn sehen«, warf Aziza rasch ein, ehe Lalo antworten konnte. »Wir bringen ihm eine Nachricht von einem alten Freund. Deswegen haben wir den ganzen weiten Weg auf uns genommen. Ihr Vater wird wissen wollen, was uns hierhergeführt hat, ehe er seinen Frieden mit Gott macht.«

Der Mann sah sie an und kratzte sich den grauen Bart. »Na gut, vielleicht ist er wach, wenn Sie später nochmals vorbeischauen. Oder noch besser morgen. Leider werde ich dann auf Geschäftsreise sein, komme aber bald wieder zurück. Wenn es ihm etwas besser geht, treffen Sie ihn womöglich hier auf dem *dakali* an. Und wenn er kräftig genug ist, geht er nach 'Yan Karta und plaudert mit seinen alten Freunden.«

Ganz kurz spielte Lalo mit dem Gedanken, ihm seine Handynummer zu geben. Über seinem Kopf berührten sich die Dächer der benachbarten Häuser beinahe und in der schmalen Gasse lief die Sonne ihr einsames Rennen. Wäre er ohne Mina und Aziza gekommen, hätte er Matte und Wasser angenommen.

Das Donnern der Hufe hat aufgehört

Sie fuhren durch die Stadt, folgten langsam dem Lauf der Sonne, vorbei am Bahnhof, der aus allen Nähten platzte, vorbei an den klobigen Ruinen der großen Markthalle, die vor vielen Jahren einem Feuer zum Opfer gefallen war, vorbei an ganzen Schwärmen von Händlern und deren auf der Straße ausgelegten Waren, entlang der schmalen Bauchi Road mit ihren vielen Kreuzungen und Taxiständen. Bei einem Obstverkäufer erkundigten sie sich nach dem Weg und folgten der Richtung, in die seine Hand wies, immer geradeaus, vorbei am Tor der Universität, das in Lalos erstem Leben noch nicht existiert hatte, bis zur Kreuzung, wo die Ring Road abrupt von der Bauchi Road abbog. Er parkte ganz in der Nähe der Minibusse, die nach Bauchi fuhren; sein Wagen stand zur Hälfte auf dem Seitenstreifen.

Der Mann, der lautstark Passagiere zu den Bussen Richtung Bauchi lockte, unterbrach seine Litanei und wies ihm den Weg zur Rennbahn. Lalos Herz krampfte sich zusammen. Diese Häuser, Schulen und Straßen konnten unmöglich der Garten sein, in dem Indo und er vor Jahrzehnten ihre Liebe ausgesät und beobachtet hatten, wie sie von zarten Trieben zu üppigen Gewächsen erblühte. Seufzend ließ sich Lalo auf dem Fahrersitz zurücksinken. Aziza antwortete mit einem Brummen, als er ihr seine Beobachtung mitteilte. Mit enttäuschtem Gesicht wendete er den Wagen und fuhr nach Filin Sukuwa hinein, wie das Stadtviertel mittlerweile hieß.

Auf der endlos weiten Fläche, die er in seinen Träumen und Erinnerungen vor sich sah, war eine Stadt entstanden, Häuser und Menschen wucherten wie Unkraut im Garten seiner Träume.

Wieder parkte er am Rand der Fahrbahn, vor einem von Hecken umgebenen Haus, und stieg aus. Er ging ein Stück, blieb mitten auf der Straße stehen und stellte sich mit geschlossenen Augen die lärmende Menschenmenge vor, die donnernden

Pferdehufe, das Beben, das sie verursachten und das ihm von den Füßen bis ins erzitternde Herz emporstieg. Er war wieder ein Junge auf Vaters Schultern und beobachtete, wie die Muskeln unter dem schweißglänzenden Fell arbeiteten. Erinnerte sich wieder an die Farben der Pferde. Fuchsrot, Windfarben, Dunkelbraun, Weißisabell, Apfelgrau. Seine Lippen schlossen sich um diese Worte, als wären sie Geschenke aus seiner Vergangenheit.

»Geht es dir gut?«, fragte Aziza. Sie war ausgestiegen und ihm gefolgt.

»Die Pferde waren bildschön.« Mit immer noch geschlossenen Augen hob er einen Finger und zeigte vage in die Luft. »Dort unten waren Bäume. Und Menschen.«

»Und Indo.«

Er öffnete die Augen und sah die Traurigkeit in ihrem Blick. »Und auch mein Vater«, sagte er. »Aber an sein Gesicht kann ich mich nicht mehr erinnern.«

Aber er erinnerte sich an die Liebe seines Vaters, wie sicher er sich auf dessen Schultern in der Menge gefühlt hatte. Von der Frau, die ihm dieses Leben geschenkt hatte, blieb nur eine Leerstelle, weit wie der Himmel. Eine Lücke, die von Indos Gesicht und ihrem lieblichen Lachen gefüllt wurde. Schuldgefühle breiteten sich in seinem Herzen aus, wie ein Tintenfleck aus leuchtend dunklem Indigo. Die Traurigkeit wog so schwer wie die Hügel, die dem Horizont Kontur verliehen.

»Hier ist vieles passiert«, sagte Aziza. »Diese Stadt hat sich verändert. Dies ist nicht mehr derselbe Ort, in den Babayo hineingeboren wurde.«

Es war nicht derselbe Ort, aber er war auch nicht mehr derselbe Mensch. Die Zeit war ein rauschender Fluss und Menschenleben waren wie Wasserpflanzen, die mit den Gezeiten gediehen und vergingen. Und das Donnern der Hufe hatte aufgehört – außer in seiner Erinnerung –, doch die Liebe, die er hier erfahren hatte, war ein Baum, der immer noch blühte und Früchte trug. Deshalb war er immer noch hier. Was konnte bedeutsamer sein?

Der Zoo

Den gesamten Tag und den Tag darauf schlief der alte Mörder wie ein Sterbender.

Lalo, Aziza und Mina stopften sich die tauben Finger in ihre Jackentaschen und beobachteten die Grünmeerkatzen, die sich in einer Ecke ihres Käfigs zusammenkuschelten und mit von weißem Pelz umrahmten Gesichtern zurückstarrten. Sie beobachteten die Krokodile, die auf Felsen lagen und sich tot stellten, während ihre offenen Mäuler neugierige Fliegen anlockten. Sie suchten nach dem Löwen, der sich in seiner Höhle zwischen den Felsen des Zoos von Jos versteckte. Als sie ihn erspähten – ein flüchtiger orangefarbener Mähnenfleck zwischen den Felsen –, war er mager und unscheinbar. Wie etwas, das vor einem Krieg flieht. Oder etwas, das von einem vernichtet wird.

»Wir alle sind auf der Flucht vor einem Krieg«, sagte Aziza. »Wenn nicht vor dem in unserem Heim, dann vor dem in unserem Herzen, in unserem Kopf. Wenn wir etwas verfolgen, fliehen wir vor etwas anderem.«

Sie hatte den Blick in die Ferne gerichtet, Lalo griff nach ihrer Hand und drückte sie. »Wenn wir einen Krieg nicht vermeiden können, dann stellen wir uns hin und kämpfen.«

»Nicht alles lässt sich durch Kampf lösen«, sagte sie und machte sich los.

»*Lallai!* Deine Mutter ist heute sehr philosophisch«, sagte Lalo zu Mina. »Das muss an der Kälte liegen.«

Am Vorabend hatte Aziza sich auf einer Ecke des Betts zusammengerollt, eingemummelt in ihre Jacke und die Tagesdecke, während er vor seinem Notizblock saß. Die Stadt inspirierte ihn und seit sie angekommen waren, hatte er etliche Skizzen angefertigt. Die meisten zeigten Aziza, grüblerisch oder lachend und einige Male als übernatürliches Phantasiewesen. An diesem Abend zeichnete er, weil er sich von der Mitteilung ablenken wollte, die ihm Eniola wenige Stunden zuvor geschickt hatte:

Pasha ist wieder da.

Er sucht nach Ihnen.

Ich fürchte, er wird Ihnen etwas antun.

Lalo hatte überlegt, ob er Aziza informieren sollte, doch ihre grimmige Miene hielt ihn davon ab. Er legte den Stift beiseite und fragte, was los sei.

Nichts, beharrte sie, antwortete jedoch nur leise und unzusammenhängend auf seine Versuche, ein Gespräch in Gang zu bringen, und auch seine Witze brachten sie kaum zum Lächeln. Weil sie zitterte, stand er auf und stopfte eine zusätzliche Decke um ihre Schultern. Er stellte fest, dass sich Diallo stark aufgeplustert hatte und sehr mitgenommen aussah, daher legte er als Kälteschutz ein Handtuch wie eine Haube über den Käfig.

Er hatte gehofft, der Zoo würde sie alle drei aufmuntern, doch sie sahen einzig traurige Kreaturen, die in Gehegen eingesperrt waren. Wie er. Nur dass seines nicht aus Drahtgeflecht und Stein, sondern aus Zeit gemacht war, aus einer Vergangenheit, von der er besessen war, und einer Zukunft, die auf das gleiche Ende zusteuerte. Sie waren allesamt Darsteller in einer Schau der hoffnungslosen Fälle zur Belustigung anderer. Tagtäglich drehten sie sich im Kreis, ähnlich der Hyäne, die ihrem eigenen Schwanz nachgejagt hatte, sehr zu Minas Begeisterung.

Doch jetzt lachte Mina nicht mehr. Ihre Zähne klapperten, während sie sich möglichst kleinzumachen versuchte.

»Mummy, wann fahren wir heim?«, fragte sie. »Hier ist es so kalt.«

»Bald«, sagte Aziza mit leiser Stimme. »Bald, mein Spätzchen.«

Lalo wusste, er konnte nicht warten, bis der alte Mann aus seinem Schlummer erwachte. »Wir fahren morgen heim«, versprach er. »Morgen.«

Karambau

Etwas in den Falten im Gesicht des Alten erinnerte ihn an die Tiere im Zoo. In seinen Augenwinkeln saß das Elend, der Schmerz versteckte sich in den Kerben um seine geschürzten Lippen und in dem gekeuchten Flüstern, das ihm beim Gehen entfuhr, wenn er mit seinem Stock über den Boden stocherte.

Unter dem Baum bei 'Yan Karta, wo der Alte sich neben seinen Karten spielenden Freunden ausruhte, hatte Lalo ihn aufgestöbert und sich einen Platz in der nahen Teestube unter freiem Himmel gesucht. Er beobachtete den *maishayi* beim Teeausschank, die blassbraune Flüssigkeit, die in einem scharfen Strahl durch die Luft schnitt und von Tasse zu Tasse floss. Lautstark und verächtlich verbreitete sich der Mann über die partygeilen Politiker, die wissentlich die Massaker in den Dörfern ignorierten, und wiederholte die Gerüchte, dass Hubschrauber in der Wildnis Waffen für die mörderischen Gangs abwarfen, mit der eisernen Bestimmtheit eines Menschen, der diese Hubschrauber höchstpersönlich gesehen hatte.

Doch Lalos Aufmerksamkeit galt nur den alten Männern, die über ihren Spielkarten hingen.

Karambau saß zusammengesackt auf der Bank; mit langsam pendelndem Kopf verfolgte er das Kartenspiel, und sein Kiefer bewegte sich, als kaute er auf etwas herum. Manchmal richtete sich sein Blick sehnsüchtig auf die vorbeifahrenden Autos, als würden Teile seines Gedächtnisses mit ihnen verschwinden. Häufig wanderten seine Augen zurück zum Spiel, das gemächlich seinen Gang ging, und manchmal schüttelte er lächelnd den Kopf.

Von seinem Platz aus konnte Lalo weder hören, worüber die Männer redeten, noch die Stimme des Alten, und ihm kamen allmählich Zweifel, wie jemand so Gebrechliches je die Kraft gehabt hatte, den Prügel zu schwingen, der im Zug seinen Schädel zertrümmert hatte. Mit denselben Händen, die nun fieberhaft den Gehstock umklammert hielten.

Als sich die Dämmerung senkte und der Ruf des Muezzins die Luft erfüllte, stand Karambau auf, raffte seinen verblichenen, preußischblauen Babban Riga zusammen und machte sich schlurfend auf den Heimweg. Lalo nahm noch ein paar Schlucke von dem Tee, an dem er sich lange festgehalten hatte, knallte die Tasse auf den Tisch und griff nach seinem Geldbeutel. Er schenkte dem *maishayi* das Wechselgeld und folgte dem Alten, dessen gebeugte Gestalt nicht größer als die eines Kindes war, in die Gasse, in die dieser soeben abgebogen war.

Lalo beschleunigte seinen Schritt, als Karambau in die nächste Gasse einbog. Kinder, kaum kleiner als der Alte, kamen ihm entgegen, auf dem Kopf balancierten sie, teilweise auf Tabletts, ihre Waren.

»*Sannu,* Baba Karambau«, grüßten sie.

»*Durin uwarku!*«, erwiderte der Alte und ging ungerührt weiter.

Lalo schlug die Hände vor den Mund. Er fand, dass Indo schon viel fluchte, aber noch nie hatte er aus dem Mund eines alten Menschen so hemmungslos Vulgaritäten kommen hören, und noch dazu gegenüber Kindern. Kichernd torkelten die Mädchen ineinander und verbargen ihr Gelächter hinter dem Ende ihres Schleiers. Offenbar war es nichts Neues für sie, dass dieser alte Mann die Fotzen ihrer Mütter verfluchte.

Karambau blieb nicht einmal stehen, um die Reaktion auf seine Worte abzuwarten, der Spott prallte von seinen spitzen Schulterblättern ab.

Vor seinem Haus setzte er sich auf den *dakali*, lehnte den Stock sorgsam neben sich, streifte die ausgelatschten Sandalen ab und starrte zwischen den Dächern der Häuser hindurch, die sich zueinander beugten. Ein kleines Mädchen brachte eine Matte und einen Kessel und Lalo sah zu, wie sich der Alte Hände, Gesicht und Füße wusch.

Vier Jungen, die wenige Meter entfernt auf einem Felsen saßen, legten sich die Hand vor den Mund, während sie kichernd verstohlene Blicke auf Karambau warfen.

»Du bist der Nichtblinde«, flüsterte ein Kind Lalo zu. Sie stand neben ihm, ihre Hände ruhten auf ihrem Karren. »Von dir habe ich schon gehört.«

Lalo hatte sie nicht kommen hören. Sie war groß und schlank, mit hohen Wangenknochen, doch ansonsten glich sie seiner *yarinya,* nur ihre Augen schienen älter, vielleicht weiser.

»Davon habe ich wiederum gehört.«

Karambau war mit seiner Waschung fast fertig. Er goss sich etwas Wasser über den Zeigefinger, berührte seine Zunge und hob den Finger himmelwärts.

»Bist du seinetwegen hier?«, fragte Lalo.

Sie zuckte die Achseln. »Über dich wird viel geflüstert.« Lächelnd sah sie ihn an. »Ich habe mal jemand gesehen, der wie du entblindet war. Vor vielen Jahren.«

»Was ist mit ihm passiert?«

»Mit ihr. Sie hat zu viel geredet«, erzählte das Mädchen, »die Leute haben gesagt, sie sei von *gwai-gwai* berührt worden. Sie ist in einem Irrenhaus gestorben.«

Er blickte ihr ins ausdruckslose Gesicht; sie hatte die Augen auf Karambau gerichtet, der nur mit Mühe für das Gebet aufrecht stehen konnte. Die Jungen auf dem Felsen wirkten aufgeregt, als der Alte sein *takbir* sagte und anfing zu beten; lautlos, aber übertrieben deutlich formten seine faltigen Lippen die Glaubensformeln.

»*Gwai-gwai?* Seid ihr das?«, wollte Lalo wissen. Konnte es sich bei den Kindern um die mystischen Zwergdämonen handeln, die im Dunkeln erscheinen? Im Dämmer konnte man sie leicht für Zwerge halten.

»Man hat uns viele Namen gegeben. Viele davon treffen nicht zu. *Gwai-gwai 'yan vuwa*, Wassergeister, als ob Flüsse Kinder hätten«, kicherte sie. »Phantome. Aber am besten gefällt mir Naturgeister.«

»Was seid ihr also?«

»Wir sind, was wir sind.« Sie lächelte.

Lalo nickte. »Du bist offenbar schon lange hier«, sagte er. »Aus welchem Krieg stammst du?«

»Dem alten.«

»Dem alten Krieg?«

»Als die Weißen zum ersten Mal kamen. Sie feuerten ihre Kanonen auf Sokoto ab, auf unser Haus.«

»Das tut mir leid.«

Sie zuckte die Schultern. »Du wirkst nett«, flüsterte sie. »Werd nicht verrückt, Yarima Lalo.«

Er nickte und lächelte sie an.

Einer der Jungen hatte sich im Zeitlupentempo an Karambau herangeschlichen und regte sich erst, als der alte Mann begann, sich langsam niederzuwerfen.

»*Sannu,* Baba Karambau«, grüßte der Junge.

»Die Fotze deiner Mutter«, murmelte Karambau, während er sich vorbeugte, als gehörte dies zur Glaubensformel, und setzte sein Gebet nahtlos fort.

Die Jungen grölten und klatschten sich ab. Dann schlich sich der Nächste heran, wartete, bis sich der Alte vorbeugte, um sich niederzuwerfen. Wieder der Gruß. Wieder ein *durin uwaka,* das dem Jungen wie nebenbei entgegengeworfen wurde und sich nahtlos in das Gebet einfügte. Die Jungen ärgerten den Alten abwechselnd und die Litanei aus vulgären Flüchen und Glaubensformeln setzte sich fort. Lalo war schockiert.

In seinem Herzen war beim ersten Blick auf den kleinen Alten der Hass bereits zu Abscheu geworden, der sich in etwas Weicheres verwandelte, etwas Mitfühlendes gar. Bis er zu etwas wurde, das Lalo sich auf der Fahrt zum Hotel rundweg weigerte Empathie zu nennen.

Verschimmelte Kleidung muss nicht gewaschen werden

»Wie meinst du, er ist alt? Ich bin auch alt, aber jammere ich etwa deswegen?« Klar und deutlich klang Indos Stimme durchs Telefon.

»Alt wie verschimmelte Kleidung«, lachte Lalo, doch sein Lachen war eine weiße Rauchwolke, die sich in Luft auflöste. »Wahrscheinlich ist er senil, *gaskiya.*«

Gewichtiges Schweigen am anderen Ende.

»Er hat unser Leben zerstört«, sagte sie schließlich, »er hat dich ermordet und mich zu einem Leben voller Trauer und Betrübnis verdammt. Weißt du, was das bedeutet?«

»Indo, ich weiß, wie du dich fühlst –«

»Wie denn, wenn du die ganze Zeit tot warst? Und wenn du am Leben warst, hast du immer irgendeine Frau geliebt, deretwegen du ermordet wurdest. *Kai!* Erzähl mir nicht, wie ich mich fühle, denn *ich* habe dieses traurige Leben geführt, fünfzig beschissene Jahre lang.«

Er umklammerte das Handy.

»Es tut mir leid«, sagte sie, »Babayo, mein Liebster, es tut mir leid. Ich schnauze dich an, obwohl du an alldem nicht schuld bist, aber ich habe auf Gerechtigkeit gehofft, leider vergebens. Diese Eidechse hat sich seinen Weg freigeschmiert. Hat die korrupten Polizisten mit Geld nur so zugeschissen und ist davongekommen. Wenn ich doch damals, als es noch gegangen wäre, etwas dagegen unternommen hätte.«

»Ich verstehe dich, Indo.«

Wieder schwiegen sie eine Weile.

»Ich wollte genau das, was du jetzt willst. Seit ich dich getroffen habe, konnte ich nur mehr daran denken, ihm die Hände um den Hals zu legen und zuzusehen, wie das Leben aus ihm schwindet. Aber als ich ihn sah … sah, wie alt und gebrechlich er geworden ist, ein Gespött für die Kinder, fragte ich mich, ob er sich überhaupt noch an etwas erinnert, ob diese Gerechtigkeit überhaupt noch einen Wert hätte.«

»Du hast nicht mit ihm gesprochen?«

Er schüttelte den Kopf, dann fiel ihm ein, dass er am Telefon war. »Nein.«

Ihr Schweigen bot nicht den Trost der Vertrautheit. Dieses Schweigen war eine gepeinigte Totgeburt, voller unerfüllter Träume und Wünsche, wie es ihre Liebe gewesen war, wie das Wunderbare, das Karambau vor vielen Jahren im Zug getötet hatte.

»In meinem Herzen«, sagte Lalo, »empfinde ich keine Feindseligkeit mehr für ihn.«

»In meinem Herzen«, sagte sie, »gibt es nur böses Blut für ihn, *har ga Allah.*« Die Bitterkeit in Indos Herz schwoll an wie eine Welle, deren Ausläufer ans Ufer seines Herzens schlugen, und stieg bis zu Gott empor. Er suchte vergebens nach den richtigen Worten. Durch die Leere drang ihre Stimme. »Wahrscheinlich willst du ihm verzeihen, so wie du dieser Frau verziehen hast.«

»Ich finde nicht, dass ich mir ein Urteil anmaßen darf.«

Sie schnaubte. »Das sagst du nicht zum ersten Mal. Vielleicht wird man durchs Sterben nachsichtiger, was weiß ich. Sollte ich mal wiedergeboren werden, stoße ich hoffentlich auch auf ein so nachsichtiges Herz.«

»Wenn du wiedergeboren werden solltest, beeil dich und such nach mir.«

»Dann mache ich mich besser mal ans Sterben«, sie lachte lange und herzlich. Dann wurde ihre Stimme ernst. »*Kana ji?* Wenn er um Vergebung bittet, werde ich ihm diesen Wunsch erfüllen. Doch mach ihm klar, was er uns angetan hat. Mach ihm klar, dass wir das nicht vergessen haben, obwohl wir auf der anderen Seite waren und zurückgekommen sind.«

»Meine Indo, du redest, als wärst du ebenfalls dort gewesen.«

»War ich auch, denn du warst dort.«

Diese Worte klangen in ihm nach, als er später bei Aziza klopfte, die auf dem Bett saß und eine Zeitschrift mit Hennamustern studierte, die sie auf dem Markt gekauft hatte. Mina schlief neben ihr, sie hielt die Bettdecke fest umklammert. In diesem Augenblick gestand er sich ein, dass er Mina seit längerem liebte und sich fast wünschte, sie wäre sein Kind. Als er aufsah und bemerkte, dass Aziza ihn anlächelte, sagte er ihr, wie bezaubernd ihre Tochter sei. Er habe das Gefühl, seine Liebe für Mina sei klar wie das Wasser, das zwischen Felsen hindurchfließe.

»Ich wusste es«, sagte Aziza, »als du sie so angesehen hast.« Sie klopfte neben sich aufs Bett. »Komm, setz dich zu mir. Heute Nacht möchte ich in deinen Armen liegen.«

»Weil du glaubst, dass ich deine Tochter liebe?«

»Nein. Weil ich weiß, dass du mich liebst.«

So war es. Und er wusste es auch.

»Oder zumindest weiß *ich*, dass ich dich liebe«, sagte sie.

Er lächelte. Es war das erste Mal, dass sie es ihm sagte. »Weil du jetzt weißt, dass ich doch nicht verrückt bin, oder weil du es faszinierend findest, dass ich schon mal tot war?«

»Halt die Klappe, Yarima Lalo, ruinier's nicht. Nimm mich einfach in die Arme.«

Er rutschte näher und spielte mit den Enden ihrer Zöpfe, während sie sich mit dem Rücken an seine Brust lehnte. »Denkst du dabei immer noch an sie?«

Er schwieg eine Weile. »Ich denke dabei an dich.«

»Wenn sie jung wäre, hättest du dich für sie entschieden, stimmt's?«

»Als sie jung war, gab es dich nicht.«

Sie drückte seine Lippen zwischen zwei Fingern zusammen. »Du kannst nie eine direkte Antwort geben.«

Er nahm ihre Hand und ihre Hände vereinten sich. Ihre war weich und zierlich. Seine hart und groß. Er erzählte ihr von dem Kind aus den Zeiten des alten Kriegs und von seiner Unterhaltung mit Indo, und dass er Karambaus zerknittertes Gesicht nicht mit dem des Mannes in Verbindung bringen konnte, der ihn wutschnaubend ermordet hatte.

Sie drückte seine Hände, während sie voller Sorge war, ob Mina es verkraften würde, die Auseinandersetzung zwischen

Lalo und Karambau mit anzusehen. Es war unklar, wie das Aufeinandertreffen verlaufen würde. Doch allein im Hotel lassen konnte sie ihr Kind nicht. »Versprich mir, dass du nur mit ihm redest, sonst nichts.«

Er versprach es ihr.

»Jetzt hast du mir zwei Sachen versprochen«, sagte sie, »und ich schwöre, du wirst diese Versprechen einhalten.«

»Das werde ich, mach dir darüber keine Sorgen.«

Für den Rest dieses Lebens würde er sich an diesen Augenblick erinnern, es war das erste Mal, dass er wirklich und wahrhaftig mit einer Frau im Reinen war und dass dieses warme Gefühl ums Herz nicht in Versagensangst, in die Furcht vor seiner Unzulänglichkeit umkippte. Er ahnte, dass es sich immer schon genau so hätte anfühlen sollen.

Verdorrt

»Gott möge mir verzeihen, aber dieser Mann sieht aus wie ausgekotzt«, sagte Aziza. Sie hatten Karambau zwischen den Spielern entdeckt, auf der Matte sitzend, auf die sie mit verrunzelten Händen ihre Karten droschen; ihre Kabbeleien stiegen zur Nachmittagssonne empor.

Karambau trug immer noch seinen verblichenen Babban Riga, dessen Kwado-da-Linzami-Stickerei sich auflöste. Einst musste sein Gewand ein kräftiges, dunkles, fast ins Indigo spielendes Blau gehabt haben, einfach prachtvoll. Jetzt glich es einer verfallenden Majestät kurz vor dem Untergang, so wie auch der Alte an Erinnerungen hing, die in Auflösung begriffen waren.

Selbst vom Auto aus konnte Lalo sehen, wie trüb seine Augen waren, wie ihm der Kopf langsam auf die Brust sackte, bis er schließlich mitten im Spiel einschlief. Mina rutschte unruhig auf dem Rücksitz herum und wollte wissen, warum sie den Kartenspielern zusahen. Lächelnd erklärte Lalo ihr, sie würden sich bloß von einem alten Freund verabschieden.

Er freute sich, dass sie nach Abuja zurückfuhren, fort von der Kälte, doch als er Aziza ins Gesicht sah, bemerkte er ihre besorgte Miene.

Eine Fulani-Frau näherte sich mit einer Kalebasse und goss den Männern Nono ein, reichte jedem eine Schale mit dem fermentierten Milch-Hirse-Brei. Das Schüsselchen wackelte in Karambaus unsicheren Händen. Sein Unterkiefer schob sich hin und her, während er mit dem Zahnfleisch den Brei zermalmte.

»*Nama!*«, kreischte Diallo.

»Willst du ihn nur beobachten?«, fragte Aziza und fuhr mit dem Daumen über ihr Handy.

Lalo lächelte. »Aha, das Mobiltelefon darf endlich wieder ans Tageslicht.«

»Ich habe dir gesagt, dass ich jetzt bereit bin. Ich bin bereit für die Heimreise.« Sie lächelte.

»Du weißt, dass ich für dich da bin, in jeder Hinsicht.« Er sah ihr in die Augen und sie nickte.

Sie drückte den Einschaltknopf und das Handy erwachte zum Leben. Lalo klatschte Beifall und Mina streckte den Kopf nach vorn, wollte wissen, was los war. Die unbefriedigende Antwort quittierte sie mit einem Stirnrunzeln, sie wunderte sich, warum eine so banale Handlung wie das Einschalten eines Handys eine derartige Reaktion hervorrief.

»Dabei ist es doch nicht mal neu, *fa*«, konstatierte sie.

Das Mobiltelefon vibrierte in Azizas Hand, während die Nachrichten eintrafen, es war ein akustisches Feuerwerk.

Als Lalo Aziza anlächelte, war er von neuer Energie erfüllt, er war zufrieden, dass er mit seiner Vergangenheit abgeschlossen hatte, und die Aussicht auf eine wie immer geartete Zukunft beflügelte ihn. Er war bereits mit einem Lächeln aufgewacht und hatte sich die Zähne geputzt, während ihm der Text von Sias »Bird Set Free« auf den Lippen lag. Er war durch all diese Städte gereist, die wie er Opfer ihrer gewalttätigen Geschichte waren, und hatte einen Punkt erreicht, an dem er verzeihen konnte und das Gefühl auskostete, mit sich im Reinen zu sein. Ohne Aziza wäre das nicht möglich gewesen. Gemeinsam hatten sie Grenzen überschritten, und nun war das Pochen seines Herzens, wenn er mit ihr zusammen war, nicht der Angst geschuldet, die ihn in der Vergangenheit gebremst hatte, sondern einem unendlich beglückenden Gefühl.

Karambau hatte den letzten Rest Milchbrei aus der Schale gekratzt und stellte sie weg. Er stand auf, nahm einen der drei Plastikkessel, die vor der *musallah* standen, in der die Kartenspieler, Händler und Handwerker beteten, und schlurfte damit in eine Sackgasse. Der Saum seines Babban Riga schleifte über den Boden.

Lalo stieg aus dem Auto und folgte ihm. Er setzte sich auf die niedrige Mauer der *musallah,* damit er den alten Mann in der Gasse beobachten konnte, aus der Pissegeruch zu ihm herüberwehte. Den Saum seines ehemals so prächtigen Babban Riga unters Kinn geklemmt, kämpften die zitternden Hände des Alten mit dem Kordelzug seiner grauen Hose. Sein ganzer Körper bebte, während er vergeblich versuchte, den Urin zurückzuhalten, der zu einem dunklen, immer größer werdenden Fleck erblühte. Bis er den Kordelzug entknotet hatte und sich vorbeugte, war seine Hose bereits durchtränkt.

Versehentlich stieß der Alte den Wasserkessel um, erhob sich langsam mit ruckartigen Bewegungen und konnte die Kordel erst im zweiten Anlauf verknoten. Vorsichtigen Schritts verließ er die Gasse; das Sonnenlicht auf seinem Gesicht schien ihn zu überwältigen. Als er den Kessel bei der Moschee abstellte, stand Lalo auf.

»Alhaji Basiru«, sagte er.

Der Alte legte schützend die Hand über die Augen und sah zu Lalo hoch, die Neugier ließ Fragezeichen in seinem Blick tanzen.

»*Sannu, saurayi*«, grüßte Karambau, wischte sich mit dem Ärmel seines Babban Riga die Pisse von den Händen und streckte diese Lalo entgegen – die Hände, die ihn einst ermordet hatten und jetzt nur noch aus verschrumpelter Haut, erschlafften Muskeln und uralten Knochen bestanden. Lalo lehnte ab, neigte den Kopf in einer vorgetäuschten Geste der Ehrerbietung.

»Ich habe eine Nachricht für dich«, sagte er.

»Eh?« Karambau legte den Kopf schief.

»Eine Nachricht. Für dich.« Lalo erhob die Stimme etwas und beugte sich vor, ein unangenehmer Geruch nach billigem, arabischem Parfum, das sein Verfallsdatum schon lange überschritten hatte, und altem, ungewaschenem Haar stieg ihm in die Nase.

Die Augen des Alten huschten zu Lalos leeren Händen.

»Aha. Eine Nachricht. Für mich? Von wo, junger Mann?«

»Von Indo.«

»Indo? *Allah Sarki.* Wie geht es ihr? Ai, ich habe neulich ihre Mutter auf dem Markt getroff–«

»Von Indon Babayo.«

Zuerst erstarrte der Alte – ein Zögern, das eine Ewigkeit zu dauern schien, dann kroch Begreifen in seine trüben Augen. Sein Gesichtsausdruck war schwer lesbar.

»Du erinnerst dich an sie, oder?«

Der Kopf des Alten wackelte immer stärker, als lastete das Gewicht der Erinnerung auf ihm.

»Du erinnerst dich an Babayo, den Mann, der sie liebte. Der Mann, den du im Zug ermordet hast.«

Einen Augenblick lang war Karambau vollkommen still, dann senkte er den Kopf und sein Rücken wurde noch krummer.

»Schau mir in die Augen. Du erkennst mich, oder? Ich bin Babayo na Indo. Ich bin zurückgekommen, damit du deine verdiente Strafe bekommst. Aber jetzt sehe ich, dass du nichts wert bist. Daher werde ich dich ungeschoren davonkommen lassen, aber Indo möchte sichergehen, dass du dich erinnerst, dass du weißt, wir lassen dich davonkommen, einfach so. Wenn du stirbst, dann mit unseren Namen auf den Lippen. Verstehst du mich?«

»Babayo«, murmelte der Alte mit ausgestreckten Händen, als wollte er den Babayo seiner Erinnerung packen.

Lalo beugte sich noch weiter vor, flüsterte dem Alten etwas ins Ohr. Dieser schwankte, stützte sich an der Mauer der *musallah* ab. Es dauerte kurz, bis Lalo begriff, dass der Mann tatsächlich schrumpfte, dass seine Knochen in sich zusammensanken. Obwohl er hätte schwören kann, dass er den Mann kleiner werden sah, musste er sich irren.

Wenn er gewartet hätte, statt sich umzudrehen und zum Auto zurückzugehen, hätte er gesehen, dass sich Karambau genau um zwei Uhr vierzehn nachmittags an die Wand gelehnt zu Boden sinken ließ und stoßweise atmete.

Doch weil Lalo sich nicht umdrehte, erfuhr er nie, dass ein Mann vom Gewicht seiner Schuld niedergedrückt werden kann. Dass Alhaji Basiru Karambau unter den üppigen Falten seines alten Babban Riga so zusammengeschrumpft und verdorrt war, dass Alarm geschlagen wurde, als ein vorbeigehendes Kind ihn hänselte und seine Reaktion ausblieb. Dass er, als sie seine in das verblichene, ehemals dunkelblaue Gewand gehüllten Überreste abholten, nicht größer war als ein Kleinkind und kaum so viel wog.

Die Rückkehr

Azizas Schweigen auf der Weiterfahrt interpretierte Lalo lediglich als Stimmungsschwankung. Bester Laune, weil er sich von der Wut befreit hatte, die er so lange Zeit in sich getragen hatte, und sich auf daheim freute und auf die Vorbereitung seiner Ausstellung, bekam er nicht mit, dass ihr Schweigen anders war als am Vortag. Als er fragte, was vorgefallen sei, hob sie nur abwehrend die Hand, was er als Wunsch nach Ruhe deutete.

Während sie Richtung Riyom fuhren, sah Aziza starr geradeaus, ihr Blick war kalt und hart. Jedes Mal, wenn Lalo ein Gespräch in Gang zu bringen versuchte, hob sie die Hand. Besonders bedrückend wurde das Schweigen, wenn sie bei den Checkpoints halten mussten. Er fragte Mina, was passiert sei, doch das Kind wusste nichts.

Am Rand der Straße, die sich den Hawan Kibo hinabschlängelte, fand er hinter einem Wohnwagen einen freien Platz, parkte, stieg aus und genoss die kühle Luft. Vor ihm erstreckte sich endloses Grün, begrenzt von den sanften Hügeln am Horizont, wo es mit dem Himmelsblau verschmolz. Ihm würde dieser Ort fehlen, vor allem, wenn er wieder in die Hitze Abujas eintauchte, denn dieses Grün war Heimat und das sollte es auch für Diallo sein. Er holte den Käfig aus dem Auto und Mina lächelte ihn an.

»Machst du den jetzt sauber?«, wollte sie wissen.

Lalo lächelte lediglich zurück, trug den Käfig zum Straßenrand und öffnete ihn.

»*Nama!*«, kreischte Diallo.

»Raus mit dir, Diallo. Du bist frei. Leb in der Wildnis. Flieg los und mach, was immer Papageien in der Wildnis tun.«

Energisch klammerte sich der Vogel an seine Sitzstange. Lalo griff in den Käfig und packte Diallo. In einem Wirbel von Flügelschlägen und Federgestöber zog er ihn ins Freie und warf ihn in die Luft. Diallo flatterte ein wenig und landete ungelenk auf dem Asphalt. »*Nama!*«, kreischte er.

»Was machst du denn?«, fragte Aziza alarmiert, die direkt hinter Lalo stand.

»Der Vogel soll frei sein, so wie ich es jetzt bin«, erklärte er.

Wackelnd nahm der Papagei Kurs zurück auf seinen Käfig. Lalo ergriff ihn, ehe er hineinklettern konnte. »Husch, fort mit dir. Flieg in die Freiheit.«

»Onkel Yarima, was machst du mit ihm?« Mina hing am Autofenster und in ihren Augen glitzerten Tränen.

»Er soll frei sein«, sagte er.

»Aber ich hab ihn lieb. Bitte bring ihn zurück.«

Diallo machte einen Satz, wie ein Vogel, dem das Fliegen mittlerweile fremd ist, auf Lalo zu, der zuerst fürchtete, der Papagei wolle ihn angreifen, bis ihm klar wurde, er wollte sich nur an ihn klammern. Mit Hilfe von Krallen und Schnabel kletterte Diallo auf seine Schulter und klammerte sich dort fest. »*Nama! Nama! Nama!*«

»Du dummer Vogel«, sagte er.

»Bring ihn zurück!«, rief Mina wieder.

»Warte kurz«, sagte Aziza. Sie zückte ihr Handy, richtete es auf Lalo und machte mehrere Aufnahmen. Sie betrachtete das Display, lächelte, aber in ihren Augen lag Traurigkeit.

Lalo ging zu ihr hinüber und strich ihr über die Wange. »Ich wollte den richtigen Moment abwarten«, er griff in seine Hosentasche, »jetzt hoffe ich einfach nur, dass es dir ein Lächeln auf dein bildschönes Gesicht zaubert.« Er hielt ihr ein Lederarmband hin, an dem er seit Beginn ihrer Reise gearbeitet hatte. Es bestand aus drei geflochtenen schwarzen Ledersträngen und war mit Holzperlen und Kauri-Muscheln verziert. Zwei der Muscheln baumelten an kurzen, schwänzchengleichen Bändern und klickten bei jeder Bewegung aneinander. Er erklärte, diese zwei Muscheln stellten sie beide dar, sie und ihn, die zusammenkämen.

Aziza lächelte traurig und band sich das Geschenk ums Handgelenk, streckte den Arm aus und betrachtete es mit tränenumflortem, weichem Blick. Sie schüttelte die Hand und lauschte dem Geräusch der aneinanderklickenden Kauri-Muscheln. Trotzdem ihre Tochter anwesend war, schmiegte sie sich an Lalo und umarmte ihn.

»Es ist wunderschön, es gefällt mir sehr. Ich danke dir.«

Er drückte sie an sich, bis sein Herz ihres umfing.

»Ich habe Nachrichten von daheim«, flüsterte sie, »und ich weiß nicht, was ich davon halten soll. Mina darf, bis ich eine Entscheidung getroffen habe, nichts davon erfahren.« Sie wich zurück, als drei Riesenlaster, die einander dicht auf den Fersen waren, langsam um die Kurve kamen, keuchend und schnaufend wie erschöpfte Tiere.

»Worum geht es denn?«

Diallo pickte dreimal nach seinem Kopf. »*Nama! Nama! Nama!*«, kreischte er, als schimpfte er mit Lalo, weil dieser ihn loszuwerden versucht hatte.

Aziza hockte sich hin, nahm einen Stein und kratzte Muster auf den Asphalt.

»Angeblich ist Bilya – mein Exmann, Minas Vater – zurück.«

7
Violett

Vergebung ist der Duft,
den das Veilchen dem Fuß schenkt,
der es zertreten hat.

Mark Twain (oder vielleicht auch nicht)

Wiedersehen

Zuerst erkannte Aziza das Monster nicht, das aus ihm geworden war. Es war fast nichts mehr übriggeblieben von dem Mann, den sie einst geliebt und an einem Tag geheiratet hatte, an dem es zwischen Sonnenaufgang und der Eheschließung sieben Mal geregnet hatte. Spuren seines früheren Ichs entdeckte sie in den blutunterlaufenen Augen, der vertrauten Art, wie er sie ansah. In den Konturen seines Gesichts, obwohl es schmaler war, vernarbt. In der vertrauten und doch unvertrauten Linie seiner gebrochenen Nase. Wenn sie nicht von seiner Rückkehr gewusst hätte, wenn sie einfach ihre Tür geöffnet und ihn hätte dastehen sehen, hätte sie geglaubt, es handle sich um seine gequälte Seele, die vor der Verdammnis floh.

Als er leise ihren Namen sagte, als fürchtete er, wäre seine Stimme nur ein wenig lauter, könnte ihr dies die Knochen brechen, hatte sie keinen Zweifel mehr, dass er es war. Bilya. Nicht sein Geist. Wie sollte man auf einen Menschen reagieren, der tot sein sollte, es aber nicht war? War die Erleichterung, die sie empfand, mit Angst verbunden oder war es andersherum? Als er die Hand nach ihr ausstreckte, zuckte sie zusammen und zog ihren Arm weg. Wäre dies nicht ihr Hennasalon gewesen, hätten ihre Angestellten nicht zugesehen, wäre sie geflohen.

Sie hatten versucht, Aziza telefonisch darauf vorzubereiten. Verklausuliert hatten sie ihr mitgeteilt, dass er nicht gut aussah, dass er, seit er aufgetaucht war, jeden Tag vor dem Salon stand. Ließen vorsichtig Andeutungen fallen, als durchquerten sie bei Nacht einen Fluss. Unweigerlich löste ein Mann wie er, der den ganzen Tag im Empfangsbereich eines ausschließlich Frauen vorbehaltenen Ladens saß, ungute Aufregung aus. Wenn die Angestellten den Salon schlossen, blieb er auf dem Gehweg davor stehen, eine dunkle Gestalt, die mit finsterem Blick auf die gelben Lichter des vorbeifahrenden Verkehrs starrte.

Aziza wollte ihn sehen, damit sie ihre Tochter auf ihn vorbereiten konnte, auf das, was aus ihm geworden war, aber wie sollte man einen Mann willkommen heißen, der seit zwei Jahren tot war, und eine Liebe, die es schon viel länger war?

Nachdem Lalo sie von Jos heimgefahren hatte, drückte sie seine Hände, versprach, ihn anzurufen, und zog ihre Tochter mit sich. Es war herzzerreißend gewesen, wie Mina, die von der Rückkehr ihres Vaters nichts ahnte, Lalo mit derselben großen Sehnsucht angesehen hatte, die auch Aziza empfand, und alle Fragen gestellt hatte, die auch das Herz ihrer Mutter bewegten – wie geht es jetzt weiter, nachdem wir wieder daheim sind? Lalo hatte sich hingekniet und Mina fest an sich gedrückt.

»Wenn ich dich darum bitte, auf Diallo aufzupassen, würdest du das tun? Nur für zwei Tage.«

Mina hatte genickt, doch ihre Mundwinkel zeigten immer noch nach unten. Mit dem Finger zeichnete er ihr ein Lächeln aufs Gesicht. Als sie lächelte, strahlte ihr Gesicht.

Lalo ging zum Auto, holte den Papagei aus dem Käfig und setzte ihn sich auf die Hand. Ihre Fingerspitzen berührten sich, als er Diallo mit sanftem Nachdruck auf Minas Hand bugsierte. Er reichte ihr den Käfig, strich ihr über den Kopf und ging zum Wagen.

Als sich Aziza später zu ihrem Salon aufmachte, setzte sie ihre Schritte bedächtig, damit der Weg länger dauerte und sie mehr Zeit zum Nachdenken hatte. Während dieses Spaziergangs verkümmerte die Saat des Misstrauens in ihrem Herzen. Auch wenn ihrem Schwager Yahya noch so sehr an ihrer Rückkehr gelegen war, würde er wohl kaum eine derart hanebüchene Geschichte erfinden. Oder doch?

Als der vertraute Duft ihres Ladens sie umfing und er aufstand, um sie zu begrüßen, breitete sich Leere in ihr aus. Er starrte sie an, als wäre sie diejenige, die jahrelang verschwunden gewesen war.

»Meine Frau«, sagte er. »Meine Geliebte.«

Sie ließ es zu, dass er ihre Hände ergriff. Seine fühlten sich knochig an, sahen knochig aus, wie der gesamte Mann, es war beinahe, als hielte sie einen dürren Zweig. Wie um sich zu versichern, dass er es war, er wirklich und wahrhaftig vor ihr stand, erforschte sie mit den Fingern sein Gesicht, fuhr seine Narben nach. Tränen liefen ihr über die Wangen. Mit dem Daumen wischte er sie fort.

Er lebte. Der Vater ihrer Tochter lebte.

»Was ist dir zugestoßen, Bilya?«

Bilya

Zuerst konnte er seine Augen nur zu Schlitzen öffnen und alles, was er sah, war ein schmales rechteckiges Blickfeld, angefüllt mit Unbekanntem, Unverständlichem. Wenn er tot war, dann roch der Himmel oder die Hölle, was für ein Ort dies auch sein mochte, nach Fisch oder vielleicht nach verrottenden Leichen. Vielleicht war es sein eigener modriger Gestank, als wäre seine Seele im Grab oder in der Schlucht zu sich gelangt, in die man ihn geworfen hatte. Nichts fühlte sich an, als gehörte es zu ihm, weder seine Glieder noch sein Rumpf, nicht einmal seine Sinne. Nichts davon gehorchte seinem Willen, er konnte sich nicht rühren, nicht zucken, nichts sehen, was ihm vertraut war.

Später, er hätte nicht sagen können, wie viel später, hörte er in der Ferne Geräusche, Stimmen. Er versuchte zu sprechen, zumindest zu stöhnen, aber kein Laut kam heraus.

»*Ya tashi,* er ist aufgewacht«, hörte er.

Er wusste nicht, wie lange er dort gelegen hatte, immer wieder zu Bewusstsein kommend, während er in den Schmerz hineinwuchs, der ihn lähmte und ganz und gar ausfüllte. Bald erkannte er einen Halm aus Sonnenlicht, der durch die Mauern stach und dessen Verschwinden und Wiederkehr die verstreichende Zeit anzeigten. Wie das Wasser oder das Essen, oder was auch immer ihm in den Mund geschoben wurde. Manchmal war da ein Trinkhalm, manchmal nicht. Wenn er ihnen doch nur sagen könnte, wie ihn das Essen schmerzte.

Die erste Stimme, die er gehört hatte, als er zu sich gekommen war, erkannte er schnell wieder, denn sie sang oft auf Kanuri. Manchmal rezitierte sie auch aus dem Koran. Dann wieder sprach die Stimme mit Bilya, erzählte von den Zeiten, als sie mit dem Vater fischen gegangen waren, von den Tagen, als sie früh aufbrachen, von den Tagen, an denen sie zur Schule gingen, vor dem gewalttätigen Chaos. Alles mit einer Stimme, die noch die Samtigkeit der Unschuld besaß. An einem Ort wie diesem. Der Junge, der sprach, war gerade einmal sechzehn.

Nachdem Bilya vom Berg gestürzt war, an dem Tag, an dem seine Einheit überrannt wurde, hatte ihn ein alter Fischer – dessen Sohn ihm nun vorsang – in einem Tal gefunden. Zuerst hielt ihn der Fischer lediglich für eine übel zugerichtete Leiche. Der Berg hatte ihn um ein Haar das Leben gekostet und ihm mehr Knochen gebrochen, als er zählen konnte. Der Fischer hatte mit einem Messer den Tarnanzug aufgeschnitten, ihm den Stoff von der Haut gezogen und bis zum Anbruch der Nacht gewartet, ehe er ihn auf einer improvisierten Trage von einem Esel davonschaffen ließ. Daran hatte Bilya keinerlei Erinnerung. Aber er hörte zu, als ihm der Junge davon erzählte, und davon, dass die anderen Soldaten erschossen worden waren, als *die Boys* Baga überrannten.

Die Boys, sagte er, als könnte die Bezeichnung Boko Haram sie aus dem Dunkeln, aus den Dünen hervorbeschwören. Es war der Junge, der ihm vom Massaker auf dem Fischmarkt erzählte, wo *die Boys* das Feuer auf Händler und Fischer eröffnet hatten, der ihm erzählte, dass sein Vater überlebt hatte, indem er sich zwei Tage lang, bis *die Boys* sich zurückzogen, in einem Graben versteckte. Selbst wenn der Junge von den Leichen sprach, die auf dem Markt verfaulten, behielt seine Stimme ihre Unschuld, als wären die Dinge, von denen er erzählte, in einer anderen Welt passiert, nicht auf dem Markt und dem See, die er sein Leben lang kannte. Aus seinem Nebel fischte Bilya den Namen des Jungen heraus, als sein Vater diesen bat, einen Kürbis zu holen. Ali. Wie ein Name, der ihm in der Nacht geschenkt wurde.

Aber es waren die Hände des alten Fischers, die seinen Körper abgetastet, die gebrochenen Knochen gefunden hatten, die geflickt werden mussten, alte, sehnige, aber kräftige Hände, die Kräuter auf seine Wunden, auf die Prellungen in seinem Gesicht pflasterten, bis Bilya sich vorstellte, er sei ein moosbewachsener, schimmlig riechender Baum geworden.

Monate später, als Bilya wieder sprechen konnte, wollte er wissen, warum sie immer noch da seien, warum sie nicht wie die anderen Bewohner die Flucht ergriffen hätten.

»Dazu bin ich zu alt. Ich habe nicht die Kraft für den strapaziösen Weg nach Maiduguri«, sagte der Fischer. »Das hier ist das Leben, das ich kenne. Etwas anderes kenne ich nicht. Und die Straßen sind weitaus gefährlicher.«

Die Traurigkeit in der Stimme des Fischers war wie ein Regenbogen am Himmel, leuchtend und schillernd, aber da gab es auch eine Lüge, die Ali ihm später, als er fragte, erzählte.

»Wenn wir gehen, stirbst du«, sagte der Junge und die Worte gingen ihm so leicht über die Zunge, als wögen sie nichts. »Wir können dich nicht bewegen und du kannst nicht gehen. Wenn *die Boys* dich sehen, erschießen sie dich. Oder köpfen dich.«

Manchmal sprach Ali von seiner Mutter und seinen Schwestern, wie sehr sie ihm fehlten, wie ihm die Fischsuppe seiner Mutter fehlte, ihr Lächeln. Sie war, kurz bevor *die Boys* zuschlugen, mit seinen Schwestern nach Maiduguri aufgebrochen. Er hoffte, dass sie die Stadt erreicht hatten, denn er hatte seither kein Wort von ihnen gehört.

Als der Fischer an diesem Abend nach Hause kam, dankte Bilya ihm weinend und flehte ihn an, er solle sich und seinen Sohn retten und gehen.

»*Die Boys?* Solange man seine Steuern zahlt, lassen die einen in Ruhe. Uns wird nichts passieren. Du konzentrierst dich einfach nur aufs Gesundwerden. Dann könntest du anschließend vielleicht Ali mitnehmen, ihn nach Maiduguri in Sicherheit bringen.«

»Was ist mit dir?«

Der Fischer sah sich in seinem Hüttchen um, als könnte er Schätze sehen, die anderen verborgen blieben. »Ich bin da völlig fehl am Platze. Was soll ich in Maiduguri? Dieser Wahnsinn wird vorübergehen, *insha* Allah. Er wird vorübergehen.«

Bilya hatte sich fest vorgenommen, so schnell wie möglich gesund zu werden, damit er diesen verfluchten Ort verlassen und diesen Menschen, die sich seinetwegen eingekerkert hatten, ihre Freiheit zurückgeben konnte, damit er heimkehren und seine Tochter umarmen konnte, damit er Aziza in die Arme nehmen und ihr sagen konnte, was für ein Dummkopf er gewesen war. Wenn es nötig war, würde er vor ihr auf dem Bauch rutschen, damit sie ihn zurücknahm. Er kratzte seine Energien zusammen und begann, mit improvisierten Krücken herumzuhumpeln, die der Fischer für ihn gemacht hatte.

Eines Abends wirbelte ein Hilux-Laster, über dessen Flugabwehrkanone eine schwarze Fahne wehte, eine Staubspur auf, die bis zur Hütte des alten Fischers kroch. Tränen zogen eine Spur über Bilyas Gesicht, weil er an diesem Abend fürchtete, er werde Baga niemals verlassen, niemals Mina und Aziza wiedersehen. Er hörte, wie *die Boys* vom Laster sprangen, hörte, wie der Fischer sie grüßte. Meine Söhne, nannte er sie, erzählte ihnen, er sei ganz allein, ein alter Mann, der brav Steuern zahle, er mache ihnen keine Schwierigkeiten, habe nichts mit der Regierung zu schaffen.

Ihr schnelles Kanuri klang autoritär, verärgert. Bilya sah, wie Ali nach Luft schnappte und sich auf die Lippen biss, Sekunden, bevor kurz ein Gewehr donnerte, gefolgt von einem Plumpsen, als sein Vater auf dem Boden aufschlug. Als sie die Hütte betraten, die Gewehre im Anschlag, und eine Tirade auf Kanuri auf den Jungen abfeuerten, antwortete dieser mit tränenerstickter Stimme. Sie scheuchten ihn aus der Hütte, vorbei am Leichnam seines im Staub liegenden Vaters und hinein in den Laster. Einer von ihnen richtete seine Waffe auf Bilya, krümmte den Finger um den Abzug.

»Ich werde für euch kämpfen«, sagte Bilya und wartete mit geschlossenen Augen auf die Kugel. »Ich kann kämpfen. Lasst mich für euch kämpfen.«

*

Die erste Gelegenheit zur Flucht bot sich ihm, als sie ein kleines Bauerndorf überfielen. Während *die Boys* die Dorfbewohner erschossen, hatte sich Bilya, dem das Gewehr an der Schulter baumelte, dem Abfackeln der Hütten gewidmet. Er wollte nicht den Eindruck machen, als wäre ihm seine Aufgabe zuwider, also klebte er sich ein Lächeln ins Gesicht und feuerte in die Luft, als die Flammen in den Abendhimmel schossen, skandierte das Mantra und *die Boys* stimmten ein. Er half beim Einladen der Lebensmittel, deretwegen sie gekommen waren, und kletterte anschließend auf die Ladefläche des Lasters. Als das Dorf im Rückspiegel immer kleiner wurde und nur noch aus einigen Rauchsäulen bestand, wischte er sich mit einem Zipfel seines Turbans die Tränen ab und band sich das Tuch ums Gesicht. Er hätte sich in den Busch fortschleichen, seine Chance ergreifen und das Risiko auf sich nehmen können, sofort erschossen zu werden, wenn sie ihn erwischten. Doch dann hätte er Ali nie wiedergesehen.

In den Monaten, seit er mit ihnen unterwegs war, hatte er ihn nicht gefunden. Im Lager der Aufständischen angekommen, waren die beiden getrennt worden und Ali musste mit einem anderen Kommandanten wegfahren. Dieser Kommandant sah mit seinen trüben, umherirrenden Augen wie ein Wahnsinniger aus, seine kreischende Stimme wurde, je weiter sich der Wagen entfernte, immer leiser. Bilya blickte dem Fahrzeug nach, bis sich der aufgewirbelte Staub gelegt hatte. *Ich finde dich, Ali. Ich bringe dich in Sicherheit, das verspreche ich dir.*

Das war Monate her.

In diesen Monaten sammelten sich in seinem Waffenrock der Rauch und der Staub weiterer Überfälle, weiterer Dörfer, weiterer Militärbasen, und seine Ohren versuchten Informationen über Alis Aufenthaltsort zu erlauschen. An dem Tag, als sie von der Armee überfallen wurden, an dem Tag, an dem er sich seinen früheren Kameraden hätte ergeben können, hatte er sich umgedreht und war in den Wald zurückgeflüchtet, gerannt, was seine Beine hergaben. Als *die Boys* ihn freiwillig zurückkehren sahen, jubelten sie, in der Luft vermischten sich Allahu-akbars und Schüsse.

In den folgenden Monaten wurden sie von der Armee zurückgedrängt und Bilya war dabei, als sie das Territorium genauso schnell verloren, wie sie es gewonnen hatten. Als die Aufständischen sich zurückzogen, sickerten Nachrichten von den verschiedenen Fronten durch. Auch Neuigkeiten von Ali. Ein Zeuge hatte mit eigenen Augen gesehen, wie man Ali vor Monaten in den Bauch geschossen hatte und er unter einem Neembaum verblutet war. Bilya war auf die Knie gefallen und hatte geweint.

»Mach dir keine Sorgen, Bruder«, der Kommandant legte Bilya die Hand auf die Schulter. »Dein Bruder Ali ist ein Märtyrer. Genau in diesem Augenblick speist er im Himmel mit den Auserwählten Gottes. Beten wir nicht alle um solch einen begnadeten Tod, Brüder?«

Und mit diesen Worten ging der Verlust eines Kindes im Jubel der Fanatiker unter, doch auf Bilyas Herz lastete das Versprechen, das er dem alten Fischer und seinem Sohn gegeben und nicht hatte halten können, wie ein Stein.

Als sich die nächste Möglichkeit bot, folgte Bilya der Schnur, die an seinem Herzen zerrte. Der Schnur, die ihn mit der Frau verband, die er liebte, und der Tochter, die sie ihm geschenkt hatte.

Was bevorsteht

Lalo schloss die Augen und ließ sich vom milden Morgenwind streicheln, nachdem es in der Nacht geregnet hatte. Während er auf der Brücke stand und den Zug und die durcheinanderwuselnden Menschen beobachtete, die sich zur Fahrt rüsteten, fiel ihm der Tag ein, als er zum ersten Mal in Idu gewesen war, der Tag, an dem der Zug in den Bahnhof gekeucht war und ihm seine alten Leben gebracht hatte.

An diesem Morgen hatte ihn nach dem Joggen die Sehnsucht zum Bahnhof gezogen. Während seine Füße auf den Boden hämmerten und sein Herz brannte, weil er seit längerem nicht mehr gelaufen war, war ein Zug durch seinen Kopf gerattert. Er war nach Hause gejoggt, hatte sich ins Auto geworfen und war nach Idu gefahren. Die Fahrkartenverkäuferin hatte die riesigen Schweißflecken auf seinem T-Shirt angestarrt, während sie eine Karte für ihn abgerissen hatte. Er wollte nirgendwohin fahren, aber er musste in die Nähe des Zugs, damit er das Rattern hören, Leute ein- und aussteigen sehen konnte, wie an dem Tag, an dem er Aziza kennengelernt hatte. Dem Tag, an dem er sich zum ersten Mal an seine früheren Leben erinnert hatte.

Er strich sich über den Kinnbart und stützte sich auf die Brüstung. Der Zug nach Kaduna gab einen Pfiff von sich. Die letzten Fahrgäste hasteten in die Abteile. Eine Frau, die Tochter und Koffer hinter sich herzog, fiel fast in den Zug hinein. Sie erinnerte ihn an Aziza, an ihre Reise und wie oft sie gemeinsam gelacht hatten. Kurz überlegte er, ob er in den Zug springen und nach Kaduna fahren sollte, von dort eventuell weiter nach Maiduguri. Er betrachtete die Fahrkarte in seiner Hand, als könnte sie ihm einen Ratschlag geben.

Am Vorabend hatte er, nachdem sie von Jos zurückgekehrt waren, seinem Bruder erzählt, dass er ganz plötzlich besessen davon war, Maiduguri zu besuchen, doch Nura war viel zu sehr von der Geschichte über Indo, Turai, Karambau und die unbekannte Schwester abgelenkt gewesen, um darauf einzugehen. Lalo hatte ihm auch erzählt, dass Bilya zurückgekehrt war. Fasziniert hatte Nura Indos Foto angestarrt und gesagt: »*Kutuma!* Was für ein Jammer, dass du gestorben und so eine Frau zurückgelassen hast.«

Zum ersten Mal glaubte sein Bruder ihm und betrachtete ihn mit Ehrfurcht und einer gewissen Scheu. Als Lalo Maiduguri erwähnt hatte, war Nura gerade so sehr auf das Foto fixiert gewesen, dass er Lalos Worte gar nicht wahrgenommen hatte.

In jener Nacht hatte Lalo vom Nordosten geträumt, von den Rändern der Sahara. Nach zwei Uhr vierzehn waren seine Gedanken mit diesen Bildern und mit Aziza beschäftigt gewesen. Beim Blick auf sein Handy war er an ihrer Nummer hängen geblieben und hatte überlegt, ob sein Anruf ihr Gespräch mit Bilya unterbrechen, ob er ihr lästig fallen würde. Schließlich hatte er ihr eine Nachricht geschrieben und das Mobiltelefon weggelegt.

Sie hatte morgens zurückgerufen, nachdem er laufen gewesen war und gegen ein brennendes Herz, schmerzende Glieder angekämpft hatte, an seine Grenzen gegangen war, weil er wusste, was ihm bevorstand, weil er diesmal bereit sein wollte.

»Warum keuchst du so? Alles in Ordnung?«, hatte sie gefragt.

»Mir geht's gut. Ich war gerade joggen«, hatte er geantwortet.

Obwohl Azizas Stimme schwer von all dem Ungesagten war, entlockte sie ihm ein Lächeln. Ihr gehe es ebenfalls gut, hatte sie gesagt, sie könne am Telefon nicht reden, würde ihn aber später gern treffen.

»Ich habe sehr ausführlich über dich nachgedacht«, hatte sie gesagt.

»Du machst dir keine Vorstellung, wie ausgiebig ich über dich nachgedacht habe.« Er war erleichtert gewesen. Gern hätte er mit ihr über Maiduguri gesprochen, doch dies war nicht der richtige Zeitpunkt. Deshalb hatte er nur verlauten lassen, er wolle bei ihrem nächsten Wiedersehen mit ihr über etwas reden.

Sie mochte nicht auflegen und ihr Atmen erfüllte sein Herz mit Erregung und Furcht.

*

»Sind Bahnhöfe nicht faszinierend, Yarima Lalo«, flüsterte das Kind. Sie stand auf der Brücke neben ihm, sie und ein anderes großäugiges Kind.

»Hallo, *yarinya.*«

Der Zug verließ den Bahnhof, zurück blieben Freunde und Verwandte, die den Passagieren nachwinkten.

»Bahnhöfe sind wie Kreisverkehre«, sagte das Kind. »Menschen kommen und gehen. Orte, die einen daran erinnern, dass das Leben weitergeht, egal, was passiert.«

Lalo schmunzelte. »Haltet ihr deshalb eure Glühwürmchennächte auf Kreisverkehren ab, damit ihr die Toten daran erinnern könnt, dass sich die Welt ohne sie weiterdreht?«

»Um sie daran zu erinnern, dass die Dinge, für die wir sterben, manchmal überbewertet werden, denn wenn wir sterben, sind sie nicht mehr so wichtig, wie wir gedacht haben. Manchmal, nach ein paar Jahren, sind sie völlig unwichtig. Die Gründe beispielsweise, deretwegen sich die Menschen umbringen. Oder umgebracht werden.«

Lalo lächelte. »Willst du mir etwas sagen?«

»Ich weiß nicht. Vielleicht.« Sie lächelte frech.

»Offenbar schlägst du vor, dass ich vor dem, was kommt, wegrennen soll.«

Sie schlang die Arme um den Oberkörper und starrte vor sich hin.

»Kann man seinem Schicksal entrinnen?«

»Schicksal?« Sie lehnte sich über das Geländer. »Woher willst du wissen, was dein Schicksal ist? Manche sagen dazu Liebe.«

»Liebe?« Lalo lachte. Es kam ihm merkwürdig vor, darüber mit einer Zehnjährigen zu reden. Abgesehen davon, dass sie keine Zehnjährige war. Sie war sein Schicksal. Dieses Kind. Dieser Naturgeist. Diese Seelenflüsterin.

»Liebe ist ein selbstgewähltes Gefängnis«, sagte das Kind.

Stirnrunzelnd ließ sich Lalo diese Worte durch den Kopf gehen. Schließlich sagte er: »Was weißt du denn darüber, Kind.«

»Ich weiß, dass sie das Herz fliegen, lebendig werden lässt. Ich weiß auch, dass sie alle möglichen Gitterstäbe um einen herum errichtet, die man seltsamerweise sogar mag. Akzeptiert. Man schweißt sie sogar fest, weil sie angeblich schützen, was man behalten will, weil man ja für etwas einstehen muss, und am Ende lässt man zu, dass diese Gitterstäbe einen am Weglaufen hindern.«

Kurz betrachtete Lalo die Schienen, die eine Kurve machten und hinter der Ecke verschwanden. Dann tätschelte er dem Kind den Kopf und rechnete fast damit, dass seine Hand ins Nichts greifen würde. Sie lächelte zu ihm hoch.

»Du hast recht, Kind. Manchmal entscheidet man sich, für etwas einzustehen. Ich habe mein Gefängnis selbst gewählt.«

Schweigend betrachteten sie eine Zeitlang die Schienen.

»Du hast mir deine Freundin nicht vorgestellt«, sagte er irgendwann.

»Oh, sie ist neu. Ein paar Hirten haben ihr Dorf überfallen und sie mit einer Machete ermordet. Jetzt ist sie eine von uns.«

Lalo drehte sich dem neuen Kind zu.

»Hallo«, sagte sie fröhlich.

»Hi.«

»Wir müssen gemeinsam eine Aufgabe erledigen«, sagte das Kind.

Lalo nickte und wandte sich seufzend den Schienen zu. »Weißt du, dass mir hier zum ersten Mal meine früheren Leben bewusst wurden?« Aus irgendeinem Grund machten ihn diese Worte unendlich traurig. »Hier hat der ganze Wahnsinn angefangen.«

»Hier endet er aber nicht«, sagte das Kind und tätschelte seine Hand. »Ich hab dich allmählich richtig lieb, Nichtblinder. Deshalb wünsche ich dir, dass deine Feinde unbeabsichtigt zu deinem Besten handeln.«

Lachend schüttelte Lalo den Kopf. »Ich danke dir, *yarinya.*«

Väter und Töchter

Aziza saß auf einer Matte und beobachtete Mina, die im Gras vor dem Käfig kniete und ein inniges Gespräch mit Diallo führte, der sich ständig am Kopf kratzte.

»Was sie dem Vogel wohl erzählt?«, fragte Bilya, der mit ausgestreckten Beinen neben Aziza saß. Seine Füße ragten über den Mattenrand hinaus und ruhten im Gras. Zwar hatte er vergessen, seine wuchernden Zehennägel zu schneiden, doch er hatte sich den Stoppelbart rasiert, den er bei ihrer letzten Begegnung noch getragen hatte. Er verscheuchte eine Biene, die, angelockt von den Parfümspuren auf seinem Hemd, um ihn herumschwirrte. Das Gelb des Insekts kontrastierte mit dem Helllila des Hemdes, das ihm viel zu groß war und dessen scharfe Falten leicht hervorstanden; die Farbe stand ihm nicht, fand Aziza. Er hatte sich richtig bemüht, Eindruck auf seine Tochter zu machen, doch Mina war mehr an Diallo als an ihm interessiert. Bei ihrem ersten Wiedersehen hatte Mina Bilya nur verblüfft angestarrt, und als er sie mit geschlossenen Augen an sich gedrückt hatte, hatte sie die Umarmung nicht erwidert.

»Vielleicht erzählt sie ihm Geschichten über ihren Vater«, antwortete Aziza. Sie würde sich an die Narben in seinem Gesicht gewöhnen müssen. Sie würde sich daran gewöhnen müssen, dass er lebte. Als er verkündete, er wolle Zeit mit seiner Tochter verbringen, hielt sie einige Stunden im *Millennium* für einen guten Anfang. Sie wollte wissen, welchen Menschen der Krieg ihnen vor die Füße gespien hatte. Doch als sie neben Bilya saß, konnte sie einzig an die Zeit denken, die sie mit Lalo hier verbracht hatte. Sie fingerte an dem Armband herum, das Lalo für sie gemacht hatte, und lächelte verstohlen, als die beiden Kauri-Muscheln aneinanderklickten.

»Das bezweifle ich«, sagte er. »Offenbar hat sie nicht viel für mich übrig. Mir ist bewusst, dass ich wie ein Monster aussehe –«

»Das stimmt nicht. Gib ihr Zeit. Bis gestern dachte sie, du bist tot. So wie die meisten von uns. Und davor war sie noch sehr klein.«

Er fing ihren Blick ein. »Sie hat mich am Leben gehalten. Ihr beiden. Der Gedanke an euch hat mir Kraft gegeben. Ich wollte euch beide wiedersehen. Zu euch beiden zurückkehren. Euretwegen konnte ich alles ertragen.«

Aziza spürte, wie ihre Augen feucht wurden. »Das wird sie eines Tages verstehen. Und wertschätzen.«

»Sie ist so bildhübsch, ich möchte sie nie wieder verlieren.«

Ihr Herz zog sich zusammen. Es würde der Tag kommen, an dem sie um Mina würden kämpfen müssen, Bedingungen aushandeln, aber das war jetzt nicht der richtige Zeitpunkt dafür.

»Deine Mutter war sehr verzweifelt, als … als du verschwunden warst«, sagte sie.

»Ja«, er betrachtete seine Finger, »aber jetzt geht es ihr besser.«

»Wenn ich sie wäre, würde ich dich festhalten und nie mehr aus den Augen lassen.«

»So würde ich es mit meiner Tochter machen. Und mit dir.«

Diesmal konnte sie das Erschrecken in ihren Augen nicht verbergen. Er musste etwas bemerkt haben, denn als er ihr beruhigend zulächelte, saß ihm das Lächeln leicht schief im Gesicht.

»Ich möchte, dass wir zu meiner Mutter gehen, bei ihr einige Wochen verbringen, ehe wir unser neues Leben angehen.«

Sie sah ihn mit großen Augen an. »Wie meinst du – ›unser Leben‹?«

»Das meiner Familie. Du und ich und unsere Tochter.«

Mina hatte Diallo auf ihre Schulter gesetzt und rannte im Gras herum, umkreiste mit zum Flugzeug ausgestreckten Armen das Paar, das auf einer Matte saß. Zum ersten Mal seit Jahren sah Bilya seine Tochter lachen. Aziza zückte ihr Handy und machte etliche Aufnahmen von Mina.

»Ich bin nicht sicher, ob das geht«, setzte sie an, unterbrach sich dann. Ihr war bewusst, dass sie Zugeständnisse machen musste, vor allem wenn sie sich vorstellte, was er durchgemacht und ihr noch längst nicht im Detail erzählt hatte. Sie musste wissen, ob ihre Tochter mit ihm glücklich, bei ihm sicher war.

»Ich weiß, dass ich dich früher schlecht behandelt habe, aber ich bin jetzt ein anderer Mensch«, sagte er. »Ich habe ohne Unterlass gebetet, dass Gott mich überleben lässt, damit ich meine Fehler bei dir wiedergutmachen kann, Aziza.«

»Ich habe dir vergeben, als du tot warst«, lächelte sie. »Es ergibt wohl kaum Sinn, dass ich das rückgängig mache, bloß weil du am Leben bist.«

»Meine Geliebte«, rief er und griff nach ihren Händen. Sie wich zurück.

»Wir sollten wegen Mina einen freundschaftlichen Umgang pflegen, Bilya. Doch ich bin nicht sicher, ob das mit uns, mit dir und mir, funktioniert.«

»Aber natürlich. Wir sind verheiratet. Und wir haben das getan, weil wir uns lieben.«

»Das waren wir.«

Verdutzt starrte er sie an. In seinem Lachen lag keine Heiterkeit. »Du bist aber lustig, Aziza. Haha. Du hast mir jetzt aber kurz einen Schrecken eingejagt. Ich kann dich nicht verlieren. Du bedeutest mir alles.«

»Bilya, bitte hör auf. Wichtig ist jetzt, dass du eine Beziehung zu deiner Tochter aufbaust. Du als Vater sollst ein Teil ihres Lebens sein. Das kann ich dir nicht verwehren und möchte es auch nicht.«

Er legte sich auf die Matte und kreuzte die Beine. Die Sonne schien ihm auf die Stirn. »Du bist meine Frau. Nichts in der Welt kann das ändern.«

»Bilya, du weißt aber schon, dass wir geschieden sind.«

Lachend rollte er auf den Bauch. Keuchend rang er nach Luft, nachdem er sich ausgelacht hatte. »O Gott, Aziza. Hab Erbarmen mit mir. Zwei Jahre lang habe ich in der Angst gelebt, dich zu verlieren. Und jetzt treibst du solche Scherze mit mir. Das ist nicht fair.«

Sie musterte ihn, sein Gesicht, seine Augen, suchte nach einem Hinweis, dass er Witze machte oder ihr etwas vorspielte, vergeblich. Als er zum ersten Mal von der Front zurückgekehrt war, war ihr bewusst geworden, dass er unstet war, der Krieg seinem Verstand Unvorstellbares angetan hatte. Nun, da er so lange Zeit hinter den feindlichen Linien verbracht hatte, fragte sie sich, welchen psychischen Schaden er erlitten haben musste.

»Was genau ist dir zugestoßen, Bilya? Was ist passiert?«

Er stöhnte ungeduldig auf. »Das habe ich dir bereits erzählt, Aziza.« Bilya setzte sich auf und nahm eine Flasche Limonade aus dem Korb, packte sie energisch und drehte den Verschluss auf. Er nahm einen großen Schluck, und als er die Flasche heftig auf den Boden stellte, schwappte Flüssigkeit heraus. Der Fleck passte fast genau zum Paisley-Muster der Matte. »Ich habe es dir bereits erzählt. Ich wurde im Kampf verwundet. Stürzte von einem Hügel. Wurde von einem Fischer und seinem Sohn gerettet. Dann hat Boko Haram den Sohn des Fischers und mich mitgenommen. Dann bin ich geflohen. *Capisce? Shikenan?* Ende der Geschichte.« Er schraubte die Flasche wieder zu, riss ein Blatt von der Küchenrolle ab und wischte die Flüssigkeit weg.

Aziza holte tief Luft. »Ist etwas passiert, während du bei ihnen warst?«

»*Nama!*« Mina stand da, Diallo hockte auf ihrer Schulter. Sie hatte die Hände auf die Knie gelegt. Die beiden warteten, bis sie wieder zu Atem gekommen war. »Diallo vermisst Onkel Yarima«, sagte sie. »Wann sehen wir ihn wieder?«

»Hol den Käfig, Mina, bevor diese Jungen sich mit ihm aus dem Staub machen«, sagte Aziza. Zwei Jungen hatten sich über den Käfig gebeugt. Mina sprintete los und rief ihnen etwas zu.

Bilya griff erneut nach der Flasche und schraubte den Deckel ab. Nach einem Schluck setzte er sich anders hin. »Und wo warst du die ganze Zeit? Hmm?«, wollte er wissen. »Und mit wem?«

»Ich war verreist.«

»Mit meiner Tochter?« Er knirschte mit den Zähnen. »Verreist mit meiner Tochter und einem anderen.« Er ballte die Faust und schüttelte heftig den Kopf. Dann ließ er sich auf die Matte fallen und schwieg eine Weile. Aziza konnte hören, wie ihr Herz im Brustkorb hämmerte. Sie versuchte, ruhiger zu atmen.

Bilya setzte sich auf und grinste kurz. »Ich vergebe dir«, sagte er. »Ich vergebe dir. Du hast gedacht, ich sei tot. Deshalb kann ich dir keine Vorwürfe machen. Aber jetzt bin ich wieder da. Wir lassen das jetzt alles hinter uns, tun, als wäre es nie passiert, hmm? Wir vergessen das. Alles. Jetzt packen wir die Zukunft als Familie an, hmm? Ich werde dir der bestmögliche Ehemann sein und dann ist alles wieder in Ordnung. Hmmm?«

Abermals ließ er sich auf die Matte zurückfallen. »Dann ist alles wieder in Ordnung.«

Porträt im Dunkeln

Am Morgen wachte Lalo auf, von vertrauten Albträumen gequält, an die er sich, schon als er sich im Bett aufsetzte, nicht mehr erinnern konnte, und sah klar das Gesicht seiner Mutter vor sich, deutlich wie ein Porträt, das im Dunkeln glühte. Mit ausgestrecktem Finger zog er die Konturen ihres Gesichts nach, die Linie ihres Kinns, die Bögen ihrer Lippen, den Schwung ihrer Augenbrauen und die breite Fläche ihrer Stirn. Er blieb an den Wangen hängen und wünschte, sie würde die Augen aufschlagen, damit er noch einmal ihren Blick sehen könnte. Doch langsam verglomm das leuchtende Bild, wich immer weiter ins Dunkel zurück.

Beim ersten Tageslicht verließ Lalo das Haus und ging in sein Atelier, wo Kandes unvollendetes Porträt wartete. Er band sich die mit allen Farben seiner Kunst gesprenkelte Schürze um, krempelte die Ärmel hoch, nahm seine Palette und fing an, Farben zu mischen. Er zog Linien und Bögen und Schwünge, glättete mit Fingern und Spachtel, pinselte und pustete. Er malte detailgetreu ihre Ohrringe nach und die Fältchen um ihre Lippen, die die Jahre auf ihrer Haut hinterlassen hatten. Er fing jede Pore ihrer Haut ein, an die er sich erinnern konnte, und die drei fasrigen Falten, die sich allmählich auf ihrer Stirn zeigten. Er arbeitete bis zum Mittag, erst da hielt er inne und warf einen Blick auf sie, seine Mutter, die für die Ewigkeit auf seiner Leinwand schlafen würde. In seinem Herzen erwachte Stolz. Er hatte ihr Gesicht eingefangen und ihr Gesicht würde seines überleben, im Unterschied zu den Gesichtern seiner anderen Mütter. Er setzte sich auf seinen Hocker, starrte das Gemälde an und überlegte sich, wo in der Ausstellung seine Galeristin es wohl platzieren würde.

Azizas Augen

Eines Abends nistete sich der Harmattan in Azizas Augen ein. Mit diesen luftig-leeren Augen fixierte sie lange sein vollendetes Gemälde, bis Lalo es müde war, auf ihr Urteil zu warten. Als sie sprach, passte ihre Stimme zu ihrem Blick, und sie redete vom Wert jener Dinge, die verloren waren oder unauffindbar, und dadurch eine Würde erlangten, die ihnen ansonsten nicht zuteilgeworden wäre.

Während sie sprach, fragte er sich, womit er, der bereits zweimal wiedergekehrt war, diese Art Würde erlangt hatte. Und ob er, wenn seine Mutter wiederkehren sollte, sie rückhaltlos aufnehmen würde. Bis ihm der Gedanke kam, sie könnte von Bilya sprechen. Sie war seinen Fragen ausgewichen, hatte stattdessen über Bilder geredet. Sie erzählte auch von Diallo und Mina, wie gut sich die beiden verstanden, und wie sehr er Mina fehlte.

Lalo nahm ihre Hand und bugsierte Aziza auf den Stuhl vor seinem Tisch, setzte sich ihr gegenüber. Er sah ihr in die Augen und sagte, wie sehr sie ihm gefehlt, wie sehr er sich Sorgen um sie gemacht habe. Aus ihrem Schweigen und ihren Augen konnte er herauslesen, dass sie über etwas nicht reden wollte. Er hielt ihren Blick fest und erklärte, sie müsse nicht über Bilyas Rückkehr reden, wenn sie nicht wolle.

Ihr Lachen war gewichtslos, ein missglückter Versuch, seine Worte auf die leichte Schulter zu nehmen. Ihre Anwesenheit verriet ihm alles, was er wissen musste. Sie wollte ihn. Ihr Schweigen über Bilya verriet ebenfalls alles. Sagte, dass sie ihm zugetan war und genau wie er Angst vor der Unausweichlichkeit seines dritten Todes hatte und der Rolle, die sie dabei spielte.

»Wenn mir etwas zustoßen sollte«, sagte er, »wäre ich glücklich, wenn ich wüsste, dass du mich auch liebst.«

»Ich lasse es nicht zu, dass dir etwas zustößt.« Sie hob ihren rechten Arm und schüttelte ihn, bis die Kauris an den Enden ihres Armbands klickten.

Lalos Lächeln war voller Trauer.

Als er sie zur Ateliertür brachte, bat Aziza, er solle sie ein Stück begleiten. Ihre Hände berührten sich beim Gehen. Doch da ihnen die Worte fehlten, hielten sie schließlich ein Taxi an. Er winkte ihr zum Abschied, sein Herz war schwer, traurig und ruhig zugleich.

Als er zu seinem Atelier zurückkam, bemerkte er auf der anderen Straßenseite das Kind. Doch als er winkend den Arm hob, blieb ein Mann vor ihr stehen und verdeckte sie. Er starrte ihn an. Die Feindseligkeit, die er verströmte, erregte Lalos Aufmerksamkeit. Er erkannte diesen Blick. Diesen Wunsch, Schmerz zuzufügen. Er hatte ihn vor einem Menschenleben auf einer Farm in Kafanchan gesehen und ein zweites Mal viele Jahre davor in einem Zug nach Lagos.

»Aziza, dieser Unsinn muss aufhören.« Seine Stimme war heiser und laut. »Mach jetzt die Tür auf.«

»Geh weg, Bilya. Du bereitest deiner Tochter Schande.«

Doch sein Verhalten war nicht nur eine Schande für Mina, sondern auch für sie. Sie wusste genau, dass die Nachbarn durch den Vorhangspalt auf den Mann schielten, der gegen Azizas Tür hämmerte. Sie konnte sich den Schreck auf ihren Gesichtern gut vorstellen, die Erregung, das Geflüster.

Mina wollte ihre Kopfhörer abnehmen, aber Aziza verhinderte das und nahm das Mädchen fest in den Arm. Die fünfzehn Minuten, seit Bilya zum ersten Mal geklopft hatte, hatten an ihren Nerven gezerrt. Paranoia sei Dank, hatte sie seit seiner Rückkehr die Tür immer verschlossen, da er ansonsten einfach hätte hereinkommen können, und wer weiß, was dann passiert wäre.

»Bilya, bitte hör auf«, bettelte sie. »Bitte, ich flehe dich an.«

»Das kann ich nicht«, sagte er. Seine Stimme war sanft, fast wieder normal, bis auf die Gemeinheit, die sich in seine Zuversicht mischte. »Ich liebe dich, verstehst du das nicht. Ich liebe meine Tochter. Nur euretwegen bin ich nicht gestorben. Ich will doch nur meine Familie zurück.«

»Wir sind geschieden.«

»Hör auf, das zu sagen.«

»Aber so ist es. Das wissen alle.«

»Ich habe mich nie von dir scheiden lassen und werde es auch nie tun. Da müsste ich ja verrückt sein.«

Aziza seufzte. Man konnte mit Bilya nicht vernünftig reden. Wie Lalo gesagt hatte, das Sterben kostet die Toten etwas. In seiner Art des Sterbens hatte Bilya so viel mehr verloren: alle Eigenschaften, die einst dazu geführt hatten, dass sie ihn liebte.

Sie nahm ihr Handy und rief seinen Bruder Yahya an. Es klingelte und klingelte. Warum sollte Yahya ihren Anruf annehmen, wenn sie seine nicht annahm? Warum sollte er sich bereiterklären, seinen Bruder zur Besinnung zu bringen, wenn er ihr einzig ihre Tochter wegnehmen wollte? Ihr Widerstand musste ihn schmerzlich getroffen haben.

»Es ist wegen dieses Künstlers, stimmt's?«

Azizas Herz machte einen Satz.

»Anstatt für meine sichere Heimkehr zu beten, hast du mit diesem Arsch herumgehurt, der es besser hätte wissen müssen, als die Frau eines anderen zu begehren. Du bist mit ihm verreist, mit meiner Tochter, obwohl meine Mutter sie unbedingt sehen wollte. Du schamloses Weib!«

Aziza legte eine Hand aufs Herz. Dann vergewisserte sie sich, dass die Kopfhörer immer noch fest auf Minas Ohren saßen, doch trotzdem drang das eine oder andere Wort durch.

»Es war abstoßend, dich mit ihm zu sehen. Es ist abstoßend, dich mit einem anderen zu sehen. Ich hasse es!«

Sie hörte leise dumpfe Schläge, als er den Kopf gegen die Tür donnerte. Tränen rannen ihr übers Gesicht. »Ich hasse es, dass du versucht hast, mich durch diesen Scheißkünstler zu ersetzen. Dass du ihn angesehen hast, so wie du mich früher angesehen hast. Dass meine Tochter, die nie mit mir gelacht hat, ihn die ganze Zeit sehen will, ständig über ihn redet. Du hast keine Ahnung, welche grauenvollen Dinge ich tun musste, um zu überleben, um zu dir zurückzukommen. Du hast keine Ahnung. Und dann komme ich zurück und sehe dich mit diesem Künstler.«

Er tat ihr leid. Doch weder verstand sie das, was der Krieg von ihm übriggelassen hatte, noch begehrte sie es. Sie fürchtete sich davor. In diesem Mann gab es noch Überreste des Menschen, den sie einst geliebt hatte, und das gab ihr Hoffnung, er könne ihrer Tochter zumindest der Schatten eines Vaters sein.

»Bilya«, sagte sie leise. Die Antwort war Schweigen. Sie sagte nochmals seinen Namen, doch er war fort. Sein Weggang ängstigte sie mehr als seine kochende Wut.

Lose Fäden

Als Lalo an jenem Morgen aus seiner Wohnung trat, marschierte eine Kolonne roter Ameisen über seine Veranda. Er stand da, die Hand auf dem Türknauf, und betrachtete ihren rebellischen Aufmarsch, ihren Brückenschlag von der Vergangenheit in die Zukunft, die sich beide irgendwo unterhalb des Fundaments seiner Bleibe befanden. Lalo sprang über die Ameisenstraße, ging am Mangobaum vorbei und seinen Geschäften nach.

Er verbrachte an diesem Morgen einige Stunden beim Arzt, weil er es Aziza und Indo versprochen hatte und auch weil er, selbst wenn Tod Nr. 3 kommen sollte, bis dahin leben oder zumindest die wenige Zeit, die ihm blieb, auskosten wollte. Und wenn er nach der Ausstellung, die in zwei Tagen eröffnet würde, noch am Leben war, wollte er immer noch nach Maiduguri und die Sache abschließen, und danach vielleicht zu den Uffizien nach Florenz. Er wollte das Leben ein wenig genießen.

Während er im Wartezimmer saß, wanderten seine Gedanken zu der von Chioma kuratierten Ausstellung. Er dachte an Alhaji Basiru und Indo, an Bawa und Turai und wünschte, sie alle könnten die Schau sehen, dem Faden folgen, aus dem das Motiv bestand, und begreifen, dass sie alle zusammenhingen.

Nach dem Verlassen der Klinik fuhr er, während seine Proben auf dem Weg ins Labor waren, zur Kolda Street, parkte am Straßenrand und bestellte bei Libya Frittiertes.

»Hühnchen?«, lächelte Libya, nahm einige Zeitungsseiten vom Stapel und drückte mit der Faust eine Kuhle in die Mitte.

Lalo nickte. Libya hatte ihm erzählt, dass er in Tripolis, bevor das Land vor die Hunde ging, auf dem Bau gearbeitet hatte. Lalo bezweifelte das nicht, hatte aber gleichzeitig den Verdacht, dass Libya einer von Gaddafis Söldnern gewesen war. Diese Andeutung ließ Libya lächeln und das Lächeln blieb auch weiterhin an Ort und Stelle, als er ein fettes Stück Hühnchen in Lalos Papierschale legte.

»Wie geht es der Frau?«, fragte Libya, schaufelte frittierte Yams und goldgebackene Kartoffeln aufs Huhn.

Lalo wollte eigentlich weiter bestellen, als ihm die Frage in die Quere kam.

»Gut. Sie heißt Aziza.« Doch das wusste Libya wahrscheinlich bereits.

»Pfeffer?«

»Nicht zu viel.«

Fachmännisch verteilte Libya eine Prise Pfeffer auf dem Essen und verpackte alles mit geschickten Fingern. »Sie liebt Sie nämlich. Sie ist Ihre fehlende Hälfte.«

»Aha«, Lalo griff nach seinem Päckchen. »Haben Sie das im Sand gelesen, Sie Wahrsager?«

»Eniola war gestern hier«, erwiderte er.

»Oh«, machte Lalo.

»Die tut sich demnächst wieder mit ihrem Freund zusammen, wenn Sie meine Meinung wissen wollen, weil sie glaubt, nur so kann sie ihn davon abhalten, Sie zusammenzuschlagen oder Ähnliches.«

»Hat sie Ihnen das erzählt?«

»Ja. Und nein.«

»Was soll das heißen?«

»Also, ganz genau so hat sie es nicht formuliert. Ich habe zwischen den Zeilen gelesen. Offenbar fühlt sie sich für Ihre Sicherheit zuständig und wenn's auf die Kosten ihrer eigenen ist.«

Lalo hätte Eniola gern mitgeteilt, dass sie nicht für ihn verantwortlich sei und dass Tod Nr. 3 ihn sowieso demnächst hole.

Libya lächelte. »Ich zeige Ihnen mal was.« Er holte unter seinem Tisch ein quadratisches Stück Stoff hervor, eine von arabischen Motiven inspirierte Stickerei, und hielt es Lalo hin. »Das hat mir ein lieber Freund in Tripolis geschenkt. Eine der wenigen Sachen, die ich mitgebracht habe.«

»Das ist bildschön.« Lalo bestaunte das aufwendige Muster aus Goldfäden auf schwarzem Hintergrund, das zu pulsieren schien, wenn man es länger betrachtete.

»Sehen Sie, an manchen Stellen sieht alles ganz zufällig aus, als gäbe es keine Verbindung zwischen den einzelnen Fäden.«

Lalo verfolgte mit dem Finger einen Goldfaden, der im schwarzen Stoff verschwand, ehe er irgendwann wieder auftauchte. Er nickte.

Libya grinste. »Wenn ein einzelner Faden in einer Stickerei unter den anderen verschwindet, heißt das nicht, dass dies sein Ende ist. Er kommt an anderer Stelle wieder zum Vorschein und trägt so zum großen Ganzen bei. Sehen Sie, wie manchmal ein Faden für andere geopfert wird, damit das Muster vollständig ist, auch wenn keiner der Fäden von seiner Aufgabe in diesem Muster weiß. Und manche Fäden, so wie dieser hier, bei denen versteht man nicht einmal, was ihr Beitrag zum Muster ist. Heißt nicht, dass sie keinen leisten. Manchmal geschieht das alles, ohne dass es das menschliche Auge erfasst. Das bedeutet aber nicht, dass es nicht geschieht. Oder dass es keinen Sinn ergibt, bloß weil wir ihn nicht erkennen.«

Lalo nickte, versuchte den Sinn hinter den Worten zu erfassen, die Libya mit einem so breiten Grinsen von sich gegeben hatte. »Da haben Sie natürlich recht. Es ist eine wunderschöne Stickerei. Sie sollten sie in Ehren halten.«

Libya faltete das Tuch zusammen. »Natürlich. Sie sind ein Künstler, der so etwas zu schätzen weiß.« Er warf das gefaltete Tuch Lalo zu, der es ungeschickt mit seiner freien Hand auffing. »Ein Geschenk für Sie.«

»Nein, nein«, wehrte Lalo ab, »das kann ich nicht annehmen.«

»Aber das haben Sie schon«, Libya lächelte. »Halten Sie es nicht schon in der Hand, drücken Sie es nicht bereits an Ihr Herz?« Libya zwinkerte.

»Libya, Sie sind ja verrückt.«

Libya verschränkte die Arme und grinste Lalo an.

»In diesem Fall: vielen Dank. Ich werde es in Ehren halten.«

»Ich weiß.«

Lalo nickte. »Wie viel?« Er hielt sein Päckchen mit Frittiertem hoch.

Libya winkte ab. »Betrachten Sie es als Gegenleistung.«

»Wofür?«

Libya zuckte die Achseln. »Wer weiß? Vielleicht für etwas aus einem früheren Leben?« Er warf den Kopf in den Nacken und lachte schallend los. Lalo lachte gleichfalls und nickte. Bedankte sich und wandte sich zum Gehen. Libya lachte immer noch.

In seinem Atelier öffnete er das Päckchen und der Duft von frittiertem Essen erfüllte die Luft. In Anbetracht potenzieller Kundenbesuche hätte er das üblicherweise vermieden, doch er hatte bereits Stunden in der Klinik verschwendet und wollte nicht auswärts essen und damit noch weitere Zeit vergeuden. Während des Essens schlug er sein Skizzenbuch auf und blätterte seine Ideen durch, was er als Nächstes auf die Leinwand bringen könnte. Manche Bilder erinnerten ihn an Aziza, die oftmals in seinem Hotelzimmer gewesen war, als er zeichnete. Er stieß auf ein Porträt von Indo, das er an dem Abend skizziert hatte, nachdem er sie getroffen hatte; die alte Indo saß auf einer Bank in ihrem Vorgarten. Seine Indo. Er sollte sie anrufen. Nach dem Mittagessen.

Während er die Seiten umblätterte, das Papier raschelte, füllte seine Phantasie die Bleistiftzeichnungen mit Farbe, manche von ihnen würde er nie auf die Leinwand übertragen. Die geflügelte Schlangenfrau beispielsweise, die Turai für ihn war und die er am ersten Tag gezeichnet hatte, an dem er sie an ihren Stuhl gefesselt erblickt hatte, von dem aus sie ihr Geschäft führte.

Sein Handy klingelte. Er lächelte.

»Hi, Aziza.«

»Yarima! Yarima!« Die Sorge in ihrer Stimme ließ ihn aufhorchen.

»Was ist passiert?«

»Ich versuche dich seit einer Ewigkeit zu erreichen, aber der Anruf ging nicht durch.«

»Das wusste ich nicht. Ich war heute in der Klinik wie versprochen.«

»Bist du jetzt im Atelier?«

»Ja, ich bin gerade zurück.«

»Bitte hör mir zu. Du musst von dort weg. Bleib dem Atelier fern.«

»Warum? Was ist passiert?«

»Es geht um Bilya«, sagte sie. »Er hat dich bereits gesehen und ich weiß nicht, was er vorhat. Und jetzt weiß ich nicht, wo er ist, und ich befürchte, dass er zu dir will. Bitte, du musst sofort weg.«

Lalo umklammerte das Handy. Er hätte es wissen müssen. Er hatte das Gefühl gehabt, dass es dieser Tag sein würde, aber alle Anzeichen ignoriert. Er hatte gehofft, es würde erst nach der Vernissage passieren und nachdem er in Maiduguri gewesen war. Welchen Sinn ergäbe es, davonzulaufen, wenn ihn alles in seinen bisherigen Leben auf diesen Augenblick vorbereitet hatte? Dieses eine Mal, wenn er alles anders machen, die Kette gar unterbrechen konnte. Er hatte sein Gefängnis gewählt.

»Also, egal was passiert, ich will unbedingt die Vernissage meiner Ausstellung erleben, doch für alle Fälle: Bitte sorg dafür, dass sie wie geplant stattfindet. Ich liebe dich, Aziza.«

»O mein Gott! Du Vollidiot!«, schnaubte sie und legte auf.

Die junge Frau mit dem fliederfarbenen Schleier

Eine Zeitlang stand er in seinem Atelier herum und überlegte, was er als Nächstes tun sollte. Er betrachtete seine Gemälde, die sich teilweise schon in den Kisten für den Transport zum Ausstellungsort befanden. Alles sollte an diesem Nachmittag abgeholt werden. Er griff nach seinem Handy. Sollte er seinen Bruder anrufen oder Indo? Lalo schloss die Augen und atmete tief durch. Er würde das überleben. Das wusste er. Tief in seinem Herzen war er sich sicher. Er war voller Entschlossenheit.

Die Türglöckchen klingelten.

Eine junge Frau, die ein Blatt Papier in der Hand hielt, kam herein und lächelte ihn nervös an. Sie schlang sich das eine Schleierende über die Schulter; beide Enden waren gleich lang, perfekt ausbalanciert, wie die Schalen einer Waage. Sie war Mitte zwanzig, schmal wie ein Schilfrohr und unter ihrem Schleier blitzten gelegentlich die Grübchen ihrer Schlüsselbeine auf. Ein weißer Kopfputz verdeckte ihr Haar. »Hallo«, sagte sie und winkte mit schmalen, knochigen Fingern.

»Hi.« Lalo versuchte sie einzuschätzen, biss sich auf die Unterlippe und kratzte sich den Kinnbart. »Sie stammen aus dem Osten, stimmt's?«

Sie lächelte zu ihm hoch. »Was hat mich verraten?«

»Sie riechen wie der Osten. Sie riechen nach Weihrauch und den weiten Ebenen.« Er behielt über ihre Schulter den Eingang und die Straße dahinter im Auge. »Der Geruch von Borno.«

»Freut mich, dass etwas Sie an Ihre Zeit dort erinnert«, sagte sie. »Ich heiße Kaltume. Ich bin Journalistin. Und Sie sind eindeutig der Künstler.«

»Wir geben jetzt noch keine Interviews, und ehrlich gesagt ist das kein besonders guter Zeitpunkt, wenn Sie also –«

»Das ist alles andere als ein Interview«, sagte sie, »ich habe im Internet die Ankündigung für Ihre Ausstellung gesehen und das Bild hat mich sehr angesprochen. Und die Adresse Ihres Ateliers stand dabei.«

»Worum geht es dann?«, fragte er. »Der Zeitpunkt ist wirklich schlecht.«

Die Tür ging auf und Aziza keuchte herein. »Wir müssen los«, sagte sie zu Lalo, dann erst sah sie Kaltume. »Oh, tut mir leid, mir war nicht klar, dass noch jemand hier ist, aber wir müssen das Atelier schließen.«

»Es wird nicht lange dauern, versprochen«, sagte Kaltume mit einem angedeuteten Lächeln und wandte sich wieder Lalo zu. »Ich habe mir die Ausstellungsbroschüre angesehen und mir ist aufgefallen, dass man auch in Ihren monochromen Arbeiten, wenn man genau hinsieht, alle Farben des Regenbogens findet. Alle bis auf Violett.«

Lalo nickte, drehte sich um und betrachtete die Gemälde, die sich in seinem Blickfeld befanden. »Eine Farbe, die ich nicht besonders mag«, sagte er.

»Entschuldigung, könnten Sie bitte auf den Punkt kommen?«, drängte Aziza und sah über Kaltumes Schulter durchs Fenster.

Lächelnd warf die junge Frau ihr einen Blick zu. »Das finde ich interessant, da Violett eine Verbindung von Feuer und Eis ist, eine Mischung aus Rot und Blau. Eine Mischung zweier Extreme in einem, wenn man so will. Gut und Böse vielleicht. Nicht nur das eine oder andere.«

»Ja, wir haben's kapiert, Sie kennen sich bei Farben aus«, kommentierte Aziza.

»Unter anderem«, sagte die junge Frau.

»Die Schönheit der Kunst«, bemerkte Lalo, »liegt darin, dass sie auf bestehenden Ideen und Vorstellungen aufbaut und diese manchmal auf den Kopf stellt und andere, neue schafft, die völlig unabhängig von den früheren bestehen und trotzdem auf ihnen aufbauen.«

Kaltume nickte. »Sehr philosophisch. Ich sehe schon, Sie sind jetzt nicht nur Künstler, sondern auch Philosoph. Wie Violett vereinen Sie mehrere Dinge in sich«, sagte sie. »Und Sie tragen jetzt einen Kinnbart. Den hatten Sie nicht immer.«

»Niemand wird mit einem Kinnbart geboren«, sagte Aziza und sah auf die Straße.

»Als ich ihn zum ersten Mal sah, trug er keinen.«

Lalo sah der Frau forschend ins Gesicht. Von ihrer schmalen Gestalt ließ sich nicht auf ihr Alter schließen. Sie sah ihm direkt in die Augen und schob ihre Brille den Nasenrücken hoch. Lalo schmunzelte. »Wir haben uns schon mal getroffen, oder?«

»So ist es. Im Osten. In Maiduguri. Du warst damals in Tarnkleidung, mit Gewehr, aber ohne Bart.«

Lalo kratzte sich den Kinnbart. »Du musst ein grandioses Erinnerungsvermögen haben. Das ist ewig her. Meine Tage in der Armee liegen schon lange zurück.«

»Wer wäre ich, wenn ich dein Gesicht vergäße«, lächelte sie. »Deine Gesichtsfarbe, deine durchdringenden Augen. Du erinnerst dich natürlich nicht an mich, denn ich war nur ein kleines Mädchen, als du am 30. Juli 2009 während des ersten Boko-Haram-Aufstands unser Haus im Railway Quarter betreten hast. Daran erinnerst du dich doch?«

Lalo sah zu Boden. Vermied Azizas Blick. Den der jungen Frau.

Aziza ging nicht länger auf und ab und war plötzlich sehr interessiert an Kaltume.

»Du und die anderen habt Muhammad Yusuf gejagt. Seid von Haus zu Haus gegangen«, fuhr sie fort. »Du hast die Tür des Zimmers aufgebrochen, in dem mein Bruder und ich uns versteckten, und das Feuer eröffnet. Er war erst fünfzehn. Wahrscheinlich wurde dir das klar, nachdem du ihn erschossen hattest, als er röchelnd auf dem Boden lag und sein Blut auf deine Stiefel zulief.«

Aziza klappte die Kinnlade herunter.

»Ich erinnere mich, wie du dein Gewehr gesenkt und mich angesehen hast, das kleine Ding, das außer sich vor Angst in der Ecke des kleinen Zimmers kauerte. Du hast den Mund aufgemacht, wolltest etwas sagen, doch kein Wort kam heraus. Und dann hast du deinen Helm abgenommen und ihn gegen deine Brust gedrückt. Ich erinnere mich an das Röcheln meines Bruders, während du ihm beim Sterben zugesehen hast. Ich erinnere mich an die Schüsse draußen, die waren ganz anders als das, was man im Film hört. Ich erinnere mich, dass du dich umgedreht hast und wieder auf die Straße gegangen bist.«

Lalo schloss die Augen und schwankte.

»Ich habe von diesem Zusammentreffen geträumt, davon, den Soldaten zu sehen, der meinen Bruder ermordet hat. Als ich dein Gesicht auf den Werbeflyern für die Ausstellung sah, wusste ich, dass du das bist. Und ich habe mich gefragt, ob es wohl ein Gemälde gibt, das meinen sterbenden Bruder zeigt. Habe mich gefragt, ob du an ihn denkst, an ihn und womöglich andere Unschuldige, die nicht Boko Haram angehörten und die du und deine Freunde in dieser Nacht kaltblütig erschossen habt. Ich wollte dich lediglich wissen lassen, dass wir es nicht vergessen haben.«

Schweißperlen standen auf Lalos Stirn und sein Bart fühlte sich nass an. Sein Hals war glitschig. Er holte ein Taschentuch aus der Hosentasche und wischte sich mit zitternder Hand das Gesicht trocken. Er wollte etwas sagen, doch die Worte blieben ihm im Hals stecken.

Die junge Frau spielte mit einem Zipfel ihres Schleiers. »Er hieß Sheba Baba Kura und war fünfzehn, als er starb. Er wollte Kardiologe werden. Er gehörte nicht Boko Haram an und er hat nie eine Waffe getragen, mit der er andere verletzen wollte. Ich möchte, dass du dich daran erinnerst.«

Sie sah zu Aziza, die entsetzt dastand, ging zu Lalo, stellte sich auf Zehenspitzen und flüsterte ihm etwas ins Ohr, während ihre Finger mit dem Schleiersaum spielten. Er riss die Augen auf.

Sie ging, ihre Absätze klackerten über die Bodenfliesen und die Silberglöckchen klingelten nach ihrem Fortgang lauter als je zuvor.

Zusammenbruch

Der Ausdruck in Azizas Augen brach Lalo das Herz. Er kannte diesen Blick, hatte ihn in den Gesichtern von Kindern gesehen, die aus Albträumen erwachten, in den Gesichtern von Menschen, die Angst hatten, dunkle Räume zu betreten, oder in Gewehrläufe blickten. Es war der Ausdruck eines Menschen, der sich mit den Ungeheuern seiner Traumwelt konfrontiert sieht.

»Ich kann das erklären, Aziza«, sagte er, als er seine Stimme wiederfand, nachdem Kaltume gegangen war, und war sich bewusst, wie dämlich und klischeehaft dieser Satz klang, den schon so viele von sich gegeben hatten, die das Vertrauen eines geliebten Menschen missbraucht hatten.

Aziza schüttelte den Kopf und schlug die Hände vors Gesicht. Sie wollte etwas sagen, er konnte sehen, wie sich ihr Mund öffnete und schloss, wie ein Fisch, der aus dem Wasser gerissen wird und nach Luft schnappt. Sie schwankte zur Tür.

»Aziza, warte, lass es mich dir erklären.«

Die Enden des Schleiers entglitten ihren Fingern und ihre Blockabsätze klatschten auf den Boden, als sie zur Tür hinausfloh und die Straße hinunterrannte.

Lalo drehte sich der Kopf und ihm wurde die Brust eng. Er fiel auf die Knie und dann saß er auf dem Boden und rang nach Luft. Das blutbespritzte Gesicht, diese jungen, unschuldigen Augen voller Angst vor der dräuenden Dunkelheit hatten ihn aus der Armee gejagt und verfolgten ihn seit einem Jahrzehnt in seinen Albträumen.

Drei Tage nach den ersten Zusammenstößen mit Boko Haram waren sie zu Muhammad Yusufs militärischem Stützpunkt im Railway Quarter vorgerückt. Um jeden Zentimeter Boden hatten sie kämpfen müssen. Lalo, gerade einmal zwanzig, war erst seit wenigen Monaten in der Armee und die Operation Flush, bei der er vor zwei Monaten in Maiduguri eingesetzt worden war, hatte einzig den Zweck gehabt, die dortige Polizei beim Ergreifen von Schlägern, Straßenräubern und Taschendieben zu unterstützen. Doch unvermittelt befand er sich in einem offenen Krieg mit bewaffneten Männern, die sich in den Kugelhagel warfen, weil sie glaubten, der Himmel befände sich gleich in der Stille nach den Gewehrschüssen. Sie bettelten darum, erschossen, zu Märtyrern gemacht zu werden. Doch die Fanatiker hatten auch unter Sprechgesängen brüllende und um sich tretende Soldaten – seine Freunde – weggeschleppt und zerstückelt. Das hatte ihm entsetzliche Angst eingeflößt, ihm und den anderen Soldaten seiner Einheit.

Auch er hatte geglaubt, wenn sie Yusuf erwischten, würde dies das Ende der Gehirnwäsche bedeuten, mit der er seine Gefolgschaft an mörderischen Fanatikern kontrollierte. Daher kämpften sie sich im Railway Quarter vor und belagerten tagelang Yusufs Hauptquartier, schoben sich Zentimeter um Zentimeter voran, mussten um jede Straßenecke ringen, eroberten die Häuser Zimmer um Zimmer. Nur dass die wenigsten dieser Häuser Yusuf oder seinen Anhängern gehörten. Sie hatten keine Ahnung, wer in welchem Haus lebte.

Als er die Tür aufgebrochen und der Bursche sich zu abrupt bewegt hatte, hatte Lalo instinktiv den Abzug gedrückt. Die darauffolgende Stille hatte in ihm nachgehallt und tat es weiterhin. Es war um zwei Uhr vierzehn an einem Donnerstagnachmittag gewesen.

Als Lalo schließlich aus dem Zimmer geschlurft und ein verängstigtes Mädchen zurückgelassen hatte, wusste er, dass er nicht für dieses Leben gemacht war.

Draußen ertönten Jubelschreie und Siegesgebrüll. Eine Gruppe Soldaten schob und schubste einen Mann, der kein Hemd trug, zu den Militärlastern, die mitten auf der Straße standen. Lalo erkannte Yusufs Gesicht von den Fotos, die man ihm gezeigt hatte. Er erinnerte sich, wie fassungslos er gewesen war, dass dieser kleine Mann, der ohne seine Gewänder so unscheinbar war, eine derartige Katastrophe hatte verursachen können.

Die Fassungslosigkeit wich der Erleichterung, dass es vorbei war, er sein Gewehr weglegen und endlich schlafen konnte. Er setzte seinen Helm ab und ging mit gesenktem Gewehr an den Soldaten vorbei, die die Fanatiker an die Wand stellten, sein Körper zitterte vor Müdigkeit, in seinem Kopf herrschte Dunkelheit. Er sah nicht hin, als die Soldaten das Feuer eröffneten – und es wäre ihm egal gewesen, wenn er von ihren Kugeln getroffen worden wäre. Er ging weiter, sogar als die Körper zu Boden sanken und die Soldaten sich weitere Fanatiker vornahmen.

All das hätte Lalo Aziza erzählt, wenn sie zugehört hätte. Er hätte ihr erzählt, dass er am nächsten Tag sein Abschiedsgesuch eingereicht hatte. Er hätte ihr erzählt, dass er das Gesicht dieses Jungen nie vergessen hatte, seine sterbenden Augen voller Fragen. Er hätte ihr erklärt, dass er nach Maiduguri wollte, um Vergebung zu suchen.

Stattdessen saß er inmitten seiner Gemälde da und konnte in Herz und Knochen die schlängelnden Bewegungen einer Ameisenkolonne spüren. Womöglich lag es an seiner Phantasie oder er delirierte, aber er fand, dass entweder der Raum größer wurde oder er kleiner. Ihm wurde schwindlig, daher lehnte er sich zurück und schloss die Augen. Da war Dunkelheit und da war ein Lächeln. Augen, die lächelten. Aus dem Dunkel schälte sich ein Gesicht. Es war Indo, ihr Lächeln leuchtete in der Dunkelheit, erhellte das Nichts.

Er war sich seiner Angst bewusst, des Gefühls, dass er verschwand. Seltsamerweise war er im Reinen mit dem, was mit ihm gerade geschah.

»Einfaltspinsel, was machst du denn da?« Indo lächelte ihn an, ihr Gesicht löste sich aus dem Dunkel, der Rest von ihr blieb verborgen.

Perplex sah Lalo hoch. Welche Indo sprach da? Sie schien alt und zugleich jung, und er konnte nicht unterscheiden, was wirklich war und was nicht. Oder wo sie waren.

»Ich weiß nicht. Hat sich angefühlt, als ob ich … schrumpfe.«

»Hmm«, machte sie verächtlich und unbeeindruckt, als wäre eine solche Aussage völlig normal. »Du hast übrigens mein Porträt noch nicht fertiggestellt. Wer soll das denn beenden, wenn du fertig geschrumpft bist, du Einfaltspinsel?«

Er sah sich um, doch es gab nur ihn, Indos Gesicht und die Dunkelheit, die sie beide einhüllte. Ihr Lächeln leuchtete sanft wie Mondlicht auf einem See. Er öffnete den Mund voller Fragen, doch sie legte ihm, immer noch lächelnd, den Finger auf die Lippen. Sie kam näher und näher, bis ihr weicher Mund den seinen berührte und ihre Seele zu seiner wurde. Er schloss die Augen und spürte sein Herz rasen, wie Hufe auf der Rennbahn.

»Du musst stärker sein. Du bist stärker«, sagte sie. »Mach die Augen auf, Geliebter.«

Er schlug die Augen auf.

*

Aziza war bis zur *Adetokunbo Ademola Kreuzung* gerannt, wo sie anhielt, die Hände auf die Knie legte und keuchte, als wollte ihr das Herz aus dem Mund springen. Alles verschwamm ihr vor den Augen und für einen Moment wirkte sie verloren.

Wie konnte er nur? Warum sollte er selbst etwas sein, was er sein gesamtes Leben verabscheut hatte, Gewalt, Mord? Warum hat er mir so etwas verschwiegen?

Ein weinroter Jeep schlingerte um die Ecke und überfuhr sie beinahe. Der Fahrer hupte wütend. Während das Auto die Straße hinunterfuhr, ergab plötzlich alles Sinn. Wie oft Lalo über Ungerechtigkeit gesprochen hatte, und dass es nicht an ihm sei, seine Mörder zu verurteilen. Sie wischte sich den Schweiß von der Stirn. Die Kauris an ihrem Armband klickten. Sie betrachtete das geflochtene Leder, die Reihe aus Perlen und Muscheln, die beiden Kauris, die herabhingen. Die Dualität des Lebens, hell und dunkel, gut und schlecht, das eine nicht ohne das andere denkbar. Sie knirschte mit den Zähnen. Was immer ihn heimgesucht hatte, was immer er getan hatte, ihr Herz sehnte sich nach ihm. Er war kein schlechter Mensch. Sondern ein guter Mensch, der etwas Schlechtes getan hatte. Sie wusste nicht, wie sie damit umgehen sollte, aber er musste am Leben bleiben, damit sie sich damit auseinandersetzen konnte, das wusste sie.

Aziza holte ihr Handy heraus und wählte seine Nummer.

»Tut mir leid, dass ich weggerannt bin«, keuchte sie. »Ich habe Angst bekommen und bin einfach losgerannt. Ich komme zurück, hörst du? Kannst du das Atelier jetzt verlassen?«

»Nein, Aziza.« Lalos Stimme war schwach. »Mein Herz. Mir geht es nicht gut.«

Sie drehte sich um und rannte los, zum Atelier, zu ihm.

*

Die Glöckchen klingelten, als die Tür aufging. Lalo sah auf und erblickte den Mann mit dem vernarbten Gesicht, der ihm bereits am Vortag aufgefallen war. Er stand an der Tür, in der herabhängenden Hand hielt er einen Prügel, und betrachtete Lalo, der halb auf dem Boden lag, den Rücken gegen den Tisch gelehnt und das Handy ans Ohr gedrückt. Vor seinem geistigen Auge sah Lalo das Gemälde, das ihn zeigte, wie er zum dritten Mal starb. Sein Lächeln war bitter und er wünschte, er hätte Indo tatsächlich angerufen; eine unerklärliche Sehnsucht nach ihr überkam ihn. Ein Schweißrinnsal kitzelte ihn in dem Ohr, an das er das Mobiltelefon gedrückt hielt.

»Ich muss auflegen. Aber vergiss nie, dass ich dich liebe.« Er legte auf und sah auf das Display. Es war zwei Uhr vierzehn. Schmunzelnd legte er das Handy beiseite und nickte.

»Das war meine Frau, stimmt's?«, fragte der Mann und schlug leicht mit dem Prügel in seine Handfläche. »Du hast die Gedanken meiner Tochter vergiftet, meiner Frau Lügen eingeflüstert. Meine Familie gegen mich gewandt. Hast du denn gar kein Ehrgefühl?«

Lalo wollte aufstehen, war aber zu schwach. Sein Herz fühlte sich schwer an und er wusste, dass er mit der Erinnerung an das Gesicht des Jungen in Maiduguri, das Gemälde Indos, das er nie vollendet, und die Lippen Azizas, die er nie geküsst hatte, sterben würde. Anders als bei seinem Tod auf der Farm inmitten des Geruchs von Maisblättern und Parfümresten auf seinem Hemd würde er hier eingehüllt in den Duft von Libyas frittierten Köstlichkeiten und von seinen Gemälden umgeben sterben, die ihn zu diesem Augenblick geführt hatten. Wenn er doch nur das Atelier frisch gestrichen hätte, damit es ein Ort zum Sterben wäre, eines Künstlers würdig. Er sah sich um und stellte fest, dass dies, chaotischer Zustand hin oder her, die beste Sterbeszene war, die er je haben würde.

»Sie erinnern sich nicht mehr daran, dass Sie geschieden sind, das tut mir leid. Aber Sie sind bestimmt nicht hergekommen, um zu plaudern.«

Er beobachtete, wie sich das Gesicht des Mannes in eine Fratze aus Hass und Angst verzerrte, wie er sie auch auf den Gesichtern von Bawa und Karambau gesehen hatte – die Angst vor der eigenen Courage und die unerklärliche Entschlossenheit, die Sache durchzuziehen. Er wusste, dass dieser Hass, die Angst, dieser Wille zu morden in einem anderen Teil des Landes entstanden war, am Rande der Wüste, im Inferno eines Aufstands. Er spürte, wie sich in ihm merkwürdigerweise leises Mitgefühl für diesen Mann regte, der ihn ermorden wollte, er konnte nachvollziehen, dass Angst und Schrecken diesen Mann in den Wahnsinn getrieben hatten. Er kannte die Stimmen, die Geräusche des Todeskampfes, die Schüsse, die den

Mann in seinen Albträumen heimsuchen mussten, so wie sie ihn heimgesucht hatten. In diesem Augenblick, diesem Bruchteil einer Sekunde, fühlte er weder Wut noch Groll. Der Mann tat ihm leid. Sie beide taten ihm leid.

Hinter dem Mann meinte er das Spiegelbild des Kindes in der Fensterscheibe zu erspähen, und genau als der Mann sich mit hoch erhobenem Prügel auf ihn zubewegte, kamen ihm die Worte in den Sinn, die das Kind am Bahnhof zu ihm gesagt hatte. Durch die Scheibe sah Lalo einen weinroten Jeep vor seinem Fenster bremsen und nachdem das Seitenfenster heruntergeglitten war, erhaschte er einen kurzen Blick auf Pashas Gesicht und dann blitzte eine Pistole auf. Auch Aziza, die zum Atelier sprintete, sah das Auto und den Lauf der Waffe.

Schützend warf Lalo die Arme über den Kopf, noch ehe die drei Kugeln die Glasscheibe durchschlugen. Er sah den gequälten Gesichtsausdruck des Mannes, der ihn mit offenem Mund anstarrte, der Prügel fiel ihm aus der Hand. Der Jeep raste davon. Zurück blieben die Spinnennetzrisse in der Scheibe, im Muster nicht unähnlich der Stickerei, die Libya ihm geschenkt hatte, oder dem strahlenförmigen Schmerz, der sich unter dem immer größer werdenden roten Fleck auf seinem Hemd ausbreitete, oder sogar dem zarten Lächeln, das sein Gesicht überzog. Als Bilya röchelnd vor ihm zu Boden stürzte, ergriff Lalo seine Hand. Bilya wollte sich losmachen, war jedoch zu schwach.

»Schon gut, Mann«, sagte Lalo. »Alles gut.«

Die Aggression sickerte aus Bilyas Blick, wurde von Todesangst verdrängt. Der Mann zitterte am ganzen Körper. Lalo drückte ihm aufmunternd die Hand. Er legte seine andere Hand auf Bilyas, während er spürte, wie die Wärme aus ihm wich. Als er durch die kaputte Fensterscheibe das Kind dastehen sah, das zum Einsammeln bereit war, verhakten sich ihre Blicke. Lalo schüttelte den Kopf, biss sich auf die Unterlippe. Wenn er ihren Blick festhielt, dann konnte er sie doch bestimmt fortwünschen, diesem Mann noch eine Chance verschaffen, Minas Vater retten.

Sei dankbar, dass deine Feinde unbeabsichtigt zu deinem Besten handeln, flüsterten ihm die Augen des Kindes zu.

Er umfasste Bilyas Hand fester, wollte diesen Mann nicht gehen lassen, dessen Verstand von unsichtbaren Narben genauso durchzogen war wie seiner. Das Kind lächelte wissend, fast nachsichtig. Die Silberglöckchen an der Ateliertür klingelten und für den Bruchteil einer Sekunde sah Lalo zu Aziza hoch, die mit verängstigtem Gesicht hereinstürmte. Als er den Blick abwandte, war das Kind fort und Bilya lag völlig reglos da. Es war so still, dass es wehtat. Bis Aziza seinen Namen sagte.

Danksagung

Ein Schriftsteller ist nichts ohne die Menschen, von denen er nimmt – sei es Zeit, Talent, den scharfen Blick und manchmal sogar Geschichten, die ihn inspirieren. Ich stehe in der Schuld all meiner Lieben, deren Zeit ich während der fiebrigen Monate gefressen habe, in denen ich dieses Buch schrieb, und die meinen konfusen Zustand mit Größe und Geduld ertrugen.

Ich bin Faris, meinem ersten Leser, dankbar, der mir gelegentlich beim Schreibprozess aufmerksam über die Schulter sah und spontan lektorierte. Und das, obwohl du noch ein Kind bist. Hoffentlich macht das dich und deine Geschwister Suhayla und Zahran stolz.

Ebenso ein Dank an Emma Shercliff, die sich stets freiwillig meldet, um meine ersten Textversionen zu lesen und mit fruchtbaren Kommentaren zu versehen. Ich weiß deine Hilfe und Freundschaft sehr zu schätzen.

Ich möchte mich auch bei meiner Agentin Sharon Bowers bedanken, deren unerschütterlicher Glaube es ermöglicht, dass diese Geschichte in die Welt ziehen kann. Danke für deinen Einsatz.

Ein Dank geht an meinen Freund Othuke, der in mein Haus kommt, sich mit meinem Essen vollstopft und dann auch noch die Kühnheit besitzt, hartnäckig von mir ein Manuskript zu fordern, ohne das er einfach nicht gehen will. Welche Geister dir auch ins Ohr flüstern, verjage sie nicht. Welches Feuer auch immer dich antreibt, möge es sehr lange an den richtigen Stellen brennen. Und liebe die Menschen, die dich lieben, mit Prosa und Poesie.

Ein Dankeschön an alle meine wunderbaren Freunde bei Afrolit, diesem geheimnisvollen, heiligen Ort voller Kodes, Liebe, Lachen und Freundschaft, dafür, dass ihr während der schwierigen Zeit der Pandemie und der Tage und Jahre danach da wart, danke für die Freundschaft und Unterstützung, für

Liebe, Lachen und Solidarität ohne Grenzen. Ein Segen, wer sich seiner Mutter nicht vorstellen muss.

Ich möchte mich bei der Brown Foundation für den Aufenthalt im Dora-Maar-Haus bedanken, wo ich einen Großteil des Buches geschrieben habe. Die gemächlichen Spaziergänge durch die hügeligen Straßen von Ménerbes und die ruhige Atmosphäre in Doras Haus erfüllten die letzten gelassenen Tage, ehe das Feuer der Pandemie die Welt verschlang.

Ich bin Gwen Strauss, der Leiterin der Künstlerresidenzen der Brown Foundation, für ihre Gastfreundschaft und ihren Einsatz dankbar. Hoffentlich kann ich eines Tages meinen abgebrochenen Aufenthalt vollenden und treffe Sie und Ihre Familie in Ruhe und Frieden an. Und ein Dank an meine Mitstipendiatin, die großartige Orianne Stender, für den geschenkten Dollar und die Freundschaft. Ich halte beides immer noch in Ehren. Mögen dir auf all deinen Wegen die goldigsten Katzen der Welt begegnen.

Merci beaucoup an die freundlichen Menschen der französischen Botschaft in Abuja, die dafür gesorgt haben, dass ich in den Genuss dieser ruhigen Tage in Südfrankreich gekommen bin, und mich auch seitdem voller Freundlichkeit unterstützen. Ich wünsche Ihnen das Allerbeste, wo immer Sie jetzt sind.

Ich möchte auch Tahira Shagayas penible Arbeit am Manuskript würdigen. Und an alle Menschen, Freunde und Fans, deren Freundlichkeit und Großzügigkeit einem Autor auf seinem langsamen Weg zum Veröffentlichungsdatum geholfen haben: Ich bin dankbar, dass es euch gibt und für alles, was ihr tut. Mögen alle eure Tage voller Liebe und ohne die Glühwürmchen des Abschieds sein.

Vielen Dank.

Glossar

Alhaji: (arab.) Ehrentitel für einen Mann, der die Pilgerreise nach Mekka unternommen hat (im dt. Sprachraum seit Karl May in der Schreibweise Hadschi [Halef Omar Ben Hadschi Abul Abbas Ibn Hadschi Dawuhd al Gossarah] bekannt); weibl. Variante → Hajiya

Amare: (Hausa) Bräute, in diesem Fall die Braut und ihre Brautjungfern

Asoke: Traditioneller dicker, handgewebter Stoff, aus dem meist Blusen und Wickelröcke für feierliche Anlässe geschneidert werden

Ba Shiga: (Hausa) Eintritt verboten; eine Inschrift, die sich oft an nordnigerianischen Häusern findet und vor allem an Männer wendet, denn diese dürfen einen islamischen Haushalt nicht ohne Genehmigung des Hausherrn betreten

Brabisko: Gericht aus Couscous, Hühnerfleisch und Gemüse

Chinge: (Hausa) Geröstete Termiten

Dakali: (Hausa) Niedrige Sitzgelegenheit vor Häusern und Wohnanlagen

Dan Filinge: Legendäres Rennpferd, das angeblich jeden Wettbewerb gewann, bei dem es lief

Gaskiya: (Hausa) Wahr, wahrlich; stimmt

Gele: Kopfputz für Frauen, der aus einem aufwendig gefalteten Tuch besteht

Gimbiya: (Hausa) Prinzessin

Gullisuwa: Frittierte Bällchen aus Milchpulver, Zucker, etwas Butter und Vanilleextrakt

Hajiya: (arab.) Ehrentitel für eine Frau, die die Pilgerreise nach Mekka unternommen hat; männl. Variante → Alhaji

Harmattan: Etymologische Herkunft unsicher; sandiger Nordostwind, der von der Sahara Richtung afrikanische

Atlantikküste weht (spätestens seit der Verfilmung des »Englischen Patienten« einer breiteren europäischen Öffentlichkeit bekannt; womöglich geht die auch im Roman erzählte Anekdote, dieser Wind werde von den Seefahrern »Meer der Dunkelheit« genannt, auf Michael Ondaatje höchstpersönlich zurück)

Ibrahim, Kashim: (1910–1990), Gouverneur von Nordnigeria (1962–1966)

Jollof: Beliebtes Reisgericht mit einer Sauce aus Tomaten, Paprika, Zwiebeln, das es in unzähligen Familienvarianten gibt

Juju: Ein Gegenstand, dem ein Zauber, eine magische Kraft innewohnt

Kaka: (Hausa) Großmutter

Kindirmo: Eine Joghurtvariante

Kongokonferenz: Im Englischen unter dem Namen Berlin Conference bekannt. Fand vom 15. November 1884 bis 26. Februar 1885 statt. Eingeladen hatte Reichskanzler Otto von Bismarck, vorgeblich, um die Handelsfreiheit an Kongo und Niger zu regeln. In Wahrheit ging es jedoch um die Aufteilung des afrikanischen Kontinents unter den 14 anwesenden Kolonialmächten.

Kosai: Teig, der aus gemahlenen Bohnen besteht, zu Bällchen geformt und frittiert wird; ein beliebter Snack

Mai Lalle: Henna-Meisterin

Malam: In Nordnigeria Titel und Anrede für einen gelehrten Mann

Malzgetränk: Malzgetränke sind in Nigeria außerordentlich beliebt und finden sich in den Regalen neben den weltweit bekannten Limonaden und Softdrinks

Musallah: Offene Gebetsstelle oder offener Gebetsplatz außerhalb einer Moschee

Oga: (Hausa) Chef, Boss

Ojukwus Krieg: Bei uns unter Biafra-Krieg bekannt und von den Bildern verhungernder Menschen geprägt. Chukwuemeka Odumegwu Ojukwu (1933–2011) erklärte 1967 die südostnigerianische Region Biafra für unabhängig; danach herrschte drei Jahre lang Bürgerkrieg.

Pap: Sehr fester Getreidebrei (z. B. aus Mais), der zum Frühstück gegessen wird; die nigerianische Variante des Haferbreis aka Porridge

Qibla: (arab.) Islamische Gebetsrichtung gen Mekka; Gebetsnische in Moscheen, die die Gebetsrichtung anzeigt

Sannu: (Hausa) Hallo

Sardauna: (Hausa) »Sultan« oder »Führer«, ursprüngliche Bedeutung wahrscheinlich »Führer der Leibwache«; dieser Titel wurde Sir Ahmadu Bello 1962 vom Emir von Sokoto, Siddiq Abubakar III., verliehen

Saurayi: (Hausa) Junger Mann, genaugenommen zwischen zwölf und fünfundzwanzig, unverheiratet und bartlos

Yarinya: (Hausa) Mädchen

Zanna: Kopfbedeckung für Männer, ähnlich einer Kufi

Zakzaky, Ibrahim: (* 1953 in Zaria) Schiitischer Gelehrter, Anführer der Organisation Islamic Movement Nigeria (IMN)

Inhalt

3 Gelb

4 Grün

5 Blau

6 Indigo

7 Violett